HELENA SAPHIRA STUDER

Aylana

Die Drachenkriegerin

novum pro

www.novumverlag.com

Bibliografische Information
der Deutschen Nationalbibliothek:

Die Deutsche Nationalbibliothek
verzeichnet diese Publikation in
der Deutschen Nationalbibliografie.
Detaillierte bibliografische Daten
sind im Internet über
http://www.d-nb.de abrufbar.

Gedruckt in der Europäischen Union
auf umweltfreundlichem, chlor- und
säurefrei gebleichtem Papier.

© 2023 novum Verlag

ISBN 978-3-99131-991-7
Lektorat: Hannah Lackner
Umschlagfotos: Esther Andrea;
Helena Saphira Studer;
Irina Kharchenko I Dreamstime.com
Umschlaggestaltung, Layout & Satz:
novum Verlag
Autorenfoto: Helena Saphira Studer

www.novumverlag.com

Diese Geschichte handelt von den Arcandrin, den Elfen. „Die Arcandrin sind ein uraltes Volk, das mit der Natur in Einklang lebt. Sie versuchen seit Jahrhunderten ein friedliches Zusammensein aller Lebewesen auf diesem Planeten zu ermöglichen. Die Arcandrin nutzen magische Kräfte und pflegen ihre alten Rituale, die allesamt in direktem Zusammenhang mit dem Wissen um die Naturgesetze stehen. Die Welt der Arcandrin bleibt größtenteils vor den Menschen verborgen, so auch die Drachen und Naturwesen, die dort existieren. Früher lebten die Arcandrin und die Menschen friedlich zusammen. Diese Symbiose wurde jedoch durch die Habgier und den Egoismus der Menschen zerstört. So zogen sich die Arcandrin mehr und mehr zurück. Ihre Geschichte wurde jedoch in alten Legenden und Sagen weitererzählt. Alten Erzählungen nach beherrscht das Elfenvolk mutige Formen des Kampfes mit Schwert oder Pfeil und Bogen. Niemals würde ein Arcandrin zu modernen Waffen greifen, da es gegen alles verstößt, was den Elfen heilig ist. Eine Schusswaffe zu benutzen war ein schweres Vergehen im Reich der Arcandrin.

Heute leben nur noch einige Tausend Elfen unter den Menschen, wo sie weiterhin unerkannt versuchen, die Erde zu behüten und die selbstzerstörerischen Handlungen der Menschen zu unterbinden. Die oberste Doktrin der Arcandrin ist der Schutz und Erhalt allen Lebens.

Doch auch unter den Elfen gibt es eine dunkle Seite. Denn mit der Zeit hatte ein Teil der Arcandrin begonnen, die Menschen zu hassen. Sie als minderwertige und egoistische Kreaturen zu betrachten, die es nicht wert sind, auf der Erde leben zu dürfen. Die Gemeinschaft der Elfen wurden gespalten und in zwei

Lager geteilt. Die abtrünnigen Elfen, die sich gegen die oberste Doktrin auflehnten, nannten sich fortan Shiazul. Sie begannen, die alleinige Herrschaft über den Planeten zu beanspruchen und wandten sich gegen ihr eigenes Volk."

Versteckspiele

Diesmal würde sie nicht so einfach davonkommen. Aylana verharrte mitten in der Bewegung und sah, wie sie angestarrt wurde. Sie hatte die schwere Stahlstange, die einem Arbeiter beim Gerüstbau aus den Händen gerutscht war, mit einer Hand aufgefangen, während sie sich mit der anderen Hand am Gerüst oberhalb der Schülergruppe, auf die diese Stange heruntergefallen wäre, festhielt. An Aylanas Schule wurde die Turnhalle renoviert und die Arbeiter waren gerade dabei, das Gerüst aufzubauen. Direkt daneben befand sich ein kleines Rasenstück, das von den Schülerinnen und Schülern gerne als Pausenplatz benutzt wurde. Die Schüler unter ihr waren mit einem erschreckten Aufschrei zur Seite gesprungen und starrten mit ungläubigen Augen und offenen Mündern zu ihr hinauf. Aylana war der Schrecken eiskalt in die Glieder gefahren. Was hatte sie sich nur dabei gedacht? Sie streckte die Stange dem Arbeiter, dem sie aus der Hand gefallen war, entgegen. Dieser war totenbleich und musste die Stange mit beiden Händen festhalten, um sie nicht wieder zu verlieren. Aylana kletterte langsam vom Gerüst und hätte sich am liebsten unsichtbar gemacht.

„Das war unglaublich!"

„Wie hast du das gemacht?"

„So etwas habe ich noch nie gesehen!", so tönte es von allen Seiten um sie herum. Oben auf dem Gerüst stand der Bauarbeiter immer noch reglos mit der Stange in beiden Händen. Aylana sah, wie der Vorarbeiter zu ihm ging und ihm die Stange aus der Hand nahm. Die beiden sprachen miteinander und der Arbeiter begann, wild gestikulierend immer wieder auf Aylana zu zeigen. Aylana war immer noch umringt von den Schülerinnen und Schülern, die alle durcheinander auf sie einredeten. Sie wusste, dass sie sich eine gute Erklärung einfallen lassen musste und drängte sich durch die Gruppe, die sich um sie versammelt hatte, in Richtung des Schulgebäudes.

„Ich stand eben gerade in der Nähe und sah den Arbeitern beim Gerüstbau zu. Und da habe ich gesehen, dass die Stange runterfällt. Das hätte doch jeder getan", antwortete sie knapp.

Eine ihrer Mitschülerinnen entgegnete darauf: „Ich habe noch niemals gesehen, dass sich jemand so schnell bewegen und klettern kann. Und du hast dieses Teil mit einer Hand aufgefangen. Wie hast du das nur fertiggebracht?"

„Ich war zufällig in der Nähe und habe einfach gehandelt, ohne zu überlegen. Das war einfach viel Glück!"

Aylana registrierte voller Erleichterung, dass in diesem Moment die Schulglocke ertönte und den baldigen Beginn des Unterrichts ankündigte. Als sie sich ihren Weg durch die Menge bahnte, sah sie, wie ihr Klassenlehrer, der die Pausenaufsicht hatte, sie mit nachdenklichem Blick musterte. Aylanas Gedanken schweiften in die Vergangenheit ab. Wie oft hatte sie sich bereits Schwierigkeiten aufgrund ihrer impulsiven und unbekümmerten Art eingehandelt. Vor allem beim Sport war es für sie unheimlich schwer, sich zu beherrschen. Sie könnte immer schneller rennen, höher springen, weiter werfen als alle anderen.

Aylana war sehr schlank und feingliedrig, aber für ihr Alter schon ziemlich groß. Die meisten ihrer Mitschüler in der dritten Klasse der Sekundarschule waren kleiner. Und mit ihren 15 Jahren war sie allen anderen in ihrer ganzen Entwicklung weit voraus. Dies lag jedoch weniger daran, dass sie sich mehr anstrengte. Aylana gehörte zum Volk der Arcandrin. Einem uralten Volk, das seit jeher die Fantasie der Menschen beflügelt hatte und gemeinhin als Elfen bezeichnet wurde. Die Legenden und Geschichten, die sich um dieses sagenumwobene Volk rankten, waren mit der Zeit jedoch von den Menschen als Märchen und Hirngespinste abgetan worden. Den Arcandrin kam diese Entwicklung entgegen, denn sie legten keinen Wert darauf, erkannt und für falsche Zweck missbraucht zu werden. Denn das Volk der Arcandrin verfügte über die Kräfte der Natur und die Magie der Schöpfung. Und sie waren die Hüter der Erde und aller Lebewesen. Seit Jahrhunderten versuchten sie, das Gleichgewicht der Kräfte aufrecht zu erhalten und dem selbstzerstörerischen Gebaren der Menschen entgegenzuwirken. Für die Arcandrin war es unbegreiflich, dass man die Luft, die man atmet, selbst verschmutzen würde, das Wasser, das man trinkt, selbst vergiftet und die Natur, die Leben erst möglich macht, zerstört. Soweit Aylana wusste, existierten auf der Erde noch einige Tausend der Arcandrin, die über den ganzen Erdball verstreut unerkannt unter den Menschen lebten und versuchten in möglichst einflussreiche Positionen zu gelangen, um gegen das sinnlose, zerstörerische Verhalten der Menschen mit allen Kräften anzukämpfen.

Aylana selbst wohnte mit ihrer Familie in der Nähe von Solothurn, einer Kleinstadt in der Schweiz. Ihre Mutter Salomee war eine Heilerin und Hüterin des Wissens und ihr Vater Sirion war ein Krieger und Magier. Natürlich hatten sie auch normale bürgerliche Berufe, denen sie nachgingen, um nicht unter den Menschen aufzufallen. Salomee arbeitete als Arzthelferin in einer kleinen Dorfpraxis und es kostete sie etliche Mühen, sich ihre besonderen Fähigkeiten als Heilerin nicht anmerken zu lassen. Sie konnte mit ihren fein ausgeprägten Sinnen ohne Mühe die Ursachen der Krankheiten aufspüren. Und sie könnte auch problemlos Einfluss auf die Verläufe der verschiedenen Krankheiten nehmen. Aber die uralten Gesetze der Arcandrin ließen es nur bis zu einem bestimmten Punkt zu, dass sie Menschen mit ihrer Heilkraft helfen durfte. Sirion hingegen war in einer sehr guten Position in der Politik und konnte mit seinen rhetorischen und suggestiven Fähigkeiten einen positiven Einfluss auf die Entscheidungen der Menschen nehmen. Darüber hinaus war Aylanas Vater ein hochrangiges Mitglied des magischen Zirkels, der höchsten Instanz der Arcandrin. Und er war ein Drachenkrieger. Die Drachenkrieger waren seit jeher für die Geschicke der Arcandrin verantwortlich. Damit war Sirion auch für die Einhaltung der Gesetze der Arcandrin zuständig. Genau dies war der Punkt, der Aylana im Moment Bauchschmerzen bereitete.

Denn eines dieser Gesetze besagte ganz klar, das Arcandrin niemals ihre besonderen Fähigkeiten unter den Menschen offenbaren durften. Gegen dieses Gesetz hatte sie heute wieder verstoßen. Nicht zuletzt dachte sie an Alfias, ihren jüngeren Bruder, der es bis anhin geschafft hatte, relativ unauffällig zu bleiben. Was nach Aylanas Meinung jedoch eher daran lag, dass er sich für einen Arcandrin sehr ungeschickt anstellte, was die körperliche Gewandtheit anbelangte.

Aylana sagte immer zu ihm: „Du bist so ungeschickt für einen Elfen, dass du problemlos unter Menschen leben kannst."

Sie meinte das nicht böse, aber Alfias war wirklich in allen handwerklichen und sportlichen Belangen absolut unbegabt. Dafür verstand er sich meisterhaft auf alles, was mit Flora und Fauna zu tun hatte und er war auch ein sehr einfühlsamer Zuhörer. Seine Stimme übte eine magische Faszination auf alle aus, die ihm zuhörten. Er war sehr beliebt und vor allem seine Fähigkeit, mit Tieren umzugehen, sorgte immer wieder für Erstaunen.

Aylana war mittlerweile im Schulzimmer angekommen und hatte sich auf ihren gewohnten Platz in der hinteren Reihe neben der Fensterfront gesetzt. Sie versuchte, sich nicht durch das Getuschel in der Klasse ablenken zu lassen und hoffte, dass niemand diesem Vorfall noch Beachtung schenken würde. Sie schaffte es mehr oder weniger konzentriert durch die Doppelstunde Staatskunde und wollte beim Schrillen der Glocke so schnell wie möglich und unauffällig verschwinden. Doch ihr Klassenlehrer rief sie zu sich und wollte sie sprechen. Ihre Mitschüler warfen ihr beim Verlassen des Schulzimmers neugierige Blicke zu und man sah ihnen an, wie gern sie das Gespräch mitangehört hätten.

„Setz dich, Aylana", sagte Herr Gutmann.

„Was du vorhin getan hast, war sehr mutig und einfach unfassbar. Wenn ich bedenke, dass du einen Dispens deines Arztes vom Turnunterricht hast, aufgrund deines angeblich zerbrechlichen Körperbaus, kommt mir deine Aktion umso unglaublicher vor. Keiner deiner Mitschüler wäre imstande gewesen, sich so schnell zu bewegen und dazu noch eine so schwere Stange mit einer Hand aufzufangen. Wie ist das nur möglich, Aylana?"

„Ich weiß es nicht, ich habe einfach gehandelt, ohne zu überlegen und ich stand ja direkt daneben. Ich habe wohl als einzige auf die Arbeiter gesehen und deshalb als Erste handeln können."

Schnell fügte sie hinzu: „Meine Arme schmerzen mich auch sehr. Ich hatte wohl ein Riesenglück, dass ich mir nichts gebrochen habe."

Herr Gutmann schaute sie stirnrunzelnd an und meinte dann nachdenklich: „Bitte verstehe mich nicht falsch. Wir sind dir alle sehr dankbar für deine Tat. Es erscheint einfach so unwahrscheinlich, dass ein zierliches Mädchen wie du so …", sagte er und suchte nach Worten, „So unglaublich schnell und zielsicher handeln konnte. Ich konnte deine Bewegungen gar nicht mehr verfolgen und wenn du jetzt nicht so vor mir sitzen würdest ich würde beschwören, dass sich kein normaler Mensch so bewegen kann."

Aylana wurde heiß und kalt bei diesen Worten und sie dachte an ihren Vater, der ihr so oft eingebläut hatte sich zu beherrschen und nicht noch mehr aufzufallen, als es schon durch ihre äußere Erscheinung der Fall war.

„Nun gut", sagte ihr Lehrer, „Soll ich den Schularzt rufen, damit er deine Arme untersuchen kann, um sicherzustellen, dass du nicht ernsthaft verletzt wurdest?"

„Nein, danke. Ich werde gleich nach Hause gehen und meine Mutter wird sich um mich kümmern", erwiderte Aylana hastig.

Daraufhin ließ Herr Gutmann sie gehen, nicht ohne ihr nochmals zu danken. Er blickte ihr immer noch nachdenklich hinterher, als sie den Korridor entlanglief.

Aylana beeilte sich, nach Hause zu kommen. Ihre Familie bewohnte ein schmuckes Einfamilienhaus am Stadtrand direkt an der Aare, einem Fluss, an dessen Ufer sie gerne stundenlang saß. Sie liebte das stetige unbeirrbare Fließen des Wassers und es fühlte sich an, als sprächen die leise plätschernden Wellen zu ihr. Als Aylana zuhause angekommen war, saß ihre Mutter im Garten und sah ihr lächelnd entgegen. Sie wusste, dass sie ihrer Mutter nichts verheimlichen konnte und manchmal schien es ihr, als könne sie in ihr wie in einem offenen Buch lesen.

Salomee begrüßte sie: „Attawa osu, mein Schatz, wie war dein Tag?"

Aylana antwortete, wie es unter Arcandrin üblich war: „Attawa uso. Mama, ich muss dir etwas erzählen."

Die Sprache der Arcandrin war fließend und melodiös, beinhaltete viele Vokale und vermied harte und kehlige Laute. ‚Attawa', das Wort für Zuneigung, Freundschaft und Liebe wurde je nach Bedeutung auf dem ersten, dem zweiten oder dem dritten A betont. Die Betonung auf dem ersten A wurde bei normalen Begrüßungen angewandt, die Betonung auf dem letzten A hingegen war eine sehr liebevolle und persönliche Form der Begrüßung, die höchste Achtung vor dem Gegenüber ausdrückte. Das Wort ‚osu' hingegen bedeutete so viel wie ‚geben' und die Umkehrform ‚uso' bedeutet ‚erhalten'. Aylana wusste, dass sie ihrer Mutter niemals etwas anderes als die ganze Wahrheit erzählen würde. Erstens, weil sie ihre Eltern nie anlügen würde, zweitens, weil Arcandrin ein untrügliches Gespür dafür hatten, wenn man versuchte, sie zu täuschen. Sie setzte sich zu Salomee und begann, zu erzählen. Salomee hörte geduldig zu und unterbrach sie kein einziges Mal.

„Ich hatte doch keine andere Wahl, Mama, ich konnte doch nicht zulassen, dass jemandem etwas zustößt."

„Ich verstehe dich sehr gut, Aylana. Das Problem ist nur, dass dir solche Dinge laufend zustoßen und wir bald nicht mehr wissen, wie wir das erklären sollen."

Sie strich Aylana liebevoll über die Haare und betrachtete dabei ihre Ohren.

„Und deine Ohren müssten wir auch wieder behandeln. Sie werden langsam wieder sichtbar."

Aylana wusste, was jetzt kam und seufzte tief. Sie alle mussten regelmäßig ihre Ohren verändern lassen, damit die spitze Form nicht auffiel. Die Arcandrin waren normalerweise an ihren spitzen Elfenohren und der schlanken feingliedrigen Gestalt erkennbar. Darüber hinaus waren die meisten unter ihnen nach menschlichen Maßstäben sehr schön und besaßen ausdrucksstarke mandelförmige Augen, die normalerweise in violetten Farbtönen erstrahlten.

Die auffälligen körperlichen Merkmale, wie etwa die Augen und die Ohren, konnten von den Arcandrin mittels Gestaltwandlungszauber an die jeweiligen Bedürfnisse angepasst werden. Es mussten immerhin nur die Menschen getäuscht werden, die im allgemeinen sehr empfänglich waren für diese Suggestionen. Aylana hasste es, sich regelmäßig dieser Prozedur unterziehen zu müssen. Nicht etwa, weil ihr dies körperliche Schmerzen bereitete, sondern weil es für sie ein psychisch schmerzhafter Eingriff in ihre Persönlichkeit war. Der Zauber wirkte nur auf Menschen, untereinander sahen sich die Arcandrin in ihrer wahren Gestalt. Trotzdem hasste sie es, ihre Abstammung verbergen zu müssen. Der Zauber musste regelmäßig von den Heilerinnen unter ihnen durchgeführt werden. So konnten auch nur diese erspüren, wann der Zauber nachließ.

„Wir müssen mit Sirion darüber sprechen. Du wirst in zwei Wochen die Zeremonie deiner Vereinigung mit Dana Nala und Dano Luz begehen, um deine Bestimmung zu finden. Darauf müssen wir uns jetzt konzentrieren", meinte Salomee schließlich nachdenklich und wechselte das Thema. Jedes Mitglied der Arcandrin wurde an seinem sechzehnten Geburtstag geweiht und mittels eines uralten heiligen Rituals mit der Kraft von Mutter Erde und Vater Sonne verbunden. Bei diesem Ritual offenbarte sich das zukünftige Schicksal der jungen Elfen und die damit verbundene Ausbildung, um diese Bestimmung zu erfüllen. Das Leben eines jeden Arcandrin war eng mit den Geschicken aller Lebewesen und Pflanzen verwoben. Daraus entstand die magische Kraft, aber auch die untrennbare Verbindung; das Band, das die Schicksale allen Lebens miteinander verwob. Bei diesem Ritual zeigte sich auf dem rechten Oberarm ein ewiges Zeichen, das die Zukunft offenbarte und den Träger als rechtmäßigen Angehörigen der jeweiligen Gilde auswies. Aylanas Mutter trug das Symbol der

Heilerin und Lehrerin, einen Baum im Zeichen der Sonne. Dieses Zeichen sah aus wie die Sonne, umgeben von einer Aura des Lichts. Im Zentrum stand ein Baum als Zeichen des Lebens. Aylanas Vater trug das Zeichen der Drachenkrieger. Ein Drache, der ein Schwert umschlungen hielt. Sirion trug zusätzlich das Zeichen eines Ratsmitgliedes des magischen Zirkels, zwei Hände, die offen aneinander gelegt waren und in deren Zentrum die Symbole für Sonne, Erde und Mond lagen. Dieses Zeichen verpflichtete Sirion, mit all seiner Kraft und seinem Leben für die Gesetze der Arcandrin einzustehen und deren Einhaltung zu garantieren.

Vor diesem magischen Zirkel würde Aylana bestehen müssen, um ihre Bestimmung zu finden. Sie hatte schon viel von diesem Ritual gehört und sie wusste, dass sie dabei ihren Geist öffnen musste. Für Nala, Dana Aygo, die Erde und Mutter des Lebens und für Luz, Dano aygo, die Sonne und den Vater des Lebens. Nala und Luz würden ihr Innerstes erspüren und ihr den Weg offenbaren, für den sie bestimmt war. Das Ritual, zu dem sich der Rat und alle Angehörigen versammelten, fand immer in Arcandria statt, der geheimen Insel der Arcandrin. Diese Insel gehört zu den Oileàin Arann, den Aran-Inseln vor der Westküste Irlands. Auf dieser Insel befindet sich das Dún Eochla, ein Steinfort auf einem Hügel in der Mitte der Insel. Dieses Fort besteht aus drei konzentrisch angeordneten, ringförmigen Steinmauern, in dessen Zentrum sich der heilige Platz der Ahnen befindet. Auf diesem Platz fanden seit jeher die Zeremonien und Versammlungen der Arcandrin statt. Durch magisch verwobene Schirmzauber geschützt, konnten die Arcandrin ihre Rituale unbemerkt von den Menschen durchführen. An diesem geweihten Ort würde Aylana in zwei Wochen auch ihre Prüfung ablegen müssen, um ihre Bestimmung zu finden. Sie sehnte diesen Tag seit Jahren herbei und hatte zugleich Angst davor, zu erfahren, auf welchen Weg sie ihr zukünftiges Leben führen würde.

Nachdem Aylana mit ihrer Mutter gesprochen hatte, fühlte sie sich schon etwas besser. Salomee hatte ihr versprochen, zuerst mit Sirion zu reden. Sie ging auf ihr Zimmer, das eigentlich wie das Zimmer eines jeden Teenagers aussah, mit der Ausnahme, dass Aylana an ihren Wänden keine Poster von Stars aus Musik, Film oder Sport aufgehängt hatte. Sie hatte andere Interessen und konnte die Begeisterung ihrer Freundinnen und Freunde für solche Dinge nicht teilen. Sie beschäftigte sich viel lieber mit den alten Legenden und Sagen ihres Volkes und insgeheim schwärmte sie für die Drachenkrieger in ihren schimmernden Rüstungen. Sie träumte davon, selbst einmal einen Drachen reiten zu dürfen und wie ihr Vater Mitglied dieses Bundes zu werden. Aber sie konnte ja kaum ihr Zimmer mit Bildern von Drachen und Kriegern mit Schwert und Bogen tapezieren, ohne noch mehr aufzufallen als ohnehin schon.

Aylana warf sich aufs Bett und versuchte, den Tag nochmals in Ruhe zu überdenken als ihr Bruder ins Zimmer kam. Alfias, oder Alfie, wie er von allen genannt wurde neckte sie: „Na, Schwesterherz, ich habe schon von deiner Heldentat gehört. Hast du wieder toll gemacht! Ich hoffe, du hast es genossen, mal wieder im Mittelpunkt zu stehen!"

„Ach, lass mich doch in Ruhe! Du weißt ganz genau, dass das nichts damit zu tun hat. Ich musste einfach helfen. Ich weiß auch nicht, warum solche Dinge mir wieder und wieder passieren."

Alfie meinte beruhigend: „Alles klar, ich wollte dich doch nur ein wenig hochnehmen. Nein, im Ernst, deine Aktion war das Tagesgespräch heute in der Schule und alle, die das mitgekriegt haben, schwören, dass sie so etwas nie für möglich gehalten hätten. Ich habe ihnen aber erklärt, dass du schon immer eine sehr schnelle Reaktion hattest und …" – er machte eine kunstvolle Pause – „… schon immer zuerst gehandelt und dann nachgedacht hast. Was von allen auch sofort mit zustimmendem Nicken bestätigt wurde."

Sein spöttisches Lächeln konnte nicht darüber hinwegtäuschen, dass er die Sache auch sehr ernst nahm.

„Nein, wirklich, ich habe die ganze Sache so weit wie möglich heruntergespielt. Du weißt ja, dass ich ein gewisses Talent besitze, um die Leute zu überzeugen."

Diese Aussage kam der Untertreibung des Jahrhunderts gleich. Denn Alfie hatte mit seiner Beredsamkeit schon seinen Lehrer von der Richtigkeit seiner Lösung bei einer Prüfungsaufgabe überzeugt, obwohl sein Fehler ganz offensichtlich war.

„Weißt du, Alfie, eigentlich ist zwischen uns gar kein so großer Unterschied. Wir müssen beide noch lernen, mit unseren besonderen Fähigkeiten sorgfältiger umzugehen. Du denkst auch nicht besonders lange nach, bevor du Menschen nach deiner Pfeife tanzen lässt.“

Sie neckte weiter: „Weshalb denkst du wohl, dass du so beliebt bist bei den Mädchen in der Schule? Weil du so waaaahnsinnig gut aussiehst, oder weil du eine super Sportskanone bist?“

Alfie warf ein Kissen nach ihr, zog ein beleidigtes Gesicht und meinte: „Ich brauche auf alle Fälle keine Supergirl-Aktionen, um im Mittelpunkt zu stehen.“

Daraufhin lachte Aylana und erwiderte: „Das würde dir vielleicht gut stehen. Das Supergirl-Zeichen auf der Brust, ein heißer Mini und dazu hohe Stiefel.“

Ohne auf diese Anspielung einzugehen, warf sich Alfie auf sie und sie wälzten sich lachend auf dem Bett. In diesem Moment kam ihre Mutter zur Tür herein, um nachzuschauen, was die beiden für einen Lärm machten.

„Was treibt ihr zwei schon wieder? Ihr veranstaltet einen Krach, dass man denken könnte, ihr hättet einen Drachen im Zimmer.“

„Schön wär's!“, prustete Aylana.

„Dann würde ich ihm befehlen, Alfie rauszuwerfen.“

„Wenn hier ein Drache wäre, würde er mir aus der Hand fressen und dich aus dem Zimmer werfen“, entgegnete Alfie ganz außer Atem.

Daraufhin schmunzelte Salomee.

„Wenn hier ein Drachen wäre, würde er mir gehorchen und euch beide rauswerfen. Also, was ist denn nun schon wieder los in diesem Gehege?“

Alfie erwiderte mit todernstem Gesicht: „Frag nicht, liebe Mama, dann erhältst du auch nicht keine Antwort.“

Salomees Reaktion erfolgte prompt. Sie warf ihm ein Kissen ins Gesicht. Schließlich lieferten sich alle drei eine Kissenschlacht in Aylanas Zimmer.

Gegen Abend und als Sirion nach Hause kam, saß Salomee wieder im Garten und genoss die letzten Sonnenstrahlen. Sirion küsste sie liebevoll und setzte sich neben sie.

„Ich muss dir noch etwas erz …", begann Salomee.

„Ich weiß, mein Schatz, ich habe schon davon gehört. Du weißt ja, wie schnell sich solche Nachrichten verbreiten", unterbrach Sirion sie.

„Ich werde gleich mit Aylana darüber sprechen. Sie sollte wissen, wie sehr wir aufpassen müssen, um nicht aufzufallen."

Salomee seufzte.

„Aber du weißt auch, wie schwer es für Aylana ist, ihre Fähigkeiten ständig unterdrücken zu müssen. Sie ist nun einmal besonders begabt in all diesen Dingen, außerdem wollte sie nur helfen. Sei nicht zu streng mit ihr. Und …" Sie lächelte Sirion an, bevor sie weitersprach. „Sie kommt ganz nach ihrem Vater."

Sirion erwiderte ihr Lächeln.

„Ja, ich weiß, mein Schatz. Ich verstehe sie auch, aber trotzdem müssen wir über die Angelegenheit sprechen. Adalar hat mich angerufen und du weißt, wie er über Beziehungen zu Menschen denkt."

Salomees Blick wurde abweisend. Trotzdem sprach Sirion beschwichtigend weiter: „Du hast ja recht, aber ich denke, wir halten heute Abend nach dem Essen einen Familienrat."

Adalar war ebenfalls Ratsmitglied des magischen Zirkels und für seine kompromisslose Ansicht gegenüber Menschen bekannt. Er war ausdrücklich gegen jegliche Verbindung zwischen Elfen und Menschen. Leider herrschte unter den Ratsmitgliedern nicht immer Einigkeit. Seit die Auswirkungen der Umweltverschmutzung durch die Menschen immer offensichtlicher und spürbarer wurde, hatte Adalar bereits einige der Ratsmitglieder mit seinen Argumenten beeinflusst. Salomee konnte seine Haltung jedoch nicht verstehen, denn als Heilerin und Lehrerin war sie überzeugt davon, dass nur ein gemeinsamer Weg allen Lebens zum Erfolg führen kann.

Nach dem gemeinsamen Abendessen versammelte sich die Familie im Wohnzimmer und machte es sich um den Kamin bequem, in dem Sirion ein gemütliches Feuer entfacht hatte. Aylana war ein wenig flau im Magen, denn sie konnte sich schon denken, was ihre Eltern mit ihr zu besprechen hatten.

Sirion eröffnete das Gespräch: „Ich möchte mit euch ein paar Punkte besprechen, die uns alle betreffen und insbesondere natürlich auch Aylanas großen Tag in zwei Wochen, wenn du“, sagte er und sah sie stolz an, „deine Bestimmung finden wirst und deine Ausbildung beginnen kannst. Adalar hat mich angerufen und …“

„Was will denn dieser Pelztroll schon wieder?“, unterbrach ihn Alfie.

„Bitte fall mir nicht immer ins Wort“, sagte Sirion ernst, bevor er sich wieder an Aylana wandte: „Wie gesagt, Adalar wollte wissen, was es mit den heutigen Ereignissen auf sich hat, und versucht jetzt natürlich auch diesen Vorfall zu seinem Vorteil zu nutzen.“

Salomee fragte: „Was hat denn das mit Adalars Abneigung gegen die Menschen zu tun?“

„Nun“, meinte Sirion, „Er geht davon aus, dass solche Dinge nicht passieren könnten, wenn wir uns nicht mit den Menschen auf diese Art und Weise beschäftigen würden. Ihr wisst ja, dass er den Kontakt mit Menschen möglichst vermeiden möchte und dass er ihnen sogar ihr Existenzrecht abspricht.“

Aylana erwiderte: „Es tut mir leid, Paps, aber ich denke in dieser Hinsicht nun einmal anders. So, wie wir alle hier. Ich hatte doch keine andere Wahl, wenn ich nicht zusehen wollte, wie Menschen verletzt werden.“

„Niemand macht dir Vorwürfe, Aylana“, sagte Salomee.

„Im Gegenteil. Du hast richtig und mutig gehandelt. Aber ich denke, was Sirion außerdem ansprechen wollte, ist deine Freundschaft zu Davy.“

Davy de Bakker war ein Junge in Aylanas Klasse, mit dem sie viel Zeit verbrachte. Beziehungen zwischen Arcandrin und Menschen führten erfahrungsgemäß zu Problemen, denn Arcandrin konnten ihre Gestaltwandlung bei tiefergehenden Beziehungen nicht aufrechterhalten und aus Verbindungen zwischen Arcandrin und Menschen waren stets Individuen hervorgegangen, die ihre speziellen Fähigkeiten für ihre persönlichen Machtgelüste missbrauchten. Es gab genügend Beispiele in der Geschichte, wie etwa Cäsar, Alexander, Dschingis Kahn, Napoleon und viele weitere. Aylana wehrte sich gegen diese Aussagen und widersprach: „Davy ist mir ein sehr guter Freund und ich bin gerne mit ihm zusammen. Mehr ist da nicht, ihr braucht euch keine Sorgen zu machen."

Daraufhin meinte Alfie spöttisch: „Ich habe euch auf jeden Fall schon händchenhaltend gesehen. Denke daran, dass ihr noch nicht 16 Jahre alt seid."

„Spinnst du?!", entrüstete sich Aylana und auch Salomee wies Alfie zurecht: „Was du wieder für alberne Gedanken hast. Schäm dich, Alfias."

Alfie wehrte sich großspurig: „Das ist nicht so abwegig, eine Persönlichkeit meines Wissensstandes und meiner Abgeklärtheit weiß genau, wovon sie spricht. Obwohl …", sagte er und wandte sich nun direkt an Aylana, bevor er weiterfuhr: „Weißt du, sexuelle Aktivitäten werden überbewertet und Höhepunkte sind nichts anderes als biomechanische Fehlzündungen, die jegliches logisches Denken verunmöglichen."

Während Salomee nach Luft rang, versuchte Sirion vergeblich, sein Gesicht hinter einem Kissen zu verbergen, um nicht laut zu lachen. Salomee warf ihm einen empörten Blick zu und sagte mit boshaftem Unterton zu Alfie: „Dann möchte ich dich nur daran erinnern, dass auch du das Ergebnis einer solchen Fehlzündung bist."

Jetzt war es endgültig aus mit Sirions Beherrschung. Er lachte, bis ihm die Tränen kamen, und auch die anderen fielen in sein Gelächter mit ein. Es dauerte einige Zeit, bis alle sich wieder beruhigt hatten. Dann sagte Sirion: „Also jetzt nochmals ernsthaft. Aylana, ich möchte einfach nur, dass du dir sicher bist, dass niemand, vor allem auch nicht Davy, etwas über uns herausfindet. Wir wissen alle, wie gefährlich das für uns werden könnte."

„Ja, Paps, du musst dir keine Sorgen machen. Ich weiß genau, was ich tue. Und Alfie hat mit seinen speziellen Gaben dafür gesorgt, dass kein großes Aufheben mehr um diese Sache gemacht wird."

Salomee spöttelte: „Da sieht man, dass selbst ‚Fehlzündungen' nützlich sein können."

Da brachen alle erneut in Gelächter aus, bis Sirion schließlich das Gespräch auf Aylanas bevorstehendes großes Ereignis lenkte: „Aylana, wir haben dich seit deiner Geburt gelehrt, alle deine Sinne zu entwickeln und zu schärfen. Deine Umwelt zu ehren und zu achten, die Gesetze unseres Volkes zu befolgen und zu verteidigen. Nun wirst du deinen Platz finden und deine Bestimmung erhalten. Versuche, deinen Geist und deine Seele rein und unberührt zu halten. So werden Dana Nala, Dano Aygo und das gemeinsame Bewusstsein allen Lebens dir helfen können, den richtigen Weg zu finden. Bist du bereit für diesen Schritt? Haben wir dir alles mitgegeben, oder hast du noch Fragen oder Wünsche an uns?"

„Nein, Paps", sagte Aylana.

„Du und Mam habt mir alles gezeigt und gelehrt, ich fühle mich bereit für diese Zeremonie und ich weiß, dass ich diese Vereinigung unbeschwert und ohne Forderungen eingehen soll. Ich danke euch, Dana und Dano, für all die Liebe und das Vertrauen, das ihr mir geschenkt habt."

Aylana wusste, dass sie für dieses Ritual keine Wunschvorstellung haben sollte und doch wünschte sie sich nichts sehnlicher, als am Ende das Symbol einer Drachenreiterin auf ihrem Oberarm zu tragen, wie ihr Vater. Und sie hoffte von ganzem Herzen, dass sie alle dafür notwendigen Eigenschaften besaß.

Aylanas Bestimmung

Auf Oileàin Arann in der Festung Dún Eochla war alles für Aylanas Zeremonie vorbereitet. Ihre Mutter hatte mit anderen Mitgliedern der Heilerinnen und Magier den für Menschen undurchdringlichen Zauber über die Festung gewoben, der es ihnen ermöglichte, die alten und heiligen Rituale ungestört durchführen zu können. Es mussten immer mindestens zehn Mitglieder des Elfenzirkels anwesend sein, um die Einhaltung der Regeln des Rituals zu bezeugen sowie die Eltern und Angehörigen des Novitae aygo, der Anwärterin des Lebens.

Die zehn Drachenritter hatten ihre prächtig aufgezäumten Drachen rund um den äußeren Steinkreis aufgestellt. Die mächtigen, prachtvollen Tiere, mit ihren in allen Farben schillernden Panzerschuppen, hatten die Flügel weit ausgebreitet und bildeten so einen undurchdringlichen Schutzwall um die Festung. Die Drachenritter selbst bildeten den zweiten Kreis um den inneren Steinwall. Vervollständigt wurde ihr Kreis durch mehrere Feuer, die mit ihrem flackernden und wärmenden Licht die Umgebung erhellten. Sie alle trugen ihre traditionellen Rüstungen mit den jeweiligen Insignien der Clans. In Sirions Fall war es das Symbol der Sonnendrachen, das seit jeher alle Mitglieder seiner Familie auszeichnete. Bewaffnet waren alle mit ihren Schwertern und Bögen, die ebenso individuell waren wie ihre Träger. Die einzelnen Waffen hatten das besondere Merkmal, dass sie nur von ihren Besitzern geführt werden konnten.

Im Zentrum der Festung befand sich der Sola arva aygo, der heilige Baum des Lebens. Ein mächtiger, weit verzweigter, Jahrtausende alter Baum, der mit seinen Wurzeln und Blättern die Vereinigung von Dana Nala und Dano Aygo symbolisierte. Er war in der Mutter Erde verwurzelt, die Äste und Blätter der Sonne

21

entgegenwachsend. Aylana war mit Salomee, Alfias und all ihren Familienangehörigen um diesen Baum versammelt. Sie trug das einfache, schmucklose Gewand der Novitae aygo. Ein weißes Kleid mit langen Trompetenärmeln, das um ihre Taille mit einer violetten Kordel zusammengehalten wurde und einer langen Kapuze, die ihr Gesicht halb bedeckte.

Die Drachenritter eröffneten das Ritual mit den vorgeschriebenen Worten der Arcandrin: „Sola Luz, Dano Aygo, Attawa uso. Sola Nala, Dana Aygo, Attawa uso."

Nach einigen Minuten fielen auch die übrigen Anwesenden in diesen Sprechgesang mit ein. Sirion verließ den Kreis der Drachenritter und kam ins Zentrum der Festung. Er und Salomee führten Aylana zum heiligen Baum und Aylana lehnte sich mit ihrem Rücken an den mächtigen Stamm. Sie befreite ihren Geist von allem Ballast und versuchte, sich nur auf die Stimmen zu konzentrieren, die immer lauter und eindringlicher wurden. Aylana spürte plötzlich, wie sie von Ästen und Ranken des Baumes umschlungen wurde. Der Baum umfing Aylana liebevoll und verhüllte nach und nach ihren ganzen Körper. Aylana hörte die Stimmen nur noch im Hintergrund und es war, als öffnete sich ihrem Bewusstsein das ganze Universum. Sie fühlte sich vollständig eins mit allem Sein und Leben und verspürte einen tiefen heiligen Frieden, wie er nur einer unbefleckten reinen Seele zuteilwerden konnte.

Sie fühlte, wie Sola arva aygo mit ihr sprach und wusste, dass ihr Innerstes, ihre geheimsten Gedanken, vor dem Lebensbaum und der Schöpfung enthüllt waren. All Ihre Wünsche und Träume lagen offen da und das Bewusstsein des heiligen Baumes, das sich mit der Energie allen Lebens vereinigt hatte, nahm sie in diese Vereinigung, diese Symbiose aller Formen des Lebens, mit auf. Aylana fühlte sich geborgen, verspürte jedoch auch die Verantwortung, die sie mit dieser Vereinigung eingegangen war. Nach einer scheinbar unendlich langen Zeit, spürte sie, wie sich die Ranken langsam von ihr zurückzogen und sie wieder freigaben.

Aylana öffnete die Augen und ihre normalen Sinne nahmen ihre Umgebung wieder wahr.

Die Stimmen waren verstummt und es war kein Laut zu hören. Selbst die Drachen standen absolut bewegungslos da und beobachteten das Zentrum des Kreises mit ihren violett schillernden Augen. Sirion und Salomee standen vor Aylana und sie wusste, dass jetzt der Moment der Entscheidung gekommen war. Hatte Sola arva aygo ihr die Bestimmung offenbart? War Aylana jetzt eine wahre Arcandrin?

Sirion trat zu ihr und schob sanft ihren rechten Ärmel hoch. Aylana spürte ihren eigenen Herzschlag dumpf wie ein fernes Echo. Sie hörte das Rauschen ihres eigenen Blutes. Und sie spürte die Blicke der Elfen um sie herum alle auf sich gerichtet.Vor den Augen aller wurde auf ihrem Oberarm das Symbol der Drachenritter sichtbar. In diesem Moment warfen alle Drachen ihre Köpfe nach oben und ließen ein triumphierendes, tiefes Grollen ertönen. Aylana wurde fast schwindlig vor Glück und Sirion und Salomee umarmten ihre Tochter voller Stolz. Sirion setzte gerade zum Sprechen an, als etwas Merkwürdiges geschah. Die Flammen der Feuer loderten hell auf und alle Drachen beugten ihre Vorderbeine und senkten die Köpfe zu Boden, als würden sie sich verbeugen. Es war, als würde die Welt minutenlang den Atem anhalten. Kein Geräusch war zu hören. Selbst das Knistern der Flammen schien verstummt zu sein, als Dorkon, einer der Drachenritter zu Aylana und ihren Eltern trat.

„Sirion, du weißt, was das bedeutet", sagte er leise.

„Die Prophezeiung hat sich erfüllt!"

Mit diesen Worten schob er Aylanas linken Ärmel hoch. Auf ihrem Oberarm prangte ein leuchtendes Symbol, das ein Schwert zeigte, auf dem mit violett schimmernden Runen ‚Amada aygo', ‚Hüterin des Lebens', geschrieben stand. Sirion und Salomee erstarrten und blickten Aylana ungläubig an. Auch die übrigen Drachenritter traten herbei, um das Symbol mit eigenen Augen zu sehen. Adalar, der auch zu ihnen gehörte, wandte sich an Sirion: „Sie muss in die Kammer. Sofort! Wenn sie es ist, wird diese Prüfung die Prophezeiung bestätigen."

„Was ist das für eine Prüfung, Adalar?", fragte Salomee besorgt.

An seiner Stelle antwortete Sirion düster: „Unter uns liegt die Kammer der Bewährung, in der nur die wahren Auserwählten bestehen können. Viele haben es schon versucht, noch nie ist jemand zurückgekehrt."

Aylana hörte mit wachsender Verwirrung zu und fragte: „Was hat das alles zu bedeuten? Was geht hier vor und was heißt dieses Zeichen?"

Sirion fasste sie bei den Schultern und sah ihr mit ernster Miene ins Gesicht: „Es gibt in unserem Volk eine Legende, die besagt, dass eine reine Seele wiedergeboren wird, die den Völkern der Erde den Frieden wiederbringen kann."

„Und, dass wir sie erkennen werden, an diesem Symbol." Dabei zeigte er auf ihren linken Oberarm.

„Du musst die Kammer der Bewährung betreten. Nur so kann sich die Prophezeiung erfüllen. Niemand weiß, was dort auf dich wartet, meine Tochter. Ich werde dir nicht helfen können."

Salomee trat zu ihnen: „Sirion, sie ist doch noch so jung. Muss das wirklich jetzt geschehen? Ist das nicht vielleicht alles nur ein Irrtum?"

Sie nahm Aylana in die Arme, um sie zu beschützen, aber Adalar entgegnete mit steinerner Miene: „Sie trägt das Zeichen! Es ist so bestimmt. Sie muss die Kammer betreten. Du weißt Sirion, wir alle haben unseren Eid geleistet, die Gesetze der Arcandrin zu wahren und zu verteidigen. Sie muss in die Kammer. Sofort!"

„Kann mir endlich jemand erklären, was das alles zu bedeuten hat?", fuhr Aylana dazwischen. „Wo ist diese Kammer und was erwartet mich dort? Dana, Dano, was geht hier vor?"

„Wir wollen kurz mit Aylana sprechen. Sie muss wissen, was auf sie zukommt, wenn sie die Kammer betritt." Sirion wandte sich bestimmt an Adalar und den Rat des Elfenzirkels.

Dorkon erwiderte verständnisvoll: „Dawa. Ja, Sirion, das sei euch gewährt. Aber du weißt, was die Schriften verlangen. Sie muss die Kammer noch in dieser Nacht betreten."

Sirion nahm seine Familie zur Seite und begann leise und eindringlich mit Aylana zu sprechen. „Wie du weißt, behütet der Rat des magischen Zirkels und die Drachenritter auch die Schriftrollen der Arcandrin, in denen seit Anbeginn der Zeiten alle Geschehnisse und das ganze Wissen unseres Volkes festgehalten sind. In diesen Schriftrollen steht auch eine Prophezeiung. Diese besagt, dass eine Elfe geboren wird, die wir an ihrem Zeichen erkennen werden. An dem Tag der Novitae aygo. Du, meine Tochter, hast diese Zeichen erhalten. Die Prophezeiung besagt auch, dass diese Elfe unser Volk beschützen und in eine Zeit führen wird, in der alle Geschöpfe im Einklang leben können."

„Dano, ich bin gerade sechzehn Jahre alt geworden. Ich bin nur eine normale Arcandrin. Es ist nichts Besonderes an mir", unterbrach ihn Aylana.

„Du bist besonders." Salomee nahm sie in die Arme.

„Seit deiner Geburt habe wir immer gespürt, dass etwas in dir verborgen ist, dass selbst ich nie ganz erfühlen konnte. Vertraue auf dich selbst. Sola arva aygo hat dein Innerstes erspürt und dich mit diesem Symbol geehrt. Du kannst diese Kammer ohne Angst betreten. Der heilige Baum des Lebens kann sich nicht täuschen. Vertraue auch ihm. Wir werden hier sein und auf dich warten."

In diesem Moment rief Adalar nach ihnen: „Die Pforte hat sich geöffnet. Es ist Zeit!"

Sirion führte Aylana zu einer Lücke in der Steinmauer, die sie zuvor nicht gesehen hatte. Von dort führte eine steinerne Treppe hinab, von der Aylana gerade einmal die obersten Stufen im Schein der Feuer erkennen konnte. Sirion sagte: „Hab keine Angst meine Tochter, du bist behütet und Sola arva aygo wird dich leiten."

Nach kurzem Zögern betrat Aylana die Treppe und tastete sich vorsichtig die Dunkelheit hinab. Nach einigen Stufen ertönte über ihr ein Scharren und der Stein glitt zurück über die Öffnung. Sie war nun in undurchdringlicher Dunkelheit gefangen. Es war kein Geräusch mehr von draußen zu hören. Aylana fühlte sich einsam und hilflos. Sie nahm ihren ganzen Mut zusammen und tastete sich der Wand entlang tiefer und tiefer hinab. Nach einer Weile glaubte sie, einen Lichtschimmer erkennen zu können. Nach ein paar weiteren Stufen erkannte sie ein großes, rundes Gewölbe über ihr. Das Licht schien direkt aus den Wänden zu strahlen, wie aus tausenden von Kristallen. Aylanas Augen gewöhnten sich an das sanfte Licht und sie erkannte, dass sie sich unter dem Lebensbaum befand, dessen mächtige Wurzeln die Decke und die Wände des Gewölbes bildeten. Inmitten des Saales formten die Wurzeln eine verschlungene Säule. Im Zentrum war ein prächtiger, schwarz glitzernder, runder Kristall zu sehen, der direkt aus dem Boden herauszuwachsen schien. Er war etwa einen Meter hoch und wies einen Durchmesser von mindestens zwei Metern auf. Entlang der Wände des Raumes befanden sich überall Nischen und kleine Höhlen, in denen sich tausende von Schriftrollen und Büchern befanden. Auf einer Seite entdeckte Aylana eine massive Tür, auf der in goldenen Lettern und in der Sprache der Arcandrin geschrieben stand: „Nur die tiefe Wurzel kann den Himmel erreichen."

Aylana verspürte keine Furcht mehr. Sie hatte dasselbe Gefühl wie in dem Moment, als sie von Sola arwa aygo umarmt worden war. Sie ging neugierig die Wände entlang und griff vorsichtig nach einer Schriftrolle, als eine Stimme ertönte: „Ich habe lange auf dich gewartet, Tochter der Sonne und der Erde. Viele tausend Jahre."

Aylana drehte sich ruckartig um und versuchte, den Ursprung der Stimme zu finden. Die Worte schienen jedoch direkt in ihrem Kopf zu erklingen. Erst jetzt bemerkte Aylana, dass der Kristall im Inneren der Säule in eine schimmernde Kugel aus Licht gehüllt war. Aylana trat langsam näher an ihn heran. Vor den verschlungenen Wurzeln des Lebensbaumes blieb sie stehen und fragte: „Wer bist du? Deine Stimme scheint mir so vertraut und doch kenne ich dich nicht. Ich bin so verwirrt. Was geschieht mit mir?"

Die Lichtkugel veränderte langsam ihre Erscheinung und formte eine Gestalt.

„Ich bin Ava, Tochter von Sola arwa aygo. Ich werde dir alle deine Fragen beantworten, soweit es mir erlaubt ist."

Mit diesen Worten trat sie aus dem Inneren der verschlungenen Wurzeln des Lebensbaumes hervor. Aylana war bei ihrem Anblick wie vom Blitz getroffen und stieß hervor: „Ava! Ich kenne diesen Namen. Meine Mutter hat mir oft von dir erzählt. Alle Kinder der Arcandrin haben von den Legenden um Ava, der Tochter des Lebensbaumes, gehört."

„Attawa osu, Aylana", sagte Ava und legte dabei ihre rechte Hand auf ihr Herz. Danach streckte sie ihren Arm aus, öffnete die Finger und ihre Handfläche richtete sich auf Aylana. Dies bedeutete, dass Ava aus ihrem Herzen Liebe nahm und Aylana schenkte.

„Attawa uso", antwortete Aylana, wobei auch sie die geöffnete Hand ausstreckte, schloss und zum Herzen führte, wo sie die Finger wieder öffnete. Damit hatte sie die Liebe entgegengenommen und zu ihrem Herzen geführt.

Ava war eine wunderschöne Elfe. Das besondere an ihr waren ihre mächtigen Schwingen, die selbst zusammengefaltet bis an ihre Füße reichten und über ihren Kopf hinausragten. Die Flügel waren von einem strahlenden Weiß, das an den Rändern langsam in ein intensives Violett überging. Ihre lang herabfallenden Haare sowie ihre Augen schimmerten ebenso in dunklen, violetten Tönen. Gekleidet war sie in ein schlichtes, weißes Kleid mit langen und weiten Ärmeln. Um ihre Hüften war ein Band gelegt, das mit denselben schwarzen Kristallen besetzt war, wie das Innere der Säule. Aylana war wie betäubt vom Anblick der wunderschönen Gestalt und konnte fast nicht glauben, dass Ava wahrhaftig vor ihr stand.

„Aylana, meine Tochter, nun ist die Zeit gekommen, dich über deine Bestimmung aufzuklären und dir alles über unser Volk zu erzählen. Du musst jedoch wissen, dass du jederzeit gehen kannst, wenn du das möchtest. Solltest du deinen vorbestimmten Platz einnehmen, wird das mit vielen inneren und äußeren Kämpfen verbunden sein und du wirst viele Entbehrungen ertragen müssen. Doch du kannst das Volk der Arcandrin in eine Zukunft führen, in der wir in Frieden und Freiheit mit allen Lebewesen und der Natur existieren können. Du weißt, wie es auf unserer Dana Nala, unserer Mutter Erde, aussieht. Es gibt leider viele Kräfte, die ihre eigenen Machtgelüste und Interessen vor den Schutz der Natur und vor ein friedliches Zusammenleben aller Lebewesen stellen. Es gibt sogar Abtrünnige unseres eigenen Volkes, die sich gegen uns stellen. Nur wenige unter uns wissen von dieser Bedrohung, den Arcandrin, die sich selbst die einzig wahren berechtigten Beherrscher der Erde nennen. Sie bezeichnen sich als ‚Shiazul' und streben nach der alleinigen Herrschaft über die Welt. Und sie haben sich abgewandt von unseren Idealen und unserer Geschichte. Doch davon später, Aylana." Sie hielt einen Moment inne, bevor sie sagte: „Stelle zuerst deine Fragen. Komm."

Sie deutete auf den Kristall, aus dem sie gekommen war, und Aylana folgte ihr zögerlich ins Innerste des Lebensbaumes. Sie setzten sich auf den Kristall und es schien Aylana, als wären sie in eine Welt eingetaucht, die ihr unsagbar neu und doch vertraut vorkam. Ava und Sola Arva aygo kannten ihre Fragen, bevor sie sie aussprechen konnte und ihre Antworten erklangen direkt in Aylanas Kopf. Sie sah die Geschichte ihres Volkes vor ihrem inneren Auge und erfuhr, weshalb sich die Arcandrin von den Menschen zurückgezogen hatten und weshalb sie ihre wahre Gestalt verbargen. Sie erfuhr auch, dass einst viele Arcandrin Schwingen besessen hatten. Doch aus Furcht vor Verfolgung durch die Menschen waren viele Fähigkeiten und Merkmale von Generation zu Generation verloren gegangen. Auch die vielfältigen Lebensformen der Elfenkinder gerieten durch ihren Rückzug von den Menschen mehr und mehr in Vergessenheit. Heute existieren nur noch wenige Völker der Gnome, Zwerge und Trolle. Aylana lernte, dass es auch heute noch Menschen gab, die sich das Wissen um die Naturwesen bewahrt hatten und deren Anwesenheit erspüren können. Ava und der Lebensbaum ließen tausende von Bildern in Aylanas Kopf entstehen und sie lernte so viel über die Geschicke der Erde und deren Geschöpfe, dass in ihr langsam ein Verständnis über den Lauf der Geschichte und die Folgen der tausendfach verästelten Geschehnisse heranwuchs.

Plötzlich wurde sich Aylana bewusst, wie viel Zeit vergangen sein musste und dass sich Salomee und Sirion bestimmt schon um ihr langes Ausbleiben sorgten. Auch Ava erkannte Aylanas Gedanken und beruhigte sie: „Sola Arva aygo hat bereits mit den Drachenrittern gesprochen. Du wirst jetzt dieses Gewölbe verlassen und deine normale Ausbildung, die dich zur Drachenreiterin machen wird, aufnehmen. In zwei Jahren, wenn du deine Prüfungen abgeschlossen hast, sehen wir uns hier wieder."

Ava führte sie aus der Säule heraus, zeigte auf das Portal, das Aylana schon vorhin aufgefallen war und sagte: „In zwei Jahren wird dir auch dieses Portal offenstehen und ich werde dich in die letzten Geheimnisse unseres Volkes einweihen. Dieses Gewölbe aber steht dir jederzeit offen und du kannst von all dem Wissen hier Gebrauch machen."

Sie sah Aylana ernst in die Augen und fragte dann feierlich: „Nun weißt du, was dich erwartet, wenn du deine Bestimmung annehmen willst. Wir lassen dir die Wahl. Noch nie wurde eine Arcandrin gezwungen, diese Last der Verantwortung anzunehmen. Du könntest deine Ausbildung als Drachenreiterin beenden und dein Leben wie bis anhin weiterführen. Also Aylana, wir fragen dich nun. Willst du deine Bestimmung erfüllen?"

Fast schien es Aylana, als würden Avas Augen sie darum bitten, es nicht zu tun. Doch Aylana sagte mit fester Stimme: „Ich werde meine Bestimmung annehmen und mein Leben für das Wohlergehen und die Freiheit aller Geschöpfe von Dana Nala und Dano Luz einsetzen."

Da nickte Ava und sagte: „Wir werden stets für dich da sein. Du besitzt jetzt die Gabe des stillen Sprechens und du wirst deine Verbundenheit mit allen Kindern der Erde und der Sonne spüren können. Nun, Aylana, es ist üblich, dass die Novitae Aygo nach vollendeter Zeremonie mit den Insignien ihrer Zugehörigkeit zur Gilde ausgestattet werden. Als Anwärterin der Drachenritter steht dir ein Bogen und ein Schwert zu. Diese Auszeichnungen werden normalerweise von den Mitgliedern des Elfenzirkels überreicht, doch Sola arwa aygo und ich, wir haben dies hier für dich vorbereitet."

Sie wies auf einen Kristall, der sich aus dem Boden erhoben hatte und auf dem ein Schwert und ein Bogen sichtbar wurden.

Aylana erkannte die Waffen sofort und alles begann, sich vor ihren Augen zu drehen. Sie wandte sich zu Ava um und sagte mit erstickender Stimme: „Jedes Kind der Arcandrin hat von diesen Waffen gehört, die einst der legendären Königin der Arcandrin gehörten. Alle kennen die Geschichten, die sich um Xandria ranken und wie sie unser Volk einst in die Freiheit geführt hat. Ich kann nicht … Ava, wie kann ich dem gerecht werden?"

Ava unterbrach sie und zeigte auf den Lebensbaum: „Sola Arva aygo hat dich auserwählt und der Lebensbaum besitzt die gesammelte Weisheit, seit Anbeginn der Zeiten. Vertraue auf dich."

Ava trat zu dem Kristall, auf dem die Waffen lagen und nahm den Bogen in die Hand.

„Dies ist Durandort, Shira Fura ad Luz, der Drachenbogen der Sonne. Nur du wirst ihn spannen können." Sie legte Durandort wieder auf den Kristall und ergriff das Schwert.

„Und dies ist Xandar, Sia Cristia ad Zul, das Kristall Schwert des Mondes. Nur du wirst Xandar führen können." Sie legte auch Xandar wieder auf den Kristall und bedeutete Aylana, die Waffen anzulegen. Aylana trat ehrfürchtig näher und betrachtete die eindrucksvollen Waffen. Sie kannte die Geschichten und wusste, dass Durandort aus dem Holz des Lebensbaumes gewachsen war und dass die Sehne aus den Schweifhaaren eines Einhornes bestand. Der Bogen schimmerte dunkel und sein Inneres schien durch tausende schwarze Kristalle zu funkeln. Es waren dieselben, die auch überall in dem Gewölbe sichtbar waren. Xandar war ganz aus dem schwarzen Kristall geschmiedet worden, in seinen Griff waren Drachenschuppen eingelegt, die in allen Farben des Lichts schimmerten. Als Aylana die Waffen in die Hand nahm, schien es, als wären diese lebende Teile ihres Körpers und sie konnte die Energie spüren, die darin verborgen war.

„Nun komm, Aylana." Ava zeigte auf die Treppe.

„Der Eingang ist geöffnet und deine Familie und die Drachenritter erwarten dich. Eine wichtige Sache noch … du kannst jetzt die Elfenportale jederzeit selbst öffnen und benützen. Aber nutze diese Fähigkeiten nur zu unser aller Wohl, niemals eigennützig."

Ava führte sie zur Treppe, als Aylana nochmals die Stimme von Sola Arva aygo in ihren Gedanken hörte: „Pass gut auf dich auf, meine Tochter. Die Shiazul werden sehr bald von den heutigen Geschehnissen erfahren und danach trachten, diese zu ihrem Vorteil zu nutzen. Vollende vorerst deine Ausbildung zur Drachenreiterin und verberge dein Wissen tief in dir. Und …“, sagte der Lebensbaum und machte eine Pause, „deine gefährlichsten Feinde sind nicht diejenigen, die dir offen entgegentreten, es sind vielmehr diejenigen, die du erst auf den zweiten Blick erkennen wirst. Lerne, auf deine Gefühle zu hören und vertraue der Stimme deines Herzens.“

„Attawa osu, Aylana.“

„Attawa uso“, erwiderte Aylana und empfing die Liebe, indem sie ihre Hand auf ihr Herz legte.

Ava nahm sie in die Arme und umschloss sie dabei fest mit ihren Schwingen. Sie küsste Aylana auf die Stirn und wiederholte nochmals: „Dieser Ort soll dir jederzeit Schutz und Hilfe bieten. Gehe jetzt, Amada aygo, deine Eltern können es gar nicht erwarten, dich auch in die Arme zu schließen.“

Mit diesen Worten drehte sich Ava um und ging zurück in das Zentrum der Säule, wo sie sich wieder mit Sola arva aygo vereinigte. Aylana straffte die Schultern, befestigte Xandar auf ihrem Rücken und nahm Durandort in die Hand. Daraufhin schritt sie langsam die Treppe hinauf. Als Aylana das Ende der Treppe erreicht hatte, sah sie, dass bereits der Morgen graute. Doch die Feuer loderten immer noch hellauf und die Drachenritter sowie ihre Familie erwarteten sie im innersten Steinkreis und um den Lebensbaum versammelt. Ihre Drachen bildeten den Schutzwall um den äußeren Kreis und erhoben die Köpfe bei Aylanas Erscheinen.

Als die Drachenritter die Waffen in Aylanas Händen erkannten, wurde es totenstill in der Festung und alle starrten sie ungläubig an. Gondrin, der Waffenmeister der Drachenritter, brach als Erster das Schweigen: „Xandar und Durandort. Die Waffen Xandrias. Die Prophezeiung erfüllt sich."

Dorkon trat auf sie zu und legte die Hand auf Aylanas Schulter.

„Der Lebensbaum hat zu uns gesprochen. Du wirst als Anwärterin in den Kreis der Drachenritter aufgenommen und dein Vater wird deine Ausbildung übernehmen. Du wirst …" Adalar unterbrach ihn, indem er auf Aylana zutrat, ihr den Bogen aus der Hand nahm und höhnisch sagte: „Die Legende besagt, nur die rechtmäßigen Nachfolger Xandrias können mit diesen Waffen umgehen. Nun denn, wir wollen sehen, ob sich diese Legende bewahrheitet."

Er versuchte den Bogen zu spannen, doch so sehr er sich auch mühte, der Bogen in seiner Hand widersetzte sich all seinen Kräften. Wütend drückte er Aylana den Bogen wieder in die Hand und spottete: „Wir wollen doch sehen, ob du vermagst, was sogar mir nicht gelingt."

Aylana blickte unsicher zu Sirion, doch dieser nickte ihr beruhigend zu. Aylana nahm den Bogen in die linke Hand, legte einen Pfeil ein und spannte den Bogen mühelos. Der Pfeil schoss gedankenschnell von der Sehne und spaltete einen Stein der Mauer mitten entzwei. Daraufhin wurde Adalar noch wütender, nahm Aylana nun auch Xandar aus dem Rückenhalfter und versuchte, das Schwert zu schwingen. Doch auch hier widersetzte sich die Waffe und es sah aus, als versuche Adalar ein dickes Tau zu schwingen. Die Klinge widersetzte sich jeder seiner Bewegungen, bis er erschöpft aufgab und Xandar Aylana entgegenschleuderte. Das Schwert glitt wie von selbst in Aylanas Hand und es sah aus, als wäre sie selbst am meisten darüber erstaunt.

Aylanas Familie hatte Adalars fruchtlose Versuche und sein unbeherrschtes Auftreten angespannt verfolgt. Gondrin aber sagte: „Schwinge das Schwert, Aylana und zeige uns, dass sich Xandar seine rechtmäßige Besitzerin ausgewählt hat."

Natürlich hatte Aylana von Kindesbeinen an mit Holzschwertern und Pfeil und Bogen gespielt, doch dies hier war etwas ganz anderes. Sie nahm Xandar hoch und begann das Schwert, das sich wie ein Teil ihrer selbst anfühlte, zu schwingen. Es sah aus, als sei Aylana von einer leuchtenden Kugel umgeben, als sie das Schwert um sich wirbeln ließ. Sie spürte, dass eigentlich Xandar ihre Hand führte und nicht umgekehrt.

Gondrin sagte zu Adalar gewandt: „Es sind alle Zweifel ausgeräumt. Gibt es noch jemanden, der etwas einzuwenden hat?"

Er sah nacheinander alle Drachenritter an, doch alle außer Adalar nickten zustimmend.

„Gut, dann bleibt es dabei. Sirion wird Aylanas Ausbildung übernehmen und in zwei Jahren, wenn Aylana die Maga Fura, die Drachenreife erreicht hat, sehen wir uns hier wieder. Sola arva Aygo wird über ihr weiteres Schicksal entscheiden", wandte er sich an Aylana.

„Bis dahin wird alles so sein, wie bisher. Außer deiner Ausbildung zur Drachenreiterin wird sich nichts ändern. Du wirst dein Leben weiterführen wie bisher. Du wirst zur Schule gehen und Handlungen vermeiden, die auf dich aufmerksam machen könnte. So wurde es uns vom Lebensbaum und Ava aufgetragen. Attawa osu euch allen. Die Zeremonie ist hiermit beendet."

Sirion entgegnete: „Nimm bitte Raga, meinen Drachen, mit. Ich werde ein Portal öffnen, um mit meiner Familie heimzukehren."

Nach diesen Worten löste Gondrin die Versammlung auf. Die Krieger bestiegen ihre Drachen und flogen im Schutze des Schattenzaubers davon. Aylana und ihre Familie jedoch benutzten eines der Elfenportale, um nach Hause zurückzukehren. Elfenportale können nur von Mitgliedern des Elfenzirkels geöffnet werden. Schon viele, die es versucht hatten, ohne die entsprechende Begabung und Magie zu besitzen, waren unauffindbar in Raum und Zeit verschwunden. Sirion aber verfügte über die entsprechenden Kenntnisse. Mit Hilfe der uralten magischen Formeln öffnete er ein Portal und bald wies auf Oileàin Arann in der Festung Dún Eochla nichts mehr auf die Anwesenheit der Arcandrin hin.

Die Ausbildung

Am Tag nach der Zeremonie saß Aylana mit ihrer Familie beim Abendessen in der gemütlich eingerichteten Küche und sie sprachen über die letzte Nacht. Alfie beschwerte sich: „Kein einziger dieser komischen, fliegenden, schuppigen Schildkröten hat richtig Feuer gespuckt. Ha! Und so was will ein Drachen sein!"

Aylana erwiderte spöttisch: „Aber Alfie, du weißt doch, dass feuerspuckende Drachen nur in den Menschenmärchen existieren. Wie sollte denn das Feuer entfacht werden?"

„Ich habe kürzlich eine Sendung im Fernsehen gesehen, bei der bewiesen wurde, dass ein Furz brennt. Also wieso …"

Alfie wurde brüsk von Salomee unterbrochen, die einwarf: „Alfias, wie oft habe ich dir schon gesagt, dass ich bei Tisch solche Ausdrücke nicht dulde."

Alfias murmelte beleidigt: „Ich glaube, das war ‚Jackass' oder so etwas ähnliches."

Sirion meinte lachend: „Alfie, ich glaube, wir müssen uns einmal über deine Programmauswahl unterhalten. Aber jetzt mal im Ernst, wir sollten uns alle wirklich Mühe geben, uns wie eine ganz normale Familie mit zwei halbwüchsigen Teenagern zu benehmen. Das sollte ja nicht allzu schwierig sein."

„Wenn Ihre Erhabenheit, also meine komische Schwester und ich, weiterhin wie gewöhnlich streiten dürfen …"

Weiter kam Alfie nicht, denn Aylana hatte ihm mit der Treffsicherheit und der Geschwindigkeit einer Elfe eine Kartoffel in den halb geöffneten Mund geworfen, an der Alfie jetzt fast erstickte.

Salomee warf Aylana einen vorwurfsvollen Blick zu und stand auf, um Alfias auf den Rücken zu klopfen. Sirion lachte zwar auch, meinte aber anschließend mit ernster Miene: „Alfie, keine dämlichen Anspielungen mehr. Wir alle werden uns jetzt Mühe geben, uns ganz normal zu verhalten und uns den menschlichen Gepflogenheiten so weit wie möglich anzupassen. Und kein Wort mehr von der gestrigen Nacht. Ihr geht zur Schule und pflegt den Kontakt mit euren Freunden wie bisher. Nur für dich, meine Tochter, wird mit Beginn deiner Ausbildung einiges an Zeitaufwand hinzukommen. Wir müssen uns noch überlegen, was du deinen Freundinnen und Freunden mitteilen kannst, um deine knappe Freizeit zu erklären. Das werde ich noch mit deiner Mutter besprechen. Und jetzt genug davon, lasst uns endlich essen."

Alfie erwiderte: „Na endlich, ich dachte schon, du hörst überhaupt nicht mehr auf mit deinem Vortrag. Schieb schon mal das Salz rüber, Oldie."

Nun kämpfte Sirion seinerseits mit einem Bissen, der ihm im Hals steckengeblieben war und während er rot anlief, meinte Alfie nur lässig: „Was ist denn los? Ich benehme mich nur wie ein ganz normaler Teenager."

Und während Salomee sich um Sirion kümmerte, tauchte Aylana lautlos hinter der Tischkante ab.

„Hörst du mir überhaupt zu?" Davy rüttelte Aylana an der Schulter.

„Hallo, Erde an Andromeda. Bitte antworten. Seit ihr letztes Wochenende deine Verwandten in Irland besucht habt, bist du irgendwie ein wenig von der Rolle. Hast du da feuerspuckende Drachen gesehen?"

Aylana verschluckte sich bei diesen Worten an der Cola, an der sie gerade nippte und hustete, bis sie Tränen in den Augen hatte. Davy und Aylana saßen während der Pause auf der Mauer der Schulhofbegrenzung und ließen die Beine baumeln. Davy klopfte ihr auf den Rücken und meinte lächelnd: „Na, jetzt hat doch noch etwas, das ich sage, eine gewisse Wirkung hervorgerufen."

„Bitte entschuldige, Davy, ich war gerade etwas abwesend mit meinen Gedanken."

Obwohl Aylana sich alle Mühe gab, sich nichts anmerken zu lassen, hatten die Ereignisse auf Oileàin Arann doch tiefe Spuren in ihrer jungen Seele hinterlassen. Sie wusste nicht, wie sie diesen Erwartungen jemals gerecht werden konnte.

„Also, Davy, was wolltest du mir sagen?"

Davy machte ein geheimnisvolles Gesicht und meinte mit vorwurfsvollem Ton: „Da du es vorgezogen hast, deinen 16 Geburtstag ohne deinen besten Freund", sagte er und deutete mit wichtiger Miene auf sich, „zu verbringen, habe ich meine Überraschung für dich gezwungenermaßen den Umständen angepasst. Dir zuliebe …"

Aylana knuffte ihn in die Rippen, was Davy ein schmerzhaftes Stöhnen entlockte.

„Komm zur Sache und hör auf, so geschwollen daherzureden."

Während Davy sich vorwurfsvoll die Rippen massierte, erklärte er: „Am übernächsten Wochenende, samstagnachmittags, treffen wir uns bei mir zuhause. Es werden noch ein paar andere kommen und mehr verrate ich dir nicht."

Davys Eltern besaßen ein schönes Haus direkt am Fluss mit großem Pool und eigenem Bootssteg. Aylana ermahnte Davy, keine große Sache aus diesem Geburtstag zu machen, denn sie fühlte sich etwas unwohl bei dem Gedanken, wenn viele Menschen ihretwegen versammelt waren. Es war seltsam, seit der Begegnung mit Ava und dem Lebensbaum konnte sie Gefühlsregungen und Absichten anderer deutlich erkennen. Ob es wohl das war, was Ava gemeint hatte, mit der Gabe des stillen Sprechens? Sie hatte auch bemerkt, dass sie wie ihr Bruder beeinflussend auf ihr Gegenüber einwirken konnte.

„… deine Badesachen mitnehmen und … Aylana! Du bist schon wieder ganz woanders. Würdest du mir bitte zuhören?"

Davy sprang von der Mauer und stellte sich vor ihr auf.

„Ach Davy, ich bin nur etwas durch den Wind wegen der Sache mit meiner Oma. Du weißt ja, dass ich sie jetzt dreimal die Woche pflegen muss, wenn die Schwester meiner Mama Nachtschicht hat. Und manchmal sogar übers Wochenende."

Das war die Geschichte, die sie mit Salomee und Sirion vereinbart hatte, um eine plausible Erklärung für ihre häufige Abwesenheit zu finden. Denn ihre Ausbildung zur Drachenreiterin würde viel Zeit beanspruchen.

„Ja, was für ein Pech, dass deine Oma diesen Unfall hatte. Aber zum Glück ist Biel ja nicht allzu weit weg", sagte Davy und warf sich in die Brust.

„Aber dann erwarte ich schon, dass du die restliche Freizeit zu einem großen Teil mit deinem strahlenden Helden verbringst."

Aylana musste bei seinem schelmischen Grinsen lächeln.

„Sicher, mein Held, aber jetzt lass uns einer der grässlichsten Herausforderungen unseres jungen Lebens entgegentreten."

„Hä?" Davy war ratlos.

„Der Biologieprüfung bei Frau Beyeler."

Aylana sprang von der Mauer und zog Davy mit sich in das Schulgebäude.

Ein Freund von Sirion, ein Arcandrin Namens Siutei, besaß in Biel eine große Lagerhalle, die vortrefflich geeignet war, um Aylanas Ausbildung zu beginnen. Die Halle war etwa zehn Meter hoch, 800 Quadratmeter groß und vollgestellt mit Paletten und Waren. Sirion und Aylana hatten eine große Fläche freigeräumt und konnten so jederzeit von der Halle Gebrauch machen. Sie hatten vereinbart, vorerst dreimal wöchentlich einige Stunden miteinander zu trainieren.

Für das erste Training mit Sirion hatte Aylana eine herbe Enttäuschung hinnehmen müssen, als ihr Vater erklärt hatte, dass ihre Ausbildung zur Drachenreiterin vorerst ohne Durandort und Xandar stattfinden würde. Stattdessen überreichte ihr Sirion ein Übungsschwert und einen gewöhnlichen Bogen. Aylana wollte protestieren: „Aber Vater, ich habe ja schon bewiesen, dass ich Durandort und Xandar beherrsche!"

„Nein, meine Tochter, Durandort und Xandar haben bewiesen, dass sie dich beherrschen. Jetzt musst du zuerst lernen, wie du Waffen beherrschen kannst."

Für Aylana begann jetzt eine Zeit der harten Arbeit und des intensiven Trainings. Beim ersten Training mit dem Schwert hatte sie schon nach fünf Minuten ein schmerzendes Handgelenk und war völlig außer Atem. Doch Sirion spornte sie immer wieder an und gönnte ihr kaum eine Pause. Aylana wurde bewusst, wie schwer es war, diese Techniken zu erlernen und die nötigen Fertigkeiten zu erlangen sowie die Kraft zu entwickeln, um ein Schwert zu führen. Und sie lernte auch Sinn und Zweck der Waffen und deren Anwendung zu verstehen. Am Abend nach dem ersten Training, an dem Aylana so richtig erkannt hatte, wie viel sie noch zu lernen hatte, fragte sie Sirion: „Was kann denn ein Schwert oder ein Bogen in der heutigen Zeit überhaupt noch ausrichten? Und gegen wen soll …"

Sirion unterbrach sie ernst und eindringlich: „Aylana, das Erlernen des Umganges mit Schwert und Bogen sind nicht nur für eine angehende Drachenreiterin unumgänglich, es ist eine Ehre und Berufung. Zudem ist es eine heilige Tradition der Arcandrin. Niemals wird ein Arcandrin, ob gut oder böse, sich einer Schusswaffe oder anderen sogenannten Errungenschaften der Menschen bedienen." Damit sprach er die Shiazul an.

„Unsere Waffen stammen aus einer zivilisierteren Zeit als noch offen und ehrlich und nicht hinterhältig und feige gekämpft wurde. Und wir kämpfen auch nicht mit Waffen gegen die Menschen, obwohl sie sich alle Mühe geben, unsere Welt zu zerstören. Dieses Training schärft auch deine Wahrnehmung und deine Gewandtheit, um mit allen Gefahren fertig werden zu können. Es erfordert keine Geschicklichkeit den Abzug einer Waffe oder einen Knopf zu drücken. Aylana, sei dir der Ehre der Gaben bewusst, die du von Ava und dem Lebensbaum erhalten hast und handle danach."

Sirion war bei seinen Worten richtig in Eifer geraten und Aylana antwortete verlegen: „Bitte entschuldige Paps, ich habe nicht richtig nachgedacht und ich verspreche dir, dass …"

Doch Sirion unterbrach sie abermals: „Meine Tochter, mir musst du nichts versprechen. Deine Verpflichtung gilt dem Wohlergehen allen Lebens auf Dana Nala und nicht Einzelnen."

Sirion nahm Aylana in die Arme.

„Ich wollte nicht zu hart mit dir sein, meine Tochter. Du bist erst sechzehn Jahre alt und wir, deine Mutter und ich, wollen nur, dass du für alles gerüstet bist, was die Zukunft dir bringen wird. Aber", sagte er und zwinkerte mit den Augen, „wir wollen auch, dass du deine Jugend genießt und deine Freunde nicht vernachlässigst."

So vergingen die ersten zwei Wochen ihrer Ausbildung wie im Fluge und Aylana sehnte den Samstag herbei, um sich mit ihren Freunden zu treffen. Als sie Freitagabend nach ihrem letzten Training zuhause ankam, warf Aylana sich erschöpft aufs Bett und schloss die Augen. Sie malte sich aus, wie es wohl am Samstag werden würde. Was Davy geplant hatte und wer wohl alles da sein würde. Da stürmte Alfie in ihr Zimmer.

„Hallo Erhabene, erlauben Eure Hoheit, dass ich mich zu ihr geselle?"

Mit diesen Worten sprang er neben sie aufs Bett.

Aylana fauchte: „Wenn du nicht sofort mit diesem Quatsch aufhörst, sage ich Paps, er soll dich zum nächsten Training mitnehmen."

„Toll", meinte Alfie, „Als Experte!"

„Als Zielscheibe", entgegnete Aylana trocken.

„Nein, im Ernst. Du bist doch meine Lieblingsschwester und ich bin dein Lieblingsbruder. Also …"

„Alfie, wir sind die einzigen Kinder unserer Eltern."

„Ja, wie auch immer. Was ich sagen wollte, bevor du mich so unhöflich unterbrochen hast, jetzt, da du Elfenportale nutzen kannst … da ist ein Konzert in London."

„Alfie, spinnst du jetzt total? Erstens darf ich vorerst nur ein Portal öffnen, nämlich zur Dún Eochla und zweitens weißt du ganz genau, dass wir niemals Portale …"

„Schon gut, Schwesterherz, schon gut. War einen Versuch wert."

„Alfie, selbst mit deiner komplett verschatteten Birne weißt du ganz genau, dass ich das niemals missbrauchen würde. Was also willst du wirklich von mir?"

Aylana setzte sich auf und sah ihren Bruder fragend an.

Alfie seufzte: „Könntest du nicht nochmals ein gutes Wort für mich einlegen bei Mam, wegen dieser Party morgen? Weißt du, Davys kleine Schwester, die ist wirklich heiß und …"

„Alfie!"

„Schon gut, schon gut. Ich wäre einfach gerne dabei. Bitte, bitte, bitte, sprich nochmal mit Mam."

„Okay, aber du hörst endlich auf mit diesem ‚Erhabene›-Quatsch. Versprochen?"

Alfie nickte zerknautscht und murmelte: „Wie schade, das hat dich so schön auf die Palme gebracht aber … ja sicher. Sorge nur dafür, dass ich morgen mitdarf."

Aylanas Gespräch mit Salomee brachte die erwünschte Wirkung und Alfie durfte mit, jedoch unter der Voraussetzung, dass Aylana versprach, ein Auge auf ihn zu werfen. Am Samstag, kurz nach Mittag, setzten sie sich in den Wagen und Salomee fuhr mit ihnen nach Berken, wo das Anwesen von Davys Eltern lag.

„Habt ihr auch alles eingepackt?", fragte Salomee.

„Badesachen, Badetücher und Kleider zum wechseln und Sonnencreme und …"

Alfie fiel ihr ins Wort: „Jaja und Rettungswesten und Lawinensuchgeräte und Regenschirme und warme Kleidung, falls es schneien sollte."

Salomee und Aylana mussten bei dieser Aufzählung lachen und Salomee fragte: „Was willst du denn mit Lawinensuchgeräten?"

„Naja, falls Aylana unter einem Berg von Glückwünschen begraben wird, kann ich sie wiederfinden", spottete Alfie.

„Hier musst du links abbiegen, Mam."

Aylana wies auf eine kleine Straße, die direkt zum Fluss abbog. Kurze Zeit später parkten sie vor dem Haus und stiegen aus. Salomee wünschte ihnen noch einen schönen Nachmittag und meinte: „Viel Spaß! Und du, Alfias, benimm dich."

„Wieso sagst du das nur mir?", entrüstete sich Alfie.

„Ein Mann meiner hohen Abstammung weiß sehr wohl die höfische Etikette einzuhalten."

Mit diesen Worten drehte er sich um, warf die Haare zurück und entfernte sich gezierten Schrittes. Salomee seufzte und gab Aylana einen Kuss auf die Stirn.

„Viel Spaß, mein Schatz, und ihr ruft mich an, wenn ihr nach Hause wollt, ja?"

„Klar, Mam, bis später."

Aylana beeilte sich, um Alfie einzuholen, der schon ungeduldig vor der Tür auf sie wartete. Sie klingelten und ein paar Augenblicke später öffnete Davys Mutter ihnen.

„Hallo ihr beiden, schön, dass ihr da seid. Aylana, nachträglich alles Gute zu deinem sechzehnten Geburtstag. Kommt rein."

Davys Mutter, Lotte, war eine adrette Frau mit langen, gelockten braunen Haaren und sie hatte dieselben blauen Augen wie Davy. Aylana bedankte sich und meinte: „Ich danke Ihnen, Frau de Bakker, dass sie uns Ihren Garten zur …"

„Nennt mich bitte Lotte", unterbrach Davys Mutter sie.

„Sonst fühle ich mich so alt."

Mit einem Augenzwinkern führte sie die beiden durchs Haus. Als sie durch die hintere Tür in den riesigen Garten traten, blieben sie überrascht stehen. Der Garten war wunderschön dekoriert und in großen Buchstaben war ‚Happy Birthday' auf ein Plakat gemalt worden, das Davy an einer Girlande befestigt hatte, die sich quer durch den Garten spannte. Direkt hinter der Tür hatten sich Aylanas und Davys beste Freunde versammelt. Davy konnte es nicht unterlassen mit den anderen ein lautstarkes Happy Birthday zu singen. Danach wurde Aylana mit Umarmungen und Gratulationen überhäuft. Auch Davys Vater Finn gratulierte Aylana und meinte anschließend: „So, jetzt gehört der Garten euch. Viel Spaß beim Feiern."

Neben Aylana, Alfie und Davy waren noch Davys Schwester Merle und Aylanas beste Freundin Daniela mit ihrem Freund Tom versammelt. Davy führte die kleine Gesellschaft zum Pavillon in der Nähe des Pools. Auf dem Tisch war eine riesige Auswahl an Getränken und Snacks vorbereitet. Es war ein heißer, sonniger Tag. Aylanas Geburtstag war am siebzehnten Juli gewesen und jetzt, nach zwei Wochen sonnigem, warmem Wetter, war das Wasser im Pool angenehm warm und die Partygäste vergnügten sich im und um den Pool. Beim Anziehen des Badeanzuges erschrak Aylana jedoch. Beinahe hätte sie vergessen, die Symbole auf ihren Oberarmen verschwinden zu lassen. Alfie hatte sie noch im letzten Moment darauf hingewiesen. Was hätten wohl ihre Freunde zu diesen Tattoos gesagt?

Alfie hatte sich sofort an Merle herangemacht und spielte den perfekten Gentleman, was Merle augenscheinlich sehr genoss.

„Soll ich dir noch etwas holen, Merle? Möchtest du noch etwas zu trinken. Soll ich dir den Rücken eincremen? Oder …"

„Alfie, leg dich einfach ein wenig neben mich in die Sonne, und erzähl mir ein wenig von dir."

Merle deutete neben sich auf das Badetuch und Alfie legte sich mit strahlendem Lächeln neben sie. Er wollte es sich gerade bequem machen als Davy rief: „Hallo, Leute, kommt bitte alle einmal her. Ich möchte euch etwas zeigen."

Er stand am Flussufer und winkte. Alle liefen zum Ufer und Davy zeigte stolz auf ein mit allen möglichen Bequemlichkeiten ausgestattetes Floß, das er mit Baumstämmen, Seilen und Planken zusammengebaut hatte. Kon-Tiki hatte wohl ein wenig als Vorbild gedient. Das Floß schaukelte sanft auf den Wellen und Aylana rief begeistert: „Davy, das sieht ja genauso aus wie auf dem Bild, das ich dir gezeigt hatte. Das muss ja unheimlich viel Arbeit gewesen sein. Können wir damit fahren?"

„Aber sicher", entgegnete Davy und meinte dann: „Es ist alles schon geplant. Wir nehmen genug Proviant an Bord, lassen uns von meinen Eltern mit dem Motorboot raufziehen bis zum Kraftwerk Flumenthal, und dann bis hierher zurücktreiben."

Aylana hatte Davy davon erzählt, wie gerne sie einmal mit einem Floß den Fluss befahren möchte. Sich von der Strömung treiben zu lassen und dem Flüstern der Wellen lauschen. Ohne Ziel und Zwang. Nun hatte ihr Davy diesen Wunsch erfüllt. Aylana legte Davy die Hände um den Hals und gab ihm einen Kuss auf die Stirn.

„Vielen, vielen Dank. Das sieht wunderschön aus."

Davy zog sie näher an sich und entgegnete: „Es gehört dir und du kannst jederzeit herkommen und es benützen. Natürlich wirst du bemerken", sagte er lächelnd, „dass ich dich damit nur öfters herlocken will."

„Daran tust du gut", sagte Aylana und zog ihn ungestüm Richtung Floß.

„Ich will es mir ansehen. Komm schon."

Sie eilten alle zum Floß und Aylana konnte sich gar nicht sattsehen an den vielen Details, mit denen das Floß ausgestattet war. Davy erklärte ihr, wie er und Tom es zusammengebaut hatten und wie es funktionierte. Es besaß sogar Liegen aus Holz, die mit Strohbündeln gepolstert waren, ein Steuerruder und einen Anker, der ausgeworfen werden konnte, wenn sie irgendwo anhalten wollten. Es waren auch Vorrichtungen angebracht, um vier aus Holz geschnittene Ruder einzusetzen. Das Floß war länglich gebaut und hatte ein wenig Bootsform, damit es leichter zu steuern war. Aylana konnte es kaum erwarten damit loszufahren. Sie beluden das Gefährt mit Getränken und Snacks und Davys Vater holte das Motorboot, das etwas weiter die Aare hinunter, an ihrem privaten Steg verankert war. Davy warf seinem Vater eine lange Leine zu, die dieser am Heck des Motorbootes befestigte. Er übernahm stolz das Kommando: „Alle an Bord. Alfie, mach die Leinen los."

„Aye, aye, Captain!", erwiderte Alfie mit voller Lautstärke. „Leinen sind los!"

Davy setzte sich ans Steuer und kommandierte weiter: „An die Ruder, ihr lahmen Säcke, stoßt vom Ufer ab."

Daniela grinste und meinte: „Pass bloß auf, dass wir nicht dich vom Floß stoßen, wenn du so weiter machst."

Doch Davy war in seinem Element und schrie seinem Vater zu, der im Motorboot wartete: „Langsam anziehen, Leichtmatrose, aber pass auf, dass die Leine nicht zu straff läuft. Sonst wirst du kielgeholt!"

Davys Vater lachte nur und begann vorsichtig, das Floß vom Ufer wegzuziehen. In der Flussmitte angekommen, lenkte er flussaufwärts Richtung Flumenthal.

Aylana genoss den Fahrtwind und das sanfte Schaukeln des Floßes auf den Wellen. Sie alle hatten es sich auf den Strohliegen bequem gemacht und ließen die wärmende Sonne auf ihre Haut scheinen. Das Holz knarrte und ächzte durch das Aneinanderreiben der Stämme und Alfie fragte scherzhaft: „Hey, Tom, Davy. Seid ihr sicher, dass dieser Kahn nicht plötzlich mitten auf offener See auseinanderbricht?"

Tom entgegnete: „Keine Angst, Alfie, wir haben alles mit Bindfaden und Sicherheitsnadeln doppelt abgesichert."

Merle sagte lachend: „Und wenn der Bindfaden reißen sollte, Alfie, habe ich hier ein Haargummi, zum Reparieren."

„Und wenn alle Stricke reißen, dann haben wir hier eine angehende Rettungsschwimmerin an Bord", sagte Aylana und deutete auf Daniela Es wäre ihr sicher ein Vergnügen, dich aus dem Wasser zu ziehen. Aber am besten immer nur so, dass deine Nase aus dem Wasser guckt. Dein vorlautes Mundwerk darf sie ruhig im Wasser lassen", fuhr sie fort.

Alle lachten. Alfie stand auf und meinte gespielt beleidigt: „Ha, wenn ihr also auf die wohltönenden akustischen Genialitäten meines überragenden Intellekts verzichten w…"

Merle zog ihn zurück auf die Liege.

„Alfie, sei vorsichtig! Nicht, dass dein überragender Intellekt noch ins Wasser fällt."

Sie streckte theatralisch die Arme aus.

„Lass uns jetzt dem Rauschen des Windes lauschen, den Wohlklängen der Natur, dem leisen Murmeln des Wassers und …"

„Dir murmel ich gleich was!", sagte Alfie lachend und erhob belehrend den Finger.

Die kleine Gesellschaft genoss die Fahrt flussaufwärts und schon bald waren sie in Flumenthal. Unterhalb des Kraftwerkes beim Siggernauslauf, der Einmündung eines kleinen Baches, gab es eine geeignete Sandbank, um das Floß zu verankern und das Boot loszumachen. Davys Vater steuerte oberhalb der Sandbank so nahe wie möglich ans Ufer und sie konnten das Gefährt mit Hilfe der Ruder bis ganz ans Ufer steuern. Sie sprangen ins Wasser und zogen das Floß an Land. Jetzt konnten sie die Leine zum Motorboot lösen. Finn steuerte sein Boot mit dem Bug voran so nahe wie möglich gegen die Sandbank und rief: „Alles okay bei euch? Habt ihr auch alles, was ihr braucht? Hast du dein Handy dabei, Davy? Damit du mich anrufen kannst, wenn ihr in Bannwil seid?"

Davy rief: „Alles klar, Dad. Bis später."

Finn winkte, manövrierte sein Boot wieder in die Flussmitte und war schon bald außer Sicht.

Als sie sich wieder auf das Floß begeben wollten, rief Davy plötzlich: „Jetzt hätten wir doch beinahe das Wichtigste vergessen."

„Wieso, ich bin doch hier", meinte Alfie, was ihm einen vielsagenden Blick von Aylana einbrachte.

„Nein", meinte Davy.

„Wir haben die Schiffstaufe vergessen. Es bringt Unglück, mit einem Schiff ohne Namen in See zu stechen. Aylana, dir gebührt die Ehre diese Königin der Flüsse zu taufen."

Aylana lachte und fragte in die Runde: „Ein Königreich für eine gute Idee. Welchen Namen geben wir dieser Schönheit?"

Alfie legte sofort los: „Holzwurm, Scheiterhaufen, Moorhuhn, Strohhalm, Kuno der Killerkarpfen, Windjammer, Flusshexe, Killer-Queen, oder nennen wir sie doch einfach ‚Netter Versuch'."

Alle lachten und Tom meinte: „Ich bin sicher, du wärst für jeden Strohhalm dankbar, wenn wir dich nachher über Bord werfen."

Daniela sagte: „Mein Vorschlag wäre ‚Seerose'."

„Meiner ist ‚Abendstern'", warf Merle ein, was von allen mit beifälligem Nicken erwidert wurde. Davys Vorschlag war ‚Flussnixe', was auch allgemeine Zustimmung auslöste. Tom stimmte für ‚Seeadler' und schlussendlich blickten alle auf Aylana, der auf die Schnelle zwar einige passende Namen in Arcandrin einfielen, die sie aber natürlich nicht einbringen konnte.

So meinte sie nach einigem Überlegen: „Mir gefällt Merles Vorschlag am besten. Nennen wir sie Abendstern."

„Vorschlag allgemein angenommen", verkündete Davy. Alle nickten beifällig und Daniela fragte: „Hat jemand daran gedacht, eine Flasche für die Schiffstaufe mitzunehmen?"

Davy entgegnete: „Nein. Es muss eine Coladose genügen."
Er holte eine Dose und reichte sie Aylana förmlich.

„Dir gebührt die Ehre, die Abendstern zu taufen. Walte deines Amtes."

Aylana nahm die Dose und sagte feierlich: „Hiermit taufe ich dieses wunderschöne Floß auf den Namen Abendstern. Mögen die Götter dir stets wohlgesinnt sein."

Sie schleuderte die Dose gegen den Rumpf der Abendstern, an dem die Dose aufplatzte und ihren Inhalt über sie spritzte. Alle klatschten begeistert Beifall.

Danach bestiegen sie die Abendstern und stießen sich vom Ufer ab. Davy kommandierte wieder lautstark: „Pullt, pullt, ihr lahmen Süßwassermatrosen! Pullt, oder euch holt alle der Klabautermann!"

Alfie lachte.

„Gleich gibt's die erste Meuterei auf der Abendstern, Käpt'n Ahab."

In der Flussmitte angekommen, holten sie die Ruder ein und ließen sich treiben. Aylana lehnte sich an Davy und schloss die Augen. In der Strömung glitt die Abendstern praktisch lautlos dahin. Alle hatten es sich auf den Strohliegen bequem gemacht und dösten. Ab und zu begegneten sie Schlauchbooten und Spaziergänger winkten ihnen vom Uferweg aus zu. Merle verteilte Getränke und Knabberzeugs und sogar Alfie unterließ es, die Stille der Natur zu unterbrechen. Aylana genoss dieses Gefühl von Frieden und Freiheit in vollen Zügen. Sie legte ihren Kopf an Davys Brust und flüsterte ihm zu: „Das ist wundervoll, Davy. Das ist der schönste Geburtstag, den ich je erlebt habe."

Davy strich ihr zärtlich übers Haar.

„Ich bin sehr froh, dass wir endlich wieder einmal ein bisschen Zeit miteinander verbringen können, Aylana. Ich bin überglücklich, dass dir die Abendstern so gefällt."

Auch Daniela und Tom hatten sich zusammengekuschelt und genossen die Zweisamkeit. Wie es schien, hatte auch Alfie bei Merle gepunktet, denn auch die beiden lagen händchenhaltend nebeneinander. Eine Idylle mitten in der Aare.

Der Angriff

Sie hatten keine Chance. Weder, um die Schwimmwesten anzu-
ziehen noch, um rechtzeitig von Bord zu springen. Einzig Aylana
und Alfie hatten aufgrund ihrer besonderen Sinne eine Sekunde
Zeit, um die Gefahr zu erfassen. Es war ein Motorboot, das mit
voller Kraft auf sie zuraste. Der hochgewachsene Mann am Steuer lenkte sein Boot mit steinerner Miene direkt auf sie zu. Einen
Sekundenbruchteil vor dem Aufprall nahm er seine Sonnenbrille
ab und blickte Aylana direkt in die Augen. Seine Pupillen waren
violett. Aylana versuchte verzweifelt, Davy von Bord zu stoßen.
Aber es ging alles viel zu schnell. Ein ohrenbetäubendes Krachen
und Splittern ertönte als das Motorboot mitten in die Abendstern
krachte und das Floß explosionsartig auseinanderbarst. Aylana spürte einen harten Schlag gegen den Kopf und wurde vor Schmerz
fast besinnungslos. Doch als sie auf dem Wasser aufprallte, konnte
sie die Betäubung rasch wieder abschütteln. Sie versuchte, sich zu
orientieren und einen Überblick zu gewinnen. Dann schrie sie:
„Alfie, Davy, Daniela, Tom! Wo seid ihr?"

Wild strampelnd versuchte sie, sich so weit als möglich aus
dem Wasser zu heben. In dem Moment tauchte nicht weit von
ihr Alfie auf, der die bewusstlose Merle in den Armen hielt.

„Ich bringe sie an Land!", rief Alfie außer Atem.

„Such du inzwischen nach den anderen. Ich komme sofort
zurück!"

Zum Glück tauchte in diesem Augenblick auch der Kopf von
Daniela aus dem Wasser auf, die einigermaßen unversehrt geblieben war. Sie schluchzte angsterfüllt: „Was ist da bloß passiert? Wo ist Tom?"

Dann verlor sie die Fassung und drohte, wieder unterzugehen.

„Alfie!", schrie Aylana.

„Schaffst du es, beide ans Ufer zu bringen? Ich suche nach
Tom und Davy."

Alfie nickte ihr beruhigend zu und griff nach Daniela. Gedankenschnell packte er eine vorbeitreibende Schwimmweste und zog sie der immer noch bewusstlosen Merle über den Kopf. Er umfasste Danielas Kopf mit einem Arm, nahm die Rettungsleine von Merles Schwimmweste zwischen die Zähne und schwamm so schnell er konnte dem Ufer entgegen. Trotz der doppelten Last näherten sie sich in unglaublichem Tempo einer Sandbank direkt am Uferweg. Dort befand sich bereits ein älteres Ehepaar, das den Unfall zufällig mitverfolgt hatte. Alfie legte die beiden Mädchen vorsichtig in den Sand. Er kontrollierte Merles Atem und als er sah, dass sich ihre Brust hob und senkte sagte er zu Daniela: „Pass auf sie auf, ich gehe zurück und helfe Aylana Tom und Davy zu suchen."

Mit diesen Worten schnellte er wieder ins Wasser und es schien, als flöge er über die Wellen.

Aylana versuchte, sich in der Zwischenzeit zu beruhigen und sich trotz ihrer bohrenden Kopfschmerzen auf die Gedankenströme von Tom und Davy zu konzentrieren. Denn von den beiden fehlte jede Spur und sie wusste, dass sie nur durch ihre neuerwachten Fähigkeiten in der Lage sein würde, die beiden aufzuspüren. Sie tauchte und verließ sich ganz auf ihre Gefühle. So lange, bis sie einige Meter vor ihr im trüben Wasser eine leblose Gestalt erkennen konnte. Mit einigen kraftvollen Schwimmzügen war sie bei ihr und zog sie an die Oberfläche. Es war Tom, der bewusstlos im Wasser trieb. Als sie mit ihm auftauchte, war Alfie bereits zurück.

„Bring ihn so schnell wie möglich ans Ufer und …"

„Alles klar, verlieren wir keine Zeit. Kümmere dich um Davy."

Alfie war mit Tom bereits wieder unterwegs in Richtung Ufer. Aylana holte tief Luft, tauchte ab und versuchte, sich auf Davy zu konzentrieren, der mittlerweile sicher fast zwei Minuten unter Wasser war. Sie versuchte sich von allen störenden Einflüssen abzuschirmen und konnte plötzlich Davys typische Ausstrahlung wahrnehmen. Zwar nur ganz schwach, doch immerhin war er noch am Leben. Aylana schwamm so schnell sie konnte in seine Richtung, denn die Strömung hatte Davy in der Zwischenzeit schon weit mit sich getragen. Endlich erreichte sie den leblos dahintreibenden Körper und zog ihn an die Oberfläche. Als sie sich umsah, befanden sie sich bereits etwa 200 Meter unterhalb der Sandbank, auf der Alfie die anderen in Sicherheit gebracht hatte. Aylana nahm ihre ganze Kraft zusammen und zog Davy mit aller Kraft in Richtung der Sandbank durch das Wasser. Alfie hatte in der Zwischenzeit Tom reanimiert. Dieser saß hustend und spuckend neben Daniela, die sich jetzt um ihn kümmerte.

Auch Merle war inzwischen wieder einigermaßen bei Atem und fragte Alfie erschrocken: „Alfie, was ist mit Aylana und Davy? Wo sind sie?"

Alfie versuchte, sie zu beruhigen: „Aylana versucht, Davy zu finden. Sie wird es bestimmt schaffen."

Da entdeckte Alfie Aylana, die sich abmühte, um Davy an Land zu bringen. Er sprang Aylana entgegen und half ihr, den leblosen Jungen vorsichtig aus dem Wasser zu ziehen und auf den Rücken zu legen. Als sie ihre Hände auf Davys Brust drücken, um mit der Herzmassage zu beginnen, riss Alfie erschrocken ihre Hände weg. Er deutete auf Davys zerrissenes T-Shirt und in dem Moment sah auch Aylana den Holzsplitter, der sich in Davys Brust gebohrt hatte. Merle, die sich neben Davy hingekniet hatte, schrie entsetzt auf und Alfie versuchte, sie zu beruhigen:

„Das sieht sicher schlimmer aus als es ist. Wir kümmern uns jetzt um ihn. Vertraue mir."

Er nahm Merle beruhigend in die Arme und zog sie ein wenig zur Seite.

Aylana war eiskalt und ihre Finger zitterten.Aber sie konnte spüren, dass Davy noch am Leben war. Vorsichtig begann sie, ihn zu beatmen. Die beiden Fußgänger, die das ganze Geschehen mitverfolgt hatten und sich ebenfalls um die anderen kümmerte, erklärten, dass sie bereits den Notruf und die Polizei verständigt hatten. Aylana, die fast am Ende ihrer Beherrschung und Kraft angelangt war, wurde sanft von Alfie beiseitegeschoben, der nun Davys Beatmung übernahm. Daniela, die sich immer noch um Tom kümmerte, sah zu ihnen hinüber und fragte ängstlich: „Was ist mit Davy? Warum bewegt er sich nicht?"

Alfie antwortete mit knappen Worten: „Er lebt, sein Puls ist ganz schwach und seine Brust ist verletzt. Aber er atmet."

„Was war das? Was ist passiert? Ich weiß nur noch, dass ich einen Schlag auf den Kopf bekommen habe und als ich wieder zu mir kam, lag ich hier", fragte auch Tom, der sich den Kopf hielt. Die Fußgängerin antwortete leise: „Ein Motorboot ist mitten in euer Floß gerast und dann weitergefahren, ohne sich um euch zu kümmern. Ein Verbrechen war das! Aber Polizei und Sanitäter werden sicher sofort hier sein."

Und tatsächlich, in der Ferne waren bereits Sirenen zu hören. Merle packte Alfie am Arm, der sich immer noch um Davy kümmerte und deutete auf Aylana, die neben ihnen im Sand saß und langsam nach hinten kippte. Da erst sahen sie die blutende Wunde an Aylanas Schläfe.

„Merle, bitte sieh nach ihr, ich muss bei Davy bleiben." Angst lag in Alfies Stimme.

Merle wollte gerade zu Aylana eilen, doch die Fußgängerin kniete bereits neben ihr und beruhigte: „Sie atmet, sie hat das Bewusstsein verloren. Es ist überhaupt ein Wunder, was das Mädchen mit dieser Wunde am Kopf noch getan hat. Ich habe so etwas noch nie gesehen. Sie hat wohl vielen von euch das Leben gerettet. Und auch du, mein Junge", sagte sie und sah Alfie nachdenklich an.

„Es wäre fast nicht zu glauben, wenn ich es nicht …"

Sie wurde von den Sirenen der Krankenwägen unterbrochen, die ein wenig oberhalb des Ufers zum Stillstand kamen. Der Mann der Fußgängerin war inzwischen die Böschung hinaufgeklettert, um die Sanitäter einzuweisen.

Der Notarzt verschaffte sich schnell einen Überblick und entschied dann, Davy und Aylana, die augenscheinlich die schwersten Verletzungen erlitten hatten, ohne weiteren Zeitverlust ins

Spital Solothurn zu überführen. Davy wurde vorsichtig auf eine Bahre gelegt und dabei so wenig wie möglich bewegt. Die Sanitäter trugen ihn vorsichtig in den Krankenwagen, um anschließend Aylana abzuholen. Im zweiten Krankenwagen wurden Daniela und Tom sowie Merle und Alfie zur Kontrolle ins Spital gebracht. In der Zwischenzeit wartete Merle mit tränenüberströmtem Gesicht mit Alfie bei Aylana. Sie konnte Davys Anblick nicht ertragen, der mit blutüberströmter Brust und Infusionen reglos auf der Bahre lag. Plötzlich zupfte sie Alfie am Shirt und deutete auf Aylanas Ohren. Durch ihre Bewusstlosigkeit wurde der Gestaltwandlungszauber langsam unwirksam und die wahre Form ihrer Ohren wurde nach und nach sichtbar. Alfie zog Merle erschrocken zur Seite und sagte: „Das ist nur das Blut an ihrem Kopf, Merle, du musst dir das nicht anschauen. Geh schon einmal vor zum Krankenwagen mit Tom und Daniela. Ich bleibe bei Aylana."

Hastig strich er Aylanas Haare über ihre Ohren, bevor die anderen etwas bemerkten. Zum Glück hatte die Frau, die sich um Aylana gekümmert hatte, nichts mitbekommen. Sie war gerade mit dem Sanitäter im Gespräch: „Ja, wir haben alles gesehen. Das Boot ist einfach durch sie hindurchgerast. Und dann einfach verschwunden, ohne sich um die Kinder zu kümmern. Die beiden hier haben sie alle gerettet."

Sie deutete auf Aylana und Alfie.

Der Sanitäter meinte: „Hören Sie, soeben trifft auch die Polizei ein. Könnten sie beide", sagte er und deutete auf die beiden Passanten, „bitte den Beamten den genauen Hergang schildern. Wir müssen jetzt so schnell wie möglich ins Spital fahren."

Während des Gespräches hatte Alfie verzweifelt versucht, zu Aylana durchzudringen. Aber ihre Erschöpfung und die Bewusstlosigkeit war noch zu stark und so musste er versuchen, den Gestaltwandlungszauber mit seinen Kräften zu verstärken. Was aber auch hieß, dass er unbedingt in Aylanas Nähe bleiben musste. Er musste so schnell wie möglich seine Eltern benachrichtigen. Er erreichte bei den Sanitätern, dass er und Merle, die unbedingt

bei ihm bleiben wollte, mit Aylana und Davy mitfahren durften. Tom und Daniela stiegen in den zweiten Krankenwagen.
Der Wagen mit den vier Freunden fuhr als erster mit Blaulicht
und Sirene los. Im Wagen sagte Alfie zum Sanitäter: „Könnten
wir bitte Ihr Handy benützen, um unsere Eltern zu benachrichtigen? Wir haben unsere verloren."

„Ja, natürlich, hier habt ihr ein Telefon. Die Nummern wisst
ihr?"

Er gab Alfie ein Handy und dieser wählte mit zitternden Fingern Salomees Nummer. Salomee meldete sich mit ihrem angeb-
lichen Familiennamen: „Von Bergen?"

„Dana, bitte hör zu. Wir hatten einen Unfall und Davy wurde verletzt. Aylana ist bewusstlos."

Das sagte er mit spezieller Betonung.

„Ich kann das hier nicht allein regeln. Du musst sofort ins
Spital Solothurn kommen."

„Alles klar, Alfie."

Salomee wusste genau, wo das Problem lag.

„Ich komme sofort! In fünfzehn Minuten kann ich da sein.
Was ist mit Aylana und Davy passiert?"

„Dana, ich erkläre dir alles später. Aylana hat nur eine Platz-
wunde an der Schläfe. Sicher nichts Ernsteres. Und Davy …",
sagte er und zögerte kurz.

„Er hat eine Verletzung an der Brust. Aber ich kann dir jetzt
nicht mehr erzählen. Ich muss mich konze…"

„Ich komme so schnell es geht, Alfias." Salomee legte auf und
Alfie reichte das Handy an Merle, die ihrerseits ihre Mutter anrief und unter Schluchzen versuchte, ihr klarzumachen, was passiert war. Schließlich konnte sie das Handy zurückgeben und sie
klammerte sich an Alfie der sie beruhigend in die Arme nahm.
Gleichzeitig versuchte er, Aylanas Schutzzauber wieder zu verstärken. Während der Fahrt sprach der Notarzt bereits mit dem
Spital, um alles vorbereiten zu lassen.

„Ein Jugendlicher, circa siebzehn Jahre alt, mit Verletzung
im Brustbereich durch einen Holzsplitter. Verdacht auf Pneu-
mothorax rechts und eventuelle Gehirnerschütterung durch

stumpfe Gewalteinwirkung im hinteren Schädelbereich. Patient wird beatmet und ist stabil. Nicht ansprechbar. Bitte um sofortiges CT, Thorax und Kopf. Zweite Patientin, Jugendliche, circa sechzehnjährig, mit stark blutender Kopfverletzung. Erst bei Bewusstsein, jetzt nicht mehr ansprechbar. Auch hier ist ein MRT des Kopfes nötig. Dann noch vier weitere etwa gleichaltrige Jugendliche zur Routineuntersuchung. Wir treffen in fünf Minuten ein."

„Alfie, sieh nur!" Merle deutete erschrocken auf Aylana, die sich soeben zu bewegen begann und versuchte, die Augen zu öffnen. Ihre Augen schimmerten jetzt auch violett durch das Nachlassen des Zaubers.

„Aylana, To'm Tias, Tjana, Aylana", zischte Alfie ihr ins Ohr.

„Ha m Tias ras! Aylana, deine Augen, bitte, Aylana, halte die Augen geschlossen."

Aylana begriff sofort und lag wieder ganz still.

„Alfie, was ist los, hast du ihre Augen gesehen? Was hast du zu ihr gesagt? Ich habe kein Wort verstanden."

Zum Glück war der Notarzt gerade wieder mit Davy beschäftigt und hatte nichts mitbekommen. Alfias blickte Merle an und legte alle seine suggestiven Kräfte in seine Stimme:

„Du hast wohl nur ihre Schminke gesehen, die verlaufen ist. Beruhige dich. Es wird alles okay."

Merle war vorerst beruhigt und sah wieder hinüber zu Davy, der reglos auf der Bahre lag. Nur das Piepsen der Monitore und das gleichmäßige Geräusch der Beatmung war zu hören. Ihre Augen füllten sich wieder mit Tränen und Alfie nahm sie erneut tröstend in die Arme. Alfie hoffte, das Salomee bald im Spital ankam, denn allein konnte er die Gestaltwandlung nicht mehr lange aufrechterhalten. Zum Glück war Aylana wieder bei Bewusstsein und konnte dabei mithelfen, den Zauber zu verstärken. Das funktionierte wie mit einer Antenne. Das Signal, das abgegeben werden soll, muss zuerst eingespeist werden. Dann muss die Antenne funktionieren, um die Informationen verstärkt abzustrahlen. In diesem Falle war Aylana die Antenne und Salomee speiste mit ihren magischen Kräften das Signal. Alfie selbst besaß diese Begabung erst in beschränktem Maß. Und ein weiteres Problem war, dass diese Energie nur durch Berührung übertragen werden konnte. Sie waren darauf angewiesen, dass Salomee rechtzeitig bei ihnen sein konnte.

In der Notaufnahme angekommen, wurde Davy sofort von den Ärzten in Empfang genommen und zum Röntgen gebracht. Aylana wurde untersucht und in einer Notfallkoje erstversorgt. Alfias bestand darauf, bei ihr bleiben zu können und auch Merle, die auf keinen Fall allein bleiben wollte, durfte bei ihnen bleiben. Es dauerte keine fünf Minuten bis Salomee eintraf und sofort zu ihnen geführt wurde. Sie war von den Ärzten bereits kurz informiert worden. Sie kam in die Koje und beugte sich zuerst über Aylana.

„Ito'm, Aylana, ich bin hier, Aylana."

Dann sagte sie zu Alfie und Merle: „Geht doch bitte mal und schaut nach euren Freunden. Ich bleibe jetzt bei Aylana."

Sie strich Merle übers Haar und sagte sanft: „Deine Eltern sind auch bald hier, Merle, wir haben bereits telefoniert. Dann werden sie dich auch sofort finden."

Alfias kapierte sofort und verließ mit Merle die Notfallkoje, damit Salomee den Zauber wieder erneuern konnte, bevor die Ärzte Aylana näher untersuchen konnten. Die zwei gingen zurück in den Wartebereich, wo inzwischen auch Daniela und Tom eingetroffen waren.

„Wie geht es Aylana und Davy? Wisst ihr schon etwas?", fragte Daniela.

Alfias antwortete: „Davy wird im Moment untersucht und Aylana ist wieder bei Bewusstsein. Sie scheint keine größeren Verletzungen davongetragen zu haben. Meine Mutter ist bereits bei Aylana. Habt ihr eure Eltern auch schon benachrichtigen können?"

„Ja, sie sind auch schon unterwegs", entgegnete Tom. In diesem Moment trafen Lotte und Finn, Davys Eltern ein und bestürmten sie mit Fragen. Alfias informierte sie, soweit er es selbst wusste, über Davys Zustand.

„Sind sie die Eltern des Jungen, der soeben bei uns in Behandlung ist?", sagte eine Krankenschwester, die soeben auf sie zu kam.

„Dann kommen Sie bitte mit, ich werde Sie zum behandelnden Arzt bringen."

Lotte und Finn folgten der Krankenschwester und die anderen begannen, sich über den Vorfall auszutauschen.

„Kann mir irgendjemand mal erklären, was überhaupt passiert ist?", fragte Tom.

„Ich liege gemütlich mit Daniela auf dem Floß und plötzlich … ein Knall und ich komme am Strand liegend wieder zu mir."

Daniela antwortete: „Ich habe auch nicht viel mehr mitbekommen. Ich weiß nur, dass uns ein Motorboot gerammt hat. Das nächste, an das ich mich erinnere, ist, dass Alfie mich und Merle ans Ufer gebracht und gerettet hat. Und dann", sagte sie an Alfie gerichtet, „bist du nochmals ins Wasser gesprungen und hast Tom gerettet."

Alfias unterbrach sie: „Ich habe ihn nur ans Ufer geholt, gerettet hat ihn Aylana. Tom, du warst schon unter Wasser. Aylana hat nach dir getaucht und danach auch noch Davy gesucht, der ebenfalls schon untergegangen war."

Daniela warf ein: „Dann hat sie Davy gegen den Strom schwimmend ans Ufer gebracht. Ich habe noch nie gesehen, dass jemand mit der Last eines Bewusstlosen so schnell schwimmen kann. Und dann noch mit einer Kopfverletzung."

Merle blickte Alfias ernst an: „Alfie, ihr habt uns alle gerettet. Ich weiß gar nicht, was ich sagen soll. Ich hoffe nur, dass Aylana und Davy bald wieder auf den Beinen sind."

Die Türe flog erneut auf und die Eltern von Daniela und Tom schlossen ihre Kinder in die Arme. Fünf Minuten später kamen noch zwei Beamte der Polizei in den Wartebereich und erkundigten sich am Empfang nach dem Zustand der Verletzten. Danach kamen sie zur wartenden Gruppe und teilten ihnen mit, was nach den Zeugenaussagen des Ehepaares eigentlich passiert war. Sie fragten noch nach einigen Details, aber niemand konnte mehr dazu aussagen. Aylana und Davy waren noch in Behandlung. Die Polizisten besprachen sich kurz mit dem Pflegepersonal und es wurde vereinbart, dass sie benachrichtigt würden, sobald Davy und Aylana bereit waren, ihre Aussagen zu machen.

In der Zwischenzeit hatte Salomee den Gestaltwandlungszauber bei Aylana wieder erneuert und mit ihr gesprochen: „Dana, Eto'm Shiazul, Ito'm vista eto Tias. Mutter, es war ein Shiazul, ich habe seine Augen gesehen."

Aylana wollte sich aufsetzten, wurde aber von Salomee mit sanfter Gewalt in das Kissen zurückgedrückt.

„Ich habe deine Gedanken gesehen, mein Kind. Wir werden das mit Sirion besprechen, sobald hier alles geklä…"

Aylana unterbrach sie plötzlich erschrocken: „Dana, was ist mit Davy? Er ist verletzt und wie geht es Alfie und den anderen? Ich möchte zu Davy, ich will bei ihm sein."

In diesem Moment betrat eine Ärztin ihre Koje und untersuchte Aylanas Kopfwunde.

„Da hast du noch einmal Glück gehabt. Es scheint, als wäre die Schädelstruktur völlig intakt. Wir werden zur Sicherheit trotzdem noch ein Röntgenbild machen. Doch zuerst werde ich die Wunde reinigen und versorgen."

Salomee fragte die Ärztin nach Davy: „Wie geht es dem anderen Jungen, der mit meiner Tochter zusammen eingeliefert wurde? Wissen Sie etwas über seinen Zustand?"

Die Ärztin antwortete, während sie Aylanas Wunde versorgte: „Er wird in diesem Moment in den OP gebracht. Der Holzsplitter hat zum Glück keine schwerwiegenderen Verletzungen verursacht. Allerdings scheint er zusätzlich einen starken Schlag auf den Kopf gekriegt zu haben. Näheres kann ich Ihnen im Moment nicht sagen."

Sie untersuchte Aylanas Kopf.

„Es sah schlimmer aus als es ist. Allerdings möchte ich trotzdem sichergehen und das Röntgenbild machen lassen. Meinst du, du kannst laufen oder soll ich einen Rollstuhl anfordern?"

Aylana sprang rasch auf. Auf keinen Fall wollte sie mit einem Rollstuhl herumgefahren werden.

„Nein, nein, kein Problem! Ich kann laufen."

„Gut, dann werde ich eine Pflegerin rufen, die dich hinführt."

Zu Salomee gewandt sagte sie: „Sie können bitte im Wartebereich Platz nehmen, Frau von Bergen. Ich werde Sie sofort informieren, sobald die Resultate vorliegen."

Salomee traf im Wartebereich Merle, Alfias, Lotte und Finn, die alle auf Bericht von Aylanas und Davys Zustand warteten. Sie alle bestürmten sie mit Fragen.

„Aylana geht es so weit gut, sie wird nur noch sicherheitshalber geröntgt und kann dann nach Hause. Dass Davy zurzeit noch operiert wird, wisst ihr ja sicher schon."

Lotte umarmte Salomee und schluchzte aufgelöst: „Merle hat uns bereits alles erzählt. Eure Kinder haben Merle und Davy das Leben gerettet. Wie kann ich euch nur …"

Salomee unterbrach sie besänftigend und drückte Lotte an sich: „Wichtig ist jetzt nur, dass alle das gut überstehen. Ich bin sicher, dass alle ihren Teil beigetragen haben."

Merle warf, während sie Alfias Hand drückte, ein: „Niemand sonst hätte das so fertiggebracht, Mam, ich habe noch nie gesehen, dass jemand so schwimmen kann. Alfie hat Daniela und mich ganz allein an Land gezogen."

Alfie meinte bescheiden: „Das ist dir sicher nur so vorgekommen. Wir alle haben getan, was wir konnten."

„Genau." Salomee war das Thema sichtlich unangenehm.

„Jetzt wollen wir aber auf Neuigkeiten von Davy und Aylana warten. Setzen wir uns hin. Komm, Lotte und beruhige dich erst mal."

Sie setzten sich alle und sahen immer wieder ungeduldig zur Tür. Nach einigen Minuten kam Aylana mit einem Verband am Kopf ins Wartezimmer und Merle sprang auf und nahm sie in die Arme: „Vielen, vielen Dank, dass du Davy gerettet hast."

Aylana umarmte sie auch und fragte sofort: „Wisst ihr schon etwas von ihm?"

„Nur, dass er noch im OP ist", antwortete Finn.

„Wir möchten dir auch noch danken, Aylana, ich werde dir das niemals vergessen."

Er umarmte Aylana ebenfalls und auch Lotte nahm sie in die Arme. Aylana wurde rot. Verlegen sah sie sich hilfesuchend nach Salomee und Alfie um. Alfie kam ihr zu Hilfe und sagte: „Lasst uns jetzt lieber nachfragen, wie es Davy geht."

Nachdem sie vergeblich eine Pflegerin gefragt hatte, kam endlich ein Arzt auf sie zu. Er war Oberarzt der Station und stellte sich als Dr. Rudofsky vor.

„Ihr Sohn hat die OP gut überstanden und von diesem Standpunkt aus können wir Entwarnung geben. Was uns im Moment mehr Sorgen macht, ist seine Kopfverletzung. Es sind glücklicherweise keine inneren Blutungen auf dem Scan sichtbar, doch Ihr Sohn liegt zurzeit im Koma."

Lotte griff erschrocken nach Finns Arm: „Und was bedeutet das jetzt? Was ist denn mit unserem Sohn?"

„Wir gehen davon aus, dass durch den starken Schlag auf den Kopf eine schwere Gehirnerschütterung ausgelöst wurde. Dies kann in seltenen Fällen zu diesem Zustand führen. Was jedoch bei Ihrem Sohn positiv zu werten ist, ist, dass er nach wie vor selbstständig atmet."

„Und was können Sie tun? Wie lange kann dieser Zustand denn andauern?", ergriff Finn das Wort.

„Alle medizinischen Maßnahmen sind veranlasst und Ihr Sohn wird Tag und Nacht überwacht. Die Dauer lässt sich leider nicht vorhersagen. Es kann einige Tage oder Wochen anhalten. Allerdings ist es von Vorteil, wenn sich sein Zustand möglichst bald ändern würde. Was auch eintreten kann ist, dass sich eine retrograde, beziehungsweise antiretrograde Amnesie einstellt. Das heißt, er kann sich nicht an die Ereignisse vor oder direkt nach dem Unfall erinnern."

„Und was können wir tun? Können wir jetzt zu ihm?"

Lotte wirkte wieder gefasst.

„Es spricht nichts dagegen. Manchmal hilft es sogar, wenn ihm nahestehende Personen sich in seiner Nähe aufhalten. Vielleicht kann sein Unterbewusstsein gewisse Anreize wie Stimmen und Berührungen wahrnehmen und einfach die Nähe spüren. Er hat jetzt noch Drainagen, um die Lunge zu stabilisieren. Aber Sie können gerne zu ihm. Ich werde eine Schwester rufen, die Sie zu ihm bringt. Wenn Sie noch Fragen haben, können Sie mich jederzeit hier im Spital erreichen."

Aylana blickte fragend zu Lotte und Salomee. Lotte meinte an Salomee gewandt: „Sie kann gerne mit uns zu Davy kommen, Salomee, wir bringen sie dann nach Hause."

Salomee zögerte kurz, meinte dann aber: „Natürlich, gerne. Denke jedoch daran, Aylana, dass Sirion dich sicher auch möglichst bald sehen will. Ich konnte ihn nur kurz informieren. Er macht sich auch Sorgen um euch."

Nachdem sie sich verabschiedet hatten, folgten Merle und Aylana mit Lotte und Finn der Schwester, die sie ins Zimmer von Davy brachte. Davy lag blass und reglos in seinem Krankenbett und wurde mittels Infusionen mit allem notwendigen versorgt. Über seiner Brust sah man den Verband und auch seine Schläfe war, wie Aylanas, verarztet worden.

Davy sah aus, als würde er schlafen. Lotte beugte sich über ihn und küsste seine Stirn, während ihr Tränen über die Wangen liefen. Finn nahm sie beruhigend in die Arme. Auch Aylana und Merle waren bei Davys Anblick zutiefst bestürzt. Merle setzte sich neben sein Bett und hielt seine Hand.

„Komm schon, Davy, komm schon. Kämpfe und komm zurück zu uns."

Aylana ergriff Davys Hand. Was sie besonders alarmierte, war, dass sie Davys typische, ihr so vertraute Ausstrahlung nicht mehr wahrnehmen konnte. Es war, als existiere er nicht mehr. Aylana konnte nicht verhindern, dass ihr Tränen in die Augen traten. Was Aylana immer schon am meisten gehasst hatte, war Untätigkeit. Wenn sie nichts tun konnte und einer Situation ohnmächtig gegenüberstand. Genau das war hier der Fall. Mit all ihren Fähigkeiten, ihrer Kraft und Schnelligkeit hatte sie dieses Unglück nicht verhindern können. Als hätte Merle ihre Gedanken erraten, sagte sie leise zu ihr: „Du hast alles Menschenmögliche getan, nein, noch viel mehr. Wir verdanken es nur dir und Alfie, dass wir noch leben."

Sie griff nach Aylanas Hand.

„Er wird sicher bald wieder aufwachen. Ich bin ganz sicher."

Nach etwa einer Stunde kam Dr. Rudofsky vorbei, um nach Davy zu sehen. Er versicherte ihnen, dass sie informiert werden würden, sobald sich eine Veränderung zeigte. Im Moment könnte man nur abwarten. Davys Vitalwerte wären aber soweit in Ordnung. Sie könnten auch jederzeit zu Besuch kommen, um bei Davy zu sein. Da er sich in einem Einzelzimmer befand, müssten sie sich auch nicht an die Besuchszeiten halten. Als sich der Arzt verabschiedet hatte, war es spät geworden und Lotte meinte zu Aylana: „Wir können im Moment nicht mehr tun für Davy. Ich denke es ist das Beste, wir bringen dich jetzt nach Hause. Du brauchst Ruhe. Immerhin bist du am Kopf ebenfalls verletzt. Wir versuchen auch, einige Stunden Schlaf zu finden."

Salomee und Sirion erwarteten Aylana bereits und setzten sich mit ihr ins Wohnzimmer. Alfias war bereits zu Bett gegangen, so erschöpft wie er war.

Hoffnungen und Erkenntnisse

„Ich habe es genau gesehen. Es war ein Elf aus unserem Volk. Er wollte uns töten. Warum, was ist …"

Sirion unterbrach Aylana: „Es war ein Shiazul, wir haben mittlerweile alle Informationen zusammengetragen. Wir, die Drachenkrieger und der Elfenzirkel, haben sich der Sache angenommen. Leider müssen wir davon ausgehen, dass dies mit den Ereignissen von Arcandria in Zusammenhang steht."

Er verzog sein Gesicht: „Das heißt, dass die Shiazul trotz strengster Geheimhaltung von deiner Berufung zur Amada aygo", sagte er und deutete auf ihren Oberarm, „erfahren haben. Nun versuchen sie mit allen Mitteln zu verhindern, dass sich die Prophezeiung erfüllt. Denn wie du weißt, wollen die Shiazul die alleinige Herrschaft über unseren Planeten. Und eine Amada aygo, noch dazu mit der Fähigkeit, Xandar und Durandort zu führen, steht ihnen dabei im Weg."

Aylana saß zusammengesunken auf ihrem Stuhl und vergrub ihr Gesicht in den Händen. Sie flüsterte: „Also bin ich schuld an diesem Angriff. Ich habe die anderen in Gefahr gebracht. Es ist meine Schuld, dass Davy jetzt im Spital liegt."

Salomee strich ihr sanft über die Haare.

„Niemand konnte das voraussehen, Aylana. Und du hast alles getan, was du konntest. Das hätte überall und zu jedem Zeitpunkt passieren können. Wir werden jedoch in Zukunft dafür sorgen, dass sich so etwas nicht wiederholen kann. Nicht wahr?"

Sie blickte Sirion an.

Er erwiderte: „Ja, die Drachenkrieger werden ab jetzt ständig einen Wächter in deiner Nähe postieren. Mach dir bitte keine Vorwürfe, meine Tochter. Du hättest das nicht verhindern können. Wie gesagt, wir wissen noch nicht, auf welchem Weg die Shiazul an ihre Informationen kamen. Alles, was ich dir jetzt sagen kann, es wird alles getan, um dich und deine Freunde zu schützen. Und was deine Ausbildung betrifft, wenn du ein wenig Zeit brauchst …"

„Nein", unterbrach ihn Aylana heftig.

„Ich will die Ausbildung weiterführen und werde noch härter trainieren. Das nächste Mal will ich bereit sein, wenn ich angegriffen werde."

Sie sah Sirion fest in die Augen und sagte: „Ich werde nicht noch einmal zulassen, dass meine Familie oder meine Freunde meinetwegen in Gefahr geraten."

Sirion meinte beschwichtigend: „Ich meinte nur, wenn du wegen Davy etwas mehr Zeit benötigst …"

„Dano, Dana", unterbrach ihn Aylana erneut.

„Ich kann Davy nicht mehr erfühlen, seit er im Koma liegt. Was bedeutet das?"

Salomee und Sirion sahen sich bedeutungsvoll an und Salomee antwortete mitfühlend: „Das heißt nur, dass sich sein Geist zurückgezogen hat. Das will noch nichts bedeuten, Aylana. Solange er atmet und sein Herz schlägt, besteht Hoffnung, dass Davy bald zurückkehrt. Aber es wird sicher helfen, wenn du ihn oft besuchst. Er wird deine Nähe spüren."

Sirion warf ein: „Jetzt musst du dich erst einmal ausruhen, Aylana. Salomee wird deine Kopfverletzung noch behandeln, damit du schnell wieder vollkommen geheilt wirst."

Nachdem Salomee ihre Wunde versorgt hatte, lag Aylana noch lange wach. Schließlich überwog die Erschöpfung und sie fiel in einen unruhigen Schlaf.

Am nächsten Morgen fühlte sich Aylana wesentlich besser. Trotzdem belastete sie die Sorge um Davy. Sie ging ins Bad und erfrischte sich. In der Küche warteten bereits Alfias und Salomee auf sie. Salomee meinte: „Guten Morgen, mein Schatz, wie geht es dir? Lotte hat schon angerufen. Sie wollte wissen, wie es euch geht und hat uns kurz informiert. Davys Zustand ist unverändert. Sie hat noch gesagt, dass du ihn jederzeit besuchen darfst. Sie hat das Pflegepersonal gebeten, dich zu ihm zu lassen, wann immer du möchtest."

„Danke, Dana, ich fühle mich schon wieder ganz gut. Ich werde heute Nachmittag vor dem Training noch bei Davy vorbeigehen."

„Fühlst du dich wirklich schon so gut, dass du deine Ausbildung fortsetzen kannst?"

„Ja, es wird schon gehen. Was ist denn heute mit der Schule?", warf Aylana ein.

„Sollen Alfie und ich überhaupt hingehen?"

„Wir haben lange darüber nachgedacht", sagte Salmonee.

„Es ist das Beste, wenn ihr ganz normal zur Schule geht. Daniela und Tom und werden sicher dort sein. Merle auch. Da ist es besser, wenn ihr gleich von Anfang an dafür sorgen könnt, dass eure Aktionen nicht zu hohe Wellen schlagen. Es wird sicher so schon schwer genug, den anderen zu erklären, wie ihr das geschafft habt."

Alfias war ausnahmsweise ernst.

„Keine Sorge, Dana. Ich werde versuchen, die Ereignisse so darzustellen, dass niemand auf falsche Gedanken kommt. Wer ahnt denn schon, dass wir keine normale Menschen sind."

„Seid auf alle Fälle vorsichtig", warf Salomee ein.

„Ich könnte mir vorstellen, dass auch die Polizei euch noch befragen wird. Wenn die Fußgänger, die alles beobachtet haben, die Vorgänge schilderten, werden die Beamten sicher noch einige Fragen haben."

Alfie und Aylana nickten. Dann schulterten die beiden ihre Schulmappen und bestiegen ihre Fahrräder.

Beim Schulhaus angekommen wurden sie bereits beim Abstellen ihrer Räder auf die Ereignisse auf dem Floß angesprochen. Aylana und Alfie sahen, dass Merle, Daniela und Tom bereits von einigen ihrer Mitschüler umringt wurden. Alfie meinte seufzend: „Na gut, beißen wir in den sauren Apfel."

Aylana und er traten zur Gruppe und begrüßten sie. Daniela kam sofort auf sie zu und umarmte die beiden.

„Ich habe gerade erzählt, was vorgefallen ist und dass ihr beiden uns alle aus dem Wasser gezogen habt. Ich kann einfach immer noch nicht fassen, wie ihr das geschafft habt."

Und Tom ergänzte: „Ich konnte mich noch gar nicht richtig bei euch bedanken. Gestern ist alles so schnell gegangen."

Aylana merkte, wie Alfie seine suggestiven Kräfte einsetzte als er sagte: „Na, alles halb so wild. Ihr wart ja unter Schock und da sehen die Dinge wilder aus als sie sind. Wir sind selbst fast ertrunken. Wir wollen kein großes Ding mehr um die Sache machen."

Die meisten nickten beistimmend, nur Merle sah Alfie seltsam an, als sie sagte: „Ich weiß nur, dass du mich an Land gebracht hast und dass ihr auch meinen Bruder aus dem Wasser geholt habt."

Sie trat zu Alfie und gab ihm einen schüchternen Kuss auf die Wange, was Alfie völlig aus dem Konzept warf.

„Also … Was wollte ich nur … Ähm …"

„So, jetzt ist alles gesagt. Denken wir lieber an Davy, der immer noch im Krankenhaus liegt." Auch Aylana konzentrierte sich auf die mentale Beeinflussung durch ihre Stimme. Merle stimmte sofort zu und meinte leise: „Davys Zustand ist immer noch der gleiche."

An Aylana und Alfie gewandt fragte sie: „Kommt ihr nach der Schule mit zu ihm?"

Aylana und Alfie nickten. Alfie legte Merle die Hand auf den Arm und sagte aufmunternd: „Keine Sorge. Er wird bestimmt bald wieder gesund und munter bei uns sein."

Die Gruppe löste sich auf. Nur Aylana, Alfie, Merle, Daniela und Tom blieben auf ein Zeichen von Tom noch kurz stehen. Er sagte leise: „Ihr wisst ja, dass mein Onkel bei der Kripo arbeitet. Ich habe von meinem Vater gehört, dass sie den Fall untersuchen und dass sie das Boot, das uns gerammt hat, gefunden haben. Vom Fahrer gibt es jedoch keine Spur. Nach den Aussagen der beiden Zeugen gehen sie von einem Verbrechen aus."

Alfie meinte beschwichtigend: „Das ist doch gar nicht gesagt. Es kann genauso gut ein Unfall gewesen sein, mit anschließender Fahrerflucht. Aber lassen wir die Spekulationen. Wichtig ist nur, dass wir alle davongekommen sind und dass Davy gesund wird."

Aylana und Tom gingen zusammen in die dritte Klasse und Merle, Daniela und Alfie in das Schulzimmer der zweiten. Aylana spürte immer noch die neugierigen Blicke der anderen und es fiel ihr schwer, sich auf den Unterricht zu konzentrieren. Ihre Gedanken kreisten unablässig um Davy, die Shiazul und was die Zukunft wohl noch alles bereithielt. Der Unterricht in Geschichte hatte kaum eine Stunde gedauert, als es gegen neun Uhr an die Tür klopfte. Ihr Lehrer Herr Gutmann öffnete und Aylana konnte einen kurzen Blick auf eine Uniform erhaschen, bevor Herr Gutmann hastig die Tür hinter sich zuzog. Als Aylana sich umschaute, war klar, dass sie nicht als einzige den Polizisten gesehen hatte. Tom sah sie bezeichnend an und ihre Mitschüler tuschelten untereinander. Sie hörten undeutlich Stimmen aus dem Korridor, doch verstehen konnte niemand etwas. Die Tür ging wieder auf und ihr Lehrer sagte: „Aylana und Tom, kommt bitte kurz mit.“

Ohne weitere Erklärung deutete Herr Gutmann zur Tür und sagte zur Klasse: „Ihr lest in der Zwischenzeit den Text in Kapitel sieben durch. Wir sind bald zurück.“

Die drei verließen das Klassenzimmer und wurden von dem Polizisten empfangen.

„Ihr braucht euch keine Sorgen zu machen. Wir möchten euch nur zu diesem Vorfall mit eurem Floß auf der Aare befragen“, sagte er.

Zu Herr Gutmann gewandt ergänzte der Polizist: „Könnten wir uns irgendwo ungestört unterhalten? Und dann möchte ich Sie bitten, noch Merle de Bakker, Daniela Stucki und Alfias von Bergen zu holen.“

„Ja, selbstverständlich, gehen wir ins Lehrerzimmer, und ich werde sofort veranlassen, dass die drei geholt werden.“

Herr Gutmann führte die kleine Gruppe ins Lehrerzimmer und gab im Vorbeigehen beim Sekretariat den Auftrag, die drei anderen verlangten Schüler aus ihrer Klasse zu holen. Sie setzten sich an den großen Tisch im Lehrerzimmer und der Polizist holte eine Akte hervor, die er auf den Tisch legte. Er war ein großer, breitschultriger Mann, der an Bruce Willis erinnerte und wirkte durchaus sympathisch.

„Darf ich fragen, um was es hier überhaupt geht?", fragte der Lehrer.

„Bis jetzt habe ich nur Floß und Aare verstanden. Hat das auch etwas mit dem Unfall von Davy de Bakker zu tun?"

„Ja, es geht um diesen Vorfall. Ich kann Sie jedoch beruhigen. Niemand hier hat sich etwas zu Schulden kommen lassen. Ganz im Gegenteil. Warten wir doch kurz, bis alle hier sind."

Der Polizist sortierte seine Akten und machte Papier und Stift bereit. Es klopfte an der Tür und die Sekretärin Frau Widmer streckte neugierig den Kopf zur Tür herein.

„Die verlangten Schüler sind jetzt hier. Kann ich sonst noch etwas für Sie tun?"

„Nein. Vielen Dank. Schicken Sie die drei herein und schließen Sie bitte die Tür."

Es war Frau Widmer anzusehen, dass sie von der Antwort des Polizisten enttäuscht war. Sie hatte wohl gehofft, noch etwas erfahren zu können. Sie schob die drei weiteren Schüler ins Zimmer und schloss die Tür. Alfie und Merle setzten sich nebeneinander, wobei Alfie darauf achtete, dem Beamten gegenüber sitzen zu können. Aylana wusste sofort, weshalb er so darauf bedacht war, dem Lehrer und dem Polizisten in die Augen blicken zu können. Daniela nahm neben Tom Platz.

„Mein Name ist Freuler und ich bin der leitende Beamte, was die Untersuchung des gestrigen Vorfalles betrifft. Nach den bisherigen Ergebnissen und den Aussagen der beiden Zeugen müssen wir davon ausgehen, dass ein Verbrechen vorliegen könnte."

Herr Gutmann unterbrach den Beamten und fragte: „Könnten Sie mich kurz informieren was eigentlich vorgefallen ist? Ich wurde heute morgen nur kurz von Frau de Bakker telefonisch informiert, dass Davy einen Unfall hatte und im Spital liegt."

„Genau darum geht es. Aber ich möchte jetzt gerne von euch hören, wie ihr den Vorfall gesehen habt. Dann kann ich das mit den bisherigen Zeugenaussagen abgleichen. Also", sagte er und sah erwartungsvoll in die Runde, „Wer macht den Anfang?"

Aylana sah Alfie an und dieser verstand den Blick und hob die Hand: „Ich kann Ihnen, glaube ich, am besten berichten. Ich habe den ganzen Unfall von Anfang bis Ende gesehen. Alle anderen waren zeitweise ohnmächtig oder nicht in der Lage, die Ereignisse zu verfolgen."

„Und wie ist dein Name?". Der Polizist hielt den Stift bereit und blickte Alfie erwartungsvoll an.

„Alfias von Bergen", antwortete Alfie, und sah Herrn Freuler direkt in die Augen.

„Vom Zusammenprall mit dem Boot kann ich eigentlich nicht viel erzählen. Ich lag mit dem Rücken zum Bug auf der Strohliege neben Merle", sagte er und deutete auf Merle.

„Strohliege", unterbrach der Polizist fragend.

„Ich dachte, ihr wart mit einem Floß unterwegs. Wie kann ich mir das vorstellen?"

„Nun", entgegnete Alfie, „Die Abendstern, so haben wir das Floß getauft, war ein sehr spezielles Gefährt."

„Sie war wunderschön", ergänzte Daniela traurig und Tom fügte hinzu: „Davy und ich haben sie gebaut, um Aylana zu ihrem Geburtstag zu überraschen."

„Also habt ihr eine Geburtstagsparty abgehalten?"
Herr Gutmann hob fragend die Brauen.

„Ja", entgegnete Alfie.

„Aber wie gesagt, ich hörte plötzlich ein krachendes Geräusch und dann flog auch schon alles auseinander. Ich wurde zum Glück nicht weiter verletzt und nur ins Wasser geschleudert. Ich sah, wie Merle bewusstlos auf dem Wasser trieb und bin sofort zu ihr geschwommen. Zum Glück bekam ich noch eine Schwimmweste zu fassen. Diese konnte ich Merle anziehen. Einen Moment später tauchte auch Daniela", sagte er und wies auf sie, „aus dem Wasser auf. Und dann gelang es mir, die beiden langsam ans Ufer zu ziehen. Meine Schwester hat in der Zwischenzeit Tom gefunden. Ich bin dann sofort wieder ins Wasser gesprungen und habe Aylana mit Tom geholfen, damit sie nach Davy suchen konnte."

Auf den fragenden Blick des Polizisten erklärte er: „Sie taucht besser als ich. Deshalb bin ich mit Tom ans Ufer geschwommen und habe bei ihm erste Hilfe angewandt. Aylana hat Davy weitergesucht, ihn zum Glück gefunden und ebenfalls ans Ufer gebracht. Dort haben wir dann seine Verletzung gesehen und uns so gut es ging, um ihn gekümmert. Zusammen mit dem Paar, das dort war. Diese hatten auch bereits die Ambulanz gerufen."

Der Polizist blickte fragend in die Runde: „War das so, oder hat noch jemand etwas hinzuzufügen?"

Daniela antwortete: „Die beiden haben uns alle gerettet. Ich habe keine Ahnung, wie sie das geschafft haben. Ich bin in der Ausbildung zur Rettungsschwimmerin, aber ich habe noch niemals gesehen, dass jemand so schnell schwimmen kann."

Herr Gutmann schüttelte erstaunt den Kopf.

„Aylana, langsam frage ich mich wirklich, wie du und Alfias das geschafft habt."

Er wandte sich an den Polizisten: „Wissen Sie, erst kürzlich auf dem Pausenhof …"

Alfie unterbrach ihn rasch: „Es ist nichts Außergewöhnliches passiert."

Er wusste, dass es höchste Zeit war, seine speziellen Gaben einzusetzen.

„Jeder hätte so gehandelt. Wir haben nichts Außerordentliches getan. Das Ganze war ein bedauerliches Unglück."

Er legte seinen ganzen Willen in seine Worte und sein Fluidum war im ganzen Raum spürbar. Aylana unterstützte ihn mit ihren noch nicht voll entwickelten Fähigkeiten so gut es ging. Alle nickten zustimmend, nur Merle machte ein nachdenkliches Gesicht. Aber auch sie sagte nichts mehr dazu.

„Nun gut." Der Polizist schien zufrieden mit den Ausführungen von Alfias zu sein.

„Das deckt sich weitgehend mit den Zeugenaussagen. Nur sagten diese ebenfalls, dass eure Rettungsaktion", sagte er und blickte Aylana und Alfias an, „wirklich außergewöhnlich gewesen wäre."

Alfie legte nochmals mit suggestiver Stimme nach: „Sie wissen ja selbst, wie die Leute übertreiben. Das passiert schnell in solchen Situationen."

Der Polizist wollte noch von allen die Personalien und wissen, wie sie zu erreichen waren.

Abschließend meinte er: „Das Boot, das euch gerammt hat, wurde gefunden. Es ist in Ufernähe auf Grund gelaufen. Vom Fahrer aber fehlt jede Spur. Wir werden euch auf dem Laufenden halten."

Damit verabschiedete er sich. Auch Herr Gutmann erhob sich und nickte den Freunden zu. „Ihr alle habt euch vorbildlich verhalten. Bitte geht jetzt zurück in eure Klassen."

In den Schulzimmern angekommen, wurden sie alle mit forschenden, wissensdurstigen Blicken empfangen. Herr Gutmann gab sich alle Mühe, den Unterricht normal weiterzuführen, doch das Getuschel in der Klasse veranlasste ihn zu der Bemerkung: „Wenn ihr nur zur Hälfte auf meine Informationen so gespannt wärt, wie auf diese Geschichte heute, wärt ihr die mit Abstand beste Klasse, die ich je unterrichtet habe."

Ein wenig später, in der Mittagspause, mussten sie allen die Geschichte noch einmal haarklein erzählen. Alfie und Aylana mussten nochmals alle Energien daransetzen, den Ball flach zu halten.

Am Nachmittag gleich nach Schulschluss trafen sich Aylana, Merle und Alfias beim Unterstand der Fahrräder, um gemeinsam zu Davy ins Spital zu fahren. Dort angekommen, stellten ihre Räder vor dem Haupteingang ab und liefen ins Gebäude. Da sie nicht wussten, ob Davy verlegt worden war, fragten sie beim Empfang nach. Davy lag mittlerweile im Haus eins im siebten Obergeschoß in einem Einzelzimmer. Er lag immer noch so, wie sie ihn zuletzt gesehen hatten in seinem Bett. Nur das leise Piepsen der Überwachungsgeräte war zu hören. Die drei standen bedrückt um das Bett und betrachteten Davy. Seine Brust hob und senkte sich ruhig und gleichmäßig. Sie sprachen mit ihm und Aylana und Merle streichelten seine Hände. Doch von Davy war keine Reaktion zu sehen. Nach einiger Zeit sah Alfie auf die Uhr und meinte zu Aylana:

„Du musst zu Oma, Vater wartet sicher schon auf dich zuhause. Ich bringe Merle dann nach Hause."

Obwohl Aylana gerne noch etwas geblieben wäre, wusste sie doch, dass sie selbst gewollt hatte, dass ihr Training weiterging. Also verabschiedete sie sich von ihren Freunden.

Sirion erwartete sie bereits zu Hause.

„Wie geht es Davy?", fragte er mitfühlend.

„Keine Veränderung. Was kann ich für ihn tun, Dano?"

Aylana sah ihn erwartungsvoll an.

„Wir müssen leider abwarten. Im Moment gibt es nichts, was wir unternehmen könnten."

Sirion hob bedauernd die Schultern.

„Lass uns jetzt nach Biel fahren. Oder hast du es dir anders überlegt?"

„Nein, ich will mit der Ausbildung weitermachen."

Sie stiegen in den Wagen und Sirion fuhr los. Unterwegs fragte Aylana: „Wann kann ich endlich mit Durandort und Xandar trainieren und kämpfen?"

„Du hast ja sicher bemerkt, dass auch ich nicht mit meinen eigenen Waffen kämpfe. Sobald du mir mit deinen Trainingswaffen ebenbürtig bist, dann werden wir mit Xandar und Durandort weiterüben."

Sirion bemerkte Aylanas Enttäuschung und fügte rasch hinzu: „Aber so, wie ich das beurteile, ist dieser Tag nicht mehr fern, meine Tochter."

In der Lagerhalle angekommen, bemerkte Aylana, dass in der Halle einiges verändert war, seit ihrem letzten Training. Sirion führte sie zu den Bögen und erklärte: „Heute wirst du zeigen können, dass du nicht nur gelernt hast sicher zu treffen, sondern auch zwischen Freund und Feind zu unterscheiden. In Sekundenbruchteilen."

Aylana nahm ihren Trainingsbogen zur Hand und schnallte den Köcher mit den Pfeilen an ihrem Bein fest. Dies ließ volle Bewegungsfreiheit und einen blitzartigen Zugriff zu den Pfeilen zu. Außerdem hatte sie so stets ihren Pfeilvorrat im Blick. Sie erinnerte sich an die ersten Lektionen von Sirion, der ein Meister des Bogens war.

„Die Bogenhand muss die Waffe locker führen. Lasse dem Bogen seinen Willen. Du musst ihn fühlen und beim Spannen deine Pfeilhand stets an dieselbe Stelle legen. Der Mittelfinger deiner rechten Hand sollte immer den Mundwinkel berühren. Das Zielen muss intuitiv sein, sieh niemals die Pfeilspitze an. Konzentriere dich immer auf das Ziel. Sei du selbst der Pfeil und lenke ihn ins Ziel.“

All diese Lehrsätze und Anleitungen von Sirion hatten sich tief in ihrem Unterbewusstsein verankert. Sie war bereits mit ihren sechzehn Jahre ein Naturtalent mit dem Bogen und sie freute sich immer über Sirions Lob.

Die ganze Halle lag im Halbdunkel. Sirion erklärte: „Siutei hat für uns einen höchst anspruchsvollen Trainingsparkour erstellt. Wenn du diese Linie hier überschreitest“ – er deutete auf eine Markierung am Boden – „dann werden die Ziele, die an den unterschiedlichsten Orten in der Halle verteilt sind, jeweils für einen Sekundenbruchteil sichtbar. Deine Aufgabe ist es, möglichst rasch die Halle zu durchqueren und alle Angriffsziele zu erkennen und auszuschalten. Alles klar?“

Aylana straffte die Schulter und nahm den Bogen hoch: „Alles klar, Dano.“

Sie lief in leichtem Laufschritt über die Linie und sogleich zuckte ein Lichtblitz über ein Ziel rechts von ihr. Blitzschnell nahm sie den ersten Pfeil zur Hand und spannte den Bogen. Der Pfeil schoss gedankenschnell von der Sehne und blieb zitternd im Bild eines Bogenschützen, der auf sie angelegt hatte, stecken. So wurden im Sekundentakt andere Bilder sichtbar. Aylana handelte rein intuitiv. Erkennen, beurteilen, handeln. Pfeil um Pfeil verließ die Sehne und schon nach wenigen Augenblicken war Aylana am Ende der Halle angelangt.

Sirion, der sie genau beobachtet hatte, schaltete die Hallenbeleuchtung ein, und Aylana lief zu ihm zurück. Gemeinsam sahen sie sich das Ergebnis an. Alle Ziele waren richtig getroffen worden. Kein einziger Pfeil steckte im falschen Bild oder war am Ziel vorbeigegangen.

Sirion war sichtlich zufrieden mit seiner Tochter und hatte nur wenige Anmerkungen zu ihrer Leistung: „Das Auflegen des Pfeiles muss noch schneller gehen. Achte darauf, dass deine Bogenhand, trotz des lockeren Griffes, immer an derselben Stelle sitzt. Und spanne den Bogen mehr mit der Rückenmuskulatur. So wirst du weniger ermüden. Ich bin sehr zufrieden mit diesem Durchgang. Nun wollen wir doch sehen, was Siutei noch alles für Überraschungen bereithält."

Die beiden gingen zurück zum Ausgangspunkt und Aylana wiederholte den Parkour mehrere Male. Wobei die Reihenfolge und Standorte der Ziele jedes Mal zufällig änderte. Nach drei Stunden intensiven Trainings war Aylana am Ende ihrer Kraft. Sirion erklärte: „In Kürze, Aylana, werden die Ziele sich wehren."

Aylana hob fragend eine Augenbraue, doch Sirion meinte nur: „Lass dich überraschen. Doch nun ab nach Hause. Es ist schon spät."

Als die beiden gegen Mitternacht zu Hause angelangt waren, wunderten sie sich über das Licht, das noch im Wohnzimmer brannte. Salomee und Alfias warteten bereits auf die beiden.

„Wir haben ein Problem."

Salomee gab Sirion einen Kuss.

„Darüber sollten wir sprechen."

„Ist etwas mit Davy?", fragte Aylana erschrocken.

„Nein." Salomee winkte beruhigend ab.

„Es geht um Merle."

„Merle?", fragte Sirion ungläubig.

„Was ist denn mit ihr?"

„Alfias, erzähle bitte."

Salomee nickte Alfias aufmunternd zu.

Alfias holte tief Luft und erzählte: „Wie ihr wisst, waren wir heute noch bei Davy allein. Merle hat mich auf die ganzen Geschichten angesprochen. Die ganzen Vorfälle und sie hat mich vor allem auf dich angesprochen." Er sah Aylana an.

„Um es kurz zu machen: Sie besitzt eine natürliche Gabe und kann die Dinge erkennen, wie sie sind. Nicht alles, aber genug, um gewisse Überlegungen anzustellen."

Sirion schürzte besorgt die Lippen.

„Was genau ist Merle denn aufgefallen? Was hat sie dich gefragt?"

„Zum Beispiel glaubt sie, dass sie an Aylana Elfenohren und violette Augen gesehen hat. Sie hat auch bemerkt, dass ich gewisse Leute beeinflusst habe. Sie sagte zum Beispiel, dass sich Herr Gutmann noch nie mit so einfachen Erklärungen zufriedengegeben hätte. Und sie sagte noch zu mir, wie es denn möglich gewesen war, Tom und Davy in diesem trüben Wasser aufzufinden. Sie fragte mich ernsthaft, ob wir beide", sagte er und deutete auf Aylana und sich, „irgendwie anders seien."

Alfias sah voller Sorge zu Sirion. „Ich habe daraufhin nochmals versucht, ihr solche Überlegungen auszureden. Ich denke jedoch, dass Merle nicht richtig zu beeinflussen ist."

„Nun, wir alle wissen, dass es auch unter den Menschen einige gibt, deren Sinne weiterentwickelt sind, als dies normalerweise der Fall ist", sagte Salomee und blickte Alfias in die Augen.

„Du bist dir absolut sicher, dass dies nicht auf deine Gefühle für Merle zurückzuführen ist? Es wäre denkbar, dass du ihr gegenüber vorsichtiger bist, mit deinen suggestiven Kräften."

Alfias verneinte mit absoluter Sicherheit. Daraufhin erwiderte Sirion: „Was meinst du, Alfie, wird Merle die Angelegenheit mit ihren Eltern besprechen wollen?"

„Nein", meinte Alfias.

„Es sind ja vorerst nur Vermutungen und Ahnungen. Ich versuche weiterhin, Merle abzulenken."

Aylana, die bisher schweigend zugehört hatte, fragte: „Was können wir tun, wenn sich erweisen sollte, dass Merle zu diesen wenigen, besonderen Menschen gehört?"

„Ich werde die Angelegenheit im Zirkel vortragen müssen und alle unsere Möglichkeiten ..."

„Merle wird doch nichts geschehen, oder?", warf Alfie erschrocken ein.

„Nein, mach dir keine Sorgen. Du weißt doch, dass die höchste Doktrin der Arcandrin der Schutz allen Lebens ist. Wir werden nur besprechen, wie wir vorgehen können."

Sirion erhob sich.

„Lasst uns jetzt schlafen gehen, wir hatten alle einen anstrengenden Tag. Wir werden eine Lösung finden.“

Aylana lag noch lange wach und in ihrem Kopf kreisten die Gedanken um Ava, Arcandria, den Lebensbaum, Davy und Merle. Drachen und Schwerter, Shiazul und Gefahr. Dann fiel sie in einen unruhigen Schlaf. Doch in ihrem Unterbewusstsein formten sich Bilder und Gedanken.

Und als sie am Morgen erwachte hatte sie einen Plan gefasst! Doch zuerst einmal galt es abzuwarten, was die nächsten Tage bringen würden. Vor allem in Bezug auf Davy. Aylana besuchte ihn, wann immer es möglich war. Häufig traf sie dabei auf Merle, Finn und Lotte. Und sie spürte, wie oft sie nachdenklich von Merle angesehen wurde. So verging eine weitere Woche des Trainings und der Besuche im Spital bei Davy. Aylana merkte, dass sich die Ärzte immer mehr Sorgen um Davy machten. Es wurde höchste Zeit, dass er aus dem Koma erwachte. Sie hatte ein Gespräch mitangehört, zwischen Davys behandelnden Ärzten, die über seinen Zustand sprachen. Ein Koma könne einige Tage bis maximal mehrere Wochen andauern. Dann sollte sich der Zustand des Patienten in der Regel schnell bessern, oder es tritt ein Hirntod ein. Damit war die Entscheidung getroffen. Aylana sprach am Abend mit Sirion und Salomee und teilte ihnen ihr Vorhaben mit: „Ich werde mit Ava sprechen und sie um Hilfe bitten. Ava hat mir gesagt, dass mir das Gewölbe stets Hilfe und Schutz bieten würde. Und auch, dass ich die Elfenportale nutzen darf. Ich bin sicher, dass mir Ava oder Sola arwa aygo helfen können. Sie werden mir einen Weg zeigen, um Davy zu retten.“

„Das Öffnen der Portale verlangt sehr viel Fertigkeit. Nur wenige von uns sind dazu in der Lage.“

Sirion legte die Hand auf Aylanas Schulter.

„Du hast von Ava die Erlaubnis und die Gabe dazu erhalten, jedoch sind deine Fähigkeiten noch nicht ausgebildet. Einige, die es versucht haben, sind in Raum und Zeit verschollen.“

Auch Salomee nickte beistimmend und sagte ernst: „Ich verstehe dich sehr gut, meine Tochter. Und ich denke, Ava wird deine Beweggründe sicher auch verstehen."

„Danke, Dana. Also habe ich eure Zustimmung?" Aylana blickte ihre Eltern fragend an. „Vieleicht weiß Ava ja auch Rat, was Merle betrifft."

„Ich werde dich begleiten, Aylana", versprach Sirion und lächelte.

„Betrachten wir es zugleich als erste Lektion in Portalöffnung."

Aylana fiel Sirion um den Hals: „Tijana, Dano, vielen Dank, Vater. Also los geht's!"

Sirion musste bei Aylanas Ungeduld lachen.

„Nicht so stürmisch. Es gibt noch einiges zu überdenken. Ein Besuch auf Arcandria ist nicht dasselbe, wie kurz bei den Nachbarn Salz zu holen. Außerdem ist nicht sicher wie viel Zeit verstreicht, wenn du dich im Gewölbe aufhältst."

Salomee ergänzte: „Und morgen ist noch Schule, danach Wochenende. Ich würde vorschlagen, dass ihr am Samstagmorgen reist."

Damit war die Sache vorerst abgemacht.

Doch am Freitagabend war zuerst noch eine Trainingseinheit für Aylana angesagt. Sirion kam, kurz bevor sie losfuhren, noch zu Aylana und sagte: „Heute Abend wirst du Durandort und Xandar mitnehmen. Wir werden …"

Weiter kam Sirion nicht, denn Aylana war aufgesprungen. Außer sich vor Freude jubelte sie: „Dano, endlich! Ich werde sie sofort hervorholen."

Und bevor Sirion weitersprechen konnte, war sie schon aus dem Zimmer gerannt und mit Höchstgeschwindigkeit die Treppe hinuntergerast. Denn die Waffen und sonstigen Gegenstände, die nicht für fremde Augen gedacht waren, befanden sich in einem gesicherten, geheimen Raum im Keller.

Später, auf dem Weg nach Biel, erklärte Sirion: „Ich habe mich dazu entschieden, dich im heutigen Training mit Xandar und

Durandort kämpfen zu lassen. Dies, weil du morgen zum ersten Mal, in voller Rüstung einer Drachenkriegerin vor Ava treten sollst. Damit erweisen wir Sola arva aygo und Ava Ehre und legen auch dem Andenken Xandrias unsere Wertschätzung dar."

Aylana war hin und weg. Sie wäre am liebsten aus dem Wagen gesprungen und umhergetanzt. Und sie schaffte es kaum mehr, still zu sitzen. Sirion lachte und legte ihr die Hand auf den Arm.

„Ganz ruhig, meine Tochter. Es gehört sich nicht für eine angehende Drachenkriegerin so umherzuzappeln. Schon gar nicht für die Amada aygo."

Doch Aylana war viel zu aufgeregt, um still zu halten. Noch bevor Sirion richtig anhalten konnte, riss sie die Tür auf und sprang aus dem Wagen. Sie öffnete das Tor der Halle und Sirion fuhr den Wagen auf die Parkzone des Gebäudes. Aylana zog das Tor wieder zu und verriegelte es. Sie nahmen die sorgsam verpackten Waffen aus dem Kofferraum und gingen zur Trainingshalle.

Dort erwartete Aylana eine weitere Überraschung. Gondrin, der Waffenmeister der Drachenritter war mit neun seiner Anwärter bereits in der Halle. Sie trugen volle Rüstung und sie alle sahen Aylana neugierig entgegen. Gondrin stellte sie einander vor und einer der angehenden Drachenritter, Istwan, meinte lächelnd zu Aylana: „Ich habe schon viel von dir gehört. Du sollst ja mit Schwert und Bogen umgehen können, wie einst Xandria. Doch heute wird die Tat an die Stelle des Wortes treten."

Aylana sah verlegen zu Sirion, der ihr zu Hilfe eilte: „Diese jungen Krieger werden heute deine Gegner sein. Denn weißt du, ein Drachenkrieger, zumal wenn er noch Mitglied des Zirkels ist, sollte eigentlich keine Schwächen haben. Doch du bist die meinige. Ich fürchte, ich fordere dich nicht genug im Training." Er lächelte sie an.

Gondrin lachte und meinte: „Wenn Aylana deine einzige Schwäche ist, mein Freund, dann möchte ich mich in Acht nehmen vor deinen Stärken."

„Hast du alles dabei, Gondrin?", fragte Sirion.

„Wie besprochen."

Er sah Aylana prüfend an, bevor er sagte: „Es sollte ihr wie angegossen passen."

Aylana hatte mit wachsender Verwirrung zugehört und konnte sich im Moment noch keinen Reim darauf machen.

Dann trat Gondrin zu ihr und meinte: „Du kannst ja nicht gegen meine Schüler antreten, ohne selbst entsprechend gerüstet zu sein. Komm mit mir."

Er führte Aylana in einen Nebenraum, in dem auf einem Tisch ein großes Paket lag, das mit Leinen umwickelt war. Auf einen Wink Sirions, der ebenfalls mitgekommen war, öffnete Aylana das Paket. Sie stieß einen Freudenschrei aus. Vor ihr breitete sich die wunderschönste Rüstung aus, die sie je gesehen hatte. Komplett aus Drachenschuppen und kostbarem schwarzem Kristall gefertigt. Die Drachenschuppen schimmerten im Licht in violetten Farbtönen. Sie konnte sich gar nicht sattsehen an dieser Kostbarkeit. Dazu gehörten auch die entsprechenden langen Stiefel, die ihre Beine und Knie schützten sowie die Handschuhe, die auch die Ellbogen bedeckten. Ein besonderes Prunkstück war der Helm. Dieser war kunstvoll und mit demselben schwarzen Kristall verziert und die Schläfen sowie die Nackenpartie wieder mit Drachenschuppen verstärkt.

Sirion lächelte sie an.

„Sie wurde nach dem Vorbild der Rüstung Xandrias gefertigt. Sie lässt dir volle Bewegungsfreiheit bei bestmöglichem Schutz. Und der Helm bietet freie Sicht und wird dich nicht behindern. So, jetzt aber genug der Reden. Zieh dich um und bereite dich vor. Rüste dich zuerst für den Kampf mit Xandar."

Sirion und Gondrin ließen sie allein und Aylana zog sich um. Die Rüstung war mit diversen Schnallen und Riemen versehen und sie brauchte einige Zeit, bis alles perfekt saß. Sie fühlte sich einfach unbeschreiblich. Stark, geborgen, wild und frei. Sie fühlte, wie die Energien der Arcandrin in ihr pulsierten. Als sie Xandar zur Hand nahm, ging ein Schauer durch ihren ganzen Körper. Es fühlte sich an wie ein Blitz, der sie durchzuckte und ihre Hand verschmolz mit dem Griff des Schwertes zu einer unlösbaren Einheit. Aylana wünschte sich, Sirion hätte an einen Spiegel gedacht. Doch dieses

Denken war wohl typisch weiblich. Denn welcher Drachenkrieger würde sich vor dem Kampf noch im Spiegel betrachten wollen?

Also schritt Aylana entschlossen zur Tür und trat hinaus. Sofort verstummten alle Gespräche. Sie merkte sofort, wie sie von allen angestarrt wurde und fragte sich schon, was sie wohl falsch gemacht haben könnte.

Gondrin starrte sie ungläubig an und sagte mit einem Zittern in der Stimme leise zu Sirion: „Wenn ich es nicht mit meinen eigenen Augen sehen würde … Sirion, Xandria ist zurückgekehrt, in Gestalt deiner Tochter. Du kennst die Überlieferungen. Auch du hast die alten Schriftrollen im Gewölbe von Arcandria gesehen. In ihnen sind das Antlitz und die Gestalt von Xandria genau beschrieben. Die Prophezeiung erfüllt sich."

Nach diesen Worten wandte er sich Aylana und die anderen Anwärter: „Istwan, Tolgar, Andrin und Kryon, ihr rüstet euch zum Schwertkampf. Ihr anderen", sagte er und zeigte auf Pfeil und Bogen.

„Sucht mit dieser Bewaffnung die besprochenen Positionen auf!"

Er sah Aylana direkt in die Augen: „Du aber, Aylana, wirst dich mit Xandar gegen alle zu verteidigen haben. Sirion hat mir erzählt, du seist ihm ebenbürtig mit den Trainingswaffen."

Aylana sah erstaunt zu Sirion, der mit Unschuldsmiene die Schultern hob.

Gondrin fuhr fort: „Die Bogenschützen werden mit Übungspfeilen schießen, die dich zwar nicht ernsthaft verletzen können, die jedoch sehr schmerzhaft sind. Also sieh dich vor! Gleichzeitig wirst du von den Schwertkämpfern attackiert. Hier lautet die Regel, dass der Gegner bei direkter Berührung mit dem Schwert als besiegt gilt. Du selbst kannst den Kampf jederzeit durch das Senken deines Schwertes beenden. Solltest du diese Prüfung gut überstehen, werden wir anschließend noch deine Waffenkunst am Bogen testen. Alles klar."

Er blickte fragend in die Runde. Aylana nahm sich fest vor, Xandar auf keinen Fall zu senken. Sie spürte die Kraft der Ahnen in sich und wollte um jeden Preis bestehen.

Gondrin ergänzte: „Ich werde alle eure Leistungen beurteilen. Und wenn ihr dieses Zeichen hört", sagte er und blies in ein Horn, das er an seinem Gürtel trug, „dann ist der Kampf sofort zu Ende. Geht in Stellung!"

Die Bogenschützen verschwanden in verschiedenen Richtungen im Dunkel der Halle. Die Schwertkämpfer hingegen stellten sich im Kreis um Aylana auf und hoben ihre Schwerter in Angriffsstellung. Xandar in Aylanas Hand vibrierte voller Spannung und es schien ihr als könne ihr Schwert den Kampf kaum erwarten. Istwan blickte Aylana direkt in die Augen als Gondrin das Zeichen zum Angriff gab.

Der Kampf begann. Zwei der Schwertkämpfer gingen sofort auf Aylana los. Die beiden anderen blieben in Lauerstellung, um sich nicht gegenseitig zu behindern. Aylana wehrte die ersten ungestümen Hiebe zuerst noch etwas unsicher ab, doch sie spürte mit jeder Bewegung, wie sie mit Xandar verschmolz. Den ersten Pfeil sah sie im letzten Moment auf sich zukommen. Ein schneller Sprung seitwärts, eine blitzschnelle Bewegung und der Pfeil fiel halbiert zu Boden. Diesen kurzen Moment nutzten die Angreifer, um ihre Bewegungen zu koordinieren und Aylana von drei Seiten gleichzeitig zu attackieren. Doch mit einer Drehung und einem kraftvollen Rundschlag Xandars gelang es ihr, den Kreis zu durchbrechen. Diesmal kamen drei Pfeile gleichzeitig aus verschiedenen Richtungen. Aylanas geschärfte Sinne nahmen das leise Sirren der Geschosse wahr. Mit einem hohen Sprung über den nächsten Angreifer hinweg brachte Aylana sich selbst aus der Schusslinie und noch bevor die Pfeile vorbeiflogen, hatte sie mit einem gezielten Stoß ihren Gegner direkt in die Schussbahnen der Pfeile manövriert. Dieser brach bei dem gleichzeitigen Aufprallen von drei Pfeilen, trotz der Rüstung, mit einem Aufschrei zusammen. Aylana setzte zum ersten Mal ihre Sinne in vollem Umfang ein, ohne sich dessen bewusst zu sein. Sie ahnte die Bewegungen ihrer Gegner voraus und konnte so auch dem Flug der Pfeile ausweichen. Sie unterlief einen Hieb und nutzte den kurzen Moment, in dem ihr Gegner ohne Deckung vor ihr stand und ließ ihr Schwert mit einem kraftvollen Hieb aus der Drehung heraus auf die Klinge des Angreifers niedersausen. Dessen Waffe zersprang in tausend Stücke und wurde ihm aus der Hand geprellt. Aylana reagierte in Sekundenschnelle, riss ihren Gegner an sich und verwendete ihn als Schutzschild. Auch dieser Kämpfer sank unter der Wucht des Aufpralles von mehreren Pfeilen wehrlos zu Boden. Es blieben noch zwei Schwertkämpfer übrig und noch immer kamen aus allen Richtungen die Geschosse der Bogenschützen geflogen. Sie begann langsam damit, sich Gedanken über den Pfeilvorrat der Schützen zu machen. Aylana stellte sich den Angriffen wieder entgegen.

Erneut widersetzte sie sich einer Attacke. Das Schwert des Gegners, das mit voller Kraft auf sie zuraste, drohte ihre Deckung zu durchbrechen. Sie machte eine halbe Drehung in Richtung des Angreifers. Dieser, durch die Wucht seines Schlages für einen kurzen Moment ohne Deckung, wurde von ihr mit einem blitzschnellen Gegenschlag auf seinen Unterarm außer Gefecht gesetzt. Dabei hatte Aylana im letzten Moment Xandar so gedreht, dass der Schlag mit der Breitseite der Klinge auftraf, ohne ernsthafte Verletzungen zu verursachen. Trotzdem reichte die Kraft des Aufpralls aus, dass ihm seine Waffe aus der Hand gerissen wurde. Aylana hatte somit bereits drei ihrer Gegner besiegt. Doch jetzt geriet sie in einen wahren Pfeilhagel. Aus allen Richtungen flogen die Geschosse auf sie zu. Nur mit voller Konzentration gelang es ihr, Xandar so schnell zu schwingen, als wäre sie von einer schützenden Kugel umgeben. Ihre einzelnen Bewegungen waren gar nicht mehr wahrnehmbar. Der letzte Schwertkämpfer, Istwan, versuchte diesen Umstand zu seinem Vorteil auszunutzen. Er wartete den Moment ab, bis Aylana ihm den Rücken zuwandte und versuchte, sie mit einem Hieb auf den Kopf zu überwältigen. Doch sie spürte den Angriff kommen und mit einer blitzartigen Bewegung hob sie Xandar und begegnete dem Hieb. Istwans Waffe konnte Xandar nichts entgegensetzen und zerbrach. Mit einem Wutschrei sprang Istwan zurück. Aylana setzte ihm die Klinge an den Hals und hatte somit auch den letzten Schwertkämpfer nach den Regeln dieses Kampfes besiegt. Doch noch immer waren da die Bogenschützen. Doch dies war kein Problem mehr für Aylana, da sie sich nur noch der Pfeile zu erwehren hatte. Sie wehrte sie mühelos ab, als plötzlich Gondrins Horn ertönte.

Aylana hatte gesiegt und die Prüfung bestanden. Erleichtert senkte sie Xandar und wollte zu Gondrin laufen, als sie eine Bewegung hinter sich erahnte. Istwan, der seine Niederlage nicht eingestehen wollte, hatte sich feige von hinten an sie herangeschlichen und hob den Rest seines Schwertes zum Hieb. Niemals würde er sich diesem blutjungen Mädchen, das ihm nur bis zu den Schultern reichte, ergeben. Doch er hatte Aylana falsch eingeschätzt. Gondrins Warnruf war gar nicht mehr notwendig gewesen. Noch bevor die scharf gezackte Kante seines Schwertes ihre Haut auch nur ritzen konnte, traf ihn ein fürchterlicher Schlag Aylanas. Diese war blitzschnell herumgewirbelt. Mit der Breitseite Xandars wurden Istwans Handgelenke in Trümmer geschlagen. Die Bruchstücke seines Schwertes flogen explosionsartig davon. Ein Schmerzensschrei entwich Istwans Mund und mit verzerrtem Gesicht sank er auf die Knie.

Aylana war von Gondrin zurückgezogen worden und dieser trat vor Istwan, der mit wütenden Augen zu Aylana starrte.

„Noch niemals! Niemals seit ich Waffenmeister der Drachenkrieger bin, wurde eine solch hinterlistige, feige Tat begangen", donnerte Gondrin.

„Du bist nicht mehr mein Schüler! Du bist es nicht wert, ein Arcandrin zu sein."

Sirion versuchte noch, Gondrin zu beruhigen, denn er ahnte bereits, dass aus dieser Entscheidung Unheil erwachsen würde. Doch Gondrin war dermaßen außer sich über diese ungeheure Tat, diese noch nie dagewesene Heimtücke, dass er es Istwan verbot, sich jemals wieder im Kreise der Drachenkrieger blicken zu lassen.

„Zieh deine Rüstung aus und melde dich unverzüglich vor dem Zirkel. Du bist nicht länger würdig, das Symbol der Drachenritter zu tragen. Adalar wird von mir persönlich informiert, wie sich sein eigener Sohn verhalten hat. Jetzt geh mir aus den Augen."

Istwan erhob sich mühsam auf die Beine und wankte zu Aylana. Mit zusammengebissenen Zähnen zischte er: „Du hättest mich besser töten sollen. Wie werden uns wiedersehen."

„Ito m do uso aygo, ich nehme keine Leben. Ito m Amada aygo, ich beschütze das Leben."

Istwan spuckte vor ihr auf den Boden und mit einem letzten hasserfüllten Blick auf Aylana verließ er ohne ein weiteres Wort die Halle. Gondrin atmete tief und schwer. Es war ihm absolut unverständlich, dass sich ein Arcandrin zu einer solchen Tat hinreißen ließ. Sirion legte ihm die Hand auf den Arm: „Lass gut sein, alter Waffenbruder. Istwan hat seine Strafe erhalten."

„Nichts ist Strafe genug für einen solchen Verrat an unseren Gesetzen", grollte Gondrin und wandte sich an Aylana.

„Bist du bereit für deine nächste Prüfung, trotz dieses traurigen Ereignisses?"

Aylana war im Kampfmodus und antwortete: „Ich bin bereit. Doch, Gondrin, es tut mir sehr leid was …"

Gondrin unterbrach sie mit einer abwehrenden Handbewegung: „Du hast nichts Falsches getan, Aylana, ganz im Gegenteil. Du hast deine Gegner geschont. Du trägst nicht die geringste Schuld an diesem Vorfall. Du hast gehandelt, wie eine Drachenkriegerin und wie auch Xandria es getan hätte."

Sirion der sich bisher im Hintergrund gehalten hatte, überreichte ihr Durandort und ihren Köcher.

„Ich bin stolz auf dich, meine Tochter. Du trägst das Herz und den Geist Xandrias in dir."

Aylana schob Xandar zurück in die Rückenhalterung und schnallte sich den Köcher wieder an den Unterschenkel. Dann nahm sie Durandort in die linke Hand und nickte Gondrin zu.

„Ich bin bereit, Waffenmeister."

Gondrin erklärte ihr den Ablauf der nächsten Prüfung. Die verbliebenen Schüler Gondrins bewaffneten sich mit Schild und Lanze.

„Du wirst diese Halle von hier bis zum Ende durchqueren. Diese Kämpfer werden versuchen, dich daran zu hindern. Du hast 16 Pfeile mit Übungsspitze zur Verfügung. Also zwei Pfeile pro Gegner müssen dir ausreichen, um sie unschädlich zu machen. Die Lanzen haben zwar normales Kampfgewicht, sind jedoch mit stumpfen Spitzen ausgestattet. Doch nimm dich in Acht! Ein direkter Treffer mit einer solchen Lanze würde dich, selbst mit Rüstung, kampfunfähig machen."

Er gab seinen Schülern ein Zeichen und sie verschwanden wieder in unterschiedliche Richtungen.

Dann gab Gondrin erneut ein Zeichen. Aylana lief mit schnellen, leisen Schritten los. Nach wenigen Metern warnte sie ihr inneres Auge vor der ersten herannahenden Gefahr. Im allerletzten Moment nahm sie ein kurzes Aufblitzen der Lanzenspitze wahr. Mit einer kaum sichtbare Bewegung Aylanas wurde die Lanze von Durandort abgelenkt und zischte an ihr vorbei. Doch die Lanze hatte ihr auch gezeigt, wo der Gegner stehen musste. Ein rascher Griff in den Köcher und schon flog der erste Pfeil gedankenschnell von der Sehne. Er traf den Schützen mitten auf der Brust, bevor dieser sein Schild vor sich ziehen konnte. Aylana erkannte die Schwachstelle der Lanzenwerfer sofort. Denn um die Lanze mit Schwung schleudern zu können, waren sie gezwungen, mit dem Schild die Bewegung des Ausholens auszugleichen. Also verließ sich Aylana ganz auf ihre Sinne, um die Angreifer noch während dieser Bewegungen zu erspüren. Zwei weitere Gegner brachen so von Pfeilen getroffen zusammen, noch bevor sie ihre Lanzen schleudern konnten. Aylana hatte jetzt etwa die Hälfte des Weges hinter sich. Die Lanzenwerfer hatten aus den Treffern von ihr gelernt und sich jetzt so positioniert, dass sie Aylana von mehreren Seiten attackieren konnten. So flogen drei Lanzen gleichzeitig auf sie zu. Sie wusste, dass sie diesen drei Geschossen nicht mehr rechtzeitig ausweichen konnte. Ihre rechte Hand zuckte nach oben und Xandar sprang wie von selbst in ihre Hand. Durandort in der linken Hand haltend konnte sie zwei der Lanzen mit dem Schwert im Flug zerstören.

Sie machte eine blitzschnelle, halbe Drehung, und riss das Schwert auf Augenhöhe hoch ... und die dritte Lanze zersplitterte an der Klinge. Aylana schob Xandar wieder in den Halfter und spannte Durandort in wenigen Augenblicken. Da flogen drei Pfeile so schnell von der Sehne, dass die einzelnen Bewegungen miteinander verschmolzen. Einem der Gegner gelang es noch, einen Pfeil mit seinem Schild abzuwehren. Die beiden anderen wurden mitten auf den Helm getroffen, direkt über den Augen, und sanken bewusstlos zu Boden. Den Dritten erledigte Aylanas nächster Pfeil, der den Krieger unter dem Schild in den Oberschenkel traf. Auch dieser war nun kampfunfähig. Es waren noch zwei Angreifer und acht Pfeile übrig. Noch während Aylana überlegte, wie diese beiden zu besiegen waren, hatten sie sich für eine gemeinsame Taktik entschlossen. Sie kamen zu zweit und nebeneinander, mit wurfbereiten Lanzen und erhobenen Schildern auf Aylana zu. Immer darauf bedacht, den Schild knapp unterhalb ihrer Augen zu halten. So waren ihre Körper bis knapp über die Knie vor ihren Pfeilen geschützt. Aylana schoss in schneller Folge vier Pfeile ab, doch die Lanzenkämpfer konnten diese mit ihren Schildern abfangen. Aylana musste sich etwas einfallen lassen, wenn sie die restlichen vier Pfeile nicht aufs Spiel setzen wollte. Sie spannte jeden Muskel ihres Körpers an und raste mit höchster Geschwindigkeit auf ihre Gegner zu. Die Distanz war in wenigen Augenblicken überwunden. Ihre Gegner hielten die Lanzen mit fester Hand und wappneten sich mit den Schildern gegen den Aufprall. Doch drei Meter bevor Aylana sie erreichte, sprang sie mit einem hellen Kampfschrei so hoch sie konnte in die Luft und flog über ihre Gegner hinweg. Sich im Sprung drehend und den Bogen spannend zischte ein Pfeil von der Sehne ihres Bogens und noch bevor sie den Boden wieder berührte, war auch der nächste Pfeil abgeschossen. Beide Kämpfer waren getroffen worden, bevor sie reagieren konnten. Aylana hatte sofort noch einen Pfeil aufgelegt, doch der Kampf war entschieden.

Gondrins Horn ertönte. Aylana lief zuerst zu den anderen Schülern, um ihnen zu helfen. Es stellte sich heraus, dass niemand ernsthaft verletzt war. Nur die beiden am Helm Getroffenen spürten noch etwas Benommenheit. Sie versammelten sich alle um Gondrin und Sirion. Die verbliebenen Schüler Gondrins kreuzten die Arme vor der Brust und verbeugten sich leicht vor Aylana. Dies war die Achtungsbezeugung und Anerkennung für den Gegner. Aylana tat es ihnen gleich. Sirion war anzusehen, dass er vor Stolz fast platzte. Gondrin stellte sich vor Aylana und sagte: „Du hast mit Hingabe und Inspiration gekämpft. Ava hat Xandar und Durandort in die richtigen Hände gegeben. Ich erkläre den Kampf für gewonnen und die Prüfung für bestanden."

Dann wandte er sich an Sirion und sagte: „Es ist Zeit für den nächsten Schritt."

Sirion nickte zustimmend. Gondrin richtete sich noch einmal an Aylana und meinte: „Du hast tapfer und aufrichtig gekämpft. Bewahre dir alles, was du heute empfunden hast. Es macht dich Xandria immer ähnlicher."

Erstaunt sah Aylana, wie Gondrin eine Träne über die Wange lief.

„Viele Jahrzehnte sind vergangen, seit sich die Arcandrin unter der Führung Xandrias Dana Nala einen konnten. Bis erneut …" Er unterbrach sich und fuhr mit der Hand über seine Augen. „Lassen wir die alten Geschichten. Ich möchte jetzt noch erleben, wie die Prophezeiung sich erfüllt."

Er drückte Aylana kurz an sich und sagte zu Sirion: „Weißt du, alter Freund. Manchmal lachen wir, wenn wir uns an die Tage erinnern, an denen wir weinten. Und manchmal weinen wir, wenn wir uns an die Tage erinnern, an denen wir lachten. Möge sich in naher Zukunft wieder alles vereinen, zum Wohle allen Lebens."

Er rief seine Schüler und sie verließen die Halle.

Aylana sah Sirion fragend an.

„Was ist mit Gondrin? Warum war er so traurig?"

Sirion sah Aylana ernst in die Augen und entgegnete: „Gondrins Ahnen waren bereits zu Zeiten Xandrias die Waffenmeister der Drachenkrieger. Seine Urahnen haben Xandria bis zu ihrem …" Er stockte und fuhr dann schnell weiter: „Nun, jedenfalls hat er dich mehr als nur in sein Herz geschlossen. Du wirst in Gondrin immer einen treuen Gefährten finden."

Er drehte sich zur Tür: „Doch nun zieh dich um, du kannst ja nicht in dieser Rüstung in den Wagen steigen."

Er nahm ihr Xandar und Durandort ab und brachte die Waffen zum Wagen. Aylana merkte natürlich sofort, dass mehr hinter diesen Geschichten steckte, als Sirion und Gondrin ihr jetzt zu erzählen bereit waren. Sie entledigte sich der Rüstung, und als sie nach einigen Minuten in T-Shirt und Jeans zu Sirion in den Wagen stieg, erinnerte nichts mehr an die angehende Drachenkriegerin.

Aylana brachte das Gespräch nochmals auf die Prüfung zurück: „Was hast du zu Gondrin gesagt? Ich sei dir ebenbürtig?"

„Ach, das war doch nur so dahingesagt, damit Gondrin dich mit Xandar und Durandort kämpfen ließ", versuchte Sirion sich rauszureden.

„Ach, nur so dahingesagt. Dann hast du Gondrin also angeschwindelt?"

„Nun, ähm … so gesehen, nein, ich habe ihn nicht angeschwindelt", gab Sirion endlich zu.

„Was soll's, du hast alle meine Erwartungen übertroffen. Aber lass dir, dass nicht zu Kopf steigen. Du hast noch sehr viel zu lernen."

„Ich weiß, Dano. Mach dir keine Sorgen. Aber jetzt lass uns von morgen reden. Wo wirst du das Portal öffnen?"

„Wir werden wieder in die Trainingshalle fahren. Du weißt ja, dass das Öffnen eines Portals gewisse Leuchterscheinungen mit sich bringt. Wir müssen wie immer darauf bedacht sein, keine Zeugen in der Nähe zu haben. Und außerdem können wir uns da auch umziehen. Ich werde gerüstet und bewaffnet mit dir kommen. Wir werden als Drachenkrieger auf Arcandria eintreffen."

Ein Elfenportal öffnen hieß, eine direkte Verbindung zweier Orte herzustellen. Durch diese Verbindung war es den Arcandrin möglich, ohne Zeitverlust von einem Ort zum anderen zu reisen. Dieses Portal war wie ein Auge von Dana Nala. Wer in der Lage war, ein solches Portal zu erschaffen, blickte durch dieses Auge auf den gedanklich manifestierten Zielort. Dieser Vorgang konnte nur von wenigen auserwählten Arcandrin ausgeführt werden. Für Ungeübte und Unberechtigte konnte dieses Vorhaben sehr gefährlich werden.

Jetzt, nachdem ihre Freude über ihre erfolgreiche Prüfung etwas abgeklungen war, kam die Sorge um Davy wieder zurück. Aylana konnte es kaum erwarten nach Hause zu kommen, denn sie wusste das Alfie und Merle bei Davy gewesen waren. Kaum, dass Sirion den Wagen geparkt hatte, war sie auch schon im Haus und stürmte die Treppe hinauf.

Sirion seufzte.

„Wie lange hält die Autotür das wohl noch aus?"

Er parkte den Wagen und ging auch ins Haus. Im Wohnzimmer erwartete ihn Salomee, die gespannt war, von der Prüfung zu erfahren.

„Hallo, mein Schatz, wie ist es gelaufen?"

Sie gab Sirion einen Kuss. Er setzte sich neben sie und erzählte von Aylanas Erfolg: „Du hättest sie sehen sollen! Sie hat alle Aufgaben mit Bravour bestanden. Wir können wirklich stolz sein, auf unsere Tochter."

Sirion erzählte ihr alles ganz genau und Salomee hing gespannt an seinen Lippen. Als Sirion die schändliche Tat Istwans erzählte, entfuhr Salomee ein leiser Aufschrei. Und als Sirion erwähnte, dass Adalar Istwans Vater war, befürchtete auch sie, dass die Sache noch ein Nachspiel haben würde. Sirion erzählte ihr noch den restlichen Verlauf der Prüfung, und auch Salomees Augen leuchteten vor Stolz.

Aylana war inzwischen in Alfies Zimmer gestürmt, natürlich ohne zu klopfen, und Alfie fiel vor Schreck fast vom Stuhl.

„Wie geht es Davy, hat sich etwas verändert?"

„Nein, Merle und ich waren etwa zwei Stunden bei ihm. Wir haben alles versucht, mit ihm gesprochen, ihn berührt und bewegt … aber leider keine Reaktion. Dann habe ich Merle nach

Hause gebracht. Sie macht sich sehr große Sorgen. Es tut mir leid, Aylana, ich habe keine besseren Nachrichten."

Aylana war auf einen Stuhl gesunken und schüttelte traurig den Kopf.

„Ich hoffe nur, dass Ava ein Mittel weiß. Wenn ich ihn nur ein paar Sekunden früher gefunden ..."

„Aylana, bitte! Niemand hätte Davy schneller finden können. Bitte mach die jetzt keine Vorwürfe. Ich bin sicher, Ava wird Davy helfen können."

Dann änderte sich Alfies Blick und er sah Aylana zuversichtlich an.

„Wie ist denn deine Prüfung gelaufen?"

„Ach, Alfie, ich habe jetzt keine Lust, darüber zu sprechen. Ich habe bestanden. Dano wird dir sicherlich noch alles darüber erzählen."

Sie erhob sich.

„Ich gehe jetzt schlafen. Sei mir nicht böse."

Alfie nahm sie in die Arme.

„Nein, sicher nicht. Es wird alles gut. Ich glaube ganz fest daran. Schlaf gut."

Sie gab Alfie einen Kuss auf die Wange und ging nochmals kurz nach unten, um auch ihren Eltern eine gute Nacht zu wünschen.

Avas Geschenk

Sirion und Aylana wollten am nächsten Morgen früh los und auch Salomee ließ es sich nicht nehmen, mit den beiden aufzustehen und gemeinsam zu frühstücken.

„Erwarte bloß nicht zu viel."

Salomee schenkte Orangensaft nach.

„Wenn Ava dir helfen kann und darf, wird sie es auch tun. Denke jedoch stets daran, dass Ava und Sola arwa aygo mit den Geschicken allen Lebens verbunden sind."

Was sie damit meinte, aber so nicht aussprechen wollte, war, dass Davys Schicksal für die Erfüllung der Prophezeiung vielleicht nicht von solcher Bedeutung war, wie es für Aylana war.

„Ich werde nach Avas Worten handeln. Im Geiste Xandrias", entgegnete Aylana ernst.

„Ich habe Avas Frage im Gewölbe mit ,Ja' beantwortet. Und ich weiß, was das für mich heißen kann."

Salomee sagte bekümmert: „Ach, Aylana, manchmal wünschte ich mir, dass dies alles nicht passiert wäre und du wie eine ganz normale Arcandrin aufwachsen könntest. Unbeschwert und fröhlich. Es fühlt sich manchmal an, als würde dir ein Teil deiner Jugend genommen werden."

„Dana, ich will und werde meine Bestimmung annehmen und mit allen Kräften für den Schutz des Lebens einstehen. Ich fühle den Geist Xandrias in mir und ich bin so erfüllt von Leben, wie ich es noch nie gespürt habe. Es ist alles in Ordnung."

Sirion warf ein: „Wir werden schon dafür sorgen, dass sie noch genug ihrer unbeschwerten, leichtsinnigen Dummheiten erleben kann."

„Ich und leichtsinnige Dummheiten!", rief Aylana aus.

„Ich war doch immer die verantwortungsvollste Tochter, die man sich vorstellen kann."

Alle drei lachten. Dann mahnte Sirion zum Aufbruch. Sie verabschiedeten sich von Salomee und fuhren los. Unterwegs erklärte Sirion Aylana noch, wie vorzugehen war, um ein Portal zu öffnen und zu benützen. Sie war ganz aufgeregt, weil es das erste Mal war, dass sie es selbst probierte.

In der Halle angekommen, schloss Sirion sorgfältig hinter ihnen ab. Sie legten ihre Rüstungen an und nahmen die Waffen an sich. Sirions Rüstung als Drachenkrieger und Mitglied des Elfenzirkels war in Goldtönen und schwarzen Ziselierungen gehalten. Auch sein Schwert und sein Bogen waren herrliche Waffen, die aus edelsten Materialien bestanden, und von Gondrin selbst gefertigt worden waren. Sie standen nebeneinander in der Hallenmitte.

„Du musst dich ganz auf dein inneres Auge konzentrieren. Denke an Bilder von Oileàin Arann und Fort Dún Eochla. Sieh Arcandria vor dir. Erschaffe mit deinen Gedanken das Auge und blicke hindurch. Sieh die Steinmauern, sieh den Eingang zum Gewölbe. Nichts darf dich ablenken."

Aylana versuchte, alle äußeren Einflüsse abzuschirmen und sich nur auf das Auge zu konzentrieren. Langsam begann die Luft vor ihnen zu flimmern und der Umriss einer Iris wurde sichtbar. Nach und nach wurden die Bilder im Auge deutlicher und die Steinmauern des Forts erschienen. Doch sie schaffte es nicht, das Bild zu stabilisieren. Der Durchgang war so nicht möglich. Sie versuchte es noch einige Minuten, doch sie ermüdete rasch und konnte auch den Gedanken an Davy nicht loslassen. Sie schaffte es noch nicht ihren Geist zu leeren, um sich ausschließlich auf das Portal zu konzentrieren. Erschöpft drehte sie sich zu Sirion: „Ich schaffe es nicht, meine Gedanken für das Auge freizuhalten."

Sie schüttelte enttäuscht den Kopf und sagte dann: „Bitte hilf mir, Dano!"

Sirion legte ihr die Hand auf die Schulter und tröstete sie.

„Es hätte auch an ein Wunder gegrenzt, wenn du schon in der Lage gewesen wärst, ein Portal zu öffnen. Und noch dazu unter diesen Umständen. Du warst ja schon nahe dran. Es wird dir bald gelingen."

Dann scherzte er: „In deinem Alter war ich schon froh, normale Schlösser zu knacken."

Doch Aylana war unzufrieden mit sich selbst und nahm sich vor, möglichst viel daran zu arbeiten. Sirion trat vor und konzentrierte sich. Sofort öffnete sich das Auge und die Pforte zum Gewölbe lag deutlich vor ihnen. Sie traten durch das Portal und Sirion verschloss den Durchgang wieder.

„Wie geschieht das Schließen des Portals?", wollte Aylana wissen.

„Du musst dir vorstellen, dass sich das Auge schließt", antwortete Sirion.

„Doch auch wenn du das nicht tust, wird sich das Auge nach einigen Momenten verschließen. Das liegt in der Natur des Portals. Es erfordert viel Energie von Dana Nala, diese Pforten für uns zu öffnen. Und diese Energie wird von der Kraft, die alles Leben durchströmt erschaffen und ist so kostbar wie das Leben selbst. Deshalb ist es uns auch untersagt, diese Portale leichtfertig zu öffnen. Wir dürfen sie niemals für unlautere Absichten missbrauchen."

Mit diesen Worten schritt Sirion zur Pforte und öffnete sie.

„Ich werde hier auf dich warten, Aylana. Sprich allein mit Ava. Er hat es so bestimmt." Er deutete auf den Lebensbaum. Aylana fragte sich noch, wie Sola arwa aygo denn mit Sirion sprechen konnte, ohne, dass sie es mitbekam. Sirion schob sie sanft zur Pforte.

„Geh nur. Ava erwartet dich."

Es schien Aylana, als wäre es erst gestern gewesen, dass sie Ava im Gewölbe getroffen hatte. Alles schien ihr so vertraut zu sein. Das geheimnisvolle Glitzern der Wände, die mächtigen Wurzeln des Lebensbaumes und der riesige schwarze Kristall im Zentrum. Aylana nahm sich vor, Ava mit der Gabe des stillen Sprechens um ihr Erscheinen zu bitten. Sie stellte sich vor den Kristall und dachte intensiv an Ava, an Sola arwa aygo und formulierte ihre Bitte in Gedanken: „Ava, hier ist Aylana, angehende Drachenkriegerin und Novitae Amada aygo. Ich bitte dich um deine Hilfe."

Es war ungewöhnlich schwer für sie, sich unter diesen Umständen auf die Anrufung Avas zu konzentrieren. Doch sie schien erfolgreich zu sein. Auf dem Kristall erschien langsam wieder die Lichtkugel und Avas Gestalt begann, sich zu zeigen. Ava trat zwischen den Wurzeln des Lebensbaumes hervor und ging auf Aylana zu. Aylana war erneut überwältigt von ihrem Anblick. Die Schwingen Avas leuchteten in Weiß und Violett. Sie trug wieder ihr schlichtes, weißes Kleid, das ihre schlanke Gestalt wunderschön zur Geltung brachte. Über ihren schwarzvioletten Haaren trug sie diesmal ein Diadem, das mit den gleichen schwarzen, kostbaren Kristallen besetzt war, wie Durandort und Xandar.

Es schien Aylana, als stockte Ava kurz im Schritt, als sie zu ihr trat.

„Attawa osu", grüßte Aylana mit der traditionellen Geste.

„Attawa uso", erwiderte Ava den Gruß.

„Was führt dich zu mir, meine Tochter?"

Schon bei ihrer ersten Begegnung hatte Ava sie als Tochter begrüßt. Aylana nahm sich vor, auch dies einmal zu ergründen. Es war, als wüsste Ava bereits ganz genau, was ihr Anliegen war. Trotzdem erzählte Aylana Ava die ganze Geschichte, wobei sie sich bemühte, ihre eigene Rolle herunterzuspielen.

„Es ehrt dich, Aylana, dass du um Davy besorgt bist und dies gehört auch zu den Aufgaben einer Amada aygo. Sich um den Erhalt des Lebens zu kümmern. Doch niemals zum eigenen Vorteil. Da ihr von einem Shiazul angegriffen wurdet, hat mir der Lebensbaum erlaubt, dir zu helfen."

Aylana spürte ihr Herz bis zum Hals schlagen und musste sich Mühe geben, ruhig und gefasst zu bleiben.

„Du musst nach Davy rufen, seine Seele muss sich orientieren und festhalten können. Benütze die Gabe des Stillen Sprechens und …" Sie löste ein Amulett, dass um ihren Hals gebunden war, und reichte es Aylana.

„Nimm dies. Es wird deine Kraft verstärken und Davy wird dich hören. Doch es wird der Wille seiner Seele sein, die entscheidet."

Sie reichte Aylana das Amulett, das ein in Holz gefasster Kristall war.

„Dies ist vom Lebensbaum. Es sind Körper und Geist von Sola arwa aygo. Behüte es gut."

Aylana band sich das Amulett um den Hals und bedankte sich bei Ava.

„Der Lebensbaum hat noch zu Sirion gesprochen. Er kommt jetzt auch in das Gewölbe."

Kaum hatte sie ihre Worte beendet, waren schon Sirions Schritte zu vernehmen, der die Treppe hinunterkam. Auch Sirion und Ava begrüßten sich nach Sitte der Arcandrin.

Ava sagte zu ihnen: „Kommt mit mir, zum Herzen Sola arwa aygos. Wir möchten euch etwas zeigen."

Sie führte die beiden ins Innere der Säule und gebot ihnen dann, vor dem Kristall zu warten. Ava trat zum Kristall und berührte ihn mit ihrer Hand. „Sola arwa aygo übermittelt mir seine Erinnerungen und mit Hilfe des Herzens kann ich die Bilder erscheinen lassen. Der Lebensbaum will, dass ihr die Bilder längst vergangener Tage erfahren könnt."

Sie schloss die Augen und auf dem Rund des Kristalls wurden schemenhafte Nebel sichtbar, die sich zu Bildern formten. Sogar Geräusche wurden hörbar.

Ein mächtiger Drache mit leuchtend violetten Augen und herrlichem Schuppenkleid in irisierenden Farben flog über das Land. Auf seinem Rücken saß jemand, den Aylana nur schemenhaft wahrnehmen konnte. Das Ziel seines Reiters war eine Burg, deren Wachtürme hoch in die Luft ragten. Es waren zwei Türme, auf jeweils vier Säulen. Aylana sah, dass rund um die Burg ein Steg verlief, auf dem die Wachen zirkulierten. Die Burg war ganz in den Fels gebaut worden und überragte die Wälder um sie herum. Auf der Vorderseite waren Wachhäuser in den Fels eingelassen worden und in der Mitte der Burg befand sich ein riesiges goldenes Tor. Man konnte jetzt auch erkennen, dass die Reiterin eine Drachenkriegerin war. Sie umkreiste die Burg. Auf der Rückseite waren durch die Fenster der

Brüstung ein Thronsaal und wunderschöne Gemächer zu sehen. Auf der anderen Seite der Burg öffnete sich ein riesiges Gitter und gab eine Fläche frei, auf der die Drachen landen konnten. Sirion war erschüttert.

„Das Elfenportal. Die Burg der Königin. Altasia. Der Eingang nach Arcandria. Als Menschen und Arcandrin noch friedlich zusammenlebten.“

Der Drache landete sicher und die Drachenkriegerin schritt auf die Burg zu. Sie war im Thronsaal zu sehen, in voller Größe und man sah jetzt auch deutlich ihre Rüstung und ihre Waffen. Sie war mit Xandar und Durandort bewaffnet. Und auch ihre Rüstung sah seltsam vertraut aus. Als die Gestalt sich umdrehte, erkannten Sirion und Aylana … Aylana.

Das Bild verschwand. Sirion und Aylana wendeten sich erschüttert zu Ava um, die zu ihnen sagte: „Dies war die Burg der Elfenkönigin. Das bestgehütete Tor von Dana Nala. Nur wer reinen Herzens war, durfte das Portal nach Arcandria passieren. Und die Drachenkriegerin, die ihr gesehen habt, war Xandria. Amada aygo. Drachenkriegerin und … Königin der Arcandrin!“

Sirion war sichtlich aufgewühlt: „Niemand hatte gewusst, wer die geheimnisvolle Königin der Arcandrin war. Es war also Xandria! Und was hat es mit ihrer Ähnlichkeit mit Aylana auf sich? Stammt unsere Familie von ihrer Blutlinie ab? Und weshalb hast du uns das gezeigt?“

„Viele Fragen, Drachenkrieger. Für diesen Moment darf ich dir nur die erste beantworten. Ja, ihr habt dieselbe Blutlinie und dies muss euch vorerst genug sein.“

Ava lächelte die beiden an. „Wie ich schon zu Aylana sagte, wenn ihre Ausbildung abgeschlossen ist und sie zu mir zurückkehrt, werden hinter jener Pforte dort“ – sie deutete auf das Portal, das Aylana schon bei ihrem ersten Besuch im Gewölbe aufgefallen war – „viele Antworten und Überraschungen auf euch warten.“

Sie nahm Aylana in die Arme und umschlang sie wieder mit ihren starken, wunderschönen Schwingen.

„Doch nun ist es Zeit, meine Tochter. Geht jetzt und behütet das Leben. Und“, sagte sie und lächelte, „geh zu Davy und rufe seine Seele.“

„Attawa osu, Drachenkrieger.“

„Attawa uso, Ava, Tochter des Lebensbaums. Tjiana, vielen Dank.“

Sirion und Aylana wandten sich um und stiegen die Treppe hoch. Aylana drehte sich noch einmal zu Ava, die ihr zum Abschied zuwinkte. Ihre Augen waren voller Liebe.

Sie verschlossen die Pforte zum Gewölbe hinter sich. Eine Pforte, die niemals ohne die Zustimmung und das Wissen von Ava oder Sola arwa aygo geöffnet werden konnte.

Aylana legte die Hand auf das Amulett.

„Gehen wir nach Hause, Dano, ich will Davy rufen.“

„Ich werde sofort ein Portal für uns öffnen. Oder willst du es nochmals versuchen?“

„Ja, ich denke, ich kann mich jetzt besser fokussieren. Ich bin jetzt ruhiger und die Bilder in mir sind stark und deutlich.“

Sirion nickte ihr zu und Aylana lenkte ihre ganze Kraft in das innere Auge und die Iris begann sich zu bilden. Diesmal wurde das Innere der Halle in Biel sichtbar. Doch auch diese Bilder waren noch nicht stabil.

„Aylana! Aylana! Pass auf!“ Jemand rüttelte an ihrer Schulter. Sie war so versunken in ihre Konzentration, dass sie einige Sekunden brauchte, um ihre Umgebung wieder bewusst wahrnehmen zu können. Ihre Sinne nahmen sofort Gefahr war. Sie konnte diese jedoch noch nicht erkennen. Sirion der bemerkt hatte, dass sie wieder reagierte, zeigte mit seiner Hand auf einen Drachen, der vom Himmel herabschoss und direkt auf sie zukam.

„Das muss Gondrin sein, ich erkenne Ildur, seinen Drachen. Es muss etwas passiert sein. Nur er wusste, dass wir heute hier sind. Ich habe mich gestern noch mit ihm darüber unterhalten.“

Gondrin hatte sich mit seiner Familie in Irland niedergelassen, denn in seiner Funktion als Waffenmeister hatte er oft auf den Aran-Inseln zu tun.

Gondrin landete Ildur unweit des Steinkreises und kam eilig auf sie zu. Auch er trug volle Rüstung und Bewaffnung.

„Sirion, ihr müsst sofort weg von hier! Ihr wurdet verraten. Die Shiazul können jeden Moment hier sein. Ich konnte euch nicht erreichen, im Gewölbe."

„Was ist passiert Gondrin? Wer sollte uns an die Shiazul …"

„Istwan … doch sieh, es ist höchste Zeit. Geht jetzt! Sofort!"

Gondrin deutete nach Norden, wo soeben eine ganze Gruppe von Drachen sichtbar wurde, die sich rasend schnell näherte.

„Du glaubst doch nicht im Ernst, mein alter Gefährte, dass ich dich allein zurücklasse. Halte sie mir fünf Minuten vom Hals, damit ich ein Portal für Aylana öffnen kann", rief Sirion.

Aylana wollte protestieren, doch Sirion fuhr sie in einem Ton an, den sie so noch nie von ihm gehört hatte: „Du tust genau, was ich sage! Sobald das Portal offen ist, gehst du. Verstanden? Sofort!"

„Beeil dich Sirion", drängte Gondrin.

„Sie nähern sich schnell."

Er stellte sich vor Aylana und Sirion auf und zückte sein Schwert. Sirion versuchte, das Portal für Aylana trotz der widrigen Umstände zu öffnen. In diesem Moment war der erste Shiazul nahe genug herangekommen, um einen ersten Pfeil abzuschießen. Gondrins Schwert zuckte hoch und der Pfeil zersplitterte an der Klinge. Der Shiazul riss seinen Drachen hoch und flog über sie hinweg. Doch nun waren auch die anderen in Reichweite und ein wahrer Pfeilhagel regnete auf sie herab. Auch Aylana hatte Xandar gezückt und sich neben Gondrin gestellt, um Sirion abzuschirmen. Die beiden wehrten Pfeil um Pfeil ab, doch die Gegner waren in der Überzahl. Damit wurde die Lage innerhalb von Sekunden unhaltbar. Die Shiazul führten ihre Drachen nach dem ersten Angriff in weiten Kreisen um sie herum. Sirions Pforte nahm soeben Gestalt an, als er von einem Pfeil in den Oberschenkel getroffen wurde. Er stürzte zu Boden und das Auge erlosch.

„Dano!", schrie Aylana.

„Was ist mit dir?"

Sirion richtete sich mit schmerzverzerrtem Gesicht wieder auf: „Es ist nur mein Bein. Bring dich sofort im Gewölbe in Sicherheit."

„Nein!", schrie Aylana.

„Dann gehen wir alle in das Gewölbe. Ich werde euch nicht verlassen."

Während dieser Worte wehrte sie erneut mehrere Pfeile ab und versuchte dabei, Sirions Zustand aus den Augenwinkeln einzuschätzen. Bevor Sirion antworten konnte, landeten mehrere der Shiazul im äußeren Steinkreis und kamen mit erhobenen Schwertern auf sie zugestürmt. Sie alle trugen tiefrote Rüstungen und Helme, die nichts von ihren Gesichtern erahnen ließen.

Gondrin rief: „Sirion, du und ich! Nahkampf! Aylana, du kümmerst dich um die Bogenschützen auf den Drachen."

Aylana steckte Xandar in den Rückenpolster und spannte Durandort in einer einzigen blitzschnellen Bewegung. Pfeil um Pfeil verließ ihren Bogen und jeder fand sein Ziel. Doch Aylana war eine Amada Aygo, eine Hüterin des Lebens, und ihre Pfeile machten ihre Gegner kampfunfähig, ohne sie zu töten. Sirion und Gondrin standen Seite an Seite und bildeten eine undurchdringliche Barriere vor Aylana. Sie kämpften, als wären sie ein Gedanke mit zwei Körpern. Sirion parierte und Gondrin nutzte den Moment, in dem der Gegner ungeschützt war. Sie fügten den Shiazul schwere Verluste zu, doch diese waren wie besessen und ungeachtet ihrer Verwundungen, griffen sie immer und immer wieder an. Auch Sirion und Gondrin versuchten anfangs ihre Gegner nur kampfunfähig zu machen. Doch bald konnten sie sich der vielen Angreifer nicht länger erwehren. Sie mussten entschiedener zurückschlagen. Allmählich wurden Sirions Bewegungen langsamer. Gondrin, dem dies auffiel, warf Sirion einen kurzen, fragenden Blick zu.

„Pfeilgift", zischte dieser zwischen den Zähnen hervor.

Die Drachenreiter, die noch kampffähig waren, waren in der Zwischenzeit außerhalb der Reichweite von Aylanas Pfeilen gelandet. Sie versuchten, sich in der Deckung der Ringmauern anzunähern, um wieder in den Kampf eingreifen zu können. Aylana konnte sie für den Moment noch in Schach halten.

„Aylana!", rief Gondrin

„Wir müssen uns zum Gewölbe durchschlagen. Wie lange kannst du sie noch von uns fernhalten?"

Aylana, die gerade wieder zwei Shiazul mit Pfeilen in die Schulter wehrlos gemacht hatte, entgegnete: „Ich habe noch etwa zehn Pfeile. Wir müssen uns beeilen."

„Sirion, kannst du laufen? Schaffst du es bis …"

Abrupt brach Gondrins Stimme mit einem Schmerzenslaut ab. Aylana sah entsetzt auf den Pfeil in seiner Brust. Gondrin brach vor ihren Augen zusammen. Dann fiel er reglos auf den Rücken. Sirion rannte den Shiazul mit einem wütenden Aufschrei und der letzten Kraft, die er noch aufbringen konnte, entgegen.

„Aylana, flieh! Ich versuche, sie aufzuhalten, solange es geht. Geh, meine Tochter! Rette dich."

Doch Aylana dachte keine Sekunde lang an Flucht. Sie nahm Xandar in die Rechte und stellte sich anstelle Gondrins an die Seite ihres Vaters. Sie kämpften gemeinsam gegen die Shiazul und schafften es sogar für einen Moment, diese zurückzudrängen. Doch Sirions Bewegungen erlahmten mehr und mehr, bis sein Arm schließlich kraftlos herabhing und er wehrlos dastand. Das letzte Bollwerk gegen die Feinde war nun Aylana.

Aylana stand hochaufgerichtet vor Sirion und Gondrin und hielt die Feinde zurück. Xandar wirbelte blitzschnell durch die Luft und die Shiazul wichen vor ihr zurück. Doch auch Aylana wusste, dass ihre Kräfte mit dem gewaltigen Ansturm der Shiazul irgendwann nachlassen mussten. Sie versuchte, sich mit Sirion zu Gondrin, der immer noch reglos am Boden lag, zu bewegen. Die Shiazul hatten ihre Strategie geändert und begannen nun damit, Aylana einzukreisen, um sie von mehreren Seiten gleichzeitig attackieren zu können. Sirion stand mittlerweile bei Gondrin und hatte Mühe, zu stehen. Überrascht sah Aylana, wie Gondrin versuchte, sich aufzurichten. Doch sein schmerzverzerrtes Gesicht und seine langsamen Bewegungen verhießen nicht Gutes. Aylana spürte, dass sie müde wurde. Sie hatte sich schützend vor Sirion gestellt und wehrte sich mit allen verbleibenden Kräften.

„Aylana, flieh endlich, bitte!", flehte Sirion mit letzter Kraft. Doch Aylana hatte ein heiliger Zorn gepackt. Niemals würde sie Gondrin und ihren Vater zurücklassen. Seit Beginn des Kampfes hatte Aylana nur Waffengeräuschen und die Schmerzensschreie der getroffenen Shiazul vernommen. Doch nun hob einer der Angreifer die Hand und rief laut: „Halt! Senkt die Waffen!" Seine Stimme klang unter dem Helm seltsam verzerrt. Die Shiazul stoppten ihre Attacken und eine gespenstige Stille breitete sich über dem Kampfplatz aus.

„Drachenkrieger, ihr seid verloren. Gebt uns Durandort und Xandar und wir werden euch verschonen. Ihr habt mein Wort", dröhnte die Stimme des Shiazul.

Gondrin, der sich mühselig aufgerichtet hatte, versuchte, seiner Stimme Kraft zu verleihen, als er unter zusammengepressten Zähnen sagte: „Niemals! Und was wäre schon das Wort eines Shiazul wert, der eine Horde ehrloser heimtückischer Feiglinge anführt."

Der Anführer der Shiazul erwiderte mit einem hässlichen Lachen: „Du bist nicht mehr gefragt, Waffenmeister. Deine Zeit ist abgelaufen."

Dabei deutete er auf den Pfeil in Gondrins Brust. Gondrins Gesicht war mit Schweißperlen übersäht. Sirion konzentrierte sich und versuchte, seine Kräfte zu sammeln. Gondrin hatte das Vorhaben seines Freundes bemerkt und lenkte den Shiazul weiter ab.

„Durandort und Xandar sind wertlos für euch. Nur Aylana kann diese Waffen führen."

„Warum wir die Waffen wollen, das muss dich nicht weiter interessieren. Und vielleicht erkennt auch Aylana noch, dass wir die einzig berechtigten Besitzer dieses Planeten sind."

„Niemals!", rief Aylana, die immer noch mit erhobenem Schwert vor Gondrin und Sirion stand.

„Meine Hand und mein Herz werden immer den Gesetzen der Arcandrin treu sein, und ich werde im Sinne Xandrias mein Leben dafür einsetzen."

„Dann soll es sein", zischte der Shiazul.

„Dann stirb jetzt und geh zu Xandria."

In diesem Moment schnellte Gondrin an Aylana vorbei und riss sie nach hinten. Er richtete sich hoch vor dem Shiazul auf und spaltete den Helm des Verräters mit einem gewaltigen Hieb seines Schwertes entzwei. Dieser wankte mit einem Ausdruck grenzenlosen Erstaunens eine Sekunde hin und her, bevor er zu Boden stürzte. Gondrin vergewisserte sich mit einem letzten Blick zurück, dass Sirion bereit war. Denn Sirion war es in der Zwischenzeit gelungen, unbemerkt ein Portal zu öffnen. Durch die Iris sah Gondrin Salomee, die mit weit aufgerissenen Augen durch das Portal sah. Bei ihrem erschrockenen Aufschrei drehte Aylana sich um und sah das Portal, das von Sirion zitternd offengehalten wurde. In diesem Moment fühlte Aylana wie sie und Sirion durch das Portal gestoßen wurden. Das Letzte, das Aylana wahrnahm, bevor sich das Portal wieder schloss, war Gondrin, der sie durch das Portal manövriert hatte und sie nun mit seinem Körper vor den Feinden abschirmte. Von mehreren Pfeilen in den Rücken getroffen fiel Gondrin auf die Knie.

„Ito m osu m, Aygo Aylana, Attawa. Attawa. Ich gebe für dich mein Leben, Aylana. Meine Liebe sei mit dir …"

Gondrin kippte nach vorne. Das Portal war geschlossen. Und Gondrin war tot.

Aylana schrie schmerzerfüllt auf und versuchte, zu Gondrin zurück zu gelangen. Doch der Weg war verschlossen und es gab für Aylana keine Möglichkeit mehr Gondrin, um zu helfen. Aylana brach weinend neben Sirion zusammen, der reglos im Gras lag. Das Letzte, was sie noch sah, bevor sie vor Erschöpfung ohnmächtig wurde, war, dass Salomee und Alfias neben ihnen knieten, und sich um sie kümmerten.

„Was ist mit Aylana, Dana?"

Aylana hörte Alfies leise, besorgte Stimme.

„Sie hat viel durchgemacht in letzter Zeit, Alfias. Und dann noch diese schreckliche Tat der Shiazul. Sie hat mitansehen müssen wie Gondrin …" Salomees Stimme brach schluchzend ab. Aylana spürte Salomees Hand auf ihrer Stirn und schlug die Augen auf. Sie befand sich in ihrem Zimmer und lag in ihrem Bett. Ihre Rüstung hatte Salomee ihr ausgezogen und zusammen mit den Waffen im Keller verstaut.

„Dana, was ist passiert? Wie geht es Dano? Und Gond…"
Sie brach mitten im Satz ab, als die Erinnerung zurückkam und Tränen liefen über ihre Wangen. Sie verbarg ihr Gesicht in den Händen und der Schmerz in ihrer Brust war fast unerträglich.

„Dano geht es gut."

Salomee nahm sie in die Arme.

„Ich konnte das Gift aus seinem Körper entfernen und seine Wunde heilt bereits. Du musst dich jetzt noch ein wenig ausruhen."

Doch Aylana schluchzte und wurde von Weinkrämpfen geschüttelt.

„Wir müssen zurück, Gondrin helfen, wir müssen sofort …"

„Wir haben Gondrins Körper nach Hause gebracht, Aylana", unterbrach sie Alfias.

„Gondrin tritt bald seine nächste Reise an. Du musst dich jetzt ausruhen. Es ist alles getan, was getan werden konnte."

Salomee und Alfias hatten sich sofort um Aylana und Sirion gekümmert, nachdem sie so unerwartet mitten in ihrem Garten erschienen waren. Das Portal hatte sich fast augenblicklich nach ihrem Durchgang geschlossen, doch Salomee hatte noch einen letzten Blick mit Gondrin ausgetauscht, den sie niemals vergessen würde. Ein Blick voller Schmerz und doch auch voller Liebe und Hoffnung. Gondrin hatte erst Aylana angesehen und dann den Blick zu Salomee gewandt. Seine Hände hatten vor seiner Brust den Kelch des Dankes geformt und mit einem letzten Aufbäumen seines Körpers hatte sich seine Seele befreit. Salomee wusste um Gondrins Geschichte und verstand, was er während seines letzten Atemzuges empfunden hatte. Nach der ersten Behandlung Sirions hatte sie sofort mit Siutei und Dorkon Verbindung aufgenommen. Diese hatten, zusammen mit den Drachenkriegern, auf Arcandria alles Notwendige in die Wege geleitet.

Hoffnung oder Schuld

Am Tag nach dem Kampf saßen Aylana und Sirion im Wohnzimmer beisammen. Sirion fühlte sich bereits besser. Zum Glück hatte Salomee so schnell mit der Heilung begonnen. Wenn das Gift länger in seinem Körper gewesen wäre, hätte es schlimm ausgehen können.

„Die Drachenkrieger haben Gondrins Körper zu seiner Familie gebracht. In drei Tagen werden wir uns von ihm verabschieden. Wir werden ihn auf seine nächste Reise geleiten. Auf Arcandria wird alles für ihn vorbereitet sein."

Sirion blickte Aylana ernst in die Augen.

„Er hätte gewollt, dass du dabei bist, Aylana. Wir möchten, dass du ihm den Weg öffnest."

„Ich werde dabei sein, Dano. Ich werde stark sein, für Gondrin."

Ihre Stimme zitterte. Doch ihr Blick war fest auf Sirion gerichtet, bevor sie fragte: „Doch warum ich? Es gibt viele unter uns, die diese Ehre viel mehr verdienen würden als ich. Zum Beispiel du, Dano. Du warst sein bester Freund."

„Es war Gondrins Wille. Er hatte dich in sein Herz geschlossen, seit eurer ersten Begegnung." Sirion lächelte wehmütig und fuhr sich mit der Hand über die Augen, als wollte er dunkle Schatten verscheuchen.

„Wir haben auch noch den gespaltenen Helm des Shiazul gefunden, den Gondrin vor seinem Tod besiegt hat. Es war Istwans Helm. Der Helm von Adalars Sohn!"

Aylana war es, als zöge sich eine eisige Hand um ihr Herz zusammen. Verräter in den eigenen Reihen. Unter den Drachenkriegern. Ihr wurde bewusst, dass eigentlich sie das Ziel der Angriffe gewesen war.

„Also bringe ich alle um mich herum in Gefahr", sagte sie leise.

„Erst der Angriff auf dem Floß und jetzt sogar auf Arcandria. Es wäre besser gewesen, diese Bestimmung nicht anzunehmen."

„So darfst du niemals denken, Aylana", entgegnete Sirion ungewohnt heftig.

„Ava und der Lebensbaum haben in dein Herz gesehen. Du kannst so viel für Dana Nala tun. Führe das Werk Xandrias weiter. Du bist in deinem Herzen bereits Xandria. Du hast dein Leben für uns eingesetzt und gezeigt, dass du die wahre Nachfolgerin der Königin bist. Und Gondrin hat sein Leben für dich gegeben, weil er an dich geglaubt hat. Nimm sein Opfer und deine Bestimmung an. Aylana …" Sirion war aufgestanden und hatte Tränen in den Augen, als er weitersprach. „Es ist auch für uns nicht leicht, dir diese schwere Last aufzubürden. Wir alle jedoch werden immer an deiner Seite sein und im Geiste allen Lebens für unsere Aufgaben bereit sein."

„Verzeihe mir, Dano. Ich werde meine Bestimmung erfüllen. Es war einfach zu viel." Ihre Stimme versagte, als die Erinnerung erneut hochkam. Sirion nahm sie in die Arme.

„Aylana, was du in letzter Zeit erlebt hast, wäre selbst für viele erfahrene Drachenkrieger eine enorme Belastung. Vielleicht hilft es dir, wenn du weißt, dass es Gondrins Wunsch war, sein Leben für dich geben zu dürfen. Er hat stets für die Erfüllung der Prophezeiung gekämpft. Nun wird er das aus einer Sicht sehen, die sonst nur den Sternen vorbehalten ist."

Aylana lehnte ihren Kopf an Sirions Schulter: „Warum war das Gondrins Wunsch?"

„Ava wird dir die Geschichte offenbaren, wenn du so weit bist. Sie hat uns darum gebeten, dies selbst tun zu dürfen."

Aylana spürte, dass in diese Geschichte um Gondrin vielerlei Geheimnisse der Arcandrin verwoben waren und drängte Sirion nicht weiter.

„Doch nun ist es vielleicht an der Zeit, dass du zu Davy gehst?"

Sirion löste sich von ihr und lächelte, als er ihr riet: „Und vergiss dein Amulett nicht. Denke an Avas Worte."

„Ich wollte mit Alfie gegen Abend gehen. Dann kann er aufpassen, während ich versuche, Davy zu rufen. Ich befürchte, dass sich meine Gestalt zeigt, wenn ich so tief in Davys Unterbewusstsein eindringe."

„Das ist eine gute Idee, Aylana. Daran habe ich noch gar nicht gedacht."

Er grinste.

„Wie umsichtig doch meine Tochter geworden ist. Und so klug!"

Aylana zog eine Grimasse und streckte ihm die Zunge raus, bevor sie rauslief.

„So viel zu klug und umsichtig", seufzte Sirion kopfschüttelnd.

Alfie und Aylana gingen gegen acht Uhr ins Spital, nachdem Alfie bei Merle nachgefragt hatte. Merle hatte ihm mitgeteilt, dass sie und ihre Eltern bereits zu Besuch gewesen wären. Das Pflegepersonal kannte die beiden bereits und ließen sie ohne weiteres in Davys Zimmer.

Es war immer wieder ein bedrückender Anblick. Davy lag noch immer reglos im Bett. Nur seine Brust, die sich hob und senkte, verriet, dass er noch am Leben war.

Aylana beugte sich über Davy und küsste ihn sanft auf die Stirn.

„Genug geschlafen, heute wirst du zu uns zurückkehren, Davy", flüsterte sie in sein Ohr. Zu ihrem Bruder gewandt sagte sie: „Alfie, ich habe keine Ahnung, wie ich das anstellen soll. Und ich weiß nicht was passieren wird. Also pass bloss auf, dass niemand so schnell ins Zimmer kann."

„Keine Angst. Notfalls werde ich meine besonderen Fähigkeiten einsetzten."

Alfias tippte sich grinsend an seinen Kopf.

„Also, leg los."

Aylana legte ihre rechte Hand auf Davys Stirn und presste mit der linken ihr Amulett gegen ihre Brust. Sie versuchte, Davys charakteristische Ausstrahlung wahrzunehmen. Immer tiefer und tiefer drang sie in Davys Unterbewusstsein vor und suchte nach einem Lebenszeichen.

Immer wieder rief sie nach ihm. Es war, als müsste sie in der Wüste nach einem bestimmten Sandkorn suchen. Aylana spürte, wie das Amulett ihre Kräfte verstärkte. Und schließlich fand sie Davys schlafendes Bewusstsein und griff nach ihm. In ihrem Geist war das, als würde sie seinen Geist behutsam zurück an die Oberfläche eines dunkeln tiefen Gewässers führen. Ein paarmal entglitt er ihr fast wieder. Sie schaffte es jedoch ihn hochzuziehen und an die Oberfläche zu bringen. Als sie spürte, dass sich sein Bewusstsein wieder mit seinem Körper vereinte, löste sie sich erschöpft von ihm und richtete sich in dem Moment auf, als Davys Hand sich bewegte. Aylana drehte sich glücklich um und wollte Alfie mitteilen, dass Davy wieder zurück war. Doch sie sah direkt in die Augen von Merle.

„Meinst du nicht, dass es langsam an der Zeit wäre, dass du und er", sagte sie und deutete auf Alfias, der friedlich schlafend auf einem Stuhl zusammengesunken war, „mir einiges erklären solltet? Zum Beispiel deine spitzen Ohren und deine violetten Augen?"

Aylana merkte voller Schrecken, dass sich ihre wahre Gestalt für Merle, die ohnehin einen besonderen Sinn für Übernatürliches hatte, durch ihre Konzentrationsphase offenbart hatte.

„ALFIAS! Wach sofort auf!", rief Aylana. Alfias fiel vor Schreck vom Stuhl und rappelte sich verdattert wieder auf, als er Merle sah. Diese stemmte die Hände in die Hüften und wandte sich zuckersüß an ihn: „Jetzt kannst du ruhig lange Ohren machen, denn du solltest mir genau zuhören. Was geht hier ab? Los, rede, sonst bist du doch auch nicht auf den Mund gefallen!"

Aylana legte Merle die Hand auf den Arm.

„Merle, wir werden dir alles erklären. Das verspreche ich dir. Vorerst jedoch vertraue uns bitte. Du weißt, wie wir für euch beide empfinden. Jetzt sollten wir uns zuerst um Davy …"

„Aylana, bist du das?" Davy hatte sich im Bett halb aufgerichtet. „Wo bin ich?"

Er blinzelte sie durch halb geschlossene Lider hindurch an.

„Davy!" Mit einem Freudenschrei stürzte Merle zu Davys Bett. „Du bist wach. Endlich!"

Auch Alfie war erleichtert zu ihnen ans Bett gekommen. Aylana sagte zu Davy: „Du hast lange geschlafen, Davy. Wir werden dir alles später erklären."

„Du hast mich doch gerade geweckt, Aylana. Ich habe dich rufen hören."

Merle warf Aylana einen bezeichnenden Blick zu. Davy gähnte und streckte sich ausgiebig. „Autsch, was ist das?"

Er war zusammengezuckt und hatte sich an die Brust gefasst.

„Das gehört auch zu den Dingen, die du dir anhören solltest", sagte Aylana bestimmt.

„Ich werde jetzt den Arzt rufen."

Bevor sie den Knopf drückte, sagte sie noch leise, aber eindringlich zu Merle: „Wir werden dir alles erzählen. Bitte rede jedoch vorerst mit niemandem. Bitte vertraue uns."

„Ich habe schon lange gespürt, dass es ein Geheimnis um euch gibt. Macht euch keine Sorgen. Ihr habt uns gerettet. Ich vertraue euch."

Merle legte ihre Hand auf Alfies Arm und nickte Aylana zu.

Als die Krankenschwester ins Zimmer kam und Davy sah, informierte sie sofort den diensthabenden Arzt. Merle rief ihre Eltern an. Etwa zwanzig Minuten später waren alle in Davys Zimmer versammelt. Lotte und Finn hatten Tränen der Freude in den Augen. Der Arzt, der Davy inzwischen gründlich untersucht hatte, meinte zu den beiden: „Ihrem Sohn geht es so weit gut. Die Vitalwerte sind alle im grünen Bereich und seine Verletzung ist gut verheilt. Ich möchte ihn noch einige Tage zur Beobachtung dabehalten. Nur zur Sicherheit."

Und zu Davy gewandt meinte er: „Auch deine neurologischen Werte sind, soweit ich es jetzt beurteilen kann, alle wieder im Normalbereich. Du musst einen besonderen Schutzengel haben."

„Das stimmt ganz sicher." Merle konnte diese Bemerkung mit einem Blick auf Aylana nicht unterlassen. Doch zu Glück verstand außer ihr, Aylana und Alfie, niemand diese Bemerkung richtig zu deuten.

Auf Arcandria war alles vorbereitet, um Gondrin mit allen Ehren auf seine Reise zu geleiten. Sämtliche Mitglieder des Elfenzirkels und die Drachenkrieger hatten sich versammelt. Über die Festung war wieder der undurchdringliche Zauber gewoben, der es Menschen verunmöglichte, die Vorgänge zu erkennen. Wieder bildeten die Drachen den äußeren Kreis, und im Inneren der Steinmauern und der Steinkreise war Gondrins Körper aufgebahrt. Es war fast Mitternacht und am Himmel erstrahlte die Sichel des Mondes. Gondrins letzte Ruhestätte war erhöht auf einem Steinsockel angebracht und bestand aus einer Holzbahre, die, prächtig geschmückt mit den Insignien der Drachenkrieger, Gondrins Körper trug. Gondrin selbst war mit seiner Rüstung und seinen Waffen ausgestattet. Auf seiner Stirn trug er einen Kristall, der Sola Luz, Dano aygo, die heilige Sonne, den Vater des Lebens, symbolisierte. Am Kopfende der Bahre war auf dem Steinsockel eine kleine Plattform angebracht, die gerade genug Platz für eine Person bot. Hier stand Aylana bereit, ebenfalls in ihrer Rüstung, um Gondrin den Weg zu öffnen.

Um sie herum erleuchteten Fackeln den Steinkreis, und die Arcandrin hatten mit dem Ritual begonnen. Dumpfe Trommeln begleiteten den Sprechgesang der Elfen und wurden immer lauter und schneller. Bis, auf ein Zeichen Sirions, plötzlich Stille eintrat. Nur das leise Wehklagen Ildurs, Gondrins treuem Drachen, war noch zu vernehmen. Sirion trat vor aus dem Kreis der Drachenkrieger und erhob die Hände, die zu einem Kelch geformt waren, gegen den mit Sternen übersäten Nachthimmel.

„Wir, die Arcandrin, bitten dich, Sola Nala, Dana Aygo, lasst Gondrins Seele vom Shiash ad Zul in die Höhe tragen. Wir bitten dich, heilige Erde, Mutter des Lebens, lass Gondrins Seele vom Mondwind in die Höhe tragen."

Die Fackeln begannen zu flackern und ein Windstoss blies abertausende von Funken durch die Nacht. Sirion wandte sich an die Arcandrin: „Ein großer Krieger ist uns vorausgeeilt. Ein wahrer Freund und Gefährte. Er gab sein Leben für den Schutz und die Bewahrung der Gesetze und der Doktrin. Lasst uns seinen Namen Ehren und sein Andenken bewahren."

Auf sein Zeichen hoben alle Arcandrin die Hände und formten das Zeichen des Dankes.

„Gondrin, Argo Fura ad Luz. Attawa uso. Tjiana!" Sirions Ruf hallte hundertfach durch die Nacht.

„Gondrin, Drachenkrieger der Sonne. Wir haben deine Liebe empfangen. Danke."

Dieser Ruf wurde fünfmal wiederholt und jedes Mal wehte der Mondwind etwas stärker. Die Drachenkrieger traten näher zum Steinhügel, und alle zogen ihr Schwert und erhoben den Arm. Alle Klingen zeigten auf Gondrin und oberhalb seiner Bahre entstand ein Flimmern in der Luft. Langsam bildete sich das Auge, durch das Gondrins Seele ihren Weg antreten würde. Das Auge war jedoch noch geschlossen. Auch Aylana erhob jetzt ihre Stimme: „Gondrin, alle unsere Herzen sind in diesem Moment bei dir. Dein Andenken wird immer in Ehren gehalten, und deine Taten werden niemals vergessen werden. Du hast dein Leben eingesetzt, für die Erfüllung der Prophezeiung und", sagte sie und ihre Stimme zitterte.

„Du hast dein Leben eingesetzt, um deine Freunde zu retten. Mir wurde die Ehre zuteil, einem großen Krieger den Weg zu öffnen. Dir, Gondrin, den Weg zu öffnen."

Sie konnte nicht verhindern, dass die Tränen über die Wangen liefen, als sie Xandar aus der Scheide zog. Auch sie hob jetzt ihr Schwert gegen den Himmel und ihre Stimme war stark und klar, als sie sprach: „Gondrin, Argo Fura ad Luz. Attawa uso. Tjiana."

Das Auge öffnete sich und gab die Pforte des Lichtes frei. Langsam löste sich Gondrins Seele vom Körper und schwebte dem Auge entgegen.

„Gute Reise, Gondrin. Attawa osu."

Aylana blickte zum Himmel, bis Gondrin durch das Portal entschwunden war. Sie senkte Xandar, das Portal schloss sich und löste sich im Shiash ad Zul wieder auf. Sirion trat an Aylana heran und legte ihr die Hand auf die Schulter. Ihr Gesicht war tränenüberströmt, aber ihr Herz war stark.

„Gondrins Seele ist auf dem Weg, Aylana. Es ist jetzt Zeit, seinen Körper den Sternen zu übergeben."

Er trat mit Aylana zurück und vier Drachenkrieger kamen mit ihren Fackeln und setzten die Bahre in Brand. Der Shiash ad Zul erhob sich wieder und die Flammen stiegen hoch in den Nachthimmel. Gondrin war nun auf einer neuen Reise.

„Hör mal, Hase." Merle wusste, dass sie Alfie so in den Wahnsinn treiben konnte.

„Du weißt schon, dass ihr mir noch einige Erklärungen schuldig seid?"

„Und du weißt schon, dass mich dieses ‚Hase' maßlos aufregt?", stänkerte Alfie.

Merle strich ihm über die Haare.

„Aber Alfie, das ist doch ein süßes Tier, so ein Hase. Mit den langen Ohren, du weißt schon."

Sie lächelte übertrieben kokett. Alfie und Merle saßen zusammen auf einer Bank an der Aare, wo sie sich nach der Schule mit Aylana verabredet hatten. Sie wollten zusammen zu Davy ins Spital gehen. Der hatte sich sehr gut erholt und langweilte sich nun fürchterlich in seinem Krankenzimmer. Mittlerweile wollte er möglichst schnell nach Hause zurück und ging damit seinem zuständigen Arzt auf die Nerven. Als Merle sah, dass Aylana mit dem Fahrrad im Anflug war, rief sie: „Hallo, du Elfe. Da bist du ja endlich."

Alfies Hustenanfall ignorierend setzte sie noch hinzu: „Es ist so schade, dass man deine spitzen Ohren und die violetten Augen nicht sehen kann. Das sieht nämlich super aus!"

Alfias sah sich vorsichtig in der Umgebung um und tadelte Merle dann: „Sei doch wenigstens etwas leiser. Wenn dich jemand hört, dann …"

„Dann denkt er, wir seien ein wenig durchgeknallt", unterbrach ihn Merle.

„Was in eurem Fall ja gar nicht so abwegig ist." Sie lachte verschwörerisch und begrüßte Aylana mit einem Küsschen auf die Wange. Diese hatte Merles Worte mitgekriegt und erwiderte: „Alfie ganz sicher."

Alfie warf zurück: „Du bist ja sicher auch speziell normal."

Die drei bestiegen ihre Fahrräder und radelten stadteinwärts. Beim Spital stellten sie ihre Räder ab und liefen zum Haupteingang. In Davys Zimmer angekommen, stellten sie fest, dass der Patient ausgeflogen war. Eine Pflegerin war im Zimmer und machte das Bett frisch.

„Hallo, ihr drei. Ich hoffe doch schwer, dass ihr hergekommen seid, um Davy mitzunehmen?"

Merle fragte lachend: „Was hat er denn nun schon wieder angestellt?"

„Was er im Moment gerade anstellt, oder wo er sich rumtreibt, kann ich nicht sagen. Aber letzte Nacht haben wir ihn überall gesucht und wollten schon seine Eltern verständigen, als wir ihn schließlich im Zimmer nebenan fanden. Tief und fest im Bett schlafend. Einfach im falschen. Zum Glück war das Zimmer nicht belegt."

Alfie lachte schallend. „Und gesetzt den Fall, dass er jetzt noch auffindbar ist, kann er denn heute nach Hause?"

„Ja. Der Arzt hat sein Okay gegeben und" – sie nickte Merle zu – „wir haben soeben eure Eltern verständigt. Sie werden gleich hier sein."

Aylana sagte: „Ich sehe mal in der Cafeteria nach. Wartet hier, für den Fall, dass er zurückkommt."

Sie wollte gerade das Zimmer verlassen, als Davy hereinstürmte. Er prallte mit Aylana zusammen, was ihn zu einer schmerzhaften Grimasse veranlasste. Sofort begann er, zu schauspielern. Er hielt sich die Brust und torkelte in Aylanas Arme.

„Ohhhh, tut das weh, ich kann mich kaum noch auf den Beinen halten. Halt mich nur fest."

„Ach, du Ärmster. Das tut mir sooooo leid."

Aylana hielt ihn in ihren Armen.

„Jetzt müssen wir dich sicher nochmals untersuchen lassen. Bitte Schwester, rufen sie sofort einen Arzt."

Die Pflegerin grinste: „Alles, nur das nicht. Nehmt ihn bitte, bitte mit!"

Davy, der daraufhin sofort keine Schmerzen mehr verspürte, meinte angeberisch: „Ihr denkt doch nicht, dass so etwas einen Mann mit meinen Qualitäten umwirft. Da sind andere Kaliber notwendig."

„Ja genau." Die Schwester grinste die anderen an.

„Zum Beispiel das Kaliber einer kleinen Spritze, nicht wahr? So wie gestern Nachmittag?"

Alfie rief begeistert: „Das müssen sie mir erzählen, was war denn los?"

„Nun, scheinbar hat der große Held hier ein wenig … wie soll ich sagen … Angst vor Spritzen."

Aylana tätschelte Davys Arm.

„Nana, so ein großer Junge muss doch keine Angst haben, vor einem kleinen Pieks."

Davy hob die Hände.

„Ist ja gut. Ich ergebe mich."

Die ganze Gesellschaft lachte fröhlich als die Türe aufging und Lotte und Finn eintrafen. Die beiden begrüßten Aylana und Alfias herzlich. Lotte schloss Aylana fest in die Arme und sagte zu ihr: „Danke, Aylana, dass du so viel Zeit an Davys Bett verbracht hast. Es war wohl kein Zufall, dass er aufgewacht ist, als du bei ihm warst. Er muss deine Gegenwart gespürt haben."

Und Finn verkündete lautstark: „Alle mal herhören. Das muss doch gefeiert werden. Was haltet ihr davon, am übernächsten Wochenende zu uns zu kommen? Dann ist Freitag noch ein Feiertag. Natürlich auch Salomee und Sirion. Wir werden grillen und feiern."

„Das ist eine super Idee."

Merle nickte begeistert und sah Aylana an.

„Vorausgesetzt, dass unsere Eltern dann Zeit haben, sehr gerne. Vielen Dank für die Einladung." Aylana lächelte Merle an.

Davy warf noch ein, er wolle Daniela und Tom auch einladen. Sie gehörten ja schließlich auch zum Club der Schiffbrüchigen. Auch dieser Vorschlag fand allgemein Anklang, und damit war die Sache vorläufig abgemacht. Davy packte seine Sachen und der Arzt kam mit den Austrittsunterlagen. Zehn Minuten später war das Zimmer leer und alle auf dem Heimweg.

„Ihr wisst doch ganz genau, dass diese Angelegenheit äußerst zweifelhaft ist."

Sirion lief erregt im Wohnzimmer auf und ab. Die Familie war komplett versammelt und diskutierte den Umstand, dass Merle de Bakker Bescheid wusste.

„Es ist schon ein Risiko, dass Merle teils Bescheid weiß, über unsere Existenz, und jetzt macht ihr noch den Vorschlag alle vier ins Vertrauen zu ziehen."

„Dano, ich denke das Risiko ist höher, dass sich Merle mal verplappert, was dann von uns nicht beeinflussbar ist."

Alfias hob die Hände und sagte: „Wenn wir hingegen alle, soweit notwendig, informieren, muss Merle ihrer Familie gegenüber nichts geheim halten."

„Und was bedeutet für dich ‚soweit notwendig'?", fragte Aylana.

„Naja, wir müssten so viel erzählen, wie Merle ohnehin schon aufgrund ihrer besonderen Sinne mitgekriegt hat. Das heißt, sie weiß, dass wir keine normalen Menschen sind. Sie weiß auch, dass wir einige besondere Fähigkeiten besitzen. Aber sie müssen nichts von Arcandria, Aylanas Berufung, den Shiazul und so weiter erfahren."

„Nun, ihr wisst, dass wir für eine solche Entscheidung ohnehin die Zustimmung des Zirkels benötigen. Wir können und dürfen solche Beschlüsse nicht fassen, ohne die Zustimmung einer Mehrheit des Rates." Sirion zuckte mit den Achseln.

„Dann werde ich zum Rat sprechen, Dano." Aylana erhob sich und trat zu Sirion.

„Es ist ja die Aufgabe einer Amada aygo für ein friedliches Zusammenleben aller Formen der Existenz auf Dana Nala einzustehen."

Sirion war für einen Moment sprachlos, doch dann meinte er: „Warum nicht? Es gehört zu den Aufgaben des Rates, sich um die Angelegenheiten und die Anliegen unseres Volkes zu kümmern. Jede und jeder Arcandrin hat das Recht vor den Rat zu treten, sofern die Volljährigkeit erreicht ist. Und du bist ja jetzt sechzehn geworden."

Zum ersten Mal meldete sich auch Salomee zu Wort: „Und wann ist die nächste Gelegenheit für Aylana, dieses Anliegen vorzubringen?"

„Am nächsten Sonntag ist eine Zusammenkunft des Zirkels auf Arcandria."

Er überlegte, bevor er weitersprach: „Ich habe sowieso noch vorgehabt mit dir dorthin zu gehen."

Er schaute Aylana an.

„Weshalb denn?", wollte Aylana wissen.

„Das besprechen wir dann auf Arcandria. Jedenfalls werden wir die Gelegenheit nützen, und du wirst diesmal das Portal für uns öffnen."

Dies sagte Sirion in einem Ton, der keinen Widerspruch duldete. Aylana war begierig darauf, zu erfahren, was Sirion noch auf Arcandria vorhatte. Sie kannte jedoch seinen Tonfall und wusste, dass jegliches Nachfragen vergeblich wäre. Alfie beendete die Diskussion schließlich auf seine Art: „Und wann gibts jetzt endlich was zu essen?"

Am nächsten Sonntag saßen Sirion und Aylana früh am Morgen wieder im Wagen Richtung Biel. Sie hatten beschlossen, wieder von der Trainingshalle aus zu reisen. Sirion hatte entschlossen, dass Aylana ihr ganze Ausrüstung mitnehmen solle. Dies erschien Aylana ein wenig merkwürdig, denn sie wusste, dass niemand bewaffnet vor den Rat treten durfte. Und wenn der Elfenzirkel sich versammelte, waren auch stets die Drachenkrieger vor Ort, um die Sicherheit zu gewährleisten. Weshalb also Durandort und Xandar mitbringen? Doch sie wusste, dass sie sich mit Geduld wappnen musste, denn Sirion machte keinerlei Anstalten etwas zu verraten.

„Aylana, bist du so weit?"

Sirion stand bereits in voller Ausrüstung in der Halle.

„Ja, ich komme gleich!", antwortete Aylana und hängte sich Durandort um und trat neben Sirion.

„Also los! Errichte ein Portal für uns. Stelle dir den Lebensbaum im inneren Steinkreis des Forts vor und konzentriere dich nur auf diese Bild. Keine Ablenkungen."

Er trat einen Schritt hinter Aylana zurück und sie begann in ihrer Vorstellung eine Pforte zu schaffen. Wieder zeigte sich das Auge vor ihnen, und diesmal spürte Aylana, dass es sich öffnen würde. Sirion sah ihr gespannt zu und konnte durch die flirrenden Umrisse der Iris bereits den Lebensbaum erkennen. Jetzt stabilisierte sich das Bild endgültig und das Portal war offen. Aylana gab sich einen Ruck und schritt durch das Elfenportal, das sie zum ersten Mal selbst geschaffen hatte. Sirion folgte ihr und die beiden standen auf Arcandria neben dem Lebensbaum, wo sich bereits mehrere Mitglieder des Zirkels versammelt hatten.

„Aylana, schließe das Portal!"

Sirion gab ihr einen Wink und begrüßte die Räte. Aylana schloss im Geiste das Auge und das Portal erlosch. Sie hatte bereits einige der Räte kennengelernt, an ihrem Tag der Novitae aygo und danach auch noch auf Gondrins Wegbereitung. Sie wurde von den meisten freundlich begrüßt. Nur Adalar stand mit finsterem Blick abseits, und begrüßte nur Sirion kurz und mürrisch. Aylana wusste, dass sie in Adalar einen erbitterten Gegner gefunden hatte. Seit sein Sohn als Shiazul entlarvt und von Gondrin geschlagen wurde, hatte sich seine Abneigung den Menschen gegenüber noch verstärkt. Er machte die Menschen dafür verantwortlich, dass sie Istwan mit ihrem Handeln dazu verführt hatten, den Shiazul zu folgen.

Giolmar, der vom Zirkel für ein Jahr zum Ratsvorsteher gewählt worden war, bat seine Gefährten, ihm zum Versammlungsplatz zu folgen. Etwas abseits des Forts hatten die Drachenkrieger mit ihren prächtigen Tieren einen Kreis gebildet. Innerhalb dieses Kreises war ein Zelt errichtet worden, das etwa einen Durchmesser von zehn Metern besaß. In dessen Inneren waren die kreisförmig angeordneten Plätze für die zwanzig Mitglieder des Elfenzirkels aufgestellt. Jeder Platz war mit den Insignien der Clans, die ein Mitglied des magischen Zirkels stellten, ausgeschmückt. Nur Giolmars Platz war ein wenig erhöht von den anderen, da er den Vorsitz führte. Rund um das Zelt waren nochmals Wachen aufgestellt und vor dem Eingang standen die Hüter der Schriften. Deren Aufgabe war es, die Beschlüsse des Rates festzuhalten und anschließend im Gewölbe aufzubewahren.

Sirion sagte zu Aylana: „Du musst vor dem Zelt warten, bis du gerufen wirst. Und du musst unbewaffnet vor dem Rat erscheinen."

Er betrat das Zelt und nahm Platz unter dem Symbol des Sonnendrachen. Dem Zeichen seines Clans. Nachdem alle Mitglieder des Rates ihre Plätze eingenommen hatten, traten als letzte, die Hüter der Schriften ein und verschlossen den Eingang.

Giolmar eröffnete die Versammlung mit den traditionellen Worten: „Attawa osu. Ito m Giolmar. Ito m Arcandrin."

Dazu war er aufgestanden und vollführte die Gesten des Grußes.

„Die Versammlung des Zirkels ist eröffnet."

Er setzte sich wieder und die Ratssitzung hatte angefangen. Der erste Punkt war die ehrlose Tat Istwans, die Geschehnisse rund um Aylana, Sirion, Gondrin und der Angriff der Shiazul. Der Rat verurteilte die Handlungen Istwans und der Shiazul und gegen den Willen von Adalar wurde Istwan auch keine Zeremonie zugestanden, die seiner Seele die Reise im Falle seines Todes ermöglicht hätte. Adalar brachte noch einmal seine Vorwürfe vor den Rat, dass die Natur verachtenden Handlungen der Menschen ein kompromissloses Vorgehen der Arcandrin erfordere. Sein Sohn hätte die Natur und die Erde schützen wollen und sei nur deshalb in die Reihen der Shiazul getrieben worden. Sirion sah, wie ihm Adalar hasserfüllte Blicke zuwarf. Sirion war klar, dass Adalar ihn und Aylana für die Schande seines Sohnes verantwortlich machte. Und mit der heutigen Entscheidung des Zirkels gab es auch keine Möglichkeit mehr, das Ansehen seines Sohnes zu rehabilitieren. Dieser Makel würde ewig an Adalars Clan haften.

Es wurde ebenso beschlossen, dass die Drachenkrieger Aylana ab sofort Tag und Nacht unauffällig bewachen würden. Sirion wollte noch dahingehend Einfluss nehmen, dass diese Bewachung nur notwendig sei, wenn er nicht in Aylanas Nähe sei. Doch sein Freund Dorkon meinte dazu: „Du kannst nicht immer gerüstet und bewaffnet in der Nähe deiner Tochter sein. Und wir wissen jetzt, wie skrupellos die Shiazul zuschlagen können. Nein, Sirion, ab jetzt wird immer ein Drachenkrieger im Schutze des Zaubers in ihrer Nähe sein. Und er kann ihr mit seinem Drachen auch schnell genug überallhin folgen."

Ein anderes Mitglied, Gunnar, ergänzte: „Und ihr müsst uns jederzeit informieren, sollte Aylana ein Portal errichten. Nur so können wir ihren Schutz auch gewährleisten."

Einer der wichtigeren Punkte war auch noch die Nachfolge Gondrins. Die Wahl fiel zu Sirions Freude auf Dorkon, der die Wahl ernst und feierlich annahm. Er versprach: „Ich werde als Waffenmeister der Drachenkrieger alles tun, um der hohen Ehre dieser Aufgabe gerecht zu werden. Ich werde mich vom Geiste Gondrins leiten lassen."

Nachdem alle Angelegenheiten nach Protokoll durchgesprochen waren, erhob sich Sirion und bat um Gehör für Aylana. Giolmar bewilligte dies und einer der Hüter verließ das Zelt und bat Aylana herein. Sie übergab Durandort und Xandar einer der Wachen, stellte sich in die Mitte der Versammlung und entbot Giolmar und dem Zirkel ihren Gruß.

„Hoher Rat, Mitglieder des Zirkels. Ich bitte um die Erlaubnis, sprechen zu dürfen."

Giolmar entgegnete den Gruß: „Aylana, Tochter des Sirion, vom Clan der Sonnendrachen. Was ist dein Begehr?"

Aylana erklärte ihr Anliegen ausführlich, erwähnte auch Merles besondere Sinne, und auch den Angriff auf dem Floß vergaß sie nicht. Zum Abschluss ihrer Ausführungen bat sie den Rat um Prüfung ihres Vorschlages.

„Ich bitte den Rat um die Erlaubnis, die Familie de Bakker zu unseren Verbündeten zu machen. Sie sollen vorerst nur einige grundsätzliche Informationen erhalten. Es geht auch um ihren Schutz."

„Niemals werde ich zulassen, dass die Menschen Informationen über uns erhalten", schrie Adalar dazwischen und sprang auf. Dies war ein grober Verstoß gegen die Regeln des Rates. Jedes Anliegen musste angehört werden, und eine Rede durfte nicht auf diese Weise unterbrochen werden. Giolmar reagierte auch sofort dementsprechend: „Adalar, beherrsche dich! Du hast nicht das Wort", mahnte er Adalar zur Ruhe.

„Muss ich mir solchen Schwachsinn wirklich gefallen las…"

„Adalar!", donnerte Giolmar.

„Entweder du hältst dich an die Gesetze, oder du verlässt die Versammlung."

Adalar beruhigte sich mit verbissener Miene und nahm wieder Platz. Die hasserfüllten Blicke, mit denen er Aylana betrachtete, waren nicht zu übersehen.

„Entschuldige Adalars Unbeherrschtheit, Aylana", erklärte Giolmar.

„Bitte fahre fort."

Aylana hatte den Vorfall mit sichtlicher Besorgnis verfolgt und sprach nun weiter: „Unsere Doktrin seit Anbeginn der Geschichte unseres Volkes, war und ist der Schutz allen Lebens auf Dana Nala. Ich bin nicht hier, um Forderungen zu stellen. Jedoch habe ich eine Aufgabe zu erfüllen. Sola Arwa Aygo und Ava haben mir die große Ehre erwiesen, mich für den Erhalt und die friedliche Existenz allen Lebens einsetzen zu dürfen. Ich wurde mit dem Zeichen einer Amada Aygo gesegnet und ich werde mein Leben daransetzen, meine Bestimmung zu erfüllen. Dies Anliegen hier ist ein Schritt, der dazu beitragen kann, Menschen und Arcandrin wieder zu vereinen. Ich vertraue auf die Weisheit des Rates. Ihr werdet die richtige Entscheidung treffen und ich werde eure Worte befolgen. Ich bedanke mich beim Rat für meine Anhörung."

Giolmar erwiderte: „Verlasse uns nun, Aylana. Der Rat wird dein Begehren prüfen und Sirion kann dir anschließend unsere Entscheidung übermitteln. Attawa uso."

„Attawa osu, hoher Rat." Aylana verließ das Zelt und holte sich Durandort und Xandar von der Wache zurück. Anschließend lief sie zurück zum Fort und setzte sich in der Nähe des Lebensbaumes auf den Boden. Lange brauchte sie nicht auf Sirion zu warten. Bereits nach etwa einer halben Stunde kam er auf sie zugelaufen. Sie versuchte aus seiner Miene Rückschlüsse zu ziehen, aber in seinem Gesicht zuckte kein Muskel. Kurz bevor Sirion sie erreichte, stand sie auf und trat ihm entgegen.

„Wir haben ein Problem, Aylana!"

Sirion sah sie lange mit ernster Miene an. Dann grinste er breit und sagte: „Das Problem ist, wie bringen wir die ganze Sache den de Bakkers bei?"

Aylana fiel ihm lachend um den Hals: „Vielen Dank, Dano. Dann hat der Rat mein Anliegen angenommen. Dann können wir ja, wenn wir bei Davy eingeladen sind, die Angelegenheit mit ihnen besprechen."

„Immer langsam mit den jungen Drachen", sagte Sirion lächelnd und wurde wieder ernst.

„Der Rat hat einige Bedingungen gestellt. Das müssen wir zuerst noch mit Salomee und Alfie bereden."

„Das können wir ja nachher machen. Es ist erst zwei Uhr und wir können gleich los. Ich bin sicher, jetzt habe ich die Portale im Griff."

Aylana sah Sirion erwartungsvoll an.

„Wir haben noch etwas zu erledigen, hier auf Arcandria, meine Tochter", gab sich Sirion geheimnisvoll.

„Das wird wohl noch den ganzen Nachmittag in Anspruch nehmen."

„Ach so, und dafür brauche ich meine Waffen?", fragte Aylana Sirion.

„Ja und nein, brauchen wirst du sie nicht. Du musst sie nur bei dir tragen."

Sirion machte es spannend.

„Jetzt komm schon. Wir müssen zur Südküste."

Aylana gab es auf weiter zu fragen, überlegte sich jedoch, was denn an der Südküste der Insel auf sie warten könnte. Ihres Wissens war dort nur der Zugang zu den unterirdischen Drachengewölben. Neugierig lief sie neben Sirion her, der sich keine weiteren Informationen mehr entlocken ließ. Nach ein paar Minuten kam die Steilküste am Fort Dún Aengus bereits in Sicht. Dieser Platz war sehr beliebt bei den Drachenkriegern. Denn die Steilküste vereinfachte den Drachen den Start mit voller Ausrüstung und teilweise sogar Passagieren. Sirion trat dicht an den Rand der Steilküste und blickte hinaus auf das Meer. Aylana stellte sich neben ihn und sah auf die Stelle hinunter, wo die Wellen seit Jahrtausenden die Küste Arcandrias geformt hatten. Es war eine eigentümliche, ernste Stimmung, die Sirion und Aylana ergriffen hatte. Lange standen sie wortlos nebeneinander, bevor Sirion auf das Meer wies und sagte: „Apua Aygo. Das Wasser des Lebens. Welch mächtige Kraft in diesen Wellen verborgen ist. Eine Kraft, die das Antlitz von Dana Nala geformt und belebt hat. Wie dieses Wasser soll dein Herz sein. Manchmal still und tief, aber auch mächtig und donnernd. Sein immerwährender Schlag soll das Leben der Arcandrin und der Menschen leiten und behüten. Die Liebe in deinem Herzen für alles Leben soll klar und rein sein wie die Quelle, die Dana Nala entspringt. Und jedes Lebewesen berühren, wie das Wasser der Quelle jeden Stein und jedes Sandkorn umschmeichelt. Meine Tochter, ich werde alles in meiner Macht Stehende tun, um dir zur Seite zu stehen. Du hast dir keine einfache Aufgabe gewählt als Amada Aygo. Ich liebe dich mit der ganzen Kraft meines Herzens, Aylana. Sola Arwa Aygo, Ava und der Geist Xandrias werden dich behüten und führen."

Er drehte sich zu Aylana um und legte seine Hände auf ihre Schultern. Seine Augen erstrahlten voller Liebe und doch glitzerten Tränen in den Augenwinkeln.

„Es werden auch schwere Entscheidungen auf dich zukommen. Dana und ich, wir sind immer für dich da, wenn du uns brauchst. Versprich mir, dass du gut auf dich aufpasst."

Er nahm Aylana in die Arme und drückte sie fest an sich. Auch Aylana hatte Tränen in den Augen, als sie sagte: „Ich verspreche es, Dano. Ich liebe dich auch von ganzem Herzen. Ich bin so froh, dass ihr für mich da seid. Ich will alles versuchen um dem Vermächtnis Xandrias gerecht zu werden."

Sirion ließ sie los und sah ihr noch einmal ernst in die Augen: „Ich habe noch ein Geschenk für dich, von einem guten, treuen Freund. Er wollte, dass du ihn erhalten sollst."

Er drehte sich wieder zum Meer und nahm eine Drachenflöte aus der Tasche. Aylana sah ihn erstaunt an. Sirion lächelte ihr zu. Er blies kräftig hinein und ein tiefer schwingender Klang erfüllte die Luft. Sirion blickte nach Süden zum Himmel und Aylana folgte seinem Blick. Schon bald war am Horizont ein fliegender Punkt zu sehen der sich rasch näherte und größer wurde. Ein mächtiges Rauschen erfüllte die Luft und Aylana erkannte … Ildur! Der riesige Drache Gondrins flog über sie hinweg. Aylana sah deutlich seine violett schillernden Schuppen und die prachtvollen starken Flügel, die mit ihrer enormen Spannweite die Luft erzittern ließ. Der Luftzug warf die beiden fast um. Ildur flog eine elegante Schleife und landete nicht weit hinter ihnen. Er faltete seine Schwingen zusammen und gab einen leisen, klagenden Ton von sich.

„Er vermisst Gondrin immer noch. Diese Drachenflöte gehörte ihm und nur Ildur reagiert auf ihren Klang."

Er drückte Aylana die Flöte in die Hand.

„Nur wer diese Flöte bei sich trägt und von Ildur geduldet wird, wird seine Zuneigung und sein Herz gewinnen. Gondrin hat mir nach deinem Tag des Novitae Aygo aufgetragen, dass Ildur irgendwann dir gehören soll. Du musst wissen, dass Ildur noch ein sehr junger Drache ist. Er ist knapp sechzig Jahre alt und gerade erst ausgewachsen."

Aylana sah, wie Sirion der Gedanke an Gondrin schmerzte. Sie drückte seine Hand und auch ihre Stimme zitterte als sie erwiderte: „Ich will Ildur eine Reiterin sein, wie Gondrin es sich gewünscht hätte und sein Andenken in Ehren halten."

Sie versuchte, die Tränen zurückzuhalten, als sie erneut daran denken musste, wie Gondrin für sie gefallen war. Sirion bemerkte dies und sagte betont forsch und aufmunternd: „Jetzt wollen wir doch sehen, wie Ildur auf dich reagiert. Gehe einige Schritte auf ihn zu und benütze die Flöte."

Aylana war doch etwas eigentümlich zumute, angesichts dieses riesigen, furchteinflößenden Drachens. Selbst mit gefalteten Schwingen machte dieses Wesen einen gewaltigen Eindruck. Aylana tat wie ihr gesagt wurde und Ildur beobachtete wachsam jeden ihrer Schritte. Etwa zehn Meter vor Ildur blieb sie stehen und führte die Drachenflöte zum Mund. Wieder ertönte der tiefe, vibrierende Klang. Ildur hob erstaunt den Kopf und musterte Aylana aus seinen großen, ebenfalls violett schimmernden Augen. Sirion beobachtete den Vorgang gespannt. „Geh ruhig noch etwas näher. Er scheint dich zu akzeptieren. Sieh ihm in die Augen und sprich mit ihm."

Aylana ging langsam auf Ildur zu und begann mit sanfter Stimme zu ihm zu sprechen. Dabei streckte sie ihre rechte Hand langsam aus und zeigte ihm die offene Handfläche.

Sirion bemerkte noch: „Ildur ist der Drache eines Drachenkriegers gewesen. Zeige ihm Durandort und Xandar. Er wird dann wissen, dass du die rechtmäßige Nachfolgerin Gondrins bist."

Aylana nahm Xandar langsam aus der Scheide und zeigte ihn Ildur. Dieser schnaubte laut und nickte. Anschließend nahm sie Durandort zur Hand und hielt ihn vor sich. Der Drache erhob sich auf die Hinterbeine und breitete seine mächtigen Schwingen aus.

„Nicht zurückweichen, Aylana!", rief Sirion.

„Das ist ein Zeichen der Zuneigung. Geh weiter auf ihn zu."

Du hast leicht reden, dachte sie. Du stehst nicht vor diesem Drachen, der mich haushoch überragt. Doch sie lief weiter auf Ildur zu. Er sank zurück auf die Erde und senkte neugierig den Kopf.

„Lege ihm deine Hand auf die Stirn und lasse ihn deinen Atem fühlen", kommandierte Sirion weiter.

„Wenn er dich als Reiterin und Führerin anerkennt, wird er es dir zeigen."

Sie trat ganz an Ildur heran und bewegte ihre Hand langsam auf seinen Kopf zu. Es war das erste Mal, dass Aylana so nahe vor einem solch edlen Geschöpf stand. Ildur verkörperte Gewandtheit, Anmut, Wildheit, Freiheit, Stärke und Macht, alles in einem. Sie legte die Hand auf seine Stirn und es war, als könne sie seine Gefühle fühlen, seine Gedanken erahnen, und sie wusste, das war ihr Drache. Ildur ließ ein frohes Brummen hören, dass sich anhörte als würden tausend Katzen schnurren. Dann rieb er sanft seinen mächtigen Kopf an Aylana. Als sie sich mühsam wieder aufgerappelt hatte, etwa zehn Meter von Ildur entfernt, hörte sie Sirion aus vollem Halse lachen.

„Siehst du, er mag dich!"

„Ich hoffe doch, dass er mir seine Zuneigung nicht immer auf diese Art und Weise zeigen wird."

Auch Aylana musste lachen. Anschließend trat sie wieder neben ihren Drachen und strich ihm kräftig über den Hals, so hoch hinauf, wie sie konnte. Denn Ildur besaß eine Schulterhöhe von etwa dreieinhalb Metern, wenn er auf allen vieren ruhte. Seine Spannweite betrug sicher achtzehn Meter und auch seine Körperlänge war mit acht Metern beeindruckend. Dazu kam noch sein Schwanz mit der gezackten Spitze, die mit unheimlicher Wucht zuschlagen konnte. Der Drache war beeindruckend, und unter seinen Schuppen waren deutlich seine gewaltigen Muskeln zu sehen. Vor seinem Flügelansatz war ein Geschirr fixiert, das seiner Reiterin sicheren Halt bot. Sirion trat näher heran, was Ildur zuerst zu einem warnenden Schnauben veranlasste. Doch auf ein beruhigendes Wort Aylanas ließ Ildur Sirions Annäherung zu.

„Es gibt wenige Kommandos, die du kennen musst", erklärte Sirion.

„Das meiste geschieht intuitiv. Wenn die Verbindung mit deinem Drachen stark ist, werdet ihr euch ohne Worte verstehen. Doch für den Anfang lenke ihn noch mit dras, sinas und ha, hatta und bonngo. Und mit do und dawa. Rechts, links und stopp, langsam und vorwärts. Und mit nein und ja."

Aylana nickte, wollte schon mit einem Sprung Ildurs Geschirr ergreifen und sich hochziehen. Doch Sirion hielt sie lächelnd zurück und sagte: „Lass ihn sich herunterbeugen, dann geht das Aufsteigen viel einfacher. Bitte ihn mit bara, knien, darum. Wenn du im Sattel sitzt, fühle zuerst wie er sich bewegt, und spüre den Schlag seines Herzens. Und warte! Ich werde jetzt Raga rufen, um dich begleiten zu können, auf deinem ersten Drachenflug."

Sirion nahm seine Drachenflöte aus der Tasche und ließ das Signal für Raga ertönen. Dieser ließ nur wenig Zeit verstreichen und stürzte vom Himmel herab wie ein Geschoss. Erst kurz vor der Insel breitete er seine Schwingen aus und landete mit einer Schleife unweit von Ildur. Raga war noch etwas größer als Ildur und seine Schuppen leuchteten wie Gold. Die beiden begrüßten sich freudig, indem sie ihre Köpfe aneinander rieben. Sirion rief Raga zu sich und gab das Kommando: „Bara, Raga."

Raga beugte sich sogleich nieder und Sirion schwang sich in den Sattel und verankerte seine Füße im Geschirr. Aylana tat es ihm gleich und nach wenigen Augenblicken saß auch sie sicher auf Ildurs Rücken.

Sirion rief noch: „Halte dich gut fest, beim Start! Und los geht's! Bonngo, Raga, bonngo!"

Raga lief über die Klippe und streckte seine Schwingen aus. Dann verschwand er aus Aylanas Sichtfeld. Doch bereits nach einer Sekunde waren Sirion und Raga wieder zu sehen, wie sie steil in den Himmel stiegen.

„Bonngo, Ildur, bonngo!" Aylana gab das Kommando mit klopfendem Herzen und wappnete sich für das Kommende. Aber nichts hätte sie auf das vorbereiten können, was jetzt geschah. Ildur war mit zwei, drei riesigen Sätzen über die Klippe gesprungen. Schon bei diesen Bewegungen wäre sie fast nach hinten gefallen, obwohl sie sich doch fest im Geschirr verankert hatte. Danach ließ sich ihr Drache fast senkrecht hinabfallen und das Wasser kam rasend schnell näher. Im letzten Moment spannte Ildur seine Schwingen weit aus und sie flogen mit atemberaubender Geschwindigkeit knapp über der Wasseroberfläche. Der Sog der Flügel zeichnete eine deutliche Spur auf der See. Diesmal wurde Aylana nach vorne gedrückt und fest auf den Hals ihres Drachen gepresst. Jetzt hob Ildur den Kopf und seine Schwingen peitschten die Luft mit unglaublicher Kraft. Sie spürte das Spiel der Muskeln Ildurs, und mit jedem Flügelschlag stiegen sie höher und höher. Aylana klammerte sich krampfhaft fest, und versuchte nicht daran zu denken, wie schnell die Insel unter ihr kleiner wurde. Sie passte sich dem Rhythmus des Drachen an und versuchte, sich nicht zu versteifen. Schnell erreichten sie Sirion, der mit Raga weite Schleifen flog, um auf sie zu warten. Sirion lenkte seinen Drachen an ihre Seite und ließ Raga in einen leichten Sinkflug gleiten. Mit weit ausgebreiteten Schwingen schwebten die beiden Drachen nun fast lautlos Seite an Seite.

„Und?", rief Sirion.

„Wie gefällt dir das Fliegen?"

Aylana musste zuerst zu Atem kommen, bevor sie antworten konnte: „Ich hätte nie gedacht, dass es sich so anfühlt. Es ist einfach überwältigend. Es ging alles so schnell, ich konnte gar nichts tun."

Sirion lachte.

„Daran wirst du dich gewöhnen. Jetzt gib Ildur zu verstehen, dass er mir folgen soll. Los, versucht an uns dranzubleiben."

„Und wie mache ich das?", schrie Aylana noch, doch Sirion hatte Raga bereits in einen steilen Sturzflug fallen lassen. Aylana beugte sich vor und rief Ildur zu: „Bonngo, Ildur!", und deutete auf Sirion. Ildur begriff sofort und raste Raga hinterher. Nun begann ein atemberaubendes Spiel der beiden Drachen. Sirion jagte Raga in engen Kurven und Spiralen, rauf und runter und Aylana versuchte, mit Ildur diesen wilden Manövern zu folgen. Schon nach wenigen Bewegungen schien es, als könne Ildur Aylanas Gedanken erahnen. Die beiden wurden zu einer Einheit von Drachen und Elfe. Sie fühlte sich immer sicherer und genoss den Flug in vollen Zügen. Immer schneller und schneller wurde ihr Flug und endlich … waren sie Seite an Seite mit Raga und Sirion. Aylana jubelte hellauf und umarmte Ildurs Hals. Sirion ließ Raga wieder in den Gleitflug übergehen und Aylana tat es ihm gleich.

Sirion grinste breit: „Ich glaube, es bedarf keiner Worte mehr. Meine Tochter, die Drachenkriegerin!"

Aylana grinste zurück: „Wie hast du gesagt? Immer langsam mit den jungen Drachen. Ich habe noch viel zu lernen."

„Ja, zum Beispiel, wie man schnell landet. Wer zuerst unten ist hat gewonnen!"

Er gab Raga Zeichen, blitzschnell in den Sturzflug über zu gehen und ließ Aylana weit hinter sich.

„Das ist unfair!", schrie ihm Aylana noch hinterher, bevor sie Ildur ebenfalls hinunterstürzen ließ. Der Boden unter ihnen näherte sich so schnell, dass sie sich schon zu fragen begann, ob Ildur diesen rasenden Fall noch abbremsen könne. Sie hatten Raga fast eingeholt, als beide Drachen praktisch gleichzeitig die Flügel öffneten. Mit einem lauten Knall füllten sich die Schwingen mit Luft und Aylanas Kopf prallte mit einem heftigen Schlag gegen Ildurs Hals. Ihr Drache landete kurz nach Raga.

„Bara!"

Raga beugte sich und Sirion sprang ab und lief zu Aylana hinüber.

„Ich hoffe sie hatten einen angenehmen Flug, und beehren Dragon Air bald wieder."

Sirion lachte Aylana fröhlich entgegen.

„Ach, lass mich doch in Ruhe", murmelte sie, ihren Kopf haltend.

„Ich habe mir ganz schön den Kopf gestoßen."

„Nun, deshalb haben wir das Helmobligatorium eingeführt", neckte Sirion sie weiter.

„Vielleicht sollten wir auch noch das Gurtenobligatorium einführen. Was meinst du? Du hast zeitweise ganz schön gewackelt."

Aylana streckte Sirion frech die Zunge raus, brauchte aber noch ein paar Augenblicke, bis sie sich gesammelt hatte.

„Bara, Ildur!"

Sie stieg ab und machte vorerst ein paar unsichere Schritte auf Sirion zu. Dieser lachte hellauf, als er Aylana so torkeln sah.

„Daran wirst du dich schnell gewöhnen. Du hast dich super geschlagen."

Er legte ihr die Hand auf die Schulter und grinste anerkennend. Aylana legte den Helm ab und fuhr sich durch das zerzauste Haar. Ildur und Raga hatten sich mittlerweile nebeneinander hingelegt und ruhten sich aus. Auch Sirion legte seinen Helm ab und setzte sich auf einen Felsblock in der Nähe der Klippe. Sie setzte sich zu ihm und atmete erstmal tief durch.

„Ich hätte es nie für möglich gehalten. Diese Kraft, Wendigkeit und Schnelligkeit. Ein Drache ist doch so groß … und doch …"

Sie suchte nach Worten, bevor sie weitersprach: „Es gibt wohl nichts Vergleichbares."

„Drachen sind an Geschwindigkeit und Stärke durch nichts zu übertreffen, sofern sie in der Luft sind. Angreifbar sind sie eigentlich vor allem am Boden. Deshalb haben wir auch vielerorts Höhlensysteme und Katakomben zu ihrem Schutz. Leider haben wir momentan nur noch rund vierhundert Drachen in unseren Reihen. Wie viele die Shiazul aufgezogen haben", erklärte er und zuckte die Schultern.

„Darüber liegen keine gesicherten Informationen vor."

„Wie können denn die Drachen auch von Shiazul beherrscht werden. Ich dachte, dass Drachen von Natur aus eigentlich sehr friedliebend sind?"

„Drachen sind immer sehr auf die Personen fixiert, die sie aufziehen und lenken. Wenn ein Drache schlüpft und nichts anderes lernt als dem Bösen zu folgen, kann er eigentlich nichts dafür. Aber nichtsdestotrotz sind die Drachen ihren Reitern treu ergeben."

„Wie kommt es denn, dass Ildur jetzt mich als Reiterin akzeptiert?"

Aylana sah Sirion fragend an. Sirion wiegte den Kopf sinnend hin und her.

„Wenn ein Drachenkrieger zu seinen Lebzeiten auf Dana Nala seinen Drachen bereits auf einen neuen Reiter, oder Reiterin", sagte er und blickte Aylana ernst an, „vorbereitet, dann wird die Zuneigung des Drachen auf die Reiterin, in diesem Falle dich, übergehen."

„Aber wieso? Gondrin wusste doch ni…"

„Aylana, das gehört zu den Dingen, die Ava dir zu dem Zeitpunkt mitteilen wird, den sie für richtig hält. Wir wollen es vorerst dabei bewenden lassen, dass du und Ildur ein tolles Gespann seid."

Sirion unterbrach sie bestimmt, erhob sich und blickte aufs Meer hinaus. Aylana spürte, dass weiteres Fragen nur traurige Erinnerungen in Sirion wecken würden und drängte ihn nicht weiter. Sirion drehte sich nach einigen Augenblicken um, und erklärte: „So, jetzt wollen wir Raga und Ildur wieder zurückkehren lassen. Sie wissen genau, wohin sie fliegen müssen, und an jedem Drachenhort sind auch immer einige von uns, für ihre Betreuung."

„Kann Ildur mich denn von überall finden, wenn ich sein Signal ertönen lasse?"

„Es ist nicht nur das Signal, es sind auch deine Gedanken, die er auffängt. Und dem Flug der Gedanken sind keine Grenzen gesetzt."

Sirion nickte weiter.

„Ja, er wird dich überall finden. Doch nun wollen wir uns verabschieden, von unseren geflügelten Gefährten. Komm, meine Tochter. Es wird schon langsam dunkel und Salomee wird sich sonst Sorgen machen."

Er lief zu Raga, der sogleich erwartungsvoll aufstand und ihm entgegensah. Sirion legte ihm die Hand zwischen die Augen und sagte zu Raga: „Tijana, Raga, bonngo ad Luz. Danke, Raga, folge dem Licht."

Raga rieb kurz seinen Kopf an Sirions Schulter. Er wartete darauf, dass Sirion sich einige Schritte entfernte. Dann machte er einen gewaltigen Satz über die Klippe. Schon war das Rauschen der Schwingen zu hören und Raga entschwand am Horizont. Auf ein aufforderndes Zeichen Sirions hin ging auch Aylana zu ihrem Drachen und wiederholte, was sie bei Sirion gesehen hatte. Mit dem Unterschied, dass Ildur sie mit seinem Kopf liebevoll wieder einige Meter durch die Luft schleuderte. Dazu ließ er ein Geräusch hören, das in Aylanas Ohren wie Lachen klang. Auch Sirion konnte sich ein erneutes Auflachen nicht verkneifen. Einen Augenblick später entschwand auch Ildur ihren Blicken.

Sirion ließ Aylana das Portal nach Biel zurück in die Halle öffnen. Dies gelang ihr diesmal ohne größere Probleme. Sie entledigten sich ihrer Rüstungen und verstauten ihre Waffen im Kofferraum des Wagens. Aylana konnte gar nicht genug davon kriegen, über ihren ersten Drachenflug zu reden und sie löcherte Sirion mit Fragen über dieses und jenes. Sirion wurde bald schwindlig von ihrem Redefluss.

„Und geht es denn allen so wie mir, die das erste Mal auf einem Drachen reiten dürfen?"

„Ähm, nun, weißt du … eigentlich lassen wir normalerweise …" Er räusperte sich.

„Sieh mal, da ist ein McDonalds. Hast du Hunger?", versuchte er abzulenken.

„Dano! Was verheimlichst du mir?" Aylana drehte sich auf ihrem Sitz zu Sirion und starrte ihn vorwurfsvoll an.

Sirion druckste weiter herum: „Also, wie gesagt … willst du wirklich nichts essen?"

„Dano!" Aylana erhöhte die Lautstärke.

„Was ist normalerweise?"

„Jaja, schon gut. Normalerweise lassen wir die angehenden Drachenkrieger gar nicht fliegen bei ihrer ersten Begegnung mit einem Drachen. Sie sollen sich erst einmal am Boden mit ihnen vertraut machen."

Aylana fiel die Kinnlade hinunter: „Und wann dürfen sie NORMALERWEISE das erste Mal fliegen?"

Sirion hüstelte: „Nun, wenn sie vertraut genug sind, dürfen sie einen ersten kurzen Flug von ein paar hundert Metern ausprobieren. Und dann …"

„Dano! Und mich lässt du glauben, ich würde mich ungeschickt anstellen! Du Schuft!"

Sie knuffte ihn in die Rippen, grinste dabei aber zufrieden.

„Also habe ich mich ganz gut gehalten?"

Sirion grinste auch und erwiderte: „Nun ja, ganz gut ist nicht der richtige Ausdruck. Du warst fantastisch! Ich war mir sicher, dass du mit Ildur perfekt zusammenpasst."

„Danke, Dano. Ich kann es kaum erwarten Dana und Alfie davon zu erzählen."

Aylana war begeistert von den Ereignissen des heutigen Tages.

Etwas später, als die ganze Familie beim Abendessen zusammensaß und Aylana bereits ausgiebig erzählt hatte, sprach Sirion nochmals das Urteil des Zirkels bezüglich Aylanas Begehren an: „Der Rat hat mir aufgetragen, euch nun die Bedingungen seiner Zustimmung mitzuteilen, und deren Einhaltung zu überwachen."

„Hört, hört", sagte Alfie, „Welch gehobener Redeweise Ihr Euch doch bedient, lieber Vater. Und was gedenken der königliche Rat nun bezüglich seiner Beschlüsse, dem gemeinen Volke zu eröffnen? Glückselig erwarten wir die huldvollen Worte der Obrigkeit."

Dazu war er aufgestanden, und hatte sich theatralisch vor Sirion verbeugt. Dieser spielte lachen mit: „Nun denn, liebe Untertanen, es ist unser Begehr, sich in den Thronsaal zu begeben, um euch unseren Willen kundzutun."

Aylana und Salomee sahen sich bedeutungsvoll an und tippten sich an die Stirn.

„Also abräumen, ab ins Wohnzimmer, und los geht's!" Aylana brachte es auf den Punkt.

Lachend machten sie sich ans Werk und nachdem der Tisch abgeräumt war, setzten sich die vier bequem nieder. Sirion räusperte sich und erzählte. „Grundsätzlich ist Aylanas Wunsch entsprochen worden und wir dürfen die de Bakkers ins Vertrauen ziehen. Dabei sind jedoch einige wesentliche Punkte einzuhalten. Sie sollen vorerst nur über unsere wahren Gestalten und einige Fähigkeiten, die mit der körperlichen Geschicklichkeit und den gewissen suggestiven Möglichkeiten, informiert werden. Alles, was mit Arcandria und Aylanas Bestimmung, den Drachenkriegern, und so weiter zu tun hat, wird zu unserem und ihrem Schutz geheim gehalten."

„Das heißt, wir können so alles erklären, was Merle sowieso spürt. Und wir können die Ereignisse der letzten Wochen plausibel darlegen", resümierte Aylana.

„Wie erklären wir den Angriff auf das Floß?"

„Das ist ein wunder Punkt in unseren Überlegungen", gab Sirion zu.

„Wir wollen ihnen sicher noch nichts über die Shiazul erzählen, sondern nur … nun ja, zugeben, dass wir gewisse Gegner haben, die mit unserer Vorgehensweise gegenüber den Menschen nicht einverstanden sind."

„Was aber auch bedeutet, dass die de Bakkers wissen werden, weshalb ihre Kinder in Gefahr waren", warf Alfias ein.

„Merle und Davy werden begeistert sein, zu erfahren, dass sie nur unseretwegen in Gefahr gerieten."

Salomee widersprach: „Niemand hätte das voraussehen können. Ihr habt die beiden ja nicht wissentlich in Gefahr gebracht. Ich bin sicher, sie werden das verstehen."

„Und", ergänzte Sirion seine Ausführungen, „ab sofort werdet ihr unter Beobachtung stehen. Es wird immer ein Drachenkrieger in der Nähe sein. Derartige Vorfälle werden und dürfen sich nicht wiederholen. Wir können davon ausgehen, dass wir eine Informationsquelle der Shiazul, ich erinnere an Istwan, bereits zum Versiegen gebracht haben."

Aylana war nicht besonders glücklich über diese ständige Überwachung, verstand jedoch die Haltung des Rates.

„Und was hast du mit dem Überwachen der Bedingungen gemeint? Was geschieht, wenn die de Bakkers diese Informationen über uns nicht für sich behalten?" Sie sah Sirion fragend an.

„Dies würde bedeuten, dass wir die Erinnerung der ganzen Familie löschen würden. Und ihr wisst, was das bedeuten könnte." Sirion blickte Aylana und Alfias ernst an.

„Sie würden auch die Erinnerung an euch verlieren. Sie würden zwar noch wissen, dass ihr zusammen zur Schule geht, mehr jedoch nicht. Auch Merle könnte den geballten Kräften unserer Magie nichts entgegensetzen."

„Na dann, Prost."

Alfie seufzte tief auf.

„Gerade jetzt, wo doch alles so gut läuft mit Merle. Wisst ihr, dass sie mich ihren süßen Hasen nennt?"

Trotz der Ernsthaftigkeit der Situation, mussten alle lachen. Doch die Stimmung wurde sofort wieder ernst und Sirion sagte: „Die Entscheidung liegt bei euch. Wollt ihr die de Bakkers weiterhin täuschen, oder das Risiko eingehen und wahre Freunde unter den Menschen finden?"

Aylana antwortete: „Meine Entscheidung ist gefallen, als ich beschlossen habe vor den Rat zu treten. Ich will Davy nicht länger belügen."

Auch Alfias meinte: „Ich habe Merle wirklich gern. Und sie weiß ja ohnehin schon einiges. Ich bin auch dafür."

„Gut, dann ist die Sache abgemacht. Wollt ihr am nächsten Wochenende damit loslegen, oder noch warten? Wir sind bei den de Bakkers eingeladen."

„Soweit ich weiß, sind aber Daniela und Tom auch da", warf Salomee ein.

„Ja, die beiden werden jedoch früher von Danielas Mutter abgeholt, da ihre Eltern Sonntag früh zu irgendeiner Familienfeier fahren müssen. Deshalb will sie die beiden bereits um zehn abholen", erklärte Alfias.

„Lassen wir den Nachmittag und Abend mal auf uns zukommen, und entscheiden spontan, ob es eine gute Idee ist", schlug Salomee vor.

„Ich muss den Zirkel informieren, damit im Falle einer negativen Reaktion die entsprechenden Arcandrin bereit sind." Sirion blickte sie vielsagend an.

„Um ihre Erinnerung zu löschen? Gegebenenfalls?"

Aylana erwiderte seinen Blick.

„Um ihre Erinnerung zu löschen! Gegebenenfalls", sagte Sirion bestimmt.

Wahre Freunde?

Die nächste Woche war für Aylana neben der Schule auch gefüllt mit ihren Trainingseinheiten, die immer intensiver wurden. Die nachfolgenden Tage würden sie noch stärker fordern, da jetzt auch noch das Training mit Ildur auf der Liste stand. Deshalb musste sie nun auch noch ihre freien Nachmittage am Mittwoch einplanen. Und trotzdem verging ihr die Woche noch zu langsam. Denn sie war so aufgeregt, wie Davy wohl am Samstagabend reagieren würde. Davy war diese Woche noch krankgeschrieben und sie hatte nur mit ihm telefonieren können, da ihr Programm so voll war. Er hatte ihr erzählt, dass es ihm schon viel besser gehen und er ab darauffolgendem Montag wieder zur Schule kommen würde. Und, dass er eine Überraschung für sie hätte, am Samstag. Sie verkniff es sich, ihn auch auf eine Überraschung ihrerseits vorzubereiten. Am Freitag nach der Schule hatte sie sich wieder an der Bank beim Aareufer mit Merle und Alfias verabredet. Merle wollte noch von ihnen wissen, wie sie sich am Samstag zu verhalten habe.

„Wie habt ihr euch denn die ganze Sache vorgestellt?", fragte Merle und lehnte ihren Kopf an Alfies Schulter, der neben ihr auf der Bank saß. Aylana, die sich vor ihnen auf einen Stein gesetzt hatte, antwortete: „Wir werden sicherlich mal abwarten, wie sich der Abend entwickelt. Bevor Daniela und Tom abgeholt werden, passiert sowieso nichts. Möchtest du, dass deine Eltern etwas erfahren, von deinen besonderen Wahrnehmungsfähigkeiten? Dass du bereits einiges weißt?"

„Ich möchte bei der Wahrheit bleiben, wenn euch das recht ist", antwortete Merle.

„Natürlich."

Aylana nickte.

„Das finde ich gut so. Dann werden wir im sicherlich nachfolgenden Gespräch auch darauf eingehen."

Alfie erklärte Merle: „Salomee kann unsere Gestaltwandlung jederzeit aufheben und wieder aufbauen. Wie du ja bereits weißt, beruht dies eigentlich auf einer Beeinflussung eurer Wahrnehmung. Ihr seht das, was wir wollen, dass ihr seht. Bei dir allerdings sind gewisse natürliche Begabungen vorhanden, die dich Dinge sehen und erahnen lassen."

Merle lächelte ihn zuckersüß an und meinte: „Deshalb bist du ja mein süßer Hase, nicht?"

Alfie stöhnte gequält auf und schlug die Hände vors Gesicht. Aylana lachte und ergänzte: „Umherhoppeln kann er auch schon ganz ordentlich. Vielleicht bringst du ihm mit Karotten auch noch ein paar Kunststücke bei."

„Jaja, machte euch nur lustig über mich."

Alfie stellte sich vor Merle.

„Warte nur ab, bis du mich siehst, wie ich wirklich bin. Das klassisch schöne Antlitz, mit den betörenden mandelförmigen Augen, die kühn geformte Nase, die ausdrucksstarken, perfekt geschwungenen Lippen. Die tiefschwarzen, vollen Haare mit dem violetten Schimmer. Nicht zu vergessen, meine wohlklingende tiefe Stimme mit dem sanft vibrierenden Timbre, und …"

„Alfie!" Merle unterbrach ihn lachend.

:„Noch ein Wort und ich melde dich bei ‚The Voice of Switzerland' an. Dort kannst du dein sanft vibrierendes Timbre so richtig zur Geltung bringen."

„Nein, bitte nicht. Das wäre so unfair von dir." Alfias grinste sie schelmisch an.

„Wieso unfair? So wie du dich einschätzt …"

Alfie fiel ihr ins Wort: „Unfair den anderen Kandidaten gegenüber. Die hätten ja überhaupt keine Chance mehr."

Aylana ließ einen resignierenden Seufzer hören und meinte ironisch: „Könnten vielleicht der süße Hase und die spezielle Begabung sich nun wieder unserem eigentlichen Thema zuwenden?"

Alfie räusperte sich und sagte: „Also, wo war ich unterbrochen worden?"

„In deiner Entwicklung, ungefähr mit fünf Jahren", antwortete Aylana und Merle kicherte belustigt.

„Wenn ich noch einmal unterbrochen werde, sage ich überhaupt nichts mehr."

Alfie setzte eine beleidigte Miene auf.

„Aber nein, nicht doch, Hase. Ich hänge an deinen Lippen." Merle versuchte, dabei ernst zu bleiben. Alfie warf ihr einen grimmigen Blick zu und fuhr mit seinen Erläuterungen fort: „Ähm gut. Wir werden also deine Eltern, dich und Davy über uns informieren, und eure Wahrnehmung nicht mehr beeinflussen. Weiters möchten wir euch einiges über unser Volk erzählen. Dies werden Salomee und Sirion übernehmen. Alles Weitere ergibt sich. Auch abhängig von der Reaktion deiner Eltern und Davy."

Aylana ergänzte: „Unser Ziel ist ein friedliches Zusammenleben mit allen Lebewesen dieses Planeten. Und wir versuchen, hier einen Anfang zu machen. Weißt du, es gab in früheren Zeiten eine nutzbringende Symbiose allen Lebens auf der Erde. Wir möchten diesen Frieden wieder verwirklichen."

„Das ist eine wunderschöne Vorstellung", seufzte Merle. „Wenn nur alle so denken würden."

„Jeder und jede von uns, Merle, kann dazu beitragen. Lass uns einen Anfang machen." Aylana umarmte Merle und lächelte sie aufmunternd an. Alfie ergänzte: „Wir werden etwas bewirken, Merle. Habe Vertrauen."

Er legte die Arme um die beiden und sie spürten eine tiefe, ehrliche Vertrautheit untereinander. Sie setzten sich nochmals nebeneinander auf die Bank und nahmen Merle in die Mitte.

Der Tag neigte sich bereits dem Ende zu und die Sonne ließ ihre letzten wärmenden Strahlen über die Wellen der Aare tanzen. Die drei beobachteten den Sonnenuntergang noch eine Weile und dann war es Zeit, um nach Hause zu gehen. Merle umarmte Aylana und meinte: „Ich bin sehr froh, euch kennengelernt zu haben. Und ich werde euer Vertrauen nicht missbrauchen."

„Das wissen wir, Merle, und wir sind auch sehr froh, dass du zu uns hältst."

Alfie erhob sich und sagte: „Ich komme noch mit dir zur Haltestelle."

Merle nickte, und sie und Alfie radelten los. Aylana fuhr in Gedanken versunken mit ihrem Fahrrad nach Hause. Was würde der morgige Tag wohl bringen? Und was hatte Davy wohl für eine Überraschung für sie?

Als sie gegen halb zehn Uhr nach Hause kam, warteten Salomee und Sirion bereits auf sie. Sie hatten gewusst, dass sie sich mit Merle verabredet hatten und wollten noch hören, wie es gelaufen war. Denn schließlich war der morgige Tag ein sehr wichtiger Schritt für ihre beiden Familien. Vielleicht sogar ein erster Schritt für beide Völker! Aylana erzählte ihnen, was sie mit Merle besprochen hatten und bekräftigte nochmals, dass sie volles Vertrauen in sie habe. Mittlerweile war auch Alfias zurück und die Familie besprach ihr Vorgehen für den Samstag.

„Was können wir den de Bakkers für Beweise liefern, falls sie uns nicht glauben sollten?", fragte Alfie.

„Nun, ich denke unsere äußeren Merkmale unterscheiden uns doch deutlich von den Menschen", meinte Sirion.

„Ich glaube nicht, dass wir noch mehr Beweise brauchen. Sie werden sich dann auch einiges zusammenreimen können, von den Vorgängen in letzter Zeit."

Salomee, die auch Aylanas geheimste Befürchtungen kannte, sagte beruhigend: „Sie werden uns so akzeptieren, wie wir sind, und was wir sind."

Sie sah Aylana an: „Und auch Davy wird dich so gernhaben, wie du bist. Ob Arcandrin oder Mensch. Mach dir keine Sorgen."

Mit Blick auf die Uhr ergänzte sie: „Ich denke, für den Moment ist alles gesagt und getan für morgen. Es ist jetzt bereits elf Uhr dreißig. Lasst uns schlafen gehen."

Alfie gähnte bereits ungeniert in die Runde: „Gute Nacht. Ähm, wann müssen wir da sein, morgen?"

„Wir sollten um halb zwei losfahren", erklärte Sirion.

„Gute Nacht."

Aylana lag noch lange wach, nachdem es im Haus längst still geworden war. Ihre Gedanken kreisten um den Elfenzirkel, ihre

Bestimmung und ihr Vorhaben für morgen. Sie war sich im Klaren darüber, welche Verantwortung auf ihr lastete, als angehende Drachenkriegerin und Amada Aygo. War es richtig, was sie tat? Wie würde Davy reagieren? Und wie würde ihr Leben weitergehen? Sie fühlte, dass ein Teil ihrer jugendlichen Unbeschwertheit für immer vorbei war. Und doch … „Ich werde dich nicht enttäuschen, Xandria", flüsterte sie, bevor sie in einen unruhigen Schlaf fiel.

Am nächsten Morgen erwachte Aylana erst gegen zehn Uhr. Da es Samstag war, hatte Salomee sie ausschlafen lassen. Nach einer ausgiebigen Dusche lief sie hinunter in die Küche, wo bereits der Rest der Familie beim Frühstück saß.

„Na, mein Schatz? Ausgeschlafen?" Salomee gab ihr einen Kuss auf die Stirn.

Aylana setzte sich hin und griff nach dem Orangensaft.

„Ja, danke, Dana. Ich fühle mich ausgeruht und fit. Seid ihr schon lange wach?"

„Naja", sagte Sirion und lächelte sie an.

„Weißt du, vor etwa zwei Stunden hat bereits jemand angerufen und nach ihrem süßen Hasen gefragt. Ich wusste gar nicht, dass wir sowas im Hause haben."

Alfies Ohren liefen bis in die Spitzen rot an und er versank fast in seinem Stuhl. Alle, außer Alfie, lachten fröhlich und Aylana meinte: „Also im Klartext: Merle sucht Alfie."

Dieser brummte mürrisch: „Jaja, amüsiert euch nur auf meine Kosten. Ich werde euch jetzt mit Verachtung strafen."

Er versuchte, ein beleidigtes Gesicht zu machen und ernst zu bleiben. Doch die allgemeine Heiterkeit steckte auch ihn an.

„Nein, im Ernst jetzt. Sie hat angerufen, um nochmals nachzufragen, ob alles klappt, wie besprochen. Sie ist ziemlich aufgeregt, zu sehen wie ihre Familie reagieren wird. Ich habe sie beruhigen können und bestätigt, dass wir um zwei Uhr da sein werden."

Punkt halb zwei saß die Familie im Wagen. Alfias und Aylana hatten auch ihre Badesachen eingepackt und Salomee hatte ein paar Salate vorbereitet. Eigentlich war der Anlass zu dieser Grillparty ein fröhlicher und doch war eine etwas angespannte Stimmung zu verspüren unter ihnen. Aylana hatte für Davy noch ein kleines Geschenk zur Genesung mitgenommen. Es war ein Anhänger aus dem schwarzen Kristall, den sie so gerne mochte. Dieser Kristall besaß auch heilende und entspannende Kräfte, und sie war sicher, dass er Davy gefallen würde. Nach etwa fünfzehn Minuten Fahrzeit bogen sie in die Einfahrt zum Haus der de Bakkers ein. Gerade eben war auch Danielas Mutter mit ihr und Tom vorgefahren. Auch sie hatten die Hände voll Mitbringsel zur Grillparty.

„Na, Hase, auch schon da?"

Daniela lachte Alfie schelmisch an.

„Ooooooh nein!"

Alfie schlug die Hände vors Gesicht.

„Wer zum … weiß denn das noch alles?"

„Wenn du uns fragst, wer das noch nicht gehört hat, sind wir schneller fertig", grinste Tom.

Inzwischen hatte Salomee an der Türe geklingelt. Lotte öffnete und begrüßte alle sehr herzlich. Die beiden Familien waren seit dem Vorfall mit dem Floß sehr gut befreundet und mittlerweile waren alle per du.

„Tretet ein, bitte. Mein Gott, was habt ihr denn alles mitgebracht. Das wird ein Festessen von Feinsten. Bitte stellt doch alles direkt auf den Tisch hier. Dann bleibt es noch etwas in der Kühle. Wir haben wunderbares Wetter erwischt."

Davy und Merle waren hinzugekommen und begrüßten die Ankömmlinge voller Vorfreude auf ihre Party. Davy bekam eine Umarmung von Aylana und einen Kuss auf die Wange.

„Hallo, Davy, wie geht es dir? Darf ich dich überhaupt in die Arme nehmen, oder leidest du immer noch so starke Schmerzen? Meine Mam hat eine Spritze dabei für dich, wenn es schlimm sein sollte."

Dies war nur ein Seitenhieb auf Davys Angst vor Nadeln, doch es reichte aus, um Davy einen zweifelnden Blick Richtung Salomee werfen zu lassen. Dies sorgte für allgemeine Heiterkeit.

„Na warte, du … du …" Davy suchte nach dem passenden Ausdruck.

„Aber das wird natürlich bei weitem überstrahlt von den hunderten von Stärken und Vorzügen, die du sonst hast."

Aylana legte Davy die Hände um den Hals und zwinkerte ihm zu.

„Es sei dir verziehen, meine Teuerste. Darf ich dich um deinen Arm bitten?" Davy gab sich ganz Gentleman-like. Inzwischen hatte Merle Alfie gesehen, der sich noch etwas im Hintergrund hielt. Sie lief auf ihn zu und Salomee zupfte Sirion erwartungsvoll am Shirt. Sie zeigte mit dem Kopf zu Merle.

„Da ist ja mein süßer Hase, hal …"

Sie wurde von schallendem Gelächter unterbrochen und Alfie wäre am liebsten im Boden versunken. Ungerührt umarmte Merle ihn und drückte ihm einen Kuss auf.

„Ach, lass sie doch, sie kennen dich eben nicht so, wie ich dich kenne. Komm, wir strafen sie mit Verachtung."

Merle zog Alfie frech grinsend mit sich in den Garten.

Die restliche Gesellschaft folgte ihnen in den Garten hinter dem Haus. Dieser war festlich geschmückt. Auf der überdachten Terrasse war ein großer Tisch aufgebaut, den Merle liebevoll geschmückt hatte. Mit Tannzapfen und Schwemmhölzern hatte sie ein richtiges Kunstwerk auf dem Tisch arrangiert.

Rund um den großen Pool standen bequeme Liegen. Quer durch den Garten hatte Davy Girlanden gespannt und Lampions aufgehängt, die er bei Einbruch der Dämmerung anzünden wollte. Die de Bakkers boten Getränke an und während sich die Jungmannschaft in und am Pool vergnügte, saßen Salomee, Lotte, Sirion und Finn gemütlich zusammen in einer ausladenden Sitzecke vor der Terrasse.

„Habt ihr noch irgendetwas gehört, bezüglich des Fahrers des Unglücksschiffes?", fragte Finn.

Sirion antwortete: „Wir wissen auch nicht mehr als ihr. Die Polizei hat noch keine Spur. Nur das Wrack des Bootes wurde gefunden. Aber ansonsten …" Er zuckte die Schultern.

„Das Allerwichtigste ist ja auch, dass alle unsere Kinder gesund davongekommen sind", meinte Lotte.

„Auch Davy hat sich mittlerweile fast vollständig erholt. Dank Aylana und Alfias."

„Davon wollen wir nicht mehr sprechen", sagte Salomee in bestimmten Ton.

„Alle haben dazu beigetragen, dass die ganze Sache glimpflich abgelaufen ist. Was ist eigentlich mit der Abendstern passiert? Ist das Floß komplett gesunken, oder wurden noch Teile gefunden? Nach Aylanas Beschreibung muss das ja ein ganz besonderes Floß gewesen sein."

„Ja", ergänzte Sirion.

„Davy, Tom, und ich denke, auch du Finn, habt ja da eine Riesenarbeit reingesteckt."

Finn zwinkerte Lotte zu und meinte: „Das kannst du laut sagen, Sirion. Baumstämme schleppen, Sägen, Hämmern, Bohren, Binden und Streichen und, und, und …"

„Aylana war sehr betrübt, über das traurige Ende der Abendstern." Salomee seufzte.

„Ich hätte sie auch gerne einmal gesehen."

„Das kannst du!"

Finn legte den Finger vor den Mund und blickte Richtung Aylana. Sirion und Salomee sahen ihn erstaunt an.

„Seht ihr das große Bootshaus dort am Ufer? Normalerweise ist dort unser Motorboot vertäut. Aber jetzt …"

Er lehnte sich zurück und lächelte Salomee und Sirion vielsagend an.

„Du willst doch nicht etwa sagen …" Salomee zögerte.

„Doch." Vergnügt blickte Lotte in die Runde.

„Die Abendstern ist in voller Pracht wiederhergestellt. Finn hatte nach dem Unfall einen Anruf vom Kraftwerk erhalten, die Trümmer wären an der Wehr angespült worden. Finn hat danach die Teile mit Tom begutachtet und abgeholt. Und nach Davys Heimkehr haben sie die Abendstern gemeinsam wieder zusammengebaut."

„So viel war gar nicht zerbrochen", warf Finn ein.

„Die meisten Bestandteile waren einfach auseinandergerissen worden. Wie haben mit unserem Boot alles wieder hierher geschleppt und jetzt ist die Abendstern wieder seetüchtig."

„Aylana wird außer sich sein vor Freude!" Salomee lächelte begeistert.

„Da habt ihr aber dichtgehalten."

„Zum Glück ist es heute so weit. Davy und Merle waren fast nicht mehr zu bremsen. Sie lagen uns jeden Tag in den Ohren. Sie mussten uns das Versprechen abgeben, nichts vorzeitig zu verraten."

Lotte sagte lachend: „Die beiden sind ganz hibbelig deswegen. Sie wollen Aylana und Alfias nach dem Essen die Augen verbinden, und dann die Abendstern rausholen. Lassen wir uns überraschen. So jetzt könntest du eigentlich den Grill anwerfen, Schatz. Ich kriege so langsam Hunger. Ihr doch sicher auch?"

Salomee und Sirion nickten bestätigend und Finn machte sich auf, um den Holzgrill zu befeuern. Lotte und Salomee, die gerne mithelfen wollte, bereiteten die Beilagen vor und Sirion und Finn kümmerten sich um die Grilladen. Aylanas Familie hatte darum gebeten für sie nur vegetarische Gerichte zuzubereiten. Die Arcandrin aßen im allgemeinen nie Fleisch. Und da es mittlerweile auch unter den Menschen viele Vegetarier gab, fiel dies auch nicht weiter auf.

Nach etwa einer halben Stunde waren sie fast so weit, und Sirion scheuchte das Jungvolk aus dem Wasser. Dem wurde sofort Folge geleistet, bei der Aussicht auf baldiges Essen. Es war eine fröhliche Runde, die da am Tisch saß. Es wurde viel gescherzt und gelacht. Aylana fühlte sich für einen kurzen Moment wieder einmal wie eine unbeschwerte, glücklich Teenagerin. Sie legte ihren Kopf an Davys Schulter und seufzte: „Ich glaube, ich habe zu viel von diesem grillierten Gemüsesalat und dem Grillkäse gegessen. Das war auch superfein. Ich bin satt."

„Na, ich hoffe, etwas hat noch Platz." Lotte lächelte sie an.

„Es gibt noch Dessert. Davy hat mir verraten, dass du gerne Vanilleeis mit heißen Himbeeren magst."

„Mmmmm, ja, ich denke etwas Platz ist da noch." Aylana strich sich über den Bauch und lachte Lotte an.

„Aber dann brauche ich jetzt etwas Bewegung."

„Na prima", sagte Alfie.

„Dann bewege doch schon mal das Geschirr von hier in die Küche. Ich kann mich nämlich noch nicht vom Fleck rühren."

„Hase!", sagte Merle vorwurfsvoll.

„Du glaubst doch nicht, dass wir Aylana das alles allein abräumen lassen?"

„Nein, natürlich nicht. Du wirst ihr sicher helfen."

Das brachte Merle für einen Moment zum Staunen und die anderen zum Lachen.

„Das übernimmt die Besatzung der Abendstern." Daniela kriegte von Tom für diese Bemerkung einen beschwörenden Blick zugeworfen und sie merkte, dass sie sich beinahe verraten hätte.

„Natürlich übernehmen wir das. Ich das Kommando und ihr die Arbeit." Alfie sah sich auffordernd in der Runde um.

„Auf, Matrosen! Legt euch in die Riemen."

Die Eltern hatten diesem Intermezzo belustigt zugehört und Salomee sagte lachend zu Alfie: „Hast du Merles Blick gesehen, Alfias? Wenn ich an deiner Stelle wäre, würde ich jetzt sofort kapitulieren."

„Ha!" Merle stand auf und pflanzte sich neben Alfies Stuhl. Sie stemmte die Hände in die Seiten und drohte Alfie scherzhaft: „Jetzt spitz mal die Ohren, Hase. Wenn du ..."

Das war der Moment, in dem sich Sirion, der gerade an seinem Saft nippte, verschluckte und einen Hustenanfall kriegte. Und auch Salomee konnte das Lachen nicht mehr zurückhalten. Es war auch wirklich zu komisch, einem Arcandrin zu sagen, er solle die Ohren spitzen. Der Rest der Runde, Aylana ausgenommen, konnte sich die Heiterkeit der beiden zuerst nicht erklären, fiel aber dann in das Lachen mit ein.

Einige Minuten später war der Tisch abgeräumt. Jetzt hielt Davy den Moment für gekommen, Aylanas Überraschung vorzubereiten. Er zwinkerte Finn zu, der sofort verstand und nickte. Finn erhob sich und bat um Ruhe. Die Gespräche verstummten und Finn lächelte Aylana an: „Liebe Aylana, nachdem deine Geburtstagsfeier hier bei uns ein so abruptes Ende gefunden hat, haben wir noch etwas Kleines für dich vorbereitet. Eine Überraschung und nochmals ein Dankeschön an dich und Alfias."

Alle außer Aylana und Alfie klatschten und die beiden wurden nochmals von Lotte umarmt.

„Ich bitte euch zwei jetzt dort hinten zur Sitzecke. Davy und Merle wollten unbedingt, dass wir euch die Augen verbinden, bis wir so weit sind. Also bitte."

Er führte die beiden zu den Sesseln und Lotte holte die breiten Stirnbänder, die sie bereitgelegt hatte. Sie ließen alles widerspruchslos und neugierig geschehen und blieben schön sitzen, nachdem Lotte ihnen die Bänder über den Kopf gestreift hatte.

„Nicht schummeln! Ich werde hier bei euch bleiben, bis alles bereit ist. Und wir wollen ein wenig Musik hören, während wir warten."

Sie wusste natürlich, dass einige Geräusche entstehen würden, wenn sie die Abendstern aus dem Bootshaus an den Strand ziehen würden. Also ließ sie ab ihrem Handy via Bluetooth den Song ‚Child in Time' von ‚Deep Purple' laufen. Dieser dauert knapp über zehn Minuten und war sowieso ein Favorit ihrer Playlist.

Während die drei sich die volle Dröhnung gaben, waren Finn, Tom und Davy emsig damit beschäftigt, die Abendstern hervorzuholen. Salomee, Sirion und Merle waren zum Ufer gelaufen, um zuzusehen. Als das Floß sichtbar wurde, entfuhr Salomee ein Ausruf des Entzückens.

„Psssscht!", machte Merle.

„Nicht zu laut. Die beiden haben spitze Ohren."

Sirion versuchte, nicht laut herauszulachen und Salomee starrte Merle verblüfft an.

„Dafür hast du es faustdick hinter den Ohren." Sie grinste und legte ihren Arm kurz um Merle. Dann wendete sie sich wieder der Abendstern zu und bestaunte das wunderschöne Floß. Die Abendstern war komplett wiederhergestellt, mit den Liegen, dem Sonnendach, den Rudern und dem Steuer. Sie sah einfach fantastisch aus. Davy hatte noch ein Schild mit der Aufschrift ‚Abendstern‘ gemalt und am Heck angebracht. Er war an Bord geklettert und hatte dort lange Leinen angebracht, die er Tom und Finn zuwarf. Mit Hilfe dieser Seile zogen sie das Floß an die richtige Stelle beim Ufer. Dort war ein Holzsteg angebaut, an dem Finn jeweils auch das Motorboot anlegte. Die Abendstern schaukelte sanft auf den Wellen. Finn schlug die Seile um die dafür vorgesehenen Pfosten und gab dann Lotte einen Wink.

So fand ‚Child in Time‘ ein vorzeitiges Ende, was von Alfi-as mit einem erleichterten „Na endlich hat die Tortur ein Ende“ quittiert wurde.

„Und was kommt jetzt? Dürfen wir die Augenbinden abnehmen?“

„Nein, noch nicht. Kommt jetzt mit. Ich führe euch.“

Lotte fasste die beiden an den Händen, und führte sie zum Steg hinunter, wo alle anderen warteten.

„Achtung Stufe!“

Lotte achtete darauf, dass sie nicht strauchelten. Danach positionierte sie die zwei so, dass sie nach dem Entfernen der Augenbinden direkt vor der Abendstern standen.

Merle kommandierte: „Ihr müsst aber die Augen noch geschlossen halten. Ich nehme euch jetzt die Binden weg.“

Sie streifte Alfie und Aylana die Stirnbänder vom Kopf.

„Ich zähle bis drei, dann dürft ihr die Augen öffnen. Eins … zwei … uuuuund drei!“

Aylana stieß einen Freudenschrei aus und war mit einem Satz zu Davy aufs Floß gesprungen. Sie umarmte ihn so stürmisch, dass sie ihn fast umwarf.

„Ihr habt sie wieder zusammengebaut!“, jubelte sie.

„Und sie ist ja noch schöner als vorher. Wie habt ihr das bloß fertiggebracht?“

Auch Alfie war begeistert: „Wow! Diese Überraschung ist euch gelungen. Sie ist fantastisch! Komm, Merle, ich will sie mir auch aus der Nähe ansehen.“

Die beiden kletterten auch auf das Floß.

Lotte sagte zu Daniela und Tom: „Los, ihr zwei, auf die Abendstern! Ich will Fotos machen."

Sie bugsierte Daniela und Tom aufs Floß und zückte ihr Handy. Sie machte begeistert mehrere Bilder, während Tom und Davy erzählten, wie sie und Finn das Floß restauriert hatten. Dazu hatten es sich die sechs auf den Strohliegen bequem gemacht. Aylana bedankte sich voller Freude und konnte sich gar nicht sattsehen, an ihrem Floß.

„So, jetzt ist Zeit für den Nachtisch." Finn klatschte in die Hände.

„Los, kommt rüber! Wir wollen das Floß wieder ins Bootshaus ziehen."

„Ach, bitte, Dad, wir könnten doch unseren Nachtisch auf der Abendstern essen", bat Merle. „Es ist so schön, jetzt in der Abendsonne auf dem Fluss."

Die anderen nickten beistimmend. Finn meinte lachend: „Na gut, aber ihr müsst euch euren Nachtisch schon selbst abholen kommen."

Davy sprang auf den Steg und sagte zu Aylana: „Du kannst auf der Abendstern bleiben. Ich bringe dir deine Portion mit."

„Vielen Dank. Es fühlt sich so schön an hier zu liegen und die Wellen zu fühlen."

Merle sah Alfie auffordernd an und hüstelte demonstrativ.

„Hast du dich vorhin erkältet im Wasser?" Alfie machte keinerlei Anstalten sich zu erheben.

Auch Tom sprang auf, und lief los, um für sich und Daniela Nachtisch zu holen. Das Hüsteln wurde energischer und Merles Blicke drohender.

„Ich glaube, du warst wirklich zu lange im Was…"

„HASE! Hast du einen Knick in der Fichte?", sagte Merle, zwickte ihn in die Seite und zeigte zum Tisch hinüber, wo Davy und Tom gerade ihre Teller mit jeweils zwei Portionen beluden. Jetzt begriff auch Alfie und sprang auf, wie von der Tarantel gestochen.

„Ähhh, natürlich. Ich eile, ich fliege. Mein Bauch ist praktisch schon unterwegs, ich sehe jetzt, dass ich ihn einhole."

Er beeilte sich wirklich und kurze Zeit später lagen alle sechs gemütlich auf dem Floß und futterten ihren Nachtisch. Nun holte Aylana auch ihr Geschenk für Davy aus der Tasche.

„Hier, mein tapferer Held. Für dich, zur Genesung."

Sie reichte Davy das Kästchen, in dem sie den Kristall eingepackt hatte. Davy entfernte das Geschenkpapier, während die anderen neugierig zusahen. Er öffnete das Kästchen und beim Anblick des schwarzen Kristalls, der geheimnisvoll funkelte, entfuhr ihm ein Ausruf des Staunens.

„Wow, der ist wunderschön! So etwas habe ich noch nie gesehen."

Er hatte den Kristall an der Kette hochgehoben, damit man ihn von allen Seiten begutachten konnte.

„Darf ich ihn mal aus der Nähe sehen, Davy", bat Daniela und Davy legte den Anhänger in ihre Hand. Sie zuckte leicht zusammen und sagte bewundernd: „Das fühlt sich an, als würde er leben. Man spürt eine Kraft, die darin verborgen ist. Er ist wirklich unglaublich schön!"

Sie gab ihn weiter an Merle, die den Kristall auch in die Hand nahm und Aylana einen vielsagenden Blick zuwarf. „Ja, du hast recht. Das fühlt man wirklich."

Sie gab das Schmuckstück an Davy zurück, der es sich begeistert umhängte.

„Diesem Kristall werden heilende und schützende Kräfte nachgesagt. Also genau das richtige für dich."

Aylana kuschelte sich an Davys Seite und genoss das Gefühl des sanften Schaukelns auf der Abendstern. Die drei Pärchen hatten es sich alle schön bequem gemacht. Das leise Wiegen des Wassers hatte sie ein wenig schläfrig gemacht und sie fühlten sich so richtig behaglich und glücklich.

„Hallo, hallo! Ihr Schlafmützen! Auf mit euch. Danielas Mutter ist da." Lottes lautes Rufen riss sie aus ihren Träumen. Daniela sprang auf und bemerkte: „Oh nein, ist es schon so spät? Es war gerade so kuschelig."

Lotte meinte bedauernd: „Ja, leider. Aber ihr seid hier jederzeit willkommen. Ich denke, ihr werdet sowieso bald wieder mit der Abendstern in See stechen wollen."

Sie standen auf und begleiteten Daniela und Tom zur Veranda. Die zwei bedauerten, dass sie schon gehen mussten. Aber sie trösteten sich mit dem Gedanken, bald wieder mit dem Floß auf der Aare unterwegs zu sein. Nachdem sie sich von allen herzlich verabschiedet hatten, wollten Davy und Finn die Abendstern wieder im Bootshaus verankern. Aylana und Alfie unterstützten die beiden tatkräftig, und schnell war das Floß wieder an seinem Platz. Danach versammelten sich alle in der gemütlichen Sitzecke, wobei jeweils Aylana und Davy und Merle und Alfie sich zusammen in einen Sessel kuschelten.

„Ihr wollt ja noch nicht gerade nach Hause, oder? Es ist so ein schöner Abend." Lotte richtete einen fragenden Blick auf Salomee und Sirion.

„Nein, wir bleiben gerne noch ein wenig", antwortete Salomee lächelnd.

Lotte erwiderte: „Es ist so schön, dass ihr mal hier seid. Da wollen wir den Abend noch so richtig genießen."

Daraufhin bot Lotte Getränke und Snacks an und Finn machte den Vorschlag, ein Feuer im Außenkamin anzufachen.

„Das freut uns sehr. Wir möchten sowieso noch gerne mit euch etwas Wichtiges besprechen." Sirion sah erst Finn und dann Lotte ernst in die Augen.

„Es betrifft alle hier Anwesenden, aber wirklich nur die hier Anwesenden. Das möchte ich ausdrücklich betonen."

Aylana wusste, dass es jetzt kein Zurück mehr gab. Ihre innere Anspannung war ihr deutlich anzumerken und Davy sah sie erstaunt von der Seite her an.

„Was ist denn jetzt los?", flüsterte er fast unhörbar in ihr Ohr.

„Habt ihr irgendwelche Leichen im Keller?"

„Nein, Davy, wir haben keine Leichen im Keller." Sirion lächelte ihn belustigt an und Davy riss erstaunt die Augen auf. Sirion saß gut vier Meter entfernt von ihnen und er hatte direkt in Aylanas Ohr geflüstert. Lotte blickte Davy fragend an: „Hast du das eben wirklich gesagt? Ich habe keinen Ton gehört von dir."

„Er hat das in Aylanas Ohr geflüstert", erklärte Salomee.

„Wir hören alle sehr gut. Damit hängt es auch zusammen."

Finn sagte zu Sirion gewandt: „Nun, mein Freund, was auch immer ihr uns zu erzählen habt, ist bei uns gut aufgehoben. Wenn wir etwas tun können, sind wir jederzeit für euch da. Wie Aylana und Alfias auch für Merle und Davy da waren."

Lotte nickte zu diesen Worten bestätigend und sagte: „Ihr seid uns alle ans Herz gewachsen. Finn hat mir aus der Seele gesprochen."

Sirion ergriff daraufhin wieder das Wort: „Wie ihr wisst, gibt es auf unserer Welt viele verschiedenen Völker. Und es gab viele verschiedene Kulturen. Einige davon wurden verfolgt und bekämpft, einige sogar ausgerottet. Es lag immer in der Natur des Menschen in allem, was er nicht verstehen konnte, eine Bedrohung zu sehen. Und ihr kennt sicher auch die alten Legenden und Sagen von Naturvölkern und ihren speziellen Fähigkeiten?"

„Du redest von Indianern und Inkas, oder sprichst du von den Sagen und Legenden, über Artus und Merlin, Avalon, Siegfried und die Nibelungen?", unterbrach ihn Finn fragend.

„Nun, es ist ein bisschen von all dem und etwas, dass die Fantasie der Menschen über Jahrhunderte beflügelt hat."

„Aaah, jetzt weiß ich, was du meinst." Lotte machte große Augen.

„Du sprichst von Feen und Elfen, von Zwergen und Trollen. Aber was haben diese Fabelwesen mit deiner Geschichte hier zu tun?"

„Mam", warf Merle ein.

„Du hast uns doch als Kinder immer diese schönen Geschichten über Elfen, Naturwesen und ihre besonderen Fähigkeiten erzählt. Ich war fasziniert von diesen Erzählungen. Und ich habe immer gewusst, dass ein Körnchen Wahrheit in diesen Legenden steckt. Nun ja, in der Zwischenzeit weiß ich, dass es mehr als ein Körnchen war."

„Merle!", rief Lotte erstaunt.

„Was willst du denn damit sagen? Das waren doch nur Märchen und Fantasien."

Sie drehte den Kopf hilfesuchend zu Finn, der Sirion nachdenklich betrachtete.

„Ich denke, Sirion wird uns erklären, was Merle damit meint."

Davy der bisher geschwiegen und verblüfft zugehört hatte, ergriff das Wort: „Ihr wollt doch nicht etwa behaupten, dass solche Wesen wirklich existieren?"

Misstrauisch beäugte er Aylana von der Seite.

„Behaupten nicht, jedoch beweisen!" Salomee sah Davy eindringlich an.

„Das ist doch Blöds…"

„Nein, Davy, das sind Tatsachen." Merle unterbrach ihn ruhig, aber bestimmt.

„Lass sie erklären und hör genau hin."

„Jetzt bin ich etwas verunsichert und beunruhigt." Lotte sah aus, als mache sie sich Sorgen um die geistige Gesundheit ihrer Tochter. Davy tippte sich an die Stirne und meinte: „Eindeutig zu viele Fantasy-Bücher und dann heute noch den ganzen Tag an der Sonne."

Er blickte bezeichnend auf Merle.

„Was wäre, wenn es wirklich Elfen gäbe?", fragte ihn Aylana.

„Wie würdest du ihnen begegnen?" Sie sah Davy lange an, und bemerkte, dass ihn langsam eine Ahnung beschlich.

„Nun, ich denke, so wie ich allen Menschen begegne. Ich habe keine Vorurteile, nur weil jemand anderer Herkunft ist. Aber jetzt möchte ich wirklich gerne wissen, was das alles zu bedeuten hat!" Er nahm Aylanas Hand und seine Augen waren voller Fragen.

Sirion kam ihr zuvor und erklärte: „Nun, es gibt sie wirklich. Sie existieren seit Jahrtausenden. Einst waren wir Millionen, heute nur noch einige tausend. Und wir leben unerkannt mitten unter euch."

Er hatte die beiden ‚wir' besonders betont und wartete erst einmal die Reaktionen ab. Lotte war aufgesprungen: „Es ist doch nicht Halloween oder so etwas! Was willst du damit sagen? Wollt ihr uns verschaukeln?"

Finn, der lange zugehört und nachgedacht hatte, sagte zu ihr: „Nein, ich denke nicht, dass uns Sirion belügt. Und Merle scheint ja ohnehin schon mehr zu wissen als wir."

Er blickte lächelnd zu seiner Tochter hinüber. Alfias, der sich bisher komplett herausgehalten hatte, antwortete an ihrer Stelle: „Merle besitzt besondere Wahrnehmungsfähigkeiten. Das heißt, sie kann Dinge sehen, die normalen Menschen verborgen bleiben. Solche Menschen hat es schon immer gegeben. Jedoch nur wenige. Vielfach wurden und werden sie belächelt, oder sogar als verrückt erklärt, wenn sie von diesen Wahrnehmungen erzählten. Meist haben solche Personen auch eine sehr starke Naturverbundenheit und einen sehr ausgeprägten Sinn für Gefühle. Sie können Schein und Wahrheit gut erkennen und unterscheiden."

„Damit sind wir also beim Punkt", meinte Finn.

„Merle kann erkennen, dass ihr nicht das seid, was ihr zu sein vorgebt. Aber wer also seid ihr wirklich?" Er sah fragend von einem zum anderen.

Sirion stand auf und winkte Aylana und Alfie zu sich.

„Salomee, bitte." Er sah seine Frau auffordernd an. Salomee stellte sich neben die drei und sagte: „Ich werde jetzt die Beeinflussung eurer Wahrnehmung aufheben. Und ihr werdet unsere wahre Gestalt sehen können."

Sie schloss ihre Augen und löste langsam die Wahrnehmungsblockaden von sich und ihrer Familie auf.

Davy war aufgesprungen und sagte ungläubig: „Aylana, bisher war die Show gut, aber jetzt könnt ihr ruhig …" Die Worte blieben ihm im Hals stecken.

Ein Klirren ertönte. Lotte hatte ihr Glas fallen lassen und starrte die Elfenfamilie mit weit aufgerissenen Augen an. Zum ersten Mal sahen die de Bakkers die Arcandrin in ihrer ganz natürlichen Form. Merle stand auf und trat neben Alfie. Es war ihr anzumerken, dass sie die Situation genoss: „Darf ich vorstellen. Die Elfenfamilie von Bergen! Vergesst bloß das Atmen nicht, es wäre schade um euch."

Davy war vorsichtig vor Aylana getreten und glaubte, sich in einem Traum zu befinden. Er streckte vorsichtig die Hand aus, um Aylanas Wange zu berühren.

„Du bist … was zum Henker! Ich muss verrückt sein. Aylana, was geht hier vor?" Er rieb sich die Augen und konnte sich doch nicht von ihrem Anblick losreissen. Sie nahm seine Hand. „Davy, es ist alles in Ordnung. Ich bin immer noch dieselbe Aylana, die du kennengelernt hast. Hier und da hat sich nichts verändert." Sie zeigte auf ihren Kopf und ihr Herz.

„Aber ... du bist ... du bist das schönste Wesen, das ich jemals gesehen habe. Ich ... ich kann keinen klaren Gedanken mehr fassen."

Merle gab sich burschikos, als sie sagte: „Na, abgesehen davon, dass sie violette Augen und spitze Ohren hat und sonst noch einige spezielle Eigenschaften, und natürlich, dass sie eine Elfe ist, ist doch alles ganz normal an ihr. Ich weiß nicht, was du hast." Sie lachte schelmisch.

Lotte war auch aufgesprungen und stammelte: „Mein Gott, Salomee ... es ist unfassbar. Ist das alles wirklich wahr? Du siehst aus, wie ich mir als Kind eine Elfenkönigin vorgestellt habe."

Sie trat schüchtern näher an Salomee heran, um sie aus der Nähe betrachten zu können. Salomee nahm Lottes Hand und sagte: „Lotte, wir sind Elfen, ja. Aber so verschieden sind wir nicht. Wir sind eine Familie. Wir achten und helfen einander und unseren Freunden. Wir tun alles, um unseren Kindern ein Leben in Frieden und Sicherheit zu ermöglichen. Wir haben auch Stärken und Schwächen. Lasst uns einfach gute Freunde sein. Machen wir einen Anfang, um unseren Völkern eine Chance zu geben. Für ein friedliches Miteinander, zum Wohle allen Lebens."

Sie hatte die de Bakkers völlig in ihren Bann gezogen mit ihrer Stimme und nach ihren Worten blieb es lange still. Dann machte Finn den Anfang und ergriff Sirions Hand, um sie kräftig zu drücken. „Ihr könnt auf uns zählen. Es wäre jedoch sehr hilfreich, wenn ihr uns noch einige Fragen beantworten könntet."

„Einige?" Davy hielt immer noch Aylanas Hand.

„Ich habe tausende von Fragen!"

Doch Sirion kam ihm zuvor: „Wir wollen euch sehr gerne noch ein wenig über uns und unsere Geschichte erzählen. Alfias ist dafür der Richtige. Er ist der geborene Rhetoriker. Alfias, bitte!"

Alfias machte eine einladende Geste und bat alle, es sich wieder bequem zu machen. Die ganze Gesellschaft nahm wieder ihre vorherigen Plätze ein, wobei es Davy anzumerken war, dass ihm etwas mulmig zumute war. Aylana war ihm in diesem Moment etwas unheimlich. Zum ersten Mal konnte er ihre Aura so richtig spüren und ihre Ausstrahlung war so stark, dass er sich etwas hilflos vorkam. Sie bemerkte sein Zaudern und ließ ihre Aura beruhigend und liebevoll auf ihn einwirken. Daraufhin entspannten sich Davys Gesichtszüge sofort. Alfias begann mit seiner Geschichte, der Geschichte der Arcandrin: „Die menschliche Geschichtsschreibung begann etwa im dritten Jahrhundert vor Christus. Alle davorliegenden Ereignisse sind entweder Spekulationen oder Rekonstruktionen aufgrund archäologischer Funde. Die Geschichte der Elfen wurde schon viel früher dokumentiert. Und nichts davon ging verloren. Die Kenntnisse und Fähigkeiten der Arcandrin waren schon vor Jahrtausenden sehr weit fortgeschritten. Damals lebten Elfen und Menschen in Frieden miteinander, und arbeiteten Hand in Hand, zum Wohle allen Lebens, auf dieser Erde. Es entstanden prächtige Bauwerke, von denen viele Jahrhunderte überdauerten, und von denen auch in den alten Schriften der Menschen Überlieferungen zu finden waren. Zum Beispiel die Pyramiden, die etwa zweitausendfünfhundert Jahre vor Christus gebaut wurden. Oder Babylon, etwa eintausendachthundert vor Christus. Machu Picchu, dreihundert Jahre vor Christus. Nur um einige zu nennen. Doch mit dem Aufstieg des Menschen begannen auch der Machthunger, und die Gier das Leben zu beeinflussen. Kriege wurden geführt und wie Sirion schon erwähnte, wurden ganze Kulturen verfolgt oder verfeindeten sich. Die Arcandrin versuchten, die Menschen davon abzuhalten. Doch schnell wurden auch sie zu Verfolgten und Gejagten. Sie waren aufgrund ihrer besonderen Fähigkeiten und ihren Kenntnissen über die Natur einerseits gefürchtet, andererseits wollte man sie für eigennützige Zwecke missbrauchen. So wurden ihre Kinder entführt, sie wurden bedroht und tausende Elfen wurden zu Taten gezwungen, die sie innerlich zerbrechen ließen. Schließlich zerfiel das Reich der Elfen in zwei Gruppen. Was bei beiden Elfenstämmen gleichgeblieben war und ist, zeigt sich in ihrem starken Bezug zur Mutter Erde und der Natur. Alle Elfen wollen die Natur und die Naturwesen erhalten. Jedoch wollen die einen die Natur ohne Rücksicht auf die Menschen schützen. Ihre Logik ist bestechend einfach: Sie wollen den Planeten schützen. Menschen zerstören den Planeten, also sind die Menschen die Ursache allen Übels. Und dieses Übel muss beseitigt werden."

Alfias machte eine kurze Pause, um das Gesagte wirken zu lassen. Seine Worte hatten bereits eine tiefe Wirkung bei den de Bakkers hinterlassen. Und nicht nur seine Worte, auch seine Ausstrahlung entfaltete wieder einmal ihre volle Wirkung.

Schließlich bemerkte Finn mit belegter Stimme: „Aber ihr gehört glücklicherweise zu den Elfen, die uns nicht vernichten wollen?"

Er richtete den Blick fragend auf Sirion und Salomee. Salomee übernahm die Antwort: „Wir, die Arcandrin, leben nach den uralten Gesetzen. Wir befolgen unsere Doktrin, deren Kernaussage lautet: Jedes Leben hat seine Berechtigung. Und jedes Leben soll alles erhalten, was es zu seinem besten Wohle bedarf."

„Das heißt jedoch nicht, dass wir Unrecht und Verbrechen ungesühnt lassen. Denn das Wohl der Gemeinschaft steht immer vor dem Wohl Einzelner. Wenn Einzelne sich gegen die Gemeinschaft allen Lebens, oder gegen unsere Erde wenden, werden sie zur Rechenschaft gezogen."

Sirion ließ diese Worte einen Moment wirken, um dann hinzuzufügen: „Wir beschützen alles Leben auf unserer Erde, und auch die Erde selbst, die unsere Existenz erst möglich macht. Wir versuchen alles, um die Zerstörung unserer aller Heimat zu verhindern. Wir möchten mit allen Lebewesen in Frieden leben können, ohne uns verstecken zu müssen."

Aylana setzte hinzu: „Deshalb war es mein Wunsch, euch einweihen zu dürfen. Wir alle sollten wieder in einer friedlichen Gemeinschaft leben können, in der jede Kultur und jedes Volk seinen Platz hat. Und ich hoffe, dass wir hier und jetzt miteinander einen Anfang machen können!"

Sie wies auf Alfie: „Lassen wir Alfias noch zu Ende erzählen. Dies wird noch einige Fragen beantworten."

Alfias fuhr mit seinen Erklärungen fort: „Fortan herrschte also Uneinigkeit über das Vorgehen. Der eine Stamm entsagte der alten Doktrin und erachtete es als sein Recht, ohne Rücksicht auf die Menschen vorzugehen. Wie schon erwähnt, betrachten sie die Menschen als Wurzel allen Übels in ihrer Gesamtheit. Wir jedoch befolgen die Doktrin, und unterscheiden auch bei den Menschen die schlechten, von den guten Absichten. Was bei beiden Stämmen gleichgeblieben ist, ist der Rückzug aus der Welt der Menschen. Alle Elfen haben die Fähigkeit, die Menschen in Bezug auf unser Aussehen zu täuschen. Nur so konnten wir der Verfolgung und dem Missbrauch entgehen. Denn beide Stämme sind auch nicht mehr groß genug, um einen offenen Konflikt zu riskieren. So, das war jetzt ein kurzer Abriss über unsere Geschichte.

Die Entscheidung über das weitere Vorgehen liegt jetzt bei euch."

Er sah die de Bakkers der Reihe nach an. Zuletzt blieb sein Blick an Merle hängen.

Diese sagte nach einer kurzen Pause: „Ich habe mich schon lange entschieden. Ich will euch helfen so gut ich kann, und eure Freundin sein. Ich werde euer Geheimnis sicher hüten."

Lotte fragte: „Wie meinst du das, mit unserer Entscheidung?"

Sie sah abwechselnd von Alfie zu Sirion.

„Wenn ihr euch entscheidet, mit uns zusammen den Weg zu gehen, müssen wir sicher sein, dass ihr unsere Identität geheim haltet. Nur so können wir gemeinsam versuchen, einen Anfang zu machen. Ansonsten wären wir alle gefährdet.

Wenn unser Vorhaben Früchte trägt, erleben wir vielleicht noch, dass Arcandrin und Menschen wieder friedlich zusammenleben, und unsere Fähigkeiten ergänzen können."

Davy, der lange nachdenklich geschwiegen und zugehört hatte, fragte jetzt geradeheraus: „Und was wäre, wenn wir dieses Wissen nicht teilen möchten? Wenn wir ein normales Leben führen möchten, wie bis anhin?"

Er sah erst Sirion und dann Aylana an.

„Und alles bleibt wie vorher? Mit dir und mir. Mit Merle und Alfie?"

„Wenn es euch lieber wäre von alledem nichts zu wissen, könnten wir dafür sorgen, dass ihr all das und heute Abend vergesst. Dies würde jedoch bedeuten, dass eure Erinnerung nur noch eine befreundete Familie von Bergen beinhalten würde."

Aylana sah Davy ernst in die Augen. „Mehr nicht!"

„Mehr nicht", fragte Davy ungläubig.

„Du und ich … wir wären nur noch Schulfreunde? Warum?"

Salomee sagte sanft: „Davy, eine Beeinflussung der Erinnerung ist nur möglich, wenn alle persönlichen Erlebnisse mit einer Person gelöscht werden. Aylana und Alfie mussten diese Entscheidung fällen. Es ist ihnen sehr, sehr schwergefallen. Doch es war ihnen wichtiger als alles andere, euch nicht mehr täuschen zu müssen. Es liegt uns allen sehr am Herzen, echte Freunde unter den Menschen zu haben."

„Wie ich schon sagte …" Finn lächelte Salomee an, als er das sagte.

„Wir sind für euch da. Ich für meinen Teil möchte diese Erinnerung um nichts in der Welt verlieren. Was meinst du denn, Lotte?" Mit diesen Worten sah er seine Frau fragend an.

„Ich bin ganz deiner Meinung. Wir wollen gemeinsam versuchen, diese Welt ein kleines bisschen besser zu machen. Vor allem für unsere Kinder." Lotte nickte bekräftigend.

Davy sagte bedächtig: „Ich will nicht verheimlichen, dass mir die ganze Geschichte viel zu denken gibt. Aber ich hoffe ich bin euer Vertrauen wert."

Er blickte Aylana lange an.

„Ich werde sicher niemals zulassen, dass ich dich vergesse."

„Mich müsst ihr gar nicht erst fragen." Merle kuschelte sich an Alfie.

„Ich behalte meinen süßen Hasen auf alle Fälle."

Diese Bemerkung sorgte für allgemeine Heiterkeit, und die Anspannung löste sich. Natürlich wurde noch viel gefragt und erklärt, an diesem Abend. Die von Bergens jedoch hielten sich an die Bedingungen des Rates, und beschränkten sich bei ihren Erklärungen auf die besprochenen Punkte. Die Familie war auch so schon überwältigt von all den Neuigkeiten und Überraschungen, die sie heute erfahren hatten. Einzig Merle schien zu ahnen, dass die Arcandrin Einiges für sich behielten. Dies bewiesen ihre teils schon fast ironischen Blicke, mit denen sie Alfie und Aylana bedachte. Natürlich kamen die de Bakkers auch auf die Ereignisse mit der Abendstern zu sprechen. Glücklicherweise interessierten sie sich jedoch mehr für die Umstände der Rettung als das Unglück selbst.

„Dann war es wohl nicht so sehr Zufall, dass du Tom und Davy in diesem trüben Wasser so schnell gefunden hast?" Lotte hatte die Frage an Aylana gerichtet.

„Weißt du, wir können die Ausstrahlung, die Aura von jemanden, den wir kennen spüren. So war es mir möglich, die beiden zu finden."

Mit einem Blick auf Davy fügte Aylana hinzu: „Leider nicht schnell genug."

„Niemand sonst hätte mich überhaupt finden können", widersprach Davy.

„Mann, wenn ich mir das vorstelle. Ich wurde von einer Elfe gerettet. Das muss ich am Montag unbedingt in der Schule erzählen."

„Davy!", riefen Aylana und Merle im Chor. Und Merle ergänzte: „Fährst du einen geistigen Deux Chevaux?"

„Ich mache doch nur Spaß. Natürlich werde ich am Montag nichts erzählen. Regt euch doch nicht künstlich auf."

„Na, zum Glück!" Merle atmete auf.

„Ich werde es natürlich erst am Dienstag erzählen. Am Montag muss ich ja noch … Auaa!" Aylana hatte ihm einen leichten Klaps auf den Kopf verpasst.

„Stell dich nicht so an. Ich habe dich kaum berührt." Aylana lachte.

„Ohhh doch! Es fühlt sich so an, als hätte ich eine Gehirnerschütterung. Ich werde wohl noch eine Woche zuhause bleiben müssen." Davy rieb sich mit schmerzverzogenem Gesicht den Kopf.

Alfie sagte lachend: „Wo nichts ist, kann auch nichts erschüttert werden. Du hast lange genug auf der faulen Haut gelegen."

Die Eltern hatten das kurze Intermezzo belustigt verfolgt. Doch Lotte hatte noch weitere Fragen auf Lager.

„Und als Davy im Koma gelegen hat? Hast du ihn da aufwecken können?" Sie sah erst Aylana und dann Salomee fragend an. Bevor Aylana antworten konnte, übernahm Salomee diese heikle Angelegenheit. Denn schließlich durfte sie Avas Geschenk nicht erwähnen.

„Wie Aylana vorhin erwähnte, können wir die Anwesenheit einer bekannten Person fühlen. Sie hat also versucht, mit Davy auf der geistigen Ebene Kontakt aufzunehmen. Zum Glück ist ihr das gelungen."

Davy warf nachdenklich ein: „Ja, es war als hätte sie mich gerufen. Ich kann mich nur daran erinnern, dass du mich immer und immer wieder gerufen hast."

Er blickte Aylana fragend an.

„Ich hatte keinerlei Empfindungen mehr. Ich weiß nur, dass du mich mitgenommen hast. Wie aus einem tiefen dunklen See, zurück an die Oberfläche."

„Die Seele eines Menschen kann sich in bestimmten Momenten ins Unterbewusstsein zurückziehen", erklärte Sirion.

„Dies kann zum Schutz vor Schmerzen sein, oder auch zum Schutz der Seele. Teilweise löscht das Unterbewusstsein auch Erlebnisse, die sonst die Seele schädigen konnten. Ebenso werden sehr viele Daten im Unterbewusstsein abgespeichert."

„Also, alles in allem", resümierte Finn, „haben Aylana und Alfias unsere Kinder gerettet. Das steht außer Frage. Und das ist ein Grund mehr, dass ihr uns volles Vertrauen schenken könnt. Wie auch wir euch vertrauen."

Damit war eigentlich alles gesagt. Da es mittlerweile fast zwei Uhr morgens war und sich einige Anzeichen von Müdigkeit, vor allem bei den de Bakkers, bemerkbar machten, wollten Aylana und ihre Familie langsam aufbrechen. Salomee wollte gerade den Schutz ihrer Familie wieder herstellen und die Wahrnehmung der de Bakkers wieder verändern, als Davy sie zurückhielt.

„Kann ich nicht noch ein Foto von dir machen, Aylana? Du siehst einfach so klasse aus, als Elfe. Ich …"

„Und genau jetzt ist ihm wieder der Keilriemen von der Lichtmaschine gesprungen. Totale Verdunkelung." Alfie machte eine bezeichnende Handbewegung zum Kopf.

„Nein, ich dachte nur …" Davy errötete.

„Gedacht hast du nicht", warf Merle ein.

„Stell dir vor, dieses Foto kommt in die falschen Hände. Deine Bilder werden doch vom Handy direkt in die Cloud geladen."

Aylana fragte amüsiert: „Gefalle ich dir denn nicht, als Mensch?"

„Doch, natürlich. Es ist nur … ähm … also, ich meine …"

„Du bewegst dich auf sehr dünnem Eis", sagte Alfie lachend. „Nimm dich bloß in Acht. Sie kann sehr unangenehm werden." Salomee lächelte Davy beruhigend an.

„Das geht leider wirklich nicht, Davy. Wir können unseren Schutz nur gegen die Wahrnehmung aller Menschen aufrecht halten. Deswegen müssen wir auch eure Wahrnehmung jetzt wieder verändern. Aber wir werden uns sicher bald wieder treffen. Wir wollen ja zusammen etwas bewirken."

Sirion und Finn nickten zustimmend bei diesen Worten und Lotte sagte: „Ihr seid jederzeit herzlich willkommen bei uns."

Salomee bewirkte daraufhin die Beeinflussung und Finn, Lotte und Davy waren erneut überwältigt davon, wie sich ihr Bild der Arcandrin veränderte. Nur Merle blieb unbeeindruckt, da sie die Täuschung mit ihren besonderen Gaben erkennen konnte.

„Ich hoffe, ich wache morgen nicht auf und alles war nur ein Traum", seufzte Lotte.

„Es ist einfach so unglaublich. Aber ich bin froh zu wissen, dass es noch Lebewesen wie euch gibt. Denen die Erde und alles Leben, das sie hervorgebracht hat, so am Herzen liegt."

„Ich werde dich am Morgen daran erinnern", sagte Merle lachend.

„So hübsche Ohren, wie die von meinem süßen Hasen, kannst du gar nicht träumen."

Alfie stöhnte herzerweichend auf und musste das Lachen über sich ergehen lassen. Merles Abschiedskuss jedoch verbesserte seine Stimmung wieder ganz erheblich.

Sie verabschiedeten sich in aller Freundschaft und Verbundenheit voneinander. Auch Aylana nahm Davy noch einmal in die Arme und sagte: „Danke, dass du zu mir hältst."

„Wer hat denn schon eine Elfe als Freundin!"

Davy drückte sie fest an sich.

„Nein, ganz im Ernst", sagte er und sah ihr tief in die Augen. „Ich möchte dich niemals verlieren."

Auf dem Heimweg unterhielten sich die vier noch angeregt über diesen Abend. Ein Punkt, der dabei eingehend diskutiert wurde, war Merle.

„Wenn ich nicht wüsste, dass es eigentlich unmöglich ist, würde ich behaupten, dass Merle Elfenblut in ihren Adern hat."

Sirion überraschte mit dieser Bemerkung alle.

„Wie kommst du denn auf sowas?", fragte Alfie erstaunt.

„Wir wissen doch schon lange, dass es auch Menschen gibt mit speziellen Begabungen."

„Ja, aber hast du bemerkt, wie sie dich angesehen hat bei deinen Erzählungen? Ich bin sicher, sie weiß genau, dass wir ihnen noch eine ganze Menge vorenthalten haben. Auch zu ihrem Schutz, natürlich."

Aylana warf ein: „Wie auch immer. Ich bin sicher, dass wir Merle voll und ganz vertrauen können. Das kann ich fühlen."

„Das kann ich bestätigen", sagte Alfie bestimmt und ergänzte: „Als ich bei ihr diese besonderen Fähigkeiten entdeckte, habe ich auch erfühlen können, dass sie niemals etwas tun würde, das uns schaden könnte."

„Nun, wir sollten sie auf alle Fälle besonders im Auge behalten", sagte Salomee.

„Sollte sich Sirions Verdacht bestätigen, könnten auch die Shiazul davon erfahren. Wir wissen ja, dass die Shiazul schon öfters versucht haben, Menschen mit Merles Gaben zu missbrauchen."

„Das werde ich niemals zulassen!", sagte Aylana voller Überzeugung.

„Ich auch nicht", meinte Alfias.

„Ich werde sie ganz besonders im Auge behalten."

„Das wiederum wundert uns weniger", sagte Sirion lächelnd. „Vielleicht solltest du versuchen, etwas über Merles Kindheit in Erfahrung zu bringen."

Alfias sah seinen Vater erstaunt an.

„Weißt du etwas, von dem wir auch wissen sollten? Oder beruht dein Verdacht nur auf deinen Beobachtungen?"

„Ich kann dazu vorerst nur sagen; wir sollten sie im Auge behalten. Wir wollen es vorerst dabei belassen" Sirion machte klar, dass er das Thema für beendet hielt. Alfias wollte nachhaken, doch Salomee drehte sich zu ihnen um und schüttelte leise den Kopf. Aylana und Alfie sahen sich erstaunt an, unterließen jedoch weitere Fragen.

Mittlerweile waren sie zuhause angelangt. Sirion ließ sie aussteigen, bevor er den Wagen in der Garage parkte. Aylana und Alfie liefen ins Haus und gingen, jetzt auch ermüdet, zu Bett.

Salomee wartete im Wohnzimmer auf Sirion. Er setzte sich auf die Couch neben sie und nahm ihre Hand in seine.

„Ich weiß, was dich zu deinen Äußerungen veranlasst hat."

Salomee strich ihm zärtlich über seine Hand.

„Denkst du wirklich, dass Merle zu den Kindern gehörte, die Gondrin von Talabat gerettet hat?"

Sirions Gesicht zuckte schmerzlich bei der Erwähnung von Gondrins Namen.

„Gondrin war mein bester Freund und Gefährte. Selbst mir gegenüber durfte er nie über seine Aufgabe und die schrecklichen Ereignisse damals sprechen. Dennoch denke ich, es wäre möglich, dass Merle … doch lassen wir das. Im Moment sind das alles nur nutzlose Spekulationen."

„Und du denkst nicht, dass unsere Tochter das Recht hat, über diese Geschichte informiert zu werden?"

Salomee sah Sirion fragend an. Doch dieser schüttelte müde und traurig den Kopf. „Aylana wird das noch früh genug erfahren. Ich möchte sie im Moment nicht damit belasten. Lassen wir sie erst ihre Ausbildung beenden. Sie hat so schon genug, auf das sie sich konzentrieren muss."

„Und das hast du auch, mein Schatz. Deshalb lass uns jetzt schlafen gehen. In etwa zwei Stunden geht schon die Sonne auf. Etwas Ruhe wird uns guttun."

Salomee stand auf und zog Sirion mit sich.

Aylana und Merle

Der Sonntag verlief ruhig und ohne besondere Vorkommnisse. Außer, dass Lotte noch vor Mittag anrief und sich bei Salomee nochmals absicherte, dass sie nicht geträumt habe.

„Weißt du, Salomee, das Ganze ist wie ein Märchen. In meinem Kopf hat sich die ganze Nacht alles gedreht und ich hatte die wildesten Träume."

„Ich kann dir versichern, dass du nicht geträumt hast, Lotte", versicherte ihr Salomee belustigt. „Und die Kinder? Schlafen die wenigstens noch?"

„Ha! Denkst du. Der Einzige, der noch tief und fest schläft, ist Finn. Wie kann er das nur so ruhig? Nach so aufregenden Neuigkeiten! Davy löchert Merle seit Stunden mit allen möglichen Fragen. Warum hast du mir nichts …, weshalb weißt du …, seit wann …, und so weiter."

Lotte lachte und sagte: „Merle hat sich mittlerweile ihre Kopfhörer aufgesetzt und sich am Ufer hingelegt."

Sie unterhielten sich noch eine Weile und Lotte machte den Vorschlag sich doch bald wieder zu treffen. Sie hätten noch so viele Fragen. Salomee versprach ihr, mit Sirion so bald wie möglich ein Treffen zu vereinbaren. Sie wünschte Lotte noch einen schönen Sonntag und beendete das Gespräch. Salomee setzte sich daraufhin wieder in ihren Lieblingssessel im Garten. Ihre Gedanken drehten sich um das Gespräch mit Sirion und Merles Herkunft. Konnte es wirklich sein? War Merle eine Halbelfe? Nun, sie war sicher, dass die nahe Zukunft Aufklärung bringen würde.

Am Dienstag nach der Schule wollten sich die vier Freunde wieder an ihrem Lieblingsplatz an der Aare treffen. Aylana und Davy saßen bereits auf der Bank und unterhielten sich. Davy war den ersten Tag wieder in der Schule gewesen, seit seinem Spitalaufenthalt. Nach seinem gestrigen Arztbesuch hatte er den Bescheid erhalten, soweit wiederhergestellt zu sein, dass er den Unterricht wieder normal besuchen könnte. Nur beim Sport sollte er sich noch etwas schonen. Davy war noch immer ganz überwältigt von der Tatsache, dass seine Freundin und ihre Familie Elfen waren. Doch er konnte sich mittlerweile so weit zurückhalten, dass er Aylana nicht mehr mit Fragen löcherte und bedrängte. Sie hatte ihn gebeten, Verständnis für ihre Situation aufzubringen. Sie konnte und durfte noch nicht mehr preisgeben, über die Arcandrin und ihre Aufgaben. Merle hatte es mit Alfias einfacher. Nicht, dass er geplaudert hätte, jedoch konnte sich Merle vieles zusammenreimen. Mit ihrer Wahrnehmung und den daraus folgenden Überlegungen war sie gegenüber Davy im Vorteil. Doch sie behielt ihr Wissen für sich.

Plötzlich hörten sie das Geräusch von sich nähernden Fahrrädern. Merle und Alfias brausten mit voller Geschwindigkeit auf sie zu. Kurz vor ihnen machten sie dann eine Vollbremsung. Beide hatten erhitzte Gesichter und atmeten schwer. Trotzdem behauptete Merle, kaum dass sie zu Atem gekommen war: „Ich war schneller! Siehst du, Hase?"

„Naja, ich musste auch den Fußgängern ausweichen, die du beinahe über den Haufen gefahren hättest!" Alfias sah Aylana an und hob unmerklich die Brauen. Aylana setzte ihre Gabe des stillen Sprechens ein und wusste eine Sekunde später, dass Alfie einen Test mit Merle gemacht hatte. Um anhand ihrer physischen Stärke Rückschlüsse ziehen zu können. Sie war für ein fünfzehnjähriges Mädchen mit zierlicher Figur erstaunlich schnell gewesen.

„So wie du fährt man nicht auf dem Aare Uferweg. Das war ungezogen von dir. Ich werde dich melden müssen!", dozierte Alfie mit erhobenem Zeigefinger.

Merle streckte ihm erst die Zunge raus und schmiegte sich dann in seine Arme.

„Siehst du", sagte Davy lachend.

„So geht das."

Dabei imitierte er perfekt den rauen Tonfall des Radiodetektivs Maloney.

Aylana lächelte Merle an.

„Na, so wie du Alfie um den Finger wickelst, brauchst du weder eine Anzeige noch sonst was zu befürchten."

So blödelten die vier noch eine Weile miteinander, bis Davy auf die Uhr sah.

„Alfie, wir müssen los. Es ist fast siebzehn Uhr."

Die beiden hatten sich mit Tom verabredet. Die drei waren zusammen im Karate Club und hatten am Dienstag Training. Alfias ging eigentlich nur hin, um den Schein zu wahren und wie alle anderen in seinem Alter in einem Verein mitzumachen. Natürlich lagen seine Stärken nicht im Bereich Kampfsport. Jedoch reichten seine Reflexe, trotz seiner für einen Elfen eher mäßigen Begabung in Bezug auf physische Eigenschaften, locker aus, um seinen Sensei zu begeistern. Die beiden verabschiedeten sich von Aylana und Merle und radelten los. Merle setzte sich neben Aylana und scharrte mit den Füßen im Kies. Die beiden sahen gedankenverloren aufs Wasser hinaus. Bis Merle sich einen Ruck gab und zu Aylana sagte: „Ich möchte von dir lernen!"

Aylana sah sie erstaunt und ungläubig an.

„Doch, Aylana. Ich möchte alles kennenlernen, von deiner Welt. Eure Sprache, eure Sitten und Gebräuche."

„Weshalb möchtest du das, Merle? Natürlich freut mich dein Interesse. Jedoch haben wir euch am Samstag schon vieles …"

Doch Aylana wurde energisch von Merle unterbrochen: „Und vieles nicht! Aylana, du weißt, dass ich es spüren kann! Da ist noch viel mehr als ihr erzählen durftet."

Sie betonte das Wort ‚durftet' besonders.

„Aylana, seit ich dich und Alfie kenne, wusste ich, dass ihr etwas ganz Besonderes seid. Und ich fühle mich sehr stark zu euch hingezogen. Ich kann es nicht erklären …"

Sie suchte nach Worten.

„Merle, auch ich spüre eine starke Verbundenheit zu dir. Ich weiß auch, dass ich dir voll und ganz vertrauen kann. Da ist nur eine Sache: Ich kann das nicht allein entscheiden. Es war schon nicht leicht, die Erlaubnis zu erhalten, euch so weit zu informieren. Ich verspreche dir, ich werde mit Sirion darüber sprechen.

Wenn er nichts dagegen hat, werde ich dir mehr erzählen." Aylana nahm Merles Hand und blickte sie lächelnd an.

Merle lächelte zurück und erwiderte dann ernst: „Weißt du, seit ich euch kenne, ist es als würde etwas, das schon immer tief in mir verborgen ist, langsam erwachen. Wirst du mir dabei helfen, mehr darüber herauszufinden?"

Sie blickte Aylana hilfesuchend an, bevor sie flüsterte: „Nicht wahr, Elfenkriegerin?"

Aylana zuckte zusammen, und sah Merle ungläubig an.

„Wie kommst du denn auf so etwas? Wer erzählt dir denn solchen Blödsinn. Elfenkriegerin! Sowas!"

Sie versuchte, sich ihre Überraschung nicht anmerken zu lassen und lachte gezwungen.

„Erstens hat mir das niemand erzählt, und zweitens glaube ich nicht, dass ich mich täusche. Ich habe dich genau beobachtet in letzter Zeit. Du bewegst dich mit voller Körperspannung, immer bereit, sofort zu reagieren. Und doch sind alle deine Bewegungen so anmutig und geschmeidig. Darüber hinaus spüre ich einfach, dass du mehr bist als das nette Elfenmädchen von nebenan."

Merle lächelte sie entwaffnend an.

„Noch etwas ist mir aufgefallen, seit unserem Unfall auf der Aare. Immer wenn irgendwo ein unerwartetes Geräusch zu hören ist, machst du mit deiner rechten Hand eine Bewegung über deine Schulter. So als hättest du dort eine Waffe. Ich denke ein Schwert würde zu dieser Bewegung passen."

Aylana wurde bei Merles Worten abwechselnd heiß und kalt. Sie wusste, dass Merle eine ausgezeichnete Beobachterin war und mit jedem ihrer Worte recht hatte. Das Wort ‚Unfall', hatte sie auch speziell betont. Fieberhaft überlegte sie, wie sie reagieren konnte. Einerseits wollte sie Merle nicht weiter belügen, andererseits gehörte genau das zu den Dingen, die der Rat noch geheim halten wollte.

„Merle, ich kann und will dich nicht belügen. Ich darf dir für den Moment nur sagen, dass du eine sehr gute Beobachterin bist und dass du dich auf deine Gefühle verlassen solltest."

„Das ist schon mehr, als ich erwarten durfte! Du wirst sehen, dass ich dich nicht enttäuschen werde!" Merle sah ihr fest in die

Augen und Aylana nickte. Danach war es einen Moment lang still zwischen ihnen. Sie hingen beide ihren Gedanken nach. Bis Merle sich noch einmal tief seufzend an Aylana wandte: „Aber eine wichtige Sache ist da noch. Diese kann unmöglich noch warten."

Aylana war auf alles gefasst und hielt den Atem an.

„Wie sagt man in eurer Sprache: ‚Süßer Hase'?"

Aylanas Anspannung löste sich mit einem befreienden Lachen und Merle stimmte fröhlich mit ein. Nachdem sich die beiden etwas beruhigt hatten, antwortete Aylana: „Na gut. Das heißt: Mas Lapa, mit Betonung auf dem zweiten A."

„Okay. Mas Lapa. Das merke ich mir."

„Alfie wird mich dafür büßen lassen." Aylana lachte und verdrehte die Augen.

Bevor sich die beiden voneinander verabschiedeten, musste Aylana Merle nochmals versprechen, bald mit Sirion über die Angelegenheit zu sprechen. Aylana nahm sich fest vor, dies bei passender Gelegenheit zu tun. Doch jetzt musste sie sich zuerst auf den Mittwochnachmittag konzentrieren. Sirion wollte mit ihr wieder ein Training mit Ildur auf Arcandria abhalten. Sie freute sich schon sehr darauf, Ildur wiederzusehen.

Am Mittwoch nach der Schule saßen Aylana und ihre Familie beim Mittagessen und Aylana versuchte, die Spaghetti in Rekordzeit zu verschlingen.

„Wir werden nicht früher da sein, wenn du so schnell isst", sagte Sirion grinsend.

„Ich lasse mir Zeit beim Essen."

„Ja, ich weiß, aber ich will noch Xandar und Durandort heraufholen und vorbereiten", sagte Aylana. Sie war ganz hibbelig vor Freude, ihren Drachen wiederzusehen.

„Du verbringst mehr Zeit damit, deine Waffen zu pflegen, als für die Schule zu lernen."

Salomee versuchte, einen strengen Blick aufzusetzen.

„Dein Notendurchschnitt …"

Doch genau in dem Moment ertönte ein rasendes Stakkato aus Alfies Richtung. Er versuchte gerade mit Höchstgeschwindigkeit, seine Spaghetti mit Messer und Gabel zu zerkleinern. Die ganze Familie drehte den Kopf und sah sprachlos zu, wie ein Tornado durch Alfies Teller tobte. Immerhin stellte er sich so geschickt an, dass der größte Teil im Teller blieb. Der Schaden an Tischdecke und T-Shirt hielt sich in Grenzen.

„Ich könnte dir deine Portion auch mit dem Mixer verunstalten", sagte Salomee entrüstet.

„Tja, das wäre rational betrachtet wohl die effizienteste Methode. Aber ich bin eben ein Sportsmann und lasse den Spaghetti auch eine Chance."

Alfias begann seelenruhig weiterzuessen. Salomee holte tief Luft und wollte gerade mit ihrer Zurechtweisung loslegen, als sie bemerkte, wie Aylana und Sirion versuchten, ihr Lachen zu unterdrücken. Denn sie wussten, dass Salomee Wert auf gepflegte Tischmanieren legte.

Alfie legte jedoch nach: „Kann ich bitte noch eine Portion chiffrieren?"

Er hielt Salomee seinen Teller hin.

„Wie bitte?"

Salomee war sprachlos.

„Ja, ich möchte gerne noch eine Portion durch den Zerhacker laufen lassen!"

Jetzt lachten Aylana und Sirion lauthals und schließlich stimmte auch Salomee mit ein. Den Moment versuchte Aylana auszunutzen, um sich auf leisen Sohlen unbemerkt vom Tisch zu entfernen.

„Wir werden unser Gespräch fortsetzen, wenn du zurück bist, junge Dame!", rief Salomee hinter ihr her. Naja, einen Versuch war es wert gewesen, dachte Aylana.

Gegen halb zwei war alles im Auto verstaut, und Sirion und Aylana konnten endlich losfahren.

„Hast du alles dabei? Waffen, Rüstung und deine Drachenflöte?"

„Dawa, Dano. Ja natürlich, Vater. Was steht heute auf dem Programm?"

„Der neue Waffenmeister, Dorkon, hat für uns und einige andere Anwärter, eine Übung vorbereitet. Etwa zehn Kilometer vor Arcandria, im Meer."

„Wieso denn im Meer?", wollte Aylana wissen.

Sirion schmunzelte mit einem Seitenblick auf Aylana.

„Nun, ihr fallt weicher, wenn ihr abstürzen solltet."

Dafür erntete er einen bösen Blick von ihr.

„Ähm, die anderen, meinte ich natürlich", sagte Sirion und zog vorsichtshalber den Kopf ein.

„Nein, im Ernst. Dorkon hat einige Ziele im Meer verteilt, die ihr mit euren Bögen vom Drachen aus treffen sollt. Ich weiß auch nicht, was genau Dorkon vorbereitet hat. Wir werden sehen. Das Gebiet rund um die Trainingszone wird von unseren Leuten getarnt, wie auf Arcandria selbst auch. Ihr müsst gesichert wieder landen können."

Nach einer kurzen Pause fügte er hinzu: „Wenigstens diejenigen, die nicht schon vorher im Wasser gelandet sind."

Er versuchte möglichst weit von Aylana wegzurücken, was jedoch im Auto aussichtslos war.

„Autsch."

Aylana hatte ihn in die Seite geknufft. Mittlerweile waren sie in Biel angelangt und Sirion parkte den Wagen wie immer in der Halle. Die beiden legten ihre Rüstungen an und befestigten die Bewaffnung an den dafür vorgesehenen Halterungen. Danach überließ es Sirion wieder Aylana, ein Portal zu öffnen. Diesmal gelang es Aylana mühelos, sich auf Arcandria zu konzentrieren. Das Portal flimmerte nur kurz, bevor es sich zu einem stabilen Bild der Umgebung an der Steilküste am Fort Dún Aengus stabilisierte. Die beiden traten hindurch, und Aylana schloss das Portal wieder.

Auf der Steilküste hatten sich bereits einige Anwärter um Dorkon versammelt. Wie es schien, hatte Dorkon nur noch auf ihr Erscheinen gewartet. Sirion und Dorkon begrüßten sich freundschaftlich.

„Attawa osu, Dorkon. Ich hoffe, wir sind nicht zu spät dran."

„Attawa uso, Sirion. Nein, mein Freund. Ihr kommt genau richtig. Ich will unsere Anwärter gleich miteinander bekannt machen."

Er wendete sich Aylana zu: „Attawa osu, Aylana. Du kannst gleich mit mir kommen."

Aylana grüßte Dorkon und folgte ihm zu den anderen Anwärtern. Diese sahen ihnen neugierig entgegen. Mittlerweile hatte sich einiges herumgesprochen, über die letzten Ereignisse rund um Aylana. Und ihre legendären Waffen: Durandort und Xandar. Dorkon stellte die jungen Drachenkrieger einander vor. Neben Aylana nahmen noch sieben andere Elfen teil. Vier Frauen und drei Männer. Aylana schätzte die meisten etwas älter als sie selbst ein. Sie versuchte, die forschenden und abschätzenden Blicke zu ignorieren. Einer der Schüler fiel ihr besonders auf. Dorkon hatte ihn als Arian vorgestellt. Für einen Arcandrin hatte er auffallend blonde Haare und auch seine Augen hatte einen eher blauen und nicht den typisch violetten Schimmer. Er hatte Aylana freundlich zugelächelt und sich dann wieder auf Dorkon konzentriert. Dieser machte sie jetzt mit den Regeln dieser Prüfung bekannt.

„Etwa fünf Kilometer südwestlich sind zehn Objekte in der See verankert. Erstens gilt es, die potenziellen Ziele möglichst rasch herauszufinden und von den zu schützenden Bojen zu unterscheiden. Und zweitens sind natürlich die Ziele zu treffen. Jede und jeder von euch erhält zehn markierte Pfeile. Entscheidend sind Trefferzahl und Zeit. Abzüge gibt es bei falsch identifizierten Objekten. Verboten sind." Dorkon machte eine kurze Pause, bevor er weitersprach.

„Zum Beispiel Zwischenstopps zum Baden und das Verlieren von Ausrüstungsteilen. Sollte jemand von euch Ausrüstungsteile verlieren, darf allerdings gebadet und getaucht werden bis zur Auffindung besagter Gegenstände. Auch, wenn das Badewasser heute etwas kalt und stürmisch ist."

Er sah sich lächelnd in der Gruppe um.

„Und das kommt häufiger vor, als ihr denkt. Denn, ihr fliegt mit voller Rüstung und Bewaffnung. Das Aufzäumen und die

Waffenbefestigung liegen in eurem Ermessen. Zusätzlich zu eurer normalen Ausrüstung erhaltet ihr alle noch ein sogenanntes Schleppseil. Dies wird eingesetzt, um eventuell im Wasser befindlichen Kameradinnen oder Kameraden zu helfen. Sollte dies notwendig werden, lasst ihr euren Drachen in möglichst engen Schlaufen um die abgestürzte Person kreisen. Sobald das Schleppseil gefasst wurde, macht ihr die Schlaufen langsam größer. So wird verhindert, dass ihr jemanden durch einen plötzlichen Ruck mit dem Seil verletzt."

Dorkon verteilte die Schleppseile, die an beiden Enden starke, geflochtene Ösen aufwiesen, zur Befestigung am Drachen oder am Gurtzeug des Verunglückten. Aylana hatte von solchen Rettungsmanövern schon gehört. Es erforderte eine absolute Beherrschung des eigenen Drachen und viel Geschicklichkeit. Denn ein Drache konnte nicht in der Luft schweben. Er benötigte eine bestimmte Mindestgeschwindigkeit, um sich in der Luft halten zu können. Deshalb hatte Dorkon von den Schlaufen gesprochen, die zu Fliegen wären. Und trotzdem barg ein solches Vorgehen ein hohes Risiko. Denn ein Drachen kann unmöglich vom Wasser aus starten. Er kann sich auch nicht selbst aus dem Wasser befreien. Wenn also die Geschwindigkeit zu klein wird, stürzt der Drache selbst ins Wasser und Reiter und Drachen könnten ertrinken. Aylana verscheuchte solche Gedanken und konzentrierte sich auf die vor ihr liegende Aufgabe. Sie dachte bei sich, dass ein Beinköcher für die Pfeile und die Rückenbefestigung für ihr Schwert wohl die bessere Lösung sein. Da sie für das Bogenschießen beide Hände brauchte, wählte sie für das Zaumzeug den breiten Brustgurt für Ildur und die Schnallen für Fuß- und Beinfixierung. Dies würde ihr möglichst viel Spielraum mit dem Oberkörper gewährleisten und gab trotzdem einen sicheren Halt auf Ildur.

„Gut. Sirion wird uns als Sicherheitsbegleitung zur Verfügung stehen. Stellt euch jetzt in genügend Abstand auf und ruft eure Drachen. Ihr habt für die Vorbereitungen fünfzehn Minuten Zeit."

Sie alle verteilten sich so, dass mindestens dreißig Meter Abstand in jede Richtung gewährleistet war. Die Drachenflöten ertönten in den verschiedensten Tonlagen und Klangbildern. Auch Aylana ließ ihre Flöte erklingen und wartete gespannt auf Ildurs Erscheinen. Dann waren am Horizont die ersten Drachen zu erkennen. Allen voran war Raga zu sehen, dessen gewaltige Schwingen alle anderen überragten. Die Drachen flogen vom Meer her zu ihnen und landeten nach einer kurzen Schleife neben ihren Reitern. Diese begannen sofort mit dem Aufzäumen.

Nur von Ildur konnte Aylana noch nichts erkennen. Sie wiederholte ihr Zeichen und suchte mit den Augen den Himmel vor ihr über dem Meer ab. Aber es gab keine Spur ihres Drachen. Sie blickte beunruhigt zu Sirion hinüber, der bereits auf Raga saß und das ganze Gelände überblicken konnte. Sie zuckte hilflos mit den Schultern. Doch Sirion sah sie nur mit einem eigentümlichen Lächeln an. Und schon erhielt Aylana den mittlerweile gewohnten Liebesbeweis von Ildur. Dieser war unbemerkt von ihr als einziger Drache vom Land angeflogen und hinter Aylana gelandet. Lautlos hatte er sich hinter sie geschlichen und seinen Kopf zärtlich an Aylanas Schulter gerieben. Was bedeutete, dass sie wieder einige Meter beiseite geschleudert wurde. Die Drachenkrieger, die das mit angesehen hatten, lachten über ihre vermeintliche Ungeschicktheit. Eine der Kriegerinnen, Salva, die bereits mit ihrem Gurtzeug fertig war, rief ihr zu: „Versuchst du, wie sich das Hinfallen zunächst vom Boden aus anfühlt?"

Sie grinste höhnisch. Aylana, die sich wieder aufgerappelt hatte, ignorierte diese Worte und war zu Ildur gelaufen.

„Was denkst du dir dabei? Du machst mich zum Gespött der ganzen Truppe hier."

Es schien, als würde Ildur schuldbewusst den Kopf einziehen. Doch seinen Augen war deutlich anzusehen, dass er sich über seinen gelungenen Spaß freute. Und als er Aylana mit seinen großen, violett schillernden Augen zuzwinkerte, musste sie selbst lachen. Sie schlang die Arme um seinen Hals und drückte Ildur an sich.

„Heute fliegen wir zu ersten Mal zusammen Ziele an, die wir treffen müssen, Ildur, mein Freund. Bara, Ildur, Bara."

Ildur ließ sich auf die Knie der Vorderbeine sinken, um Aylana das Aufzäumen und Aufsteigen zu erleichtern. Erst befestigte sie Durandort griffbereit vor dem Sattel. Xandar hatte sie auf ihrem Rücken festgeschnallt. Sie stieg auf und schnallte ihre Unterschenkel und Füße links und rechts am Gurtzeug mit den breiten Sicherungsriemen fest. Dann ließ sie Ildur aufstehen, und blickte sich um. Die letzten Drachenkrieger stiegen gerade auf.

Dorkon, der soeben das Ende der fünfzehn Minuten verkündete, nickte zufrieden.

„Ich werde als Erster starten, und ihr folgt mir in dieser Reihenfolge: Arian, Salva, Orsan, Emila, Fabia, Milo, Sia und Aylana. Sirion wird den Abschluss machen und über der Übungszone kreisen. Sobald ihr dieses Signal von mir hört", sagte er und blies in sein Kampfhorn, „sind wir in der Mitte der Zone und ihr habt erneut fünfzehn Minuten Zeit für den Einsatz. Ich werde für euch als Orientierungspunkt in der Mitte kreisen. Die Ziele sind nicht mehr als zwei Kilometer von mir entfernt. Sobald das Signal zum zweiten Mal ertönt, ist die Übung sofort zu Ende und wir versammeln uns wieder hier. Noch Fragen? Nein? Dann los!"

Dorkon ließ seinen Drachen über die Klippe springen und hatte einige Sekunden später bereits wieder an Höhe gewonnen. In kurzen Abständen folgten ihm die Anwärter in der genannten Reihenfolge. Nun war Aylana an der Reihe.

„Bonngo, Ildur, bonngo!"

Ildur brauchte zur Klippe knapp drei Sprünge, schon schossen sie steil hinunter, bis Ildur die Schwingen spannte. Mit atemberaubender Geschwindigkeit folgte Aylana Sia, die vor ihr flog. Sie fühlte sich wieder im Element und genoss dieses Gefühl der unbegrenzten Freiheit in der Luft. Ildurs Schwingen peitschten durch die Luft und mit wenigen Flügelschlägen hatte sie Sia schon fast eingeholt. Sie musste Ildur etwas zügeln und sich zurückfallen lassen.

„Hatta, langsam, Ildur."

Widerwillig wurde Ildur etwas langsamer. Aylana tätschelte ihm den Hals.

„Bald Ildur, bald kannst du zeigen, was du draufhast."

Sie nahm probeweise den Bogen in die Hand und merkte sofort, dass die freie Sicht, und ebenso das freie Schussfeld unter ihr, durch den breiten Rücken Ildurs eingeschränkt war. Sie lehnte sich etwas nach links und spannte den Bogen. Sofort rollte Ildur ebenfalls nach links. Aylana war im ersten Moment nicht gefasst auf dieses Manöver ihres Drachen gewesen und hätte beinahe den Pfeil verloren. Sie richtete sich schnell wieder gerade auf. Und Ildur folgte ihrer Bewegung. Sie verstand. Dies hatte bestimmt Gondrin Ildur beigebracht. Sie wiederholte die Bewegung nach rechts und ebenso schnell rollte auch Ildur nach rechts. Durch die Schräglage während des Fluges verloren sie jedes Mal etwas an Höhe. Doch Ildur korrigierte dies jedes Mal mit einigen schnellen Schlägen der Schwingen. Aylana jauchzte hell auf. Was für ein Drache! Sie schlang erneut die Arme um seinen Hals und drückte ihn an sich.

Sirion, der Aylana dicht gefolgt war, flog mit Raga bereits über ihnen. Er blickte hinunter auf Aylana und fühlte Stolz in sich aufsteigen. Er hatte die Versuche aufmerksam beobachtet und nickte zufrieden. Es war seine Tochter, die da knapp unter ihm pfeilschnell durch die Luft jagte. Mit ihrer Rüstung, die in denselben violetten Tönen schimmerte, wie Ildurs Schuppenpanzer und Durandort und Xandar, deren Kristalle in der Sonne glitzerten. Sie ist tatsächlich ein Ebenbild Xandrias, dachte Sirion bei sich. Dann ließ er Raga noch etwas höher steigen, um die ganze Truppe im Blick zu haben. Wie Perlen auf einer Schnur flogen die Drachen hinter Dorkon her. Nach einigen Augenblicken war das Zielgebiet erreicht und Dorkon stieß in sein Horn. Gleichzeitig zog er seinen Drachen noch etwas höher und begann dort zu kreisen.

Sofort verteilten sich die Drachenreiter in alle Richtungen und begannen mit der Jagd. Aylana lenkte Ildur zuerst unter Dorkon hindurch, beschloss einen weiten Kreis zu fliegen und diesen dann spiralförmig zu erweitern. So sollte ihr eigentlich kein Ziel entgehen. Sie bemerkte, dass Arian dieselbe Idee hatte und etwa zweihundert Meter vor ihr flog. Also änderte sie ihre Strategie. Auf keinen Fall sollte später jemand behaupten können, sie wäre Arian gefolgt.

„Bonngo, Ildur. Sinas. Los, Ildur, nach rechts. Sie flog jetzt die Kreise so, dass ein Punkt des Kreises jeweils unter Dorkon lag und der zweite etwa einen Kilometer davon entfernt. Und nach jedem Kreis wollte sie im Uhrzeigersinn um einen Kreisradius vorrücken. Ein erstes Ziel wurde auf den hohen Wellen links von ihr sichtbar. Sie spannte Durandort.

„Dras, Ildur, Bonngo. Links, Ildur, los.“

Auch er hatte das Ziel gesehen und flog eine scharfe Linkskurve. Aylana konnte das Ziel bereits deutlich erkennen. Auf der Boje war ein Bild erkennbar, das einen Mann zeigte, der mit einer Pistole auf sie zielte. Aylana schwenkte Durandort nach links und sofort ahmte Ildur die Bewegung nach. Sie hatte somit freies Schussfeld und der Pfeil schnellte von der Sehne. Ein erster Treffer für sie. Sie hatte sich vorgenommen, die Ziele so zu treffen, dass die abgebildeten Feinde zwar kampfunfähig, aber nicht getötet werden würden. Wie in einem realen Kampf.

„Sinas, Ildur. Rechts, Ildur. Bonngo, bonngo.“

Sie lenkten wieder in die Kreisbewegungen ein und hielt weiter Ausschau. Bereits nach wenigen Sekunden sah Aylana das nächste Ziel auf den Wellen tanzen. Es lag genau in Flugrichtung, war aber noch zu weit entfernt, um das Bild erkennen zu können. Sie lenkte ihren Drachen etwas nach rechts, um das Ziel auf ihre linke Seite zu erreichen. Wieder fühlte Ildur jede ihrer Bewegungen schnell und exakt mit. Sie spürte, wie ihre Verbundenheit mit ihm von Flug zu Flug stärker wurde. Es fühlte sich an, als wären Ildurs Flügel ihre eigenen und sie konnte jede Bewegung seiner Muskeln fühlen. Sie waren eine Einheit von Reiterin und Drachen. Diesmal bestand das Ziel aus zwei Figuren. Eine Figur mit Schwert bedrohte eine Unbewaffnete. Der Pfeil schoss auf das Ziel zu und Ildur zog wieder hoch. Aylana blieb bei dieser rasenden Geschwindigkeit gar keine Zeit, ihre Treffer zu begutachten. Es war, als könne Ildur ihre Gedanken lesen. Von selbst lenkte er wieder in die vorgesehene Route zurück. Bisher hatte sich Aylana hauptsächlich auf die Ziele konzentriert und weniger auf die anderen Drachenreiter. Doch mittlerweile waren einige wieder in Sicht und suchten die Gewässer vor ihr ab. Aylana hatte bereits die nächste Boje erspäht und ließ Ildur mit voller Geschwindigkeit in die neue Richtung schwenken. Dies würde sie zwar noch näher an die anderen heranführen, aber sie sah, dass sie dieses Ziel erreichen würde, bevor sie den anderen zu nahe käme. Diesmal blieb ihr keine Zeit, wieder einen Bogen zu fliegen, um das Ziel seitlich von sich anvisieren zu können. Sie ließ Ildur seinen Willen, der mit kräftigen Flügelschlägen direkt auf das Ziel zuhielt, das rasend schnell näher rückte. Sie hoffte, dass sich ihr Drache genug rollen würde, damit sie das Ziel rechtzeitig erkennen konnte.

Durandort spannen, und sich seitlich hinauslehnen war das Werk eines Augenblicks. Sie erwartete wieder die halbe Rolle Ildurs, doch was er jetzt vorhatte, übertraf ihre kühnsten Erwartungen. Er brachte die Flügel in eine stabile Gleitposition, und drehte sich auf den Rücken! Aylana hatte zum Glück die Fuß- und Beinschnallen fest mit Ildurs Gurtzeug verbunden. Und doch brauchte sie eine Sekunde, um zu verstehen, was Ildur vorhatte. Kopfüber hing sie jetzt im Sattel und hatte volle Sicht auf das Ziel. Wieder war es eine Figur mit Bewaffnung. Sie ließ den Pfeil davonschnellen und sofort vollendete Ildur die Rolle, und brachte sie mit einigen kräftigen Flügelschlägen wieder in die Höhe. Sirion, der ihren wilden Flug verfolgt hatte, war fast das Herz stehen geblieben. Jetzt atmete er tief durch und sagte kopfschüttelnd zu Raga: „Und zu dieser wilden Amazone habe ich gesagt, sie sei für ihr Alter schon sehr umsichtig und verantwortungsbewusst."

Doch er lächelte und platzte insgeheim fast vor Stolz.

Durch diese Manöver war Aylana den anderen so nahe gekommen, dass sie bereits erkennen konnte, dass es Arian und Fabia waren, die ihren Flug ungläubig verfolgt hatten. Arian winkte ihr zu und hob den Bogen triumphierend in die Luft.

„Das war Wahnsinn, Aylana!", schrie er.

„Ich hätte nie geglaubt, dass so etwas möglich ist!"

„Ehrlich gesagt, ich auch nicht!", rief sie aufgekratzt zurück.

„Ich dachte … PASS AUF ARIAN!"

Aylana deutete wild winkend in die Richtung links von Arian. Dort war Salva zu sehen, die direkt auf Arian zuraste. Augenscheinlich hatte sie ihren Drachen nicht mehr unter Kontrolle. Aylana sah, wie sie verzweifelt versuchte, die Richtung zu ändern. Auch Arian, der die Gefahr mittlerweile bemerkt hatte, versuchte, nach unten auszuweichen. Doch es war zu spät. Salvas Drachen flog so knapp über Arian hinweg, dass seine Beine gegen Arian prallten und auch seinen Drachen aus dem Gleichgewicht brachte. Arian sackte zusammen und wurde nur noch von seinem Gurtzeug im Sattel gehalten. Sein Drache versuchte noch, mit wilden Flügelschlägen an Höhe zu gewinnen. Durch seine panische Reaktion war er jedoch bereits zu langsam geworden. Er kippte seitlich ab und stürzte in die Tiefe. Kurz vor der Wasseroberfläche gelang es ihm noch, sich wieder waagrecht aufzurichten. Mit einem lauten Klatschen schlug der Drache auf dem Wasser auf und begann, wie wild mit den Flügeln zu schlagen. Arian hing noch immer wie eine Puppe im Sattel, doch sein Kopf war noch über Wasser. Salva hatte nun ihren Drachen wieder in ihrer Gewalt und flog unruhige, weite Kreise um die Unglücksstelle. Aylana ließ Ildur steil hinabschießen und ließ ihn dann eine enge Kurve um Arian fliegen. Sie schrie aus voller Kehle: „ARIAN, ARIAN!", während sie versuchte, irgendein Lebenszeichen von ihm zu erkennen. Sie wusste, dass sich sein Drache nur noch kurze Zeit über Wasser halten konnte. Blitzschnell löste sie ihren Helm und befestigte ihn mit dem Bogen am Gurtzeug. Dann löste sie die Schleppleine und warf das lose Ende ins Wasser. Dabei ließ sie Ildur so tief wie möglich enge Kreise fliegen. Sie versuchte es noch einmal.

„Arian! Nimm die Leine!"

Doch wieder erhielt sie keine Reaktion. Ohne weiteres Zögern löste sie ihre Fuß- und Beinhalterungen.

„Ildur, du musst jetzt allein fliegen und weiter deine Kreise drehen. Ich versuche, Arian zu helfen."

Ildur ließ ein kurzes Fauchen hören und es schien, als wüsste er genau, was Aylana von ihm verlangte. Sie fasste das Seil und hantelte sich an Ildurs Seite herab. Dabei musste sie aufpassen, nicht mit seinem Flügel in Konflikt zu geraten. Schnell ließ sie sich am Seil hinunter und schon war sie im Wasser. Sie hakte die Schleppleine an ihren Gurt ein und schwamm so schnell sie konnte zu Arian und seinem Drachen, der immer noch voller Panik mit den Flügeln ruderte und wild mit Beinen und Schwanz ausschlug. Das war im Moment die größte Gefahr für Aylana, die höllisch aufpassen musste, dabei nicht selbst verletzt zu werden. Sie versuchte sich außerhalb der Reichweite der Krallen zu halten, um den richtigen Moment abzupassen.

Jetzt! Es schien, als habe den Drachen die Kraft verlassen und Aylana schoss mit kräftigen Schwimmstößen auf ihn zu. Doch kaum war sie in Reichweite, schlug der Drachen wieder nach allen Seiten aus. Aylana verspürte einen heftigen Schmerz im linken Oberschenkel und für eine Sekunde wurde ihr schwarz vor Augen. Doch das kalte Wasser hielt sie bei Bewusstsein, und sie kriegte Arians Gurt zu fassen. So schnell sie konnte kletterte sie seitlich hoch und hielt sich hinter Arian fest. Ihr Bein schmerzte unerträglich und als sie hinsah, war da eine klaffende Wunde. Eine Kralle des Drachen hatte sie erwischt. Sie verlor Blut, und ihr war klar, dass sie keine Zeit verlieren durfte. Sie sah erleichtert, dass sich Arians Brust hob und senkte. Also war er am Leben. Sie versuchte ihn wachzurütteln, doch erhielt keine Reaktion. Sie machte sich an Arians Gurt zu schaffen, um ihn vom Drachen freizumachen. Verzweifelt rüttelte sie an den starken Verschlüssen. Der hohe Seegang und die wilden Bewegungen des Drachen ließen es jedoch nicht zu, die Schnallen zu öffnen. Also beschloss sie, ihr Schleppseil an Arians Sattelknauf zu befestigen, um dann mit Ildur zu versuchen, Arian mitsamt Drachen an Land zu ziehen. Doch dazu musste sie zuerst am Seil wieder hochklettern, um Ildur langsam in größere Schlaufen zu lenken. Sie versuchte nach oben zu klettern, während Ildur unbeirrt seine Kreise zog. Sie schrie vor Schmerz auf als sie ihr Bein anspannen wollte, um sich am Seil zu verankern. Also musste sie die Zähne zusammenbeißen und sich fast nur mit der Kraft ihrer Hände nach oben ziehen. Je näher sie ihrem Drachen kam, desto mehr verließen sie die Kräfte. Schon drohte sie vom Seil abzurutschen, als sie den Brustgurt Ildurs zu fassen bekam. Mit einer letzten Anstrengung schaffte sie es zurück in ihren Sattel. Ihr war schwindelig und sie wusste, dass sie sich jetzt so schnell wie möglich selbst wieder sichern musste. Sonst lief sie Gefahr abzustürzen. In diesem Moment tauchte ein riesiger Schatten über ihr auf. Sirion und Raga. Fabia, die das Unglück ebenfalls verfolgt hatte, war so schnell es möglich war zu Sirion geflogen und hatte ihn gerufen. Innerhalb von Sekunden hatte er erfasst, was vor sich ging und er wusste auch, dass Ildur mit dieser schweren Last selbst in größte Schwierigkeiten geraten konnte. Er passte seine Geschwindigkeit und Flugbahn an die von Ildur an und schrie:

„Aylana, verbinde die Leinen miteinander!"

Dazu warf er seine Schleppleine zu Aylana herunter und hoffte, dass sie verstand, was er zu tun gedachte. Er steuerte Raga so, dass seine Leine direkt vor Aylana durch die Luft glitt.

„Löse deine Leine von Ildur und verbinde sie mit meiner!" Er gestikulierte zusätzlich mit den Händen. Dann sah er erschrocken, wie das Blut vom Bein seiner Tochter lief.

„Aylana! Schnell! Beeil dich!"

Sie bewegte matt den Kopf und blickte zu Sirion. Sie hatte begriffen, was er von ihr wollte. Mit langsamen Bewegungen löste sie ihre Leine und schaffte es gerade noch die beiden Schlaufen miteinander zu verbinden, bevor sie bewusstlos nach vorne kippte.

„Ildur, bonngo! Bonngo!", schrie Sirion dem Drachen zu und deutete zum Horizont, wo Arcandria gerade noch sichtbar war. Erleichtert sah er, dass Ildur sofort begriffen hatte und mit höchster Geschwindigkeit auf die Insel zuhielt. Sirion selbst ließ Raga langsam aus dem Kreisflug ausscheren, um die Leinen nicht durch einen plötzlichen Ruck zu zerreißen. Sein mächtiger Drache konnte die Last problemlos durch das Wasser ziehen. Raga war einer der größten und stärksten Drachen, die jemals von den Arcandrin aufgezogen worden waren. Fast schien es, als könne er seine Last sogar aus dem Wasser heben, doch Sirion achtete darauf, dass Arians Drache nur so weit aus dem Wasser kam, dass Drachen und Reiter keine Gefahr mehr drohte. Sirion sah, dass

Ildur bereits auf die Klippe zuflog, um dort zu landen. Mittlerweile war auch Dorkon, der ebenfalls von Fabia informiert worden war, auf dem Rückflug. Selbstverständlich hatte er die Übung sofort abgebrochen. Er flog zu Sirion und verlangsamte, um mit ihm sprechen zu können.

„Was ist passiert, Sirion? Fabia hat nur wirres Zeug geredet", rief er zu Sirion hinüber.

„Ich setze Arian am Strand ab, bitte kümmere dich um ihn. Aylana ist verletzt. Alles Weitere klären wir später."

Sirion sah, wie Dorkon zustimmend nickte. Er zog Arian so weit ans Ufer, dass keine Gefahr mehr bestand und kappte das Seil. Dann riss er Raga in die Höhe und flog so schnell es ging hinter Ildur her. Dieser war auf der Klippe gelandet und versuchte ganz außer sich, den Kopf so weit nach hinten zu drehen, dass er die bewusstlose Aylana sanft schubsen konnte. Dazu ließ er ein leises, flehendes Heulen hören. Die restliche Truppe war auch zurück auf der Insel und sahen erschrocken, wie Aylana reglos und zusammengesunken auf Ildurs Hals lag. Und sie sahen die Blutspur am Boden. Beherztere versuchten, zu Aylana zu gelangen, doch Ildur dachte, er müsse Aylana verteidigen und ließ niemanden an sich heran.

Sirion war so nahe wie möglich bei Ildur gelandet, sofort von Raga heruntergesprungen und zu Aylana geeilt. Er blieb vor Ildur stehen und streckte die Hand aus.

„Ha, Ildur. Ito m Sirion. Bara. Hatta, Ildur, hatta. Stopp, Ildur. Ich bin's, Sirion. Knie nieder. Langsam, Ildur, langsam."

Ildur erkannte Sirion und zu dessen Erleichterung beugte er sofort die Beine und ließ Sirion näherkommen. Sirion löste Aylanas Beine zuerst links und dann rechts. Kaum hatte er die letzte Schnalle gelöst, fiel Aylana in seine Arme. Er legte sie vorsichtig einige Schritte weiter auf den Boden und riss einen Riemen von seinem Pfeilköcher, um Aylanas Beinwunde provisorisch abzubinden.

Einer der Drachenreiter, der für die Geländesicherung zuständig gewesen war, war Siutei, ein Freund Sirions. Ihm gehörte die

Trainingshalle in Biel, von der aus sie das Portal geöffnet hatten. Dieser hatte in der Zwischenzeit auch die notwendigen Informationen von Dorkon erhalten und war bei der Gruppe auf der Klippe gelandet. Er lief auf Sirion zu.

„Soll ich Hilfe anfordern, Sirion? Ist sie schlimm verletzt?" Er hatte sich neben Sirion hingekniet.

„Ihr Bein wurde von einer Kralle aufgeschlitzt, so wie es aussieht. Ich werde sie sofort zu Salomee bringen. Bitte kümmere dich um alles andere hier. Raga und Ildur sind noch aufgezäumt und tragen noch Teile unserer Ausrüstung."

„Alles klar, Sirion. Mach dir keine Sorgen. Ich kümmere mich persönlich um eure Drachen und die Ausrüstung. Ich werde die Waffen nach Biel bringen. Kannst du es riskieren, erneut ein Portal vor deiner Haustüre entstehen zu lassen?"

„Es bleibt mir nichts anderes übrig, Aylana hat schon zu viel Blut verloren", sagte Sirion bestimmt und nahm Aylana erneut auf die Arme.

„Gut, mein Freund. Aber ich werde hier warten bis ich gesehen habe, dass dich zuhause keine Probleme erwarten."

Sirion nickte beistimmend und konzentrierte sich auf sein Zuhause. Das Portal bildete sich und der Garten vor Sirions Haus wurde sichtbar. Da niemand zu sehen war, schritt Sirion mit Aylana rasch hindurch und ließ das Portal hinter sich sofort verblassen. Nach einem raschen Blick hinter sich schritt Sirion zur Tür und drückte sie mit dem Ellbogen auf.

Sirion trug Aylana ins Wohnzimmer und legte sie auf die Couch. Dann drehte er sich um und wollte nach Salomee rufen. Doch die stand bereits hinter ihm. Aber da war noch jemand, der bei Aylanas Anblick mit dem vielen Blut an der Kleidung erschrocken aufschrie. Salomee kümmerte sich sofort um ihre Tochter, ohne viele Fragen zu stellen. Nur eine Antwort brauchte sie sofort.

„Was hat die Verletzung verursacht? Ich muss sofort wissen, ob Gift in ihrem Körper gelangt ist!"

Als sie sah, dass Sirion mit der Antwort zögerte, rief sie energisch: „Sofort! Und es ist mir egal ob sie das mithört!"

Damit meinte sie natürlich Merle, die sich vor die Couch hingekniet hatte und über Aylanas Wangen streichelte.

„Es war eine Drachenkralle. Und Aylana befand sich in dem Moment im Wasser."

Sirion sah, wie sich Merles Haltung kurz versteifte. Doch sie stellte keine Fragen.

„Also kein gefährliches Gift", sagte Salomee.

„Aber durch das Meerwasser könnten natürlich Verunreinigungen entstehen. Wir müssen die Wunde reinigen und gut verbinden. Die Wirkung unserer Heilpflanzen wird eine rasche Besserung bewirken. Merle, kannst du mir helfen und einige Tücher aus dem Badezimmer holen?"

„Aber … aber müssen wir den Aylana nicht ins Krankenhaus bringen?", stotterte Merle verunsichert.

„Sie ist ja immer noch bewusstlos und die Wunde sieht schrecklich aus."

„Keine Angst, Merle, unsere Heilkraft ist die stärkste, die es gibt. Es ist die Heilkraft der Natur und die Heilkraft der Gedanken. Aylana wird bald wieder gesund sein. Bring mir bitte die Tücher und rufe Alfias."

Merle stand auf und ging die Treppe hinauf, um Alfias und die Tücher zu holen. Als die beiden zurückkamen, hatten Salomee und Sirion bereits Aylanas zerfetzten Beinpanzer und den Rest der Rüstung entfernt. Jetzt sah man, dass die Wunde etwa zwanzig Zentimeter lang war und knapp oberhalb des Knies endete. Merle presste erschrocken die Hand vor den Mund, als sie Salomee die Tücher reichte. Alfias hingegen stellte keine Fragen und auf einen Wink Salomees, half er ihr, die Wunde und das Bein zu reinigen. Dann legten sie einige Kräuter und Pflanzen, die Merle völlig unbekannt waren, auf die Wunde. Sie stotterte noch verdutzt: „Aber das muss doch genäht werden und braucht sie nicht eine Bluttransfusion?"

„Merle", sagte Alfias sanft.

„Du musst dir keine Sorgen machen. Vertraue uns und unseren Heilkräften. Du brauchst dich nicht zu sorgen."

„Sirion", sagte Salomee mit einem Blick auf Merle.

„Bitte."

Dieser verstand sofort und legte Merle eine Hand auf die Schulter.

„Komm mit, Merle, überlassen wir es Salomee und Alfias, sich um Aylana zu kümmern. Wir können im Moment nichts weiter tun und wären nur im Weg."

Widerwillig ließ sich Merle aus dem Raum führen, nicht ohne einen letzten Blick zurückzuwerfen. Salomee und Alfias hatten beide ihre Hände auf Aylanas Bein gelegt und ein warmes Glühen ging von ihnen auf Aylana über. Dann schloss sich die Tür hinter Merle.

Sirion und Merle setzten sich in die Küche und Merle bombardierte ihn mit Fragen.

„Was ist passiert, Sirion? Was habt ihr von Drachenkrallen geredet? Weshalb ist Aylana …"

„Beruhige dich, Merle."

„Aber, Aylana und Drachen und diese Wunde. Wir müss…"

„Bitte beruhige dich doch."

Es dauerte noch ein paar Augenblicke, bis Merle endlich verstummte.

„Komm, setz dich her." Sirion rückte ihr einen Stuhl zurecht.

„Ich werde dir erklären, was notwendig ist."

Sirion setzte sich auf den Stuhl neben sie.

„Wie kannst du nur so ruhig hier sitzen? Aylana liegt schwer verletzt im Wohnzimmer und du setzt dich hier ruhig hin?"

„Merle!"

Sirions Stimme hatte nun eine gewisse Schärfe.

„Glaubst du denn wirklich, ich wäre so ruhig, wenn ich nicht wüsste, dass Aylana in den besten Händen ist? Und außerdem ist ihre Verletzung für eine Elfe nicht zu schlimm. In ein paar Tagen wird von der Wunde nicht einmal mehr eine Narbe zu sehen sein."

Er deutete noch einmal auf den Stuhl und sagte jetzt wieder mit beruhigender Stimme:

„Ich weiß, dass du Aylana sehr gern hast. Du kannst mir glauben. Sie ist bald wieder gesund und munter."

Endlich ließ sich Merle beschwichtigen und setzte sich neben Sirion. Sie atmete tief durch, um sich zu entspannen und sagte dann zu Sirion: „Bitte entschuldige, Sirion. Ich hatte nicht das Recht, dich so mit Vorwürfen zu überhäufen. Aylana ist für mich wie eine Schwester geworden. Verzeih mir."

„Es gibt nichts zu verzeihen, Merle. Wir sind froh, dass Aylana in dir eine so gute Freundin gefunden hat."

Sirion zwinkerte Merle zu.

„Und noch dazu eine, die sich so für sie einsetzt."

Merle schwieg jetzt einige Augenblicke und fragte dann zögernd: „War es denn ein Drache der Aylana verletzte? Gibt es diese Wesen also wirklich? Hat Aylana gegen einen Drachen gekämpft?"

Sirion überlegte lange und gründlich, was er Merle antworten konnte und durfte. Merle bemerkte Sirions Zögern.

„Wenn du lieber nichts sagen möchtest, verstehe ich das natürlich. Ich will dich nicht bedrängen!"

„Ach Merle, da du nun einmal schon praktisch zur Familie gehörst, will ich dir das Notwendigste erklären. Ich würde es jedoch für richtig halten, wenn du das noch für dich behältst", sagte Sirion und lächelte.

Merle nickte und sagte: „Du kannst mir vertrauen, Sirion. Damit kann ich umgehen!"

„Ich weiß, Merle, du hast ja etwas an dir … doch lassen wir das."

Sirion wechselte abrupt das Thema, als Merle fragend die Brauen hob. Beinahe hätte er mehr gesagt, als er eigentlich wollte.

„Also, ja. Es gibt Drachen. Und nein, Aylana hat nicht gegen einen Drachen gekämpft. Es war ein Unfall. Aylana hat sich wieder einmal auf ihre typische, unnachahmliche Art und Weise selbst in Gefahr gebracht. Sie hat dabei ein Menschenleben und einen Drachen gerettet. Jedoch ohne zu bedenken, dass sie selbst dabei in größte Gefahr geraten könnte."

Merle warf Sirion einen ironischen Blick zu.

„Ich kann ja wohl als sicher annehmen, dass sie diese typische, unnachahmliche Art und Weise von jemandem geerbt hat."

„Jaja, schon gut!"

Sirion verdrehte die Augen.

„Also, es war eine Übung und dabei ging es um folgendes …" Er berichtete Merle die Kurzfassung der ganzen Aktion und als er geendet hatte, war es lange Zeit still zwischen ihnen. Sirion wusste, dass Merle einen Moment Ruhe brauchte, um all diese neuen Eindrücke zu verarbeiten.

„Wow!", sagte Merle endlich.

„Drachen, Drachenkrieger und Kriegerinnen. Mit Schwertern, Pfeilen und Bogen. Was gibt es wohl noch alles, von dem ich nichts weiß? Alles, was ich in den letzten Wochen erlebt und erfahren habe, ist so neu und unwirklich für mich. Und trotzdem irgendwie vertraut."

Sie fuhr sich mit der Hand über die Augen und blickte Sirion ernst an.

„Sirion, ich habe Aylana gebeten, von ihr lernen zu dürfen. Eure Sprache, eure Bräuche, ich möchte einfach alles lernen. Sie wollte dich zuerst um Erlaubnis bitten. Wirst du ihr diese Erlaubnis erteilen?"

„Nun", begann Sirion.

„Die Ereignisse haben dazu geführt, dass du sowieso schon mehr von uns weißt als andere Menschen. Ich werde nichts dagegen haben."

Merle wiegte nachdenklich den Kopf, bevor sie sagte: „Hättest du mich auch für vertrauenswürdig genug gehalten, ohne diese Geschichte?"

Sie blickte Sirion fragend an.

„Ja, Merle."

Sirion sah ihr direkt in die Augen.

„Ja, das hätte ich. Du bist etwas Besonderes. Wir alle vertrauen dir!"

Nach dieser Antwort fühlte sich Merle stolz und glücklich.

„Vielen Dank, Sirion. Ich werde euch nicht enttäuschen."

In diesem Moment ging die Tür zum Wohnzimmer auf und Alfias kam in die Küche. Merle sprang auf und sagte: „Wie geht es ihr, kann ich zu ihr?"

„Nicht so stürmisch, Merle. Es geht ihr so weit ganz gut und sie ist schon wieder bei Bewusstsein. Sie ist jedoch noch etwas matt und braucht viel Ruhe."

Doch da ließ sich Aylana bereits aus dem Wohnzimmer vernehmen: „Komm ruhig rein, Merle. Es geht mir schon wieder ganz gut."

„Na dann", meinte Alfie schnippisch.

„Wenn hier niemand auf den Rat eines erfahrenen Heilers hören will."

„Ach komm schon, mas Lapa. Nur kurz."

Merle lief an Alfie vorbei, der mit offenem Mund reglos dastand.

Sirion rief lachend ins Wohnzimmer hinüber: „Salomee, komm schnell her und mach ein Foto. Es passiert jetzt, in diesem Moment. Niemals hätten wir das für möglich gehalten: Alfias ist sprachlos!"

Salomee rief lachend zurück: „Ich glaube, mit Merle dürfen wir noch einige solche Momente erwarten."

Alfias drehte sich um und ging zurück ins Wohnzimmer und rief: „Du! Nur du kannst ihr …"

„Halt!"

Merle stellte sich schützend vor Aylana.

„Die Patientin verträgt jetzt keine Aufregung!"

Salomee, die soeben den Verband an Aylanas Bein fertig hatte, gab sich Mühe ernst auszusehen.

„Ja, Alfias. Merle hat absolut recht. Wir müssen jetzt alle Rücksicht nehmen."

Doch bei Alfies verblüfftem Gesicht schaffte sie es nicht mehr ernst zu bleiben. Sie beeilte sich in die Küche zu kommen und die Tür hinter sich zu schließen. Trotzdem hörte man sie und Sirion noch lachen.

„Ohhh, mein armer Schatz!"

Merle gab ihm einen Kuss auf die Wange, was bei Alfie immer half, und wandte sich dann Aylana zu.

„Was machst du bloß immer für Sachen?"

Sie setzte sich auf den Teppich vor Aylanas Couch. „Wie geht es dir?"

„Ach, schon wieder ganz gut", meinte Aylana. Und bei Merles ungläubigem Blick fügte sie hinzu: „Alfie und Salomee haben mich behandelt. Mit Kräutern und Heilmitteln."

„Mit Kräutern?", fragte Alfie entrüstet.

„Es waren Ringelblumen, Enzianwurzeln, Brennnesseln und Gondaliskraut für das Elixier der Blutbildung, Bockshornklee, Arnika, Frauenmantel und Rinde vom Arwa Aygo für die Wundbehandlung. Das war Heilkunst in Vollendung!"

„Wie gesagt, mit Kräutern."

Aylana lächelte Merle verschmitzt zu. Dann wurde sie ernst und blickte Alfias dankbar an. „Vielen Dank, Alfie. Ich bin sehr froh, dass du hier warst, und Dana geholfen hast."

„Schon gut", brummte Alfie und setzte sich neben Merle auf den Teppich. Die drei unterhielten sich noch eine Weile, bis Aylana so müde wurde, dass ihr fast die Augen zufielen. Salomee kam wieder herein und sorgte dafür, dass Aylana zur Ruhe kam.

„Du bist noch ziemlich geschwächt, meine Tochter. Du brauchst jetzt viel Schlaf. Morgen wird Sirion dir ein Attest für die Schule besorgen. Die nächsten drei Tage wirst du das Haus nicht verlassen!"

„Aber Dana, das ist doch nicht …"

Salomee schnitt ihr energisch das Wort ab: „Doch das ist es. Kein Widerwort mehr!"

Sie drehte sich lächelnd zu Merle um.

„Du kannst sie natürlich jederzeit besuchen kommen."

„Und was erzählen wir Davy?", fragte Alfias.

„Und in der Schule?"

„Ach du meine Güte! Das hätte ich jetzt in der Aufregung beinahe vergessen."

Salomee schürzte die Lippen.

„Nun, wir wollen weitestgehend bei der Wahrheit bleiben. Es war ein Sportunfall in der Freizeit. Sagen wir, beim Biken. Das werden alle verstehen. Und Davy kannst du ja verraten, Merle, dass es beim Training passiert ist. Aber nichts von den Drachen vorerst."

„Ja, das habe ich mit Sirion schon besprochen, Salomee. Keine Sorge."

Danach verabschiedete sich Merle. Nicht ohne die Bitte, morgen wiederkommen zu dürfen.

Nachdem Alfias Merle hinausbegleitet hatte, setzte sich Salomee noch zu Aylana auf die Couchkante und strich ihr über die Haare.

„Sirion hat mir alles erzählt. Das war sehr mutig von dir. Und doch auch wieder mal sehr überstürzt gehandelt. Du hast mit dieser Verletzung noch Glück gehabt, es hätte viel schlimmer kommen können. Hättest du denn nicht auf Sirion warten können?"

„Aber Dana, Arian war doch in Lebensgefahr. Er war bewusstlos und ich musste schnell handeln. Ich hatte doch keine Wahl."

Salomee seufzte tief.

„Warum nur, warum nur, meine Tochter, gerätst du immer und immer wieder in solche Situationen. Ich habe jedes Mal, wenn du das Haus verlässt, solche Angst um dich. Versprich mir einfach, dass du in Zukunft genau überlegst, bevor du handelst."

„Dana, ich verspreche es dir."

Aylana streichelte über Salomees Wange.

„Ich werde gut auf mich aufpassen."

Doch richtete sie sich mit einem Ruck auf und fragte: „Was ist mit Arian? Geht es ihm gut? Ist er …"

Salomee drückte sie mit sanfter Gewalt wieder ins Kissen zurück.

„Es geht ihm gut. Dorkon hat bereits mit Sirion gesprochen."

Erleichtert ließ Aylana den Kopf wieder sinken, um gleich darauf nochmals aufzuschrecken. „Und Ildur, und …"

„Sirion hat sich um alles gekümmert. Und deine Sachen und Durandort nach Biel gebracht."

Diesmal wurde sie energischer.

„Wenn du jetzt nicht liegenbleibst, kriegst du noch eine Woche Hausarrest. Sirion ist jetzt bereits in Biel und kümmert sich um alles. Und jetzt schlaf, und ruhe dich aus."

Aylana hatte die Augen schon halb geschlossen.

„Dann ist ja alles gut, Dana. Vielen Dank"

Und schon war sie vor Erschöpfung eingeschlafen. Salomee deckte ihre Tochter sorgsam zu und löschte das Licht im Wohnzimmer. Sie setzte sich in die Küche und wartete auf Sirion. Dieser kehrte kurz darauf von Biel zurück, wo er den Wagen und ihre Sachen abgeholt hatte. Er küsste seine Frau auf die Stirn.

„Wie geht es ihr?"

„Sie schläft jetzt. Sie liegt im Wohnzimmer. Mit der Behandlung von Alfias und mir und der Heilkraft von Sola Arwa Aygo wird ihre Wunde rasch verheilen."

Sie sah Sirion ernst und mit Angst in die Augen.

„Für dieses Mal, Sirion. Die Zukunft macht mir Sorgen. Aylana ist so von ihrem Ziel und ihrer Aufgabe erfüllt. Sie nimmt die Bestimmung und die Prophezeiung so, so … Ach. Ich weiß nicht, Sirion. Eigentlich ist sie ja doch noch ein Kind. Sie sollte doch noch so viel Spaß und Vergnügen haben, in ihrem jungen Leben."

Sirion nahm seine Frau fest in die Arme.

„Ich werde alles tun, um unsere Kinder zu schützen, Salomee. Und ich werde Aylana so gut ich kann auf ihrem Weg begleiten. Wir wissen nicht erst seit ihrem Novitae Aygo, dass ihr ein besonderer Weg vorgezeichnet ist. Dieser Weg wird für uns alle nicht immer leicht sein. Doch Ava und Sola Arwa Aygo werden über sie wachen."

Er küsste Salomee eine Träne von der Wange, als sie sagte: „Manchmal wünschte ich, wir wären eine ganz normale Familie. Mit zwei Teenagern, die Blödsinn machen und unsere einzigen Sorgen wären ihre pubertierenden Albernheiten."

Sirion lächelte sie liebevoll an.

„Das würde dir auf die Dauer sicher langweilig werden. Immer nur Zickenterror und Pickelgesichter."

Salomee musste wider Willen lachen. Dann wurde sie wieder ernst.

„Es werden noch schwere Aufgaben auf sie warten, nicht?"
Sirion nickte.

„Sie ist eine Drachenkriegerin und eine Amada Aygo."

„Das ist es, was mir Sorgen bereitet."

Am nächsten Tag kamen Merle und Davy am Nachmittag nach der Schule direkt zu Aylana, um sie zu besuchen. Alfias war mit ihnen zusammen nach Hause geradelt. Aylana lag noch immer im Wohnzimmer auf der Couch. Es ging ihr schon bedeutend besser und sie war nur noch durch die strengen Blicke Salomees auf der Couch zu halten. Weder Flehen noch Betteln half. Salomee blieb unerbittlich.

„Du bleibst liegen, bis ich dir erlaube, dein Bein wieder zu belasten. Sonst kriegst du wirklich noch Hausarrest!"

Die drei Besucher trafen Aylana im Wohnzimmer an, wo sie mit gequältem Blick auf der Couch lag. Davy trat zu ihr und gab ihr einen Begrüßungskuss. Dann sagte er: „Hallo, mein Schatz, wie geht es dir? So wie du aussiehst, hast du noch ziemliche Schmerzen."

Alfie lachte ungeniert.

„Ihre Schmerzen sind psychischer Natur. Verbote bereiten ihr am meisten Schmerz. Darunter leidet sie fürchterlich!"

„Hä?"

Davy war ratlos. Und während Aylana Alfie böse Blicke zuwarf, übernahm es Merle Davy aufzuklären. Sie sagte: „Salomee hat ihr strenge Bettruhe verordnet, für drei Tage. Sonst kriegt sie Hausarrest."

Von Aylana kam ein gequältes Stöhnen, was wiederum von Alfie kommentiert wurde: „Gegen diese Art Schmerzen helfen nur wilde unkontrollierte Kamikaze-Aktionen, halsbrecherische unüberlegte voreilige Dummheiten und …"

„Alfie!" Merle drohte ihm scherzhaft mit dem Finger.

„Lass bloß deine arme Schwester in Ruhe."

„Ha, arme Schwester! Derjenige, der am meisten unter ihren wahnwitzigen Unternehmungen leidet, bin ja wohl ich. Ständig muss ich verarzten, vertuschen und verschweigen." Alfie machte einen leidenden Gesichtsausdruck.

„Und jetzt solltest du verschwiegen verschwinden, sonst bist du verloren."

Davy zog eine strenge Miene.

„Ach, es ist zum Verzweifeln. Jetzt werde ich auch noch verkannt und verleumdet."

„Aufhören!"

Aylana hielt sich die Hände an die Ohren und meinte mit zusammengepressten Zähnen: „Ihr macht mich ganz verrückt mit eurem … Was?"

Alle lachten. Schließlich fiel auch Aylana in das Gelächter mit ein, nachdem ihr klar geworden war, dass sie die Reihe unbewusst fortgesetzt hatte. Nach einer Weile fand das Geplänkel ein Ende und Merle und Alfie ließen Davy für eine Weile allein bei Aylana.

„Was ist denn nun wirklich passiert? Merle hat bloß etwas von einem Trainingsunfall erzählt. Was war denn das für ein Training? Und was hast du dir getan?"

Davy hatte sich zu ihr aufs Sofa gesetzt und sah sie fragend an. Sie legte ihm ihre Hand auf den Arm.

„Weißt du, bei uns Elfen gibt es viele verschiedene … nun sagen wir Berufe, oder besser gesagt Berufungen. Und wir haben verschiedene Begabungen, wie ihr ja auch. Und meine Berufung ist nun mal die einer Kriegerin."

„Eine Kriegerin? Aber weshalb Kriegerin? Das ist doch kein Beruf."

Davy reagierte mit einer Mischung aus Entsetzen und Erstaunen.

„Gegen was, oder vielmehr gegen wen willst du denn in den Krieg ziehen? Du bist doch eine Elfe, und Elfen sind doch …"

„Niedlich und süß? Zerbrechlich und zart? Davy, du weißt doch jetzt schon einiges über unsere Welt. Vergiss doch einfach einmal all die bunten Bilderbücher und die niedlichen Figürchen. Wir leben in einer realen Welt und auch bei uns gibt es Gut und Böse. Und all die Schattierungen dazwischen. Betrachte mich doch einfach als eine Art Polizistin. Im ersten Lehrjahr", fügte sie verschmitzt hinzu. Doch Davy war im Moment nicht nach Scherzen zumute. Er schürzte die Lippen utnd wies auf Aylanas Bein, als er sagte: „Dann muss bei euch die Ausbildung aber recht gefährlich sein. Gehören solche Trainingsunfälle zur Tagesordnung? Muss ich mir jetzt ständig Sorgen machen? Und wie ist das denn passiert?"

„Davy, jetzt wirst du unfair. Unfälle können überall passieren. Und wir halten eben die alten Traditionen in Ehren. Wir üben noch den Kampf mit Pfeil und Bogen sowie mit dem Schwert. Und dabei habe ich mich eben etwas ungeschickt verletzt."

Aylana versuchte, so weit als möglich bei der Wahrheit zu bleiben. Es fiel ihr sehr schwer, Davy noch nicht alles erzählen zu können. Aber sie musste sich an die Anordnungen des Rates halten. Dass sie Merle einweihen mussten, würde schon schwer genug zu erklären sein.

„Mit Schwert und Pfeilbogen. Also bist du so eine Art Amazone?" Davy blickte sie fragend an.

„Wenn du unbedingt einen Ausdruck dafür suchen möchtest, der dir geläufig ist, dann nenn mich Amazone", erwiderte Aylana leicht genervt.

„Bitte entschuldige, es ist nur so …", sagte er und druckste herum.

„Ich war bisher immer der Meinung … ähm, dass ich dich … also du weißt schon …"

Aylana half ihm auf die Sprünge und sagte: „Dass du der Mann bist und ich diejenige, auf die du aufpasst und die sich an deiner Schulter anlehnt."

Dann lächelte sie ihn schelmisch an.

„Ja, genau so in der Art. So dachte ich mir das bis jetzt", sagte er und wirkte unbeholfen und unsicher. Doch zu seiner Überraschung sagte Aylana: „Das will ich doch auch. Ich brauche deine starke Schulter zum Anlehnen."

Sie zog Davy zu sich runter und küsste ihn, bevor sie meinte: „Nun lass uns von etwas anderem reden. Wann gibts die nächste Fahrt mit der Abendstern?"

In diesem Moment kamen auch Merle und Alfie wieder ins Zimmer und es wurde noch ein vergnüglicher Nachmittag um Aylanas Sofa.

„Ito'm Ich bin
    To'm Du bist
    Eto'm Er ist
    Sto'm Sie ist."

Aufmerksam wiederholte Merle alles, was Aylana ihr erklärte. Sie freuten sich beide darüber, dass Merle so rasche Fortschritte machte.

„Man könnte meinen, du hättest unsere Sprache schon mal gesprochen", lobte Aylana sie. Merle freute sich sichtlich über Aylanas Worte.

„Aber das mit der Begrüßung musst du mir nochmals erklären. Ich verstehe einfach noch nicht ganz, wie die Betonung der Begrüßung und der Ausdruck von Liebe und Zuneigung zusammenhängen."

„Also, Merle. Wenn du jemanden begrüßt, den du liebst, dann ist doch die Art deiner Begrüßung auch eine andere als bei jemandem, den du nur flüchtig kennst. Bei uns wird das alles mit dem Wort ‚Attawa‘ ausgedrückt. Die flüchtige Bekanntschaft grüßt du mit A̲ttawa, die Betonung liegt auf dem ersten A. Eine Freundin begrüßt du mit Att̲awa und jemand der dir sehr am Herzen liegt, wird mit Attaw̲a begrüßt."

Dann erklärte Aylana ihr noch die Bedeutung der Handbewegungen und der Begrüßungszusätze „uso" und „osu". Erhalten und geben. Merle hatte es sich zur Aufgabe gemacht, möglichst viel von Aylana und Alfie zu lernen. Und sie war mit Feuereifer dabei, alles in sich aufzusaugen. Die beiden hatten jetzt den ganzen Freitagnachmittag zusammen verbracht und da Aylana immer noch die von Salomee verordnete Bettruhe einhalten musste, hatten sie es sich auf dem Sofa bequem gemacht. Da es für Merle kein Wörterbuch gab, wie im Englischen oder Französischen, fragte sie einfach wild durcheinander, was ihr in den Sinn kam, und machte sich Notizen dazu.

„Also, Wasser heißt ‚Appua‘ und Regen ‚Appua aygo‘, was so viel wie ‚Wasser des Lebens‘ bedeutet. Stern heißt ‚Saria‘, Sonne ist ‚Luz‘ und Erde ‚Nala‘. Mutter und Vater heißen ‚Dana‘ und ‚Dano‘", murmelte sie, während sich die ersten Seiten ihres Büchleins langsam füllten.

„Und wie nennst du einen Drachen?"

„Fura", antwortete Aylana.

„Und was heißt Regenbogen?"

Aylana musste lachen.

„Wie kannst du nur solche Gedankensprünge haben? Das geht ja alles ziemlich durcheinander."

„Ach, ich frage einfach, was mir gerade so in den Sinn kommt."
Merle grinste zurück.

„Meistens geht mir ziemlich viel durch den Kopf. Also?"

„Shira Appua ad Luz."

„Wow, das klingt schön. Also der Wasserbogen der Sonne?"

„Genau, du lernst wirklich schnell!"

Beinahe hätten sie die Türklingel überhört. Salomee hatte die Wohnzimmertür geschlossen, damit sie Ruhe hatten. Sie hörten, wie Salomee die Türe öffnete und sich mit dem Besuch unterhielt. Das Gespräch war jedoch nicht zu verstehen. Gleich darauf hörten sie Schritte auf dem Flur und ein Klopfen an der Wohnzimmertür. Salomee öffnete die Tür einen Spalt und streckte den Kopf herein.

„Aylana, du hast Besuch."

Merle stand rasch auf und fragte: „Soll ich …?"

„Nein, nein, bleib ruhig hier. Du gehörst ja praktisch schon zur Familie." Salomee lächelte sie beruhigend an. Dann öffnete sie Tür ganz und sagte: „Kommt ruhig rein. Aber denkt bitte daran, dass sie heute noch liegenbleiben muss."

„Dana, bitte." Aylana lächelte etwas gequält.

„Du bringst mich in Verlegenheit. Ich bin schon wieder total in Ordnung."

„Keine Diskussionen", sagte Salomee lachend.

„Na los, kommt rein!"

Aylana öffnete verblüfft den Mund, als sie sah wer mit neugierigen Blicken hereinkam. Arian und Salva.

Die beiden traten ein und sahen Aylana und Merle an, unsicher, wie sie sich zu verhalten hatten. Sie spürten und sahen sofort, dass Merle keine Arcandrin war und doch verspürte besonders Arian ein seltsames Gefühl bei ihrem Anblick.

„Hallo, Aylana, wir wollten mal nach dir sehen, wie es dir geht nach deinem ähm … Unfall", sagte Arian unsicher und mit einem Seitenblick auf Merle.

„Ihr könnt ganz offen sprechen. Sie ist über uns im Bilde. Sie besitzt die besonderen Gaben, die bei Menschen so selten geworden sind."

Aylana stellte die drei einander vor.

„Das ist Merle und das sind Arian und Salva, zwei angehende Mitglieder der Drachenkrieger. Wir trainieren zusammen."

„Wir haben Dorkon so lange genervt, bis er uns die Erlaubnis gab, dich zu besuchen." Arian grinste Aylana an.

„Schlussendlich hat er nachgegeben. Wir sollen dir Grüße von ihm und der ganzen Truppe ausrichten."

„Vielen Dank, ich hoffe, wir können bald wieder mit dem Training weitermachen. Ich möchte am liebsten sofort …"

„Aylana, du weißt was Salomee gesagt hat", warf Merle belustigt ein.

„Sonst gibt's Hausarrest."

Arian machte große Augen.

„Deine Mutter droht dir mit Hausarrest, wenn du nicht gehorchst?"

„Nur, wenn ich ihre Anweisungen nicht befolge. Sie meint, dass ich unbedingt mindestens drei Tage liegen muss."

Aylana deutete ungeduldig auf ihren Verband und meinte: „Deswegen!"

„Und weil du ziemlich viel Blut verloren hast", ergänzte Merle.

„Ich bin voll und ganz auf der Seite deiner Mutter."

„Wow, ich wünschte ich hätte auch so eine Familie und Freunde gehabt, da wo ich aufgewachsen bin."

Arian sah einen Moment traurig aus. Aber schnell hatte er sich gefangen und sagte: „Aber wir sind ja eigentlich hier, weil wir dir danken möchten. Du hast mir das Leben gerettet und das werde ich dir nie vergessen!"

Salva, die sich etwas verlegen im Hintergrund gehalten hatte, kam jetzt zu Aylana und ergriff ihre Hand.

„Ich bin dir sehr dankbar, dass du Arian gerettet hast. Es war meine Schuld, was geschehen ist. Ich hätte mir nie verzeihen können, wenn Arian …", sagte sie und ihre Stimme zitterte.

„Wenn Arian etwas passiert wäre. Und ich habe dich zuvor noch ausgelacht und dir …"

„Das war ja auch wirklich ungeschickt von mir", unterbrach sie Aylana.

„Ich sollte in der Zwischenzeit ja wirklich wissen, dass Ildur ein Spaßvogel ist. Salva, wir wollen nicht mehr davon reden. Ich bin sicher, wir werden in Zukunft ein tolles Team werden. Ich freue mich schon sehr darauf, wieder mit euch fliegen zu können."

„Ja, genau", sagte Arian und strahlte.

„Wir drei werden alles …"

„Hey, und was ist mit mir? Nur weil ich keine spitzen Ohren habe, könnt ihr mich hier doch nicht einfach so ignorieren!", unterbrach Merle ihn übertrieben schmollend.

„Entschuldige bitte."

Arian lächelte, trat neben sie und fasste sie an den Schultern.

„Ich meinte natürlich wir vier."

Als Aylana die beiden so nebeneinander stehen sah, durchfuhr es sie wie ein Blitz. Und sie erinnerte sich an das, was Sirion gesagt hatte: „Wenn ich nicht wüsste, dass es eigentlich unmöglich ist, würde ich behaupten, dass Merle Elfenblut in ihren Adern hat."

Arian und Merle hatten dieselbe Haarfarbe und dieselben Augen. Und auch die Gesichtszüge ähnelten sich. Und hatte Sirion nicht auch noch erwähnt, dass sie etwas über Merles Kindheit herausfinden sollten? Während Aylana noch fieberhaft überlegte, sagte Salva lachend: „So wie ihr jetzt nebeneinandersteht, könnte man euch sowieso für Geschwister halten. Es fehlen dir wirklich nur unsere typischen Ohren, Merle."

„Wem fehlen die typischen Ohren? Hallo, zusammen!"

Alfie war ins Zimmer geplatzt und sah sich neugierig in der Runde um.

„Na dir ganz bestimmt nicht, to'm mas Lapa!"

Merle trat zu ihm und gab ihm einen Kuss auf die Wange.

Aus Salvas Richtung waren komische, halb erstickte Laute zu hören und sie hatte sich abgewandt. Auch Arian sah man an, dass er verzweifelt um seine Fassung kämpfte. Dann gab ihnen Aylana den Rest: „Wer da eben ungefragt hereingehoppelt ist, ist Alfias, mein Bruder. Und Merles Freund. Alfie, das sind …"

Weiter kam sie nicht. Denn mit Salvas und Arians Beherrschung war es jetzt endgültig vorbei. Die beiden kugelten sich vor Lachen. Auch in Aylanas Gesicht zuckte es verdächtig. Alfias ließ das Gelächter völlig unbeeindruckt. Er wandte sich hoheitsvoll an Merle und sagte: „Bist du mit diesen hier konvulsiv zuckenden Lebensformen" – er wies auf Salva und Arian – „bereits so weit bekannt, dass du beurteilen kannst, ob hier ein Status epilepticus vorliegt, oder eine degenerative Veränderung des Gehirns aufgrund von Reizüberflutung?"

Merle verdrehte die Augen: „Abgesehen davon, dass ich kein Wort verstanden habe, von den aus deinem Munde kommenden, scharf akzentuierten, wohltönenden Lauten: Das sind Salva und Arian. Ebenfalls angehende Drachenkrieger und -kriegerinnen."

„Bitte entschuldige." Salva lachte noch immer.

„Aber ich habe noch nie gehört, dass ein Arcandrin ,süßer Hase' genannt wurde."

„Noch dazu von einem Menschenmädchen und in unserer Sprache", ergänzte Arian lachend.

„Naja, Merle ist eben sehr speziell", meinte Aylana verschwörerisch.

„Passt bloß auf! Niemand weiß genau, was sich noch alles hinter ihren unschuldigen, betörenden Blicken verbirgt. Alfie ist ihr schon komplett verfallen."

Es wurde ein vergnüglicher Nachmittag für die fünf. Natürlich drehte sich das Gespräch auch nochmals um Aylanas halsbrecherische Aktionen auf ihrem Drachen.

„Ach, wie ich euch beneide! Wie gerne würde ich einmal auf einem Drachen sitzen und durch die Lüfte gleiten. Das ist bestimmt ein unbeschreibliches Gefühl!", meinte Merle träumerisch.

„Na, komm doch einfach mal mit", sagte Arian, was ihm einen bösen Blick von Alfias eintrug. „Aylana nimmt dich bestimmt mal mit. Unsere Drachen können problemlos Passagiere tragen. Mit Aylana bist du so sicher wie unter Avas Flügeln."

„Die einzige Sichere bei Aylana ist, dass man nie sicher sein kann, was sie als nächstes Verrücktes anstellt!" Alfias legte ganz offensichtlich Protest ein.

„Außerdem müsstet ihr da zuerst die Erlaubnis des Rates einholen. Und Merle müsste nach Arcandria. Wie sollte das denn funktionieren?"

„Es müsste ja nicht unbedingt Arcandria sein. Ich könnte Ildur ja auch in einer unbelebten Gegend rufen."

„Ja, genau. Eine unbelebte Gegend hier in der Schweiz. Vielleicht Zürich, Paradeplatz oder Bern, Marktgasse. Oder warte mal …, ah ja, ich habs! Basel Euro Airport. Die machen bestimmt eine Landebahn frei für euch!"

Alfias Gestik war eindeutig.

Salva warf ein: „Ich verstehe euer Problem nicht. Weshalb nutzt ihr nicht einfach ein Portal nach Arcandria?"

Alfias und Aylana sahen sich erschrocken an.

„Sto'm arlas do ad Sansan Tia! Sie weiß nichts von den Portalen!" Aylana flüsterte eindringlich mit Salva und Arian. Und zwar so leise und unhörbar für normale menschlich Ohren, dass Merle eigentlich nichts hätte hören dürfen. Doch sie fuhr sofort zusammen und fragte: „Was habt ihr da zu flüstern? Und was meint Salva mit Portalen?"

Sie sah abwechselnd von Aylana zu Alfie. Während sich die anderen betreten ansahen, ergriff Aylana das Wort und sagte leise und beschwörend zu Merle: „Bitte hör mir gut zu, Merle! Das ist eine Sache, über die wir eigentlich mit niemandem sprechen dürfen. Es ist eines der größten Geheimnisse der Elfenwelt und viele von uns haben schon ihr Leben dafür lassen müssen. Weil sie sich geweigert haben, diese Fähigkeit für Kriegshandlungen und zur Bereicherung der Menschen einzusetzen."

„Also stimmen die alten Legenden", warf Merle ein.

„Es gibt Portale, die ein Reisen möglich machen, von einem Punkt zum anderen. Nur mit Hilfe der magischen Fähigkeiten der Elfen."

„Es ist mehr das Wissen, um die Geheimnisse der Natur, das uns dazu befähigt", erklärte Alfie. „Und es sind auch bei Weitem nicht alle Arcandrin dazu in der Lage. Aber wie du dir sicher denken kannst, waren diejenigen, die Portale öffnen konnten, sehr gefragt bei Kriegstreibern und Verbrechern. Sie wurden gejagt und gefoltert, um ihre Fähigkeiten für missbräuchliche Zwecke nützen zu können. Deshalb hat der Rat ein strenges Verbot erlassen, um die Portale geheim zu halten."

Salva sagte verlegen: „Es tut mir sehr leid, ich dachte, nachdem ihr erwähnt habt, dass Merle im Bilde sei, dürfte ich darüber sprechen. Ich habe nicht nachgedacht."

Merle sagte leise: „Ich dachte, ich hätte euer Vertrauen. Gibt es noch vieles, dass ihr mir nicht sagen wollt?"

Alfias nahm sie fest in die Arme und suchte ihren Blick.

„Merle, ich, wir, vertrauen dir voll und ganz. Es war jedoch eine ganz klare Anordnung des Rates. Und solchen Anordnungen müssen wir Folge leisten. Das ist keine Frage des Vertrauens."

„Jedoch ist es auch eine Anordnung zum Schutze unserer Freunde, Merle", sagte Salomee, die unbemerkt von den anderen ins Zimmer gekommen war.

„Stell dir nur mal vor, wie leicht Alfias oder Aylana zu erpressen wären, solltest du in Gefahr geraten. Wir schützen diejenigen, die wir lieben, auch wenn das manchmal bedeutet, ihnen nicht alles zu offenbaren."

Sie trat zu Alfias und Merle und legte ihr die Hand auf den Arm.

„Und dazu gehörst du ganz besonders."

Sie lächelte Merle an und sagte dann zu Aylana: „Davy hat eben angerufen. Er fragte, ob er dich besuchen darf. Er wird in zehn Minuten hier sein."

Sie schloss die Türe wieder hinter sich.

Salva fragte: „Wer ist Davy? Ist er auch eingeweiht?"

„Davy ist mein Bruder und Aylanas Freund", erklärte Merle.

„Er gehört auch teilweise zu den Eingeweihten. Er weiß zwar, dass Aylana und ihre Familie Elfen sind, aber nichts von Drachen und derlei Dingen."

„Nun, es ist sowieso Zeit für uns. Dorkon wird bereits warten, um uns zurückzubringen", meinte Arian.

„Er wollte noch in einer dringenden Angelegenheit mit Giolmar sprechen. Es soll ein Tauron gesichtet worden sein. Geritten von einem neuen Anführer der Shiazul, der ..."

„Was sagst du da?!"

Aylana war trotz der Weisung aufgesprungen und hatte Arian am Arm gepackt.

„Weißt du, was du da sagst? Taurons sind die gefährlichsten Drachen, die es je gegeben hat, und der Rat hat schon vor Jahrhunderten ihre Aufzucht verboten. Woher hast du diese Informationen?"

An Arians Stelle, welcher erstaunt über Aylanas starke Reaktion war, antwortete Salva: „Wir haben per Zufall gehört, wie Dorkon darüber sprach. Sind denn diese Drachen wirklich so gefährlich? Ich habe noch nie von einem Tauron gehört."

Alfias übernahm es, die notwendigen Informationen zu liefern.

„Taurons wurden zuletzt vor etwa zweitausend Jahren gezüchtet. Es waren die größten und stärksten Drachen, die je existiert hatten. Doch sie waren sehr schwer zu beherrschen und ihr Verhalten war unberechenbar. Sie richteten großen Schaden an, bei Freund und Feind. Deshalb wurde ihre Aufzucht vom Rat verboten. Taurons waren neben ihrer enormen Größe auch an ihrem feuerroten Schuppenpanzer zu erkennen und an ihrem Schwanz, dessen Ende mit furchtbaren Stacheln versehen war. Damit konnten sie …"

„Alfie, das ist alles sehr interessant, aber im Moment unwichtig."

Aylana hielt immer noch Arians Arm gepackt.

„Was hast du von diesem neuen Anführer der Shiazul gehört?"

„Aylana, bitte leg dich wieder hin", ermahnte sie Merle, „Du kriegst sonst noch Ärger."

„Ja, gleich!"

Ungeduldig legte sich Aylana wieder auf die Couch.

„Also, was ist jetzt mit diesem Shiazul?"

„Viel mehr kann ich dir im Moment nicht sagen", antwortete Arian.

„Wir haben nur noch gehört, dass er eine riesige Narbe im Gesicht haben soll. Dann war Dorkon weitergegangen. Mehr haben wir nicht mitgekriegt."

Aylana sank nachdenklich in ihr Kissen zurück. Dabei tauschte sie einen verstohlenen Blick mit Alfias.

„Was bedeutet das?", fragte Salva.

„Wir haben vorher noch nie von einem Tauron gehört."

„Ein Tauron bedeutet auf alle Fälle Ärger und ein neuer Anführer der Shiazul ist ganz sicher auch keine gute Nachricht. Doch lassen wir das jetzt. Dorkon und die anderen Mitglieder des Elfenzirkels werden sich bestimmt darum kümmern", sagte Aylana bestimmt.

„Konzentrieren wir uns lieber auf unsere Ausbildung. Wir werden uns sicher bald wieder treffen."

Damit war das Thema erledigt, und Salva und Arian verabschiedeten sich von den dreien.

„Attawa osu."

Merles Handbewegung gab den beiden Freundschaft mit auf den Weg. Sie war fasziniert von den Sitten und der Sprache der Arcandrin und wollte auch zeigen, dass sie das Gelernte richtig einsetzen konnte.

„Attawa uso."

Die beiden zeigten ihrerseits, dass sie die Freundschaft annahmen. Beim Rausgehen zwinkerte Arian Merle noch zu und sagte: „Wir sehen uns beim Drachenfliegen."

Nachdem sich Arian und Salva verabschiedet hatten, war es ein paar Sekunden still im Raum. Aylana und Alfias vermieden es, sich anzusehen. Beiden war jedoch anzusehen, dass sie den gleichen Gedanken nachhingen. Schließlich war es Merle, die die Stille unterbrach: „Ich fühle, dass ihr beiden mehr von der Sache wisst, als ihr gegenüber Arian und Salva zugegeben habt. Ich werde euch nicht drängen. Aber wenn es etwas gibt, dass ich wissen sollte … jetzt wäre ein guter Zeitpunkt."

„Merle, es ist sehr schwer für mich, darüber zu sprechen. Ich habe mit Sirion und Gondrin bereits einen Angriff der Shiazul erlebt. Gondrin wurde dabei …"

Sie konnte nicht weitersprechen und ihre Augen füllten sich mit Tränen.

„Gondrin wurde dabei getötet. Er hat sein Leben gegeben, um Aylana und Sirion zu retten", sagte Alfias mit leiser, trauriger Stimme.

„Mein Gott!" Merle schlug die Hände vor das Gesicht.

„Ich war mir nicht bewusst, wie diese Welt sein kann. In meiner Vorstellung von Elfen war immer alles so friedlich und schön. Es tut mir sehr leid. Gondrin muss ein sehr guter Freund gewesen sein."

Sie hatte sich zu Aylana auf die Couch gesetzt und sie mitfühlend an sich gedrückt. Alfias überlegte lange und entschied sich dann für sich, dass es besser wäre, Merle wenigstens teilweise einzuweihen. Dies war besser, als sie über die Ereignisse rund um Aylana und die Geschichte von Arcandria im Unklaren zu lassen. Sie sollte wissen, von welcher Seite Gefahr drohen konnte, für Aylana und ihre Freunde, aufgrund Aylanas Aufgaben.

„Wir denken, dass wir diesen Anführer der Shiazul kennen", begann Alfie.

„Es könnte derjenige sein …"

In diesem Moment klopfte es an der Tür und Davy streckte den Kopf herein.

„Na, wie geht es meiner verletzten Kriegerprinzessin?"

Dazu wedelte er mit einem länglichen Geschenkpaket wild in der Luft herum. Alfie brachte sich schleunigst in Sicherheit.

„Pass doch auf, wohin du ausschlägst! Zu deinen Bewegungen würde ein Morgenstern besser passen. Du platzt hier mit der Anmut einer Abrissbirne rein!"

Damit hatte er erreicht, was er beabsichtigt hatte. Aylana und Merle hatten sich gefangen und lächelten Davy entgegen. Dieser ließ sich von Alfies Worten nicht beirren und steuerte geradlinig auf Aylana zu.

„Hallo, meine Schöne. Rate mal, was ich hier habe?", sagte er aufgekratzt.

„Willst du jetzt zuerst wissen, wie es mir geht, oder soll ich zuerst raten?" Sie zog ihn zu sich runter und küsste ihn.

„Ähm ja, natürlich!", brabbelte er.

„Also was jetzt?", sagte Merle und lachte. „Option A oder B?"

„Ihr macht mich ja ganz konfus." Davy schnitt eine Grimasse. „Wie geht es dir, Gnädigste? Macht deine Genesung moderate Fortschritte?"

„Ja, ich könnte schon längst wieder aufstehen. Aber Merle lässt mich nicht", beklagte sich Aylana mit jämmerlichem Gesicht.

„Gut gemacht, kleine Schwester. Dein großer Bruder ist stolz auf dich!"

Davy übertrieb schamlos.

„Wenn du ihr jetzt noch den Kopf tätschelst, darfst du raten, Davy. Und zwar weshalb du über plötzlich auftretende Schmerzen klagen musst", sagte Alfie lachend.

„Genau!", drohte Merle.

„Lass das dämliche Großer-Bruder-Getue. Wenn es hierauf ankommt", sagte sie und deutete auf ihren Kopf, „Dann musst du noch gewickelt werden."

Aylana lachte und fragte: „Also, was ist nun in dem Paket?"

„Natürlich eine Überraschung!" Davy machte ein geheimnisvolles Gesicht.

„Du musst es erraten. Es hat mit deiner Ausbildung zu tun."

„Ein Warndreieck, mit der Aufschrift: Achtung Gefahr. Halten Sie mindestens zehn Meter Sicherheitsabstand!" Alfie zog ein todernstes Gesicht.

„Oder ein tragbarer Airbag zum Umschnallen, oder eine ausziehbare Rute, um kleine Fische wie dich zu fangen."

„Alfie, nutze den Sauerstoff bitte ausnahmsweise mal zum Atmen."

Merle verdrehte die Augen.

„Ich kann auch mit der Milz atmen und euch gleichzeitig aufgrund meiner unendlichen Güte mit den Weisheiten meines brillanten Verstandes beglücken."

„Bringt ihn zum Schweigen oder aus dem Zimmer", stöhnte Aylana gequält auf.

„Hallo, hallo! Was ist jetzt mit meinem Geschenk?", schmollte Davy.

„Ja, natürlich. Darf ich das Paket mal in die Hand nehmen? Vieleicht hilft mir das Gewicht beim Raten." Aylana streckte die Hand aus.

„Wow, das Teil ist ja ziemlich schwer. Aber ich habe immer noch keine Idee, was es sein könnte. Lass es mich einfach auspacken."

„Na gut", gab sich Davy geschlagen und ergänzte: „Du errätst es sowieso nie."

Aylana wickelte das Paket aus und zum Vorschein kam ein wunderschönes altes Schwert.

„Das habe ich auf einem Flohmarkt gefunden. Der Verkäufer sagte mir, es sei sehr alt und er hätte es bei einer Hausräumung in einer Truhe auf dem Dachboden gefunden", sagte Davy stolz.

„Es ist wunderschön!"

Aylana betrachtete das Schwert von allen Seiten. Auch Merle und Alfias beugten die Köpfe über die Waffe und begutachteten das Geschenk.

„Sieh mal, die Ziselierung auf der Klinge und der vergoldete Knauf. Und hier, das sieht aus wie Runen."

Merle strich mit dem Finger über die Stelle.

„Auf alle Fälle ist es wunderschön. Vielen Dank, Davy!"

Aylana legte das Schwert neben sich auf die Couch.

„Ich werde es in meinem Zimmer an die Wand hängen. So kann ich es mir immer ansehen."

„Ach ja, und ich soll dir noch Grüße von Daniela und Tom ausrichten. Die beiden lassen fragen, wann wir wieder mal mit der Abendstern in See stechen wollen."

Aylana bedankte sich und sie verabredeten, an einem der nächsten Wochenenden gemeinsam einen Ausflug zu unternehmen. Die vier unterhielten sich noch eine Weile, dann war es Zeit für Merle und Davy nach Hause zu gehen. Nicht ohne, dass Merle Aylana noch das Versprechen abgenommen hatte, am Samstag wiederkommen zu dürfen, um weiter zu lernen.

„Nein, ich bin strikt dagegen!" Alfies Gesicht war bereits gerötet.

„Ich verstehe nicht, wie ihr dem zustimmen könnt. Es ist doch viel zu gefährlich!"

„Alfias, es wird ein Drachenreiter in unmittelbarer Nähe sein. Du weißt ja, dass Aylana gut bewacht ist."

Salomee versuchte, Alfias zu beruhigen.

„Und Sirion wird sie ja begleiten."

„Ja, ich werde in der Nähe sein. Es wird ihr nichts passieren. Und du weißt ja, dass Ava uns wissen ließ, dass Aylana und Merle ins Gewölbe gebeten werden."

Aylana hatte tatsächlich diese Nachricht von Ava empfangen. Sie hatte ihr diese Gedanken übermittelt.

„Ich vermute ganz stark, dass hat mit Merles außerordentlichen Begabungen zu tun. Du kennst meine Überlegungen."

Sirions Gesichtsausdruck ließ keinen Zweifel an seiner Meinung aufkommen.

„Ja, das verstehe ich ja alles. Aber weshalb müssen die beiden vorher unbedingt noch mit Ildur fliegen? Das ist der Punkt, der mich sehr beunruhigt. Wir wissen überhaupt nicht, wie Ildur auf einen Menschen reagieren wird."

Alfias beharrte auf seiner Meinung.

„Ich werde Merle nicht mitnehmen, sollten die geringsten Zweifel aufkommen", reagierte auch endlich Aylana auf die Vorwürfe.

„Aber du solltest ja am besten wissen, wie sehr Merle sich das wünscht. Sie hat sich in den letzten Wochen so intensiv mit unserer Kultur und unserer Sprache beschäftigt, dass ich ihr versprochen habe, ihren Wunsch zu erfüllen. Natürlich vorausgesetzt, dass keine Bedenken seitens des Rates vorliegen."

„Und was ist mit Finn und Lotte? Und mit Davy? Was erzählen wir ihnen?"

Alfias wusste, dass er damit die Schwachstelle des ganzen Plans angesprochen hatte.

„Warum hackst du zum wiederholten Mal auf Dingen herum, die wir schon so oft durchgesprochen haben? Ich mache mit Merle einen Ausflug und sie wird vorher hier bei uns übernachten. Du weißt ganz genau, dass wir ihnen nicht mehr mitteilen dürfen. Es ist auch für mich nicht einfach, dass wir Davy und ihren Eltern noch nicht alles erzählen dürfen."

Aylana sah Alfias beteuernd an und sagte: „Wir machen nur einen kurzen Rundflug und Merle wird fest angeschnallt sein. Es wird nichts passieren!"

Der Plan bestand darin, am frühen Samstag morgen nach Biel in die Trainingshalle zu fahren und von dort aus mit einem Portal nach Arcandria zu reisen. Dort würden Merle Ildur kennenlernen. Das heißt, sie würde zum ersten Mal in ihrem Leben einen Drachen sehen. Und sogar mit ihnen fliegen können. Merle sprach seit mindestens einer Woche von nichts anderem. Nach dem Flug würden sie Ava im Gewölbe besuchen. Aylana war sehr gespannt darauf, wie Merle auf Ava reagieren würde. Und noch gespannter war sie, was Ava ihnen wohl mitzuteilen hatte.

Der Freitagabend kam und Merle wurde von Finn und Lotte, die in Solothurn verabredet waren, vorbeigebracht. Merle war so aufgeregt, dass sie den ganzen Abend von nichts anderem sprach. Bis Aylana endlich lachend sagte : „Lass uns jetzt endlich schlafen gehen. Sonst schläfst du mir morgen noch im Flug ein!"

„Davon träumst du wohl. Ich werde der erste Mensch sein, seit … seit … sicher ewig lange, der auf einem Drachen reiten kann. Ach, ich bin so aufgeregt! Ich werde bestimmt kein Auge zukriegen, heute Nacht." Merle rutschte aufgeregt auf ihrem Stuhl herum.

„Dann sorge bitte wenigstens dafür, dass deine Augen leise offenbleiben!" Aylana stand auf und ging zum Bett.

„Ich hingegen brauche meinen Schönheitsschlaf. Lass uns schlafen gehen. Morgen wird ein ereignisreicher Tag."

Pünktlich um sieben Uhr am Morgen wurden sie von Salomee geweckt: „Guten Morgen!"

Gut gelaunt hatte sie die Tür und die Vorhänge geöffnet.

„Ein wundervoller Tag erwartet euch und das Frühstück steht auch bereit. Na los, raus aus den Federn."

Merle gähnte nur kurz und stand so schnell auf, dass Salomee laut auflachte.

„Du kannst es wohl gar nicht erwarten, was?"

„Ich bin so gespannt. Auf Ildur, auf Ava, auf Arcandria, ach, einfach auf alles."

Ihre Augen strahlten vor Vorfreude. Die beiden gingen ins Bad und machten sich zurecht, wobei Aylana ständig von Merle zur Eile getrieben wurde. In der Küche saßen bereits Salomee, Sirion und Alfie beim Frühstück. Sie setzten sich dazu und während Aylana ausgiebig frühstückte, kriegte Merle fast keinen

Bissen runter. Alfie bemerkte dazu mit spitzer Zunge: „Das ist ganz gut so, denn mit weniger Ballast bist du leichter aus dem Bach zu fischen."

„Ach, hör doch endlich auf zu motzen! Die ganze Zeit versuchst du schon, diesen Flug zu verhindern." Merle sah ihn durchdringen an.

„Nein, ich versuche nicht den Flug, sondern den Absturz zu verhindern, der gemäß Aylanas Unfallstatistik ganz zwangsläufig folgen muss."

„Alfie, es reicht jetzt! Wir alle wissen, dass du dich um Merle sorgst."

Sirion lächelte Merle zu.

„Sie ist jedoch absolut sicher bei Aylana und im Gewölbe. Es sind ja auch genügend Vorkehrungen zu ihrem und unserem Schutz getroffen. Also Schluss jetzt. Alles geht nach Plan."

Damit war die Angelegenheit vom Tisch. Nach dem Morgenessen setzten sich Aylana, Merle und Alfias zu Sirion ins Auto. Salomee wollte den schönen Tag und die Ruhe zuhause genießen.

In Biel angekommen, holten Aylana und Sirion ihre Ausrüstung aus dem Kofferraum. Sie wollten wieder in voller Rüstung und Bewaffnung vor Ava erscheinen, zudem war es auch ein zusätzlicher Sicherheitsfaktor für sie alle. Sie gingen mit ihren Gepäckstücken in die Garderoben der Trainingshalle, um sich auszurüsten. Als die beiden gerüstet wieder zu Merle und Alfias zurückkamen, war Merle so überwältigt von ihrem Anblick, dass ihr Tränen in die Augen traten.

„Ich habe versucht, mir das vorzustellen, aber das übertrifft alle meine Erwartungen. Ihr seht aus wie … wie aus meinen Träumen. Wie ich es mir immer ausgemalt habe, nur viel beeindruckender. Und eure Waffen, so etwas habe ich noch nie gesehen."

Andächtig betrachtete Merle die beiden eingehend. Aylanas Rüstung in den violett schimmernden Drachenschuppen und ihr Helm mit den schwarzen Kristallen. Sirions Rüstung beeindruckte hingegen in Gold und Schwarz. Und natürlich richtete Merle ihre besondere Aufmerksamkeit auf Durandort und Xandar, von denen ihr Aylana bereits erzählt hatte. Sie hätte diese

Waffen zu gerne einmal berührt. Doch sie traute sich noch nicht, Aylana danach zu fragen.

Wie üblich war es wieder Alfie, der zuerst das Wort ergriff. Gespielt beleidigt murmelte er vor sich hin: „Mich hat sie noch nie so lange angehimmelt. Da sieht man es wieder einmal: Kleider machen Leute. Rüstungen machen Krieger und …"

„… und lange Ohren machen süße Hasen", beendete Merle den Satz.

„Und lange Reden machen kurze Flüge!", ergänzte Sirion grinsend.

„Aylana, bitte öffne ein Portal für uns."

Aylana trat einen Schritt vor und wurde dabei von Merle gespannt beobachtet. Sie begann mit ihrer Konzentration auf Arcandrias Steilküste und das Portal begann, sich zu bilden. Merle schien den Vorgang richtig in sich aufzusaugen und als durch das Auge die Küste mit ihren Klippen sichtbar wurden, entfuhr ihr ein Ausruf der Bewunderung.

„Alfias, du und Merle folgt mir und Aylana geht als Letzte und schließt das Portal", befahl Sirion. Er schritt durch das Tor und die beiden folgten ihm sofort, wobei Alfias Merle bei der Hand nahm. Aylana folgte ihnen und schloss das Tor hinter sich. So stand die kleine Gruppe nach wenigen Sekunden auf der Höhe der Steilküste Arcandrias. Merle sah sich um, und alles erschien ihr wie im Märchen. Sie konnte sich gar nicht sattsehen an der Umgebung.

„Ich kann es nicht fassen. Vor einem Augenzwinkern war ich noch in Biel und jetzt bin ich auf Arcandria. Viele hunderte Kilometer entfernt."

„Genau gesagt sind es von Biel aus eintausendvierhundertdreiundzwanzig Kilometer." Alfie konnte es nicht lassen, was ihm einen vorwurfsvollen Blick von Merle einbrachte.

„Ich verstehe jetzt immer besser, wie wertvoll eure Fähigkeiten sind, und wie leicht zu missbrauchen. Es ist richtig und für unsere Sicherheit unerlässlich, diese Geheimnisse zu wahren."

Sirion sah sie verwundert an und nickte. Wie selbstverständlich Merle unsere Sicherheit gesagt hatte. Sie gehörte wirklich zur Familie, dachte er.

„Rufen wir jetzt Raga und Ildur. Merle, bist du bereit?"

„Ja, Sirion. Ich bin so weit!"

Aylana und Sirion ließen ihre Drachenflöten ertönen und blickten aufs Meer hinaus. Ein dunkler Punkt am Himmel erregte ihre Aufmerksamkeit und schon bald war klar, dass es sich um den riesigen Drachen Sirions handelte. Merle hielt gebannt den Atem an, als Raga über sie hinwegflog, um hinter ihnen zu landen. Sie drehte sich um, damit sie ja nichts verpasste, und stieß einen überraschten Schrei aus. Denn hinter ihr stand Ildur so nahe, dass er sie neugierig beschnuppern konnte. Merle stand stocksteif da und traute sich nicht, einen Finger zu rühren.

„Ildur!", schimpfte Aylana.

„Du sollst mich doch nicht immer erschrecken! Merle, das ist Ildur. Ildur, das ist Merle. Sie wird heute mit uns fliegen."

Doch Merle stand immer noch reglos da. Mit riesigen Augen und offenem Mund.

„D ... da ... das ist ein ... ein Dra ... Drache."

Merle schien kurz vor einer Ohnmacht zu stehen.

„Natürlich ist das ein Drache. Deshalb sind wir doch hier. Oder nicht?"

Alfie gab sich wie immer sehr charmant.

„Weißt du, Brieftauben eignen sich nicht zum Fliegen, mit zwei Personen."

Doch Merle war im Augenblick nicht nach Scherzen zumute. Aylana trat neben Ildur und legte ihm ihre Hand auf den Hals und strich ihm kräftig über die Schuppen. Diese Begrüßung erwiderte Ildur auf die bekannte Art und Weise. Nachdem sich Aylana wieder aufgerappelt hatte, trat sie zu der vor Schreck starren Merle und erklärte ihr: „Keine Angst. Ildur ist ein Scherzkeks. Das ist seine Art, um mir zu zeigen, dass er mich liebt."

Merle stotterte: „Ich hoffe, er liebt mich noch nicht ganz so, wie dich."

Aylana stellte lachend fest: „Er hat dich beschnuppert. Er mag dich."

Wie zur Bestätigung ließ Ildur ein kräftiges Schnauben hören, das Merles Frisur komplett zerstörte. Damit war der Bann gebrochen und Merle streckte zögernd die Hand nach Ildur aus. Dieser ließ es sich gefallen, dass Merle seinen Kopf streichelte.

„Na also. Er mag dich. Komm, wir wollen ihn zusammen aufzäumen. Ich zeige dir, wie das geht."

Sie griff nach dem Zaumzeug und gemeinsam bereiteten die beiden Ildur für den Flug zu zweit vor.

„Diesen Riemen hier ein wenig fester und dieser Bügel muss noch gesichert werden. Und passt auf …"

„Alfie, wenn du nicht sofort deinen Mund hältst, bitte ich Ildur, dich kurz wegzuhusten", drohte Aylana.

Das genügte, damit Alfie vorsichtshalber auf Distanz ging und erstaunlicherweise nichts mehr zu meckern hatte. Sirion war schon längst mit Raga fertig und saß bereits im Sattel.

„Na los, seid ihr endlich so weit?"

Raga streckte schon ungeduldig seine mächtigen Schwingen aus und musste von Sirion zurückgehalten werden.

„Bara, Ildur, bara."

Ildur beugte sich nieder, Aylana half Merle in den Sattel und fixierte ihre Beine fest an Ildurs Zaumzeug. Dann stieg sie ebenfalls auf und sicherte sich selbst.

„Alles bereit?"

Aylana drehte den Kopf nach hinten.

„So bereit, wie man sein kann, wenn man auf einem Fabelwesen sitzt, das es nicht gibt", brachte Merle zwischen zusammengepressten Zähnen heraus.

„Halte dich gut an mir fest!"

Aylana winkte bestätigend zu Sirion hinüber und gab Ildur das Kommando: „Bonngo, Ildur, bonngo!"

Mit zwei mächtigen Sätzen sprang Ildur über die Klippe hinweg und entfaltete seine Schwingen. Merle war auf vieles vorbereitet gewesen, doch das hatte sie nicht erwartet. Obwohl sie sich an Aylana festgeklammert hatte, wurde sie doch nach hinten geschleudert. Die enorme Beschleunigung Ildurs war so atemberaubend, dass sie ihren Griff um Aylanas Taille beinahe nicht halten konnte. Gleich darauf folgte der freie Fall, fast senkrecht nach unten. Merle stieß einen schrillen Schrei aus, als sie das Wasser rasend schnell auf sich zukommen sah. Kurz darauf wurde sie mit Gewalt in den Sattel gepresst. Ildur ging aus dem Sturzflug und innerhalb weniger Augenblicken in einen scharfen Steigflug, der ihr die Luft aus den Lungen presste.

„Alles in Ordnung?", schrie Aylana nach hinten. Merle konnte nicht antworten und streckte für einen Sekundenbruchteil den Daumen hoch, bevor sie sich wieder krampfhaft an Aylana klammerte. Diese jauchzte übermütig und warf die Arme in die Luft. Sirion war unbemerkt über sie geflogen und als Ragas mächtiger Schatten sie streifte, zuckte Merle erneut zusammen. Sirion bedeutet Aylana, ihm zu folgen und zog Raga nach links aufs Meer hinaus.

„Dras, Ildur!"

Aylana folgte Sirion. Es schien Ildurs Ehrgeiz zu sein, sich nicht abhängen zu lassen und pfeilschnell glitten sie durch die Luft. Jetzt, nachdem der Steigflug beendet war und Ildurs Flügelschlag ruhiger wurde, ließ Merle Aylana langsam los und schaute nach unten. Sobald sie die enorme Höhe sah, die von den beiden Drachen bereits erreicht worden war, klammerte sie sich erneut fest an Aylana. Doch nach und nach fasste sie Vertrauen und fing an, den Flug zu genießen. Sobald Aylana merkte, dass Merle lockerer wurde, ließ sie Ildur ein paar Bogen fliegen. Ildur legte sich rechts und links in die Kurven und es war wie Achterbahnfahren für Merle. Sie hielt ihre Arme hoch in die Luft und schrie Aylana ins Ohr: „Das ist das Schönste, was ich je erlebt habe. Ach, wie ich dich beneide! Könnte ich doch auch eine Drachenkriegerin werden, wie du!"

Sie legte ihre Hände auf Ildurs Rücken und fühlte seine starken Muskeln, wie sie die Schwingen auf und ab bewegten. Sie begann allmählich zu verstehen, wie sehr Aylana das Fliegen liebte. Dieses wilde, befreiende Gefühl grenzenloser Weite. Und dieses Verspüren absoluter Freiheit und Freude, begann auch Merle zu erfassen. Sie ließ sich von diesen Gefühlen treiben und vergaß für einen Moment alles um sich herum.

In der Ferne wurde eine kleine Insel sichtbar, auf die Sirion zusteuerte. Je näher sie kamen, umso deutlicher wurden ihre Umrisse sichtbar. Es war eine dichtbewachsene Insel mit einigen Ruinen aus Stein. Als sie die Insel umrundeten, wurden auf der Rückseite die Überreste eines einstig gewaltigen Leuchtturmes erkennbar. Dieses Bauwerk musste hoch in den Himmel geragt haben. Um den Turm herum standen noch einige kleinere zerstörte Bauten. Aylana fielen die Erzählungen Salomees ein. Über den mächtigen Leuchtturm der Arcandrin, der einst den Völkern der Erde den Weg nach Arcandria gewiesen hatte. War dies Talabat? Die früher so mächtige Heimat der Krieger des Lichtes? Die Legende erzählte, dass diese Arcandrin in der Lage gewesen waren die geheimsten Gedanken zu erkennen. Von ihrem Urteil hing es ab, ob Reisenden der Weg nach Arcandria offenstand. Wer ihre Prüfung nicht bestand, fand niemals den Weg in die Ursprungswelt der Arcandrin. Man sagte, dass auf dieser Insel die weisesten Lebewesen der alten Welt gelebt hatten. Niemand wusste, was sie dazu bewogen hatte, die Insel zu verlassen.

Bei genauerem Hinsehen erkannten sie, dass hier wohl ein Kampf stattgefunden haben musste. Die zerstörten Gebäude sahen teilweise aus, als wären sie erst vor einigen Jahren verlassen worden. An den Mauern des Leuchtturmes waren noch deutlich Spuren von Feuer zu erkennen. Jetzt erkannten sie auch die Überbleibsel eines langen Steges, der ins Meer hinausführte. Hier mussten die Schiffe angelegt haben, die Talabat besuchen wollten. Sirion umkreiste die Insel einige Male, bevor er Raga weiterfliegen ließ. Merle verspürte ein seltsames Gefühl in sich aufsteigen. Als Aylana zurückblickte, sah sie erstaunt und besorgt, wie Merles Schultern zuckten und die Tränen aus ihren Augen liefen. Merle versuchte, ihr Schluchzen zu verbergen, doch Aylana wusste genau, dass in ihrer Freundin der Anblick der zerstörten Insel etwas ausgelöst haben musste. Sie drehte sich soweit möglich zu Merle um, und sah in ihr tränenüberströmtes Gesicht.

„Merle, was ist los mit dir? Soll ich landen?"

Doch Merle kämpfte um ihre Fassung und erwiderte, während sie versuchte, ihre Tränen zu trocknen: „Es geht schon. Ich weiß auch nicht. Mich hat plötzlich diese tiefe Traurigkeit erfasst, beim Anblick dieser Insel. Es war wie eine Erinnerung an Schmerz und Leid."

Sie lächelte tapfer, bevor sie sagte: „Lass uns weiterfliegen."

Aylana nahm sich vor, mit Sirion und Salomee über diese heftige Reaktion zu sprechen. Sie wandte sich wieder nach vorne und folgte ihrem Vater. Dieser flog in einer weiten Schleife zurück Richtung Arcandria. Die Sonne stand bereits hoch am Himmel, und das Meer unter ihnen glitzerte im Licht. Nach einigen Minuten konnten sie in der Ferne bereits wieder Arcandria am Horizont auftauchen sehen.

Sirion umflog auch diese Insel einmal komplett, wohl, damit Merle einen Überblick über Arcandria gewinnen konnte. Dann flog er wieder die Steilküste an, von der sie gestartet waren, und ließ Raga zum Landen in weiten Kreisen tiefer gehen. Aylana und Merle taten es ihm gleich und nach einigen Augenblicken war der Boden schon zum Greifen nahe. Die Drachen bäumten sich vorne auf und bremsten mit ihren starken Schwingen ihre Geschwindigkeit. Dabei wurde Merle nach vorne geworfen und schlug mit ihrer Stirne an Aylanas Helm. Dann standen sie wieder auf der Erde.

Aylana und Sirion sprangen von ihren Drachen und Aylana half Merle hinunter. Diese stand mit noch etwas wackligen Beinen auf der Erde und atmete erst mal tief durch. Alfias, der ihre Landung beobachtet hatte, kam hinzu und nahm Merle theatralisch in die Arme:

„Ava sei Dank. Die Gefahr ist vorbei. Was habe ich für Ängste ausgestanden!"

„Es war fantastisch!"

Merle hörte gar nicht hin.

„Stell dir nur vor! Ich habe einen Drachen gesehen und ich …"

„Und ich habe ein Einhorn gesehen", wurde sie von Alfie grinsend unterbrochen.

„Hä? Was soll …" Sie unterbrach sich, als Alfie auf ihre Stirn zeigte. Merle tastete mit dem Finger an ihrem Kopf herum und spürte sofort die Beule, die sich mitten auf ihrer Stirne erhob.

Sie lachte und meinte trotzdem gutgelaunt: „Ja, da bin ich bei der Landung mit Aylanas Helm in Berührung gekommen. Doch das spüre ich gar nicht."

Sie drehte sich zu Aylana und Ildur um und sagte: „Vielen, vielen Dank! Das war einfach himmlisch!"

Vor lauter Begeisterung lief sie zu Ildur und legte ihm die Arme um den Hals. Dieser guckte zuerst verwundert, genoss dann aber die liebevolle Umarmung sichtlich. Aylana und Sirion nahmen ihren Drachen das Zaumzeug ab und ließen sie wieder fliegen. Merle sah den beiden noch lange nach und konnte sich nicht losreißen von ihrem Anblick. Sie drehte sich erst um, als von den beiden längst nichts mehr zu sehen war.

„Kommt jetzt! Ava erwartet uns."

Sirion lief in Richtung der Festung Dún Eochla. Die anderen folgten ihm und nach einigen Minuten waren sie im inneren Steinkreis der Festung versammelt. Aylana öffnete die Pforte und die kleine Gruppe folgte ihr die Steintreppe hinab in die Dunkelheit des Gewölbes. Sie gingen die Treppe hinunter, bis sie wieder den gewohnten Lichtschimmer erkennen konnten. Aylana trat in das Gewölbe und die Kristalle in den Wänden strahlten ihr warmes sanftes Licht aus. Alfias und Merle, die zum ersten Mal in diesem Gewölbe waren, blickten sich staunend um. Aylana deutete auf die verschlungene Säule, die aus den Wurzeln des Lebensbaumes gebildet wurde, die auch die Decke formten. In deren Mitte war der prächtige, schwarz glitzernde Kristall zu sehen. Alfias und Merle bestaunten auch die zahllosen Schriftrollen, die in den Wänden aufbewahrt wurden.

„In diesen Schriften ist das Wissen von Dana Nala seit Anbeginn der Geschichte enthalten. Attawa osu." Sie hörten die Stimme Avas hinter ihnen.

„Attawa uso", antworteten Aylana und Sirion. Merle und Alfias waren von Avas Erscheinung dermaßen überwältigt, dass sie erstarrten und kein Wort herausbrachten. Ava war diesmal in ein Gewand gekleidet, dass sich wie flüssiges Kristall um ihre Gestalt schmiegte. Die großen, sanft geschwungenen Flügel, die selbst zusammengefaltet bis an ihre Füße reichten und über ihren Kopf hinausragten, waren von einem strahlenden Weiß, das an den Rändern langsam in ein intensives Violett überging. Die langen, schwarzviolett schimmernden Haare fielen in weichen Wellen bis auf ihre Hüften herab. Auf der Stirn trug sie ein Diadem mit dem Symbol des Fura ad Luz und des Sola Arwa Aygo; das Symbol des Sonnendrachens und des Lebensbaumes.

Ihr ebenmäßiges Antlitz strahlte eine Liebe und Güte aus, die sie alle durchdrang, und ihre dunkelvioletten Augen glitzerten wie Sterne. Sie umarmte Aylana und auch Sirion. Dann trat sie zu Alfias und sagte: „Auch dir ein herzliches Willkommen, Alfias. Heiler, Seher und Lehrer. Deine Fähigkeiten sind außerordentlich. Ich freue mich, dich endlich von Angesicht zu Angesicht sehen zu können."

Sie nahm auch ihn in die Arme. Alfias stand da, wie verzückt und freute sich sichtlich über Avas Lob. Doch schließlich fand auch er seine Stimme wieder und begrüßte Ava, wie es sich gehörte.

Dann wandte sie sich Merle zu und sagte: „Ich grüße dich, Merle. Ich habe mich schon lange darauf gefreut, dich zu treffen. Mit Spannung haben wir deine Entwicklung beobachtet und mit Freude sehen wir jetzt, dass die Saat aufgegangen ist."

Merle stand immer noch reglos und wie verzaubert da. Sie konnte ihre Augen nicht von Ava abwenden. Es schien, als hätte sie der Klang von Avas Stimme in weite Ferne entrückt. Ihre Augen bekamen einen besonderen Glanz. Aylana und ihre Familie hatten sich bei ihren geheimnisvollen Worten ratlos angesehen. Sie konnten sich keinen Reim auf Avas Begrüßung machen.

„Du bist mir so vertraut und doch so fremd, Ava. Es ist mir, als hätte ich dich schon einmal gesehen. Und auch dieser Raum hier, es ist wie ein Traum aus früher Kindheit. Bitte hilf mir, Ava."

Merle wischte sich über die Augen.

„Deshalb habe ich euch zu uns gebeten. Es ist die Zeit gekommen, die Siegel des Schweigens zu brechen, um die Vergangenheit aufleben zu lassen."

Sie nahm Merle in die Arme und umschloss sie mit ihren Flügeln.

„Du hast vorhin über Talabat etwas gespürt, Merle. Deine Gefühle haben dich nicht getäuscht. Sirion ist auf meinen Wunsch hin diesen Weg geflogen."

Aylana und Alfias sahen Sirion verwundert an, doch in seinem Gesicht zuckte kein Muskel. Ava löste sich von Merle und sagte zu ihnen allen: „Kommt mit mir, Sola Arwa Aygo will euch die Ereignisse vergangener Tage zeigen."

Sie folgten ihr in das Innere der Säule, wo der Kristall in sanftem Licht angefangen hatte zu erglühen. Ava deutete auf die Lichtkugel, die sich über dem Kristall zu formen begann. Langsam nahm das Bild Formen an. Sie hörten Schreie und den Lärm eines Kampfes.

Gondrin versuchte verzweifelt und mit allen Mitteln, die Bewohner von Talabat in Sicherheit zu bringen. Zu plötzlich war das Unheil in Gestalt der Shiazul über die Insel hereingebrochen. Die Krieger des Lichtes waren keine Krieger der Waffen und niemals hätte jemand gedacht, dass diese friedliebenden und unbewaffneten Arcandrin das Opfer eines solch hinterhältigen Angriffs werden konnten. Gondrin war mit nur weiteren zehn Drachenkriegern auf der Insel, um für den Schutz des Leuchtfeuers zu sorgen. Die Shiazul waren wie aus dem Nichts im Morgengrauen erschienen, in hundertfacher Überzahl. Gondrin stand auf der Brüstung des Leuchtturmes und versandte Pfeil um Pfeil in die Reihen der anfliegenden Shiazul. Seine Drachenkrieger hatte er angewiesen die Bewohner der Insel in Sicherheit zu bringen. Sie warfen sich mit Mut und grimmiger Entschlossenheit dem Feind entgegen. Sie umkreisten das Dorf mit ihren Drachen und versuchten, die Shiazul auf Distanz zu halten. Diese hatten skrupellos damit begonnen, die Häuser mit Brandpfeilen in Flammen aufgehen zu lassen. Die Drachenkrieger setzten alles daran, die Angreifer wenigstens so lange in Schach zu halten, bis die Bewohner in den Schutz der Höhlen am Fuß der Klippen geflüchtet waren. Doch die Shiazul kannten keine Gnade und verfolgten sogar die Flüchtenden mit ihren Pfeilen. Es war eine furchtbare Schlacht. Viele der Krieger und Kriegerinnen des Lichtes verloren dabei ihr Leben, weder Erwachsene noch Kinder wurden verschont. Gondrin hatte die Reihen der Feinde stark lichten können, doch etwa zehn der Shiazul umkreisten ihn, wie Raubvögel. Mittlerweile hatte der Turm unter ihm Feuer gefangen und Gondrin war der Fluchtweg versperrt. Fünf der Feinde hatte er noch vernichten können, doch jetzt nahmen ihm die Flammen und der Rauch immer mehr die Sicht und allmählich gingen ihm die Pfeile aus. Die Hitze auf seinem Posten wurde unerträglich. Gondrin nahm seine Drachenflöte zur Hand und rief nach seinem treuen Begleiter. Der Ruf war im Kampfeslärm und dem Prasseln der Flammen kaum vernehmbar, doch bereits nach wenigen Augenblicken war sein Drachen zu sehen. Gondrin wusste, dass dieser keine Möglichkeit hatte, um auf der Spitze des Leuchtturmes zu landen und infolge der Flammen konnte er auch nicht nahe genug an ihn heran.

„Ildur!", schrie Gondrin.

„Sinas, volas shira ad'm Tala! Rechts, flieg im Bogen um den Turm!"

Er bedeutete seinem Drachen, in Kreisen um den Leuchtturm zu fliegen. Gondrin wusste, dass ihm nur diese Chance blieb. Er wartete den richtigen Moment ab und mit einem kurzen Anlauf sprang er über die Brüstung. Mit einer Hand konnte er gerade noch in das Zaumzeug Ildurs greifen. Fast schien es, als würde er abrutschen, doch mit einer riesigen Anstrengung konnte er sich in den Sattel ziehen. Kaum hatte er wieder festen Halt, richtete er sein Augenmerk auf die Flüchtenden und ihre Verfolger. Er musste einen Weg finden, um die verbliebenen Arcandrin und ihre Kinder zu retten. Da er keine Pfeile mehr hatte, musste er den Nahkampf suchen. Er zog sein Schwert und riss Ildur in eine steile Kurve. Er flog die Shiazul unbemerkt von hinten an. Gondrin sah, dass noch drei Angreifer die Flüchtenden verfolgten. Die restlichen Shiazul waren immer noch in den Kampf mit den übriggebliebenen Drachenkriegern verwickelt, mit dem Ziel der vollständigen Zerstörung Talabats. Gondrin musste alles auf eine Karte setzen. Er flog den ersten der drei Verfolger direkt an. Kurz vor dem Zusammenprall riss er Ildur in die Höhe und gleichzeitig in eine Drehung, so dass Gondrin kopfüber im Sattel hing. Im richtigen Moment schlug er zu, und sein Schwert riss den Shiazul förmlich aus dem Sattel.

Den nächsten verfolgte er von hinten und flog so knapp über ihm, dass Ildur den Shiazul mit seinen Klauen packen konnte. Ildurs Krallen durchdrangen seine Rüstung mühelos. Der Letzte hatte Gondrin bemerkt und versuchte, zu fliehen. Doch Gondrin schleuderte ihm sein Schwert mit aller Kraft nach. Der Shiazul stürzte getroffen von seinem Drachen und schlug hart auf dem Boden auf.

Gondrin landete so nahe wie möglich bei den flüchtenden Arcandrin. Er erblasste, als er die kleine Gruppe sah. Sie bestand fast nur noch aus kleinen Kindern und einigen wenigen Erwachsenen. Er rannte zu ihnen und überlegte fieberhaft. Sie befanden sich am Strand und mussten noch etwa fünfhundert Meter über ungedecktes Gelände laufen. In der Nähe jedoch war der Bootssteg, an dem einige der Besucherschiffe verankert lagen.

„Das Boot!", schrie Gondrin.

„Alle sofort auf das Boot. Los, los!"

Gondrin trieb die Gruppe an. Sie mussten das nächstgelegene Boot so schnell wie möglich erreichen. Die Erwachsenen trugen die kleinsten Kinder und mahnten die anderen zu größtmöglicher Eile. So hatten sie vielleicht eine Chance zu entkommen, bevor sie erneut verfolgt wurden. Gondrin lief zu dem gefallenen Shiazul und holte sein Schwert und dessen Pfeilvorrat, während die übriggebliebenen Erwachsenen mit den Kindern zum Steg rannten. Gondrin eilte zurück und half mit, die weinenden und verstörten Kinder ins Boot zu heben. Dann rief er Ildur und befestigte ein langes Tau an dessen Zaumzeug, das andere Ende am Bug des Bootes. Er sprang auf Ildurs Rücken und trieb den Drachen an. Ildur erhob sich in die Luft, und Gondrin ließ ihn einen engen Bogen fliegen, damit sich das Tau langsam spannen konnte. Trotzdem gab es einen mächtigen Ruck, der Ildur beinahe zum Absturz brachte. Der Drache kämpfte mit aller Kraft und schaffte es schließlich, dass das Boot Fahrt aufnahm und immer schneller wurde. Als Gondrin über die Schulter zurückblickte, sah er, dass bereits drei Shiazul die Verfolgung mit ihren Drachen aufgenommen hatten. Gondrin trieb Ildur zu äußerster Eile, und dieser zog das Boot mit solcher Gewalt und Geschwindigkeit durch das Wasser, dass er die Verfolger auf Distanz halten konnte. Doch dann hörte Gondrin einen Schrei. Er blickte nach unten und sah, dass eines der Mädchen aus dem Boot gestürzt war. Gondrins Miene versteinerte sich. Er wusste, dass die Shiazul alle töten würden, wenn er umkehrte. Gondrins Augen füllten sich mit Tränen, doch unbeirrt hielt er Ildur auf Kurs. Das Weinen der Kinder und das Rauschen des Wassers wurde leiser und langsam verblasste auch das Bild.

Die Gruppe um den Kristall schwieg lange und Aylana sah, dass Sirions Augen mit Tränen gefüllt waren. Sein Gesicht zeugte von dem Schmerz und dem Leid, dass er in diesem Moment erneut durchlebt hatte.

„Gondrin gelang es, den Rest der Gruppe in Sicherheit zu bringen. Er brachte sie alle hierher, in das Gewölbe. Doch an jenem Tag hatte er die schwerste Entscheidung seines Lebens zu fällen. An diesem Tag war sein Herz vor Schmerz zerrissen worden." Avas Stimme klang traurig und leise fuhr sie fort.

„Gondrin hatte eine Tochter gehabt."

Ava schwieg.

„Gondrins Tochter war das kleine Mädchen, das ins Wasser gefallen war."

Sirions Stimme zitterte, als er weitersprach: „Gondrin verlor an diesem Tag seine Tochter und seine Frau. Er war mein bester Freund und er hat mich gebeten, ihm Freund und Bruder zu sein. Und seine Liebe, Aylana, ist auf dich übergegangen. Es war sein Wunsch, alles für dich zu tun. Er wollte dich um jeden Preis beschützen. Es war eine Art der Wiedergutmachung für ihn. Wie eine Sühne. Er hat sein Wort gehalten! Dana Nala und Dano Luz haben ihm seinen letzten Wunsch erfüllt!"

Aylanas Kehle war wie zugeschnürt und sie konnte ihre Tränen nicht zurückhalten.

„Sein Wunsch war es, sein Leben für mich zu geben?"

Ihre Schultern zuckten und ihre Lippen formten flüsternd Gondrins Namen. Der tiefe Schmerz in ihrem Herzen ließ sie Gondrins Namen laut herausschreien. Ava nahm sie tröstend in die Arme und umschlang sie schützend mit ihren Flügeln, bevor sie mit sanfter Stimme sagte: „Gondrin ist mit tiefer Erfüllung auf die Reise gegangen, Aylana. Sei stark und würdige Gondrins Tat, sei Amada Aygo. Schütze das Leben."

Aylana beruhigte sich langsam und versprach: „Ich will sein Andenken in Ehren halten! Ich werde meinen Weg als Amada Aygo gehen und alles daransetzen, um die Doktrin zu erfüllen!"

Ava nickte und wandte sich an Merle.

„Du hast diese tiefe Traurigkeit über Talabat verspürt. Du kanntest diese Insel, Merle."

„War ich auf diesem Schiff, Ava? Lebte meine Familie auf Talabat?"

Merle fragte zwar, aber eigentlich kannte sie die Antwort bereits.

„Du musst jetzt auch stark sein, Merle. Ja, du warst auf diesem Boot. Du, und dein Bruder."

Ava legte ihre Hände auf Merles Schultern. Aylana sah Sirion bei diesen Worten fragend an, doch er schüttelte leise den Kopf. Nicht einmal ihm war das bekannt gewesen.

Alfias fragte verwirrt: „Davy war auch auf diesem Boot?"

Aylana schüttelte den Kopf. Sie hatte die Zusammenhänge begriffen.

„Davy ist nicht dein leiblicher Bruder. Arian ist es und er war auch auf dem Boot."

Ava nickte und sagte zu Merle: „Du und dein Bruder, ihr wurdet mit den anderen von Gondrin hierhergebracht. Und …"

„Was ist mit meinen Eltern? Ava. Wo sind sie?"

Merle fragte dies, obwohl ihr eigentlich klar sein musste, was passiert war.

„Sie haben den Angriff nicht überlebt, Merle. Es tut mir schrecklich leid. Doch du trägst ihre Seelen in dir, sie haben dich nie verlassen. Auch wenn sie auf die Reise gegangen sind."

Ava deutete auf Merles Herz.

„Weshalb sind Arian und ich denn so verschieden? Wer waren meine Eltern?"

„Talabat war eine Insel, auf der Menschen und Arcandrin in Einklang lebten. Dein Vater, Merle, war ein Arcandrin und gehörte zu den Drachenkriegern. Deine Mutter war eine Kriegerin des Lichtes und menschlicher Abstammung." Ava drehte sich zu Sirion.

„Du hast sie beide gekannt, Sirion."

„Solana und Andurin", sagte Sirion leise.

„Ich dachte, ihre ganze Familie sei damals den Shiazul zum Opfer gefallen. Dann ist sie" – er deutete auf Merle – „ihre Tochter, Auria. Andurin war mein Freund und Waffenbruder bei den Drachenkriegern und ich kannte auch Solana."

Merle war tief erschüttert von all dem Gehörten. Innerhalb weniger Augenblicke hatte sich ihr Leben komplett verändert. Haltsuchend griff sie nach Alfias Arm. Dieser legte den Arm um sie und zog sie fest an sich.

„Ja, Sirion. Das ist Auria. Du hast ja schon bei eurer ersten Begegnung etwas in ihr gespürt." Ava bestätigte Sirions Vermutung.

„Aber weshalb hatten sich die Bewohner nicht mit Portalen in Sicherheit gebracht?"

Alfias schüttelte verwundert den Kopf.

„Talabat war zur Drehscheibe und zum Angelpunkt der Begegnungen von Menschen und Arcandrin geworden. Um Talabat war und ist noch immer der Zauber des Verbergens gewoben. Nur diejenigen unter den Menschen, die mit der Magie von Dana Nala vertraut waren und die Wunder der Natur sahen, konnten Talabat erreichen. Zum Schutz der Insel wurde ein Portalbann mit Hilfe von Sola Arwa Aygo errichtet. So, dachten wir, sei es nicht möglich, Talabat angreifen zu können. Niemals hätten wir geglaubt, dass Arcandrin, auch wenn sie zu den Shiazul gehören, zu solchen Taten fähig wären."

Ava senkte den Kopf und sagte traurig: „Das war einer der traurigsten Tage in der Geschichte unseres Volkes. Ein Verrat am eigenen Volk!"

„Was ist mit all den Kinder passiert, die Gondrin hierhergebracht hatt? So wie Merle, ich meine, Auria?" Aylana sah Ava fragend an.

„Wir haben sichere Plätze gesucht, an denen die Kinder möglichst unbelastet bei Familien aufwachsen konnten. Dabei mussten wir ihr Aussehen mit in Betracht ziehen. Wir konnten nicht Kinder mit den typischen Merkmalen der Arcandrin zu Menschen geben und keine Kinder mit menschlichen Merkmalen in Familien der Arcandrin. Früher oder später wären den Kindern die Unterschiede aufgefallen. Und einige konnten wir in der Akademie auf Arcandria unterbringen. Wie deinen Bruder Arian, Auria."

„Zum Schutz der Kinder, die meist aus Verbindungen von Menschen und Arcandrin hervorgegangen waren, wurde alles geheim gehalten. Weil die Shiazul glaubten, dass ihnen insbesondere von solchen Kindern einmal Widerstand drohen könnte", fügte Sirion hinzu.

„Nicht einmal wir vom Elfenzirkel waren über die Aufenthaltsorte der Kinder informiert. Nur Gondrin und Giolmar hatten mit den wenigen überlebenden Kriegern des Lichts dafür gesorgt, dass alle ein sicheres Zuhause fanden."

„So wurde ich zur Tochter von Lotte und Finn und habe keine Erinnerung mehr an meine leiblichen Eltern." Merles Stimme zitterte und ihr traten Tränen in die Augen.

„Was soll jetzt bloß mit mir werden? Ich kann doch nicht zurück und so tun, als wäre nichts geschehen."

„Lotte und Finn lieben dich von ganzem Herzen. Für sie bist und bleibst du ihre Tochter. Bei der Entscheidung des Rates, deine Familie einzuweihen, hatte Giolmar auch deine Herkunft miteinbezogen. Es ist jetzt an der Zeit, deine Familie in die letzten Geheimnisse einzuweihen. Dies wäre so oder so geschehen, denn bald naht auch dein Tag der Novitae Aygo."

Ava deutete auf Aylana.

„Betrachte Aylana ab jetzt als deine Schwester. Sie wird dir mit Rat und Tat beiseite stehe und dich auf deinem neuen Weg begleiten."

Aylana umarmte Merle fest und versprach: „Du bist meine Schwester, Auria. Du wirst nie allein sein."

Ava sprach weiter: „Alfias wird dich alles lehren und dich in die Geheimnisse von Dana Nala und Dano Luz einweihen."

„Und ich werde dich stets behüten und beschützen", ergänzte Alfias und lächelte sie tröstend an.

„Du wirst bei mir so sicher sein wie unter Avas Flügeln!"

Ava lächelte leise und sagte zu Merle, die nun Auria war: „Sirion, Salomee, Alfias und Aylana werden dich begleiten, Auria, und mit deinen Pflegeeltern sprechen."

Sirion nickte bestätigend zu Avas Worten.

„Ihr könnt nun zusammen den Grundstein legen, für eine neue Hoffnung auf ein friedliches Zusammenleben aller Geschöpfe. Pflanzt jetzt ein Samenkorn des Friedens. Und wir alle werden noch sehen können, wie die Saat aufgeht. Du, Aylana, sei stark im Herzen und vollende, was Xandria einst begann."

Nach diesem rätselhaften Ausspruch begann Avas Erscheinung, zu verblassen.

„Attawa osu. Nehmt meine Liebe mit euch."

Und Sola Arwa Aygos Stimme erklang direkt in ihren Gedanken: „Ihr seid behütet und geleitet in Liebe. Achtet das Leben. Attawa osu!"

„Attawa uso", erwiderte Aylana und die anderen taten es ihr gleich.

Sie verließen das Gewölbe und Aylana öffnete wieder ein Portal für sie nach Biel, in die Trainingshalle. Dort angekommen entledigten sich Sirion und Aylana ihrer Rüstungen und verstauten diese mit ihren Waffen im Wagen. Für die Heimfahrt setzte sich diesmal Alfie nach vorne zu Sirion, damit sich Aylana und Auria unterhalten konnten. Es war für die beiden besonders schwer, die Ereignisse, die ihnen im Gewölbe gezeigt worden waren, zu verarbeiten.

Aylana sagte leise: „Ich weiß gar nicht, wie ich dich jetzt nennen soll. Ava hat dich nur noch Auria genannt. Was möchtest du denn?"

Auria lehnte den Kopf an ihre Schulter und fasste nach Aylanas Hand.

„Ehrlich gesagt, weiß ich im Moment auch noch nicht, was ich möchte. Ich habe mein Leben lang nur auf den Namen Merle gehört und jetzt erfahre ich plötzlich, dass ich Auria heiße und meine Eltern ums Leben gekommen sind. Wie wohl Lotte und Finn reagieren werden?"

Aylana ergänzte: „Und Davy erst. Wenn er erfährt, dass du eine Elfe bist."

Sie lächelte Auria an.

„Er wird bestimmt furchtbar eifersüchtig werden."

Die beiden lächelten immerhin ein wenig bei diesem Gedanken.

„Ich werde ihm sagen, dass er nach wie vor mein großer Bruder ist. Ich habe bis jetzt auch nur ihn gehabt." Auria zuckte zusammen.

„Und wenn wir schon beim Thema Bruder sind, wer gibt Arian Bescheid? Er hat doch auch ein Anrecht darauf, die Wahrheit zu erfahren?"

Alfias, der das Gespräch mitbekommen hatte, beruhigte sie: „Sola Arwa Aygo hat Giolmar gebeten, Arian zu informieren. Ich habe seine Nachricht mitgehört."

„Mitgehört?", fragten Aylana und Sirion wie aus einem Munde.

„Alfie, seit wann kannst du die Gedanken empfangen, die gar nicht für dich gedacht sind?", staunte Aylana.

„Nun, ähm, es ist so, dass ich manchmal … aber auch nur unter bestimmten Bedingungen, teilweise etwas mitbekommen kann … wenn, ähm …", stotterte er.

„Alfias! Kannst du es, oder kannst du nicht?", verlangte Sirion energisch zu wissen.

„Okay, ich kann es. Aber nur, wenn ich weiß, dass das stille Sprechen angewandt wird. Dann kann ich spüren, dass eine Nachricht gesendet wird. Und ich kann auch nur den ungefähren Sinn erfassen."

So gar nicht seinen sonstigen Gewohnheiten entsprechend, erklärte Alfie bescheiden: „Das ist nichts Besonderes. Es ist wie bei den Tieren und Pflanzen. Ich fühle es einfach."

Sirion schüttelte erstaunt den Kopf.

„Nichts Besonderes? Alfie, diese Fähigkeiten sind äußerst wertvoll und sehr selten. Darüber müssen wir uns noch ausführlich unterhalten."

Aylana wollte diese Angelegenheit im Moment auch nicht weiter behandeln und wandte sich wieder Auria zu.

„Du siehst, es ist an alles gedacht. Ich bin mir sicher, Arian wird sich melden, sobald Giolmar mit ihm gesprochen hat. Ob wohl Salva auch zu diesen Kindern gehörte?"

„Ich glaube nicht", meinte Alfias.

„Bei ihrem Besuch bei dir hat sie nichts dergleichen erwähnt."

„Wir werden es erfahren", meinte Auria.

„Lasst uns jetzt erst einmal mit meinen Eltern reden."

„Ich denke, du solltest vorerst auch dabei bleiben", sagte Aylana.

„Sie sind nach wie vor deine Eltern. Ich denke, das wird ihnen und auch dir für den Moment am meisten helfen."

„Sirion?"

„Ja, Auria?"

„Wirst du mir alles über meine Eltern erzählen? Du sagtest, dass du sie gekannt hast."

„Das werde ich tun, Auria. Aber eins nach dem anderen. Lass uns jetzt zuerst Salomee abholen und zu dir nach Hause fahren."

Der kurze Rest der Fahrt verlief still. Alle hingen ihren Gedanken nach und sie alle hatten viele Informationen zu verarbeiten.

Zu Hause angekommen, stiegen Aylana und Sirion kurz aus, um Salomee zu holen. Die beiden informierten sie kurz und anschließend setzte sie sich neben Auria. So konnte sie die kurze Fahrt nach Berken zum Anwesen der de Bakkers nutzen, um sich ein wenig mit Auria zu unterhalten. Als sie in der Einfahrt hielten, sagte Salomee: „Du wirst sehen, Auria. Es wird alles gut. Vertraue mir!"

Sie hatten vereinbart, dass sich Salomee zuerst allein mit Lotte unterhalten sollte. Alles andere würde sich dann ergeben. Bei den De Bakkers angekommen, versammelte sich die ganze Gesellschaft vor der Tür. Auria holte noch einmal tief Atem, um sich zu beruhigen. Schließlich öffnete sie die Tür.

„Hallo, ich bin wieder zu Hause! Und ich habe Besuch mitgebracht."

Nach einigen Augenblicken kam Lotte angelaufen.

„Na, das ist ja eine Überraschung! Die ganze Elfenfamilie kommt uns besuchen. Kommt mit raus in den Garten. Wir sind alle beim Pool."

Sie begrüßten sich herzlich und folgten Lotte in den Garten. Dort lagen Finn und Davy in bequemen Liegestühlen am Pool und faulenzten. Davy sprang sofort auf und umarmte Aylana, bevor er die andere begrüßte. Finn war auch aufgestanden und zu ihnen getreten.

„Hallo zusammen, ich wusste ja gar nicht, dass ihr noch zu Besuch kommt. Ihr bleibt doch zum Essen?"

„Nur keine Umstände", meinte Sirion.

„Eigentlich sind wir vor allem hier, weil es viele Neuigkeiten gibt, die wir bereden sollten."

„Nun ja", sagte Finn lachend.

„Seit wir euch kennen, sind wir ja Überraschungen gewohnt."

Er klopfte Sirion freundschaftlich auf die Schulter.

Salomee nahm Lotte beiseite, während die restliche Gesellschaft es sich auf der Terrasse gemütlich machte. Es ließ sich nicht verbergen, dass eine gewisse Anspannung in der Luft lag.

Davy fragte seine Schwester: „Und, wie war euer Ausflug? Was habt ihr getrieben?"

Alfie rettete sie aus der Verlegenheit.

„Ach, die beiden haben nichts Besonderes gemacht. Sie haben kurz Irland besucht, sind auf einem Drachen geflogen, und sonst so Sachen, die Mädchen halt zusammen unternehmen."

Dazu machte er ein Gesicht, als hätte er nur kurz über das Wetter gesprochen. Davy und Finn lachten und Davy entgegnete: „Bei dir ist man sich nie sicher, ob du es ernst meinst oder nicht."

Er sah Merle erneut an.

„Also, was haben du und Aylana nun wirklich unternommen?"

In diesem Moment kam Salomee auf die Terrasse und sprach Merle und Finn an. „Könnt ihr beiden bitte auch mitkommen. Und du, Sirion am besten auch."

Finn sah Salomee und Sirion verwundert an: „Hat Merle etwas ausgefressen, oder was ist los?"

„Nein, nein." Salomee schüttelte den Kopf.

„Lass uns das mit Lotte besprechen. Sie wartet auf uns."

Sie ging voran, Finn und Merle folgten ihr.

Lotte saß im Wohnzimmer und als sie Merle sah, stand sie auf und lief auf sie zu. Die Tränen rannen ihr über die Wangen als sie sie in die Arme nahm.

„Es tut mir so leid, mein Schatz. Wir wollten doch nur, dass du unbeschwert und glücklich aufwachsen kannst. Wir hatten ja keine Ahnung …"

Finn hatte begriffen, um was es ging.

„Wir wollten stets nur das Beste für dich! Du warst nie etwas anderes für uns als unsere Tochter."

Merle hatte ebenfalls Tränen in den Augen und erwiderte: „Ich hätte mir auch keine anderen Eltern gewünscht. Ich habe einfach immer gemerkt, dass ich, ich weiß nicht, wie ich es sagen soll, … etwas anders bin."

Finn fragte Salomee und Sirion: „Wie habt ihr denn davon erfahren? Ich meine, wieso könnt ihr das wissen? Wie haben nie mit jemandem darüber gesprochen!"

Lotte antwortete an ihrer Stelle: „Merles Vater war auch ein Elf, Finn. Deswegen hatte sie auch immer diese speziellen Begabungen. Jetzt ist mir vieles klar geworden."

Sie sah Merle mitfühlend an.

„Leider sind ihr Vater und ihre Mutter nicht mehr am Leben. Deswegen wurde sie als kleines Kind zu uns gebracht. Mein Gott, was soll denn jetzt werden?"

Sie sah dabei Salomee und Merle an.

„Ich würde sagen, es bleibt vorerst alles wie es ist", erwiderte Salomee.

„Merle ist sehr gut bei euch aufgehoben und sie will ja auch weiterhin als eure Tochter hier leben."

„Das Einzige, was ich gerne möchte", sagte Merle zu Lotte und Finn „ist, dass ich von jetzt an alles lernen will, das mit den Arcandrin zu tun hat. Und ich möchte an meinem sechzehnten Geburtstag das Ritual der Novitae Aygo begehen, wie Aylana."

„Aber das ist doch hoffentlich nichts Gefährliches?", fragte Lotte besorgt.

„Nein, an ihrem sechzehnten Geburtstag erhalten alle jugendlichen Arcandrin ihre Bestimmung", erklärte Sirion.

„Sagen wir, es ist wie der Zukunftstag für die Berufswahl. Das heißt aber auch nicht, dass Auria …"

„Auria? Ist das der Name, den du von deinen leiblichen Eltern erhalten hast?"

Lotte hatte Sirion unterbrochen.

„Ja, Mam. Aber ihr könnt mich auch weiterhin Merle nennen. Ganz wie ihr wollt. Ich weiß ja auch erst seit einigen Stunden, wie ich nach meiner Geburt genannt wurde."

„Es wird ja auch das Beste sein, vorerst jedenfalls in der Öffentlichkeit, bei Merle zu bleiben", sagte Salomee.

„Sonst tauchen nur Fragen auf."

„Also", begann Sirion.

„Was ich noch sagen wollte, ist, dass Auria, wie wir auch, ganz normal einen Beruf lernen und ausüben kann. Ganz wie sie will. Es ist nur so, dass, je nach ihrer Entscheidung an ihrem Geburtstag, die eine oder andere Verpflichtung hinzukommen kann."

„So", meinte Salomee.

„Ich denke, wir könnten jetzt wieder zu unseren Kinder nach draußen gehen. Das Wichtigste haben wir jetzt geklärt. Sie werden sich in der Zwischenzeit sicher mit Davy ausgetauscht haben. Alles andere besprechen wir besser mit allen zusammen."

Kaum waren Salomee mit Sirion und Finn im Wohnzimmer verschwunden, war Davy Aylana und Alfie auf die Pelle gerückt.

„Was ist hier los? Was soll das Ganze? Und erzähl mir nicht wieder solchen Mist, wie vorhin."

Aylana und Alfie sahen sich an und Alfie meinte lachend: „Dein Part, Schwesterherz. Und erzähle bloß nicht solchen Mist, wie ich vorhin."

Aylana wendete sich an Davy und begann zu erklären: „Wir waren tatsächlich in Irland. Genauer gesagt auf den Aran-Inseln. Und dort …"

„Ja klar", unterbrach Davy.

„Ihr seid heute früh kurz mit dem Privatjet nach Irland geflogen, habt dort mit Drachen gespielt und vorhin wieder zurückgeflogen. Und das alles inklusive Autofahrt nach Zürich und zurück innerhalb von etwa acht Stunden möglich!"

Er tippte sich vielsagend auf die Stirn.

„Davy, bitte. Jetzt hör doch erst einmal zu. Wir brauchen keine Flugzeuge. Wir waren wirklich dort und Merle ist mit mir auf einem Drachen geflo …"

„Jetzt reicht es mir. Ich weiß ja, dass ihr Elfen seid. Das habe ich selbst gesehen. Aber jetzt noch Drachen und mal eben kurz nach Irland."

Davy schnippte mit dem Finger.

„Beam uns rüber, Scotty!"

Alfie hörte amüsiert zu. „Lieutenant Uhura, bitte lassen Sie sich von Doktor ‚Pille' McCoy Ihre Wahnvorstellungen beseitigen."

„Lass den Quatsch!", fauchte Aylana ihn an.

„Es wäre besser, du würdest mir helfen."

Sie wandte sich wieder an Davy und sagte: „Jetzt halte einfach den Mund und lass mich bitte ausreden."

Davy zuckte die Schultern, doch seine Miene drückte weiterhin Unglauben aus.

„Es gibt noch so Einiges, dass du nicht über uns weißt. Du solltest dir jetzt einfach anhören, was ich zu sagen habe, bevor du urteilst."

Aylana hatte mit eindringlicher Stimme gesprochen. Dann erzählte sie Davy die ganze Geschichte. Über den Drachenflug, Talabat, Merles Herkunft und das Gewölbe. Hin und wieder fügte auch Alfie etwas hinzu und als sie geendet hatten, sahen sie Davy fragend an.

„Nun? Bist du jetzt überzeugt?" Aylana sah ihn erwartungsvoll an.

„Ja, überzeugt davon, dass ihr komplett übergeschnappt seid! Drachen und Portale und Merle eine Elfe. Glaubt ihr denn wirklich, dass ich euch das ab … ah, da kommt ja Dad!" Er deutete auf die Tür, wo soeben Finn als Erster hinaustrat.

„Dad, dass musst du dir anhören. Hast du gewusst, dass Merle gar nicht meine Schwester ist? Und von Drachen und von Elfenportalen hast du ja sicher auch schon gehört!"

„Dass Merle nicht deine leibliche Schwester ist, Davy, das stimmt." Finn sah Davy ernst an und Lotte nickte bestätigend.

„Von Portalen und Drachen hören wir jedoch auch zum ersten Mal."

„Was sagt ihr da! Merle ist nicht meine Schwester? Ich kann nicht glauben, was ihr da redet!"

„Davy, hör zu."

Merle ging zu ihm und sagte: „Ich nehme an, Aylana und Alfie haben dir alles erzählt. Es ist wahr, Davy. Lotte und Finn haben mich adoptiert, als ich noch klein war. Aber wir sind doch trotzdem eine Familie und du wirst für mich auch immer mein Bruder bleiben."

Davy war sichtlich verwirrt.

„Das muss ich jetzt zuerst einmal verdauen. Und das mit den Drachen und den Elfenportalen … was ist damit?"

„Ja, das würde uns auch interessieren", warf Finn ein.

„Das klingt doch alles sehr, seid mir nicht böse, unwirklich."

Dabei sah er wiederum abwechselnd von Salomee zu Sirion. Sirion merkte, dass die Zweifel von Finn und Lotte nicht so einfach zu beseitigen waren. Darauf traf er kurzerhand eine Entscheidung.

„Nun gut. Was würdet ihr davon halten, wenn Aylana mit dir, Davy, und dir, Finn, eine kleine Reise macht? Und euch ihren Drachen zeigt."

Sirion schaute Aylana an.

„Was meinst du? Ich denke, besser können wir sie nicht überzeugen. Hast du deine Drachenflöte dabei?"

Aylana war sofort Feuer und Flamme.

„Ja, sie ist noch im Wagen. Das tue ich sehr gerne. Wenn du es erlaubst, Dano."

Aylana lief zum Wagen und holte die Flöte aus ihrer Ausrüstung.

„Finn, gibt es in eurem Garten eine Stelle, die nicht von den Nachbarn oder vom anderen Ufer eingesehen werden kann?"

Sirion sah ihn fragend an.

„Jetzt wird es aber sehr theatralisch", kommentierte Davy spöttisch.

„Habt ihr auch alles gut vorbereitet, mit den Ehrlich Brothers?"

Ohne darauf zu achten wiederholte Sirion: „Nun, Finn. Habt ihr hier eine etwas geschützte Stelle?"

Lotte und Finn sahen sich fragend und skeptisch an. Dann deutete Finn auf eine Stelle neben dem Poolhaus.

„Dort, denke ich sind wir vor neugierigen Blicken sicher. Wenn das ausreicht?"

Aylana, die ihre Flöte mittlerweile geholt hatte, ging hin, um sich die Stelle anzusehen.

„Doch, das passt, Dano. Hier wird niemand das Auge sehen können."

„Wie gesagt, nur ein kurzer Abstecher. Geh wieder direkt auf die Klippen und rufe Ildur von dort. Dieser Platz ist gesichert. Danach kommt ihr sofort wieder hierher."

Sirion wandte sich an Lotte und Auria: „Ihr könnt von hier aus durch das Auge sehen und so ebenfalls einen kurzen Blick auf die Steilküste Arcandrias werfen. Solange das Portal offen ist. Gehen wir rüber, zu Aylana."

Lotte, Finn und Davy sahen sich verwundert und ungläubig an, folgten dann aber Sirion und Salomee.

Nur Alfie blieb sitzen und sagte spöttisch zu Davy: „Und richte den Ehrlich Brothers Grüße aus, wenn du sie hinter der Bühne siehst."

Davy winkte ab und erwiderte großspurig: „Es braucht einiges mehr als Bühnenzauber, um mich zu beeindrucken. So schnell haut mich nichts vom Hocker!"

Er ging zu den anderen, die sich bereits hinter Aylana versammelt hatten. Er bemühte sich, gelangweilt auszusehen. Lotte und Finn hingegen sahen gespannt zu Aylana. Sirion erklärte ihnen kurz den Vorgang: „Um ein Portal öffnen zu können, muss man den Zielort kennen, und sich das Bild des gewünschten Platzes intensiv vorstellen. Es braucht die Begabung dazu, und die ist sehr selten."

Stolz fügte er hinzu: „Aylana hat sie."

„Dann mal los mit der Show!", frotzelte Davy. Doch Aylana hörte ihn schon gar nicht mehr. Sie hatte mit ihrer Konzentration begonnen. Langsam begann es vor ihr in der Luft zu flimmern und das Auge des Portals bildete sich. Schon waren erste Eindrücke vom Ausblick auf das Meer über die Steilküste zu sehen. Lotte atmete heftig und griff nach Finns Hand. Davy hatte die Augen weit aufgerissen und trat vorsichtig einen Schritt zurück. Jetzt hatte sich das Portal stabilisiert und das Rauschen des Meeres war zu hören. Aylana trat durch das Portal und war augenblicklich auf der Klippe zu sehen, von wo aus sie Finn und Davy auffordernd zuwinkte.

„Los, ihr könnt jetzt durch das Portal treten. Lauft einfach normal auf Aylana zu", erklärte Salomee.

Finn und Davy traten mit vorsichtigen Schritten näher und suchten mit ihren Augen misstrauisch den Boden um das Portal ab.

„So wie es aussieht, Davy, hat es dich bereits vom Hocker gehauen", amüsierte sich Alfie.

„Tja, die ist nicht schlecht, die Show. Was?"

„Es besteht keine Gefahr! Lauft einfach durch. Aber wenn ihr nicht wollt, müsst ihr das natürlich nicht tun." Sirion blickte die beiden fragend an. Finn fühlte sich jetzt an der Ehre gepackt und trat entschlossen durch das Portal, um sofort neben Aylana zu erscheinen. Seine Miene drückte grenzenlose Verblüffung aus, als er sich umsah. Er realisierte, dass er auf einer Klippe stand, den Wind spürte und das Rauschen des Meeres direkt wahrnahm. Davy fasste sich ein Herz und folgte seinem Vater. Es war lustig zu beobachten, wie sehr sein Gesichtsausdruck dem Finns ähnelte. Lotte konnte die kleine Gruppe noch einen Moment beobachten, dann schloss sich das Portal. Nichts deutete noch darauf hin, dass Finn und Davy nochvor wenigen Sekunden hier gestanden hatten.

„Mein Gott, ich … ich kann es nicht fassen." Lotte wirkte entsetzt.

„Wo sind sie denn? Ist ihnen auch wirklich nichts passiert?" Sie fasste Salomee am Arm.

„Was habt ihr mit ihnen gemacht, Salomee? Das ist ja Zauberei! Weshalb kann ich sie nicht mehr sehen?" Lotte war außer sich vor Besorgnis.

„Mam, bitte beruhige dich!" Merle sah ihr in die Augen.

„Es ist alles in Ordnung. Ich bin auch schon so gereist. Du musst dir keine Sorgen machen. Aylana ist ja auch bei ihnen."

„Aber wie? Das ist doch nicht möglich." Sie wirkte verzweifelt.

„Komm. Setzen wir uns." Salomee zog Lotte zur Sitzgruppe nebenan.

„Es dauert nur ein paar Minuten, dann kommen sie zurück. Von hier aus sehen wir sofort, wenn Aylana das Portal wieder öffnet."

Lotte ließ sich wie eine Marionette von Merle und Salomee zu einem Sessel führen. Sie klammerte sich an den beiden fest und zitterte heftig.

„Sirion, bitte hol ein Glas Wasser."

Zu Alfie sagte sie: „Komm bitte her und beruhige Lotte ein wenig."

Seufzend stand Alfie auf und nahm sich einen Stuhl, um sich gegenüber von Lotte hinsetzen zu können.

„Ich befürchte, das war jetzt alles ein bisschen viel auf einmal für sie. Lass sie zur Ruhe kommen."

Salomee strich Lotte über den Kopf.

„Gleich geht es dir besser. Versuche, dich zu entspannen."

Alfias ergriff Lottes Hände und schon nach wenigen Augenblicken begannen sich ihre Gesichtszüge zu entspannen. Sie trank einen Schluck Wasser und atmete tief durch.

„Danke, Alfias. Das hat mir jetzt sehr geholfen. Das war aber auch eine volle Breitseite, die ihr da abgeschossen habt."

Sie konnte bereits wieder ein wenig lächeln.

„Bitte sehr", antwortete Alfias.

„Du wirst sehen, in einigen Minuten sind deine Männer wohlbehalten zurück."

Lotte nickte dankbar.

„Ich hatte das Gefühl, das Meer tatsächlich riechen zu können. Und das Gras, das sich im Wind bewegt hat. Mein Gott, jetzt verstehe ich eure Vorsicht. Diese Gabe in den falschen Händen …" Sie ließ den Rest unausgesprochen.

„Genau das ist in der Vergangenheit oftmals passiert", erklärte ihr Sirion.

„Viele Arcandrin mit diesen Gaben wurden zum Missbrauch gezwungen, ja gefoltert. Deshalb ist es so wichtig, diese Dinge geheim zu halten."

„Von unserer Seite habt ihr bestimmt nichts zu befürchten. Kann denn Merle solche Dinge auch erlernen?"

„Den Tag der Novitae Aygo gibt es, um genau solche Fragen zu beantworten. Danach wissen wir mehr." Sirion lächelte.

„Vielleicht werde ich ja auch eine Drachenkriegerin, wie Aylana", sagte Merle träumerisch. „Das wäre fantastisch."

„Noch eine von der Sorte. Ava, behüte uns davor!", seufzte Alfie tief auf.

„Als hätten wir nicht schon genug Drachen in der Familie."

„Weshalb siehst du mich und Salomee jetzt so an?"

Merle hob fragend die Augenbrauen.

„Er hat ganz klar Angst vor uns", ergänzte Salomee lächelnd.

„Ein kluger Junge, der weiß, wen er zu respektieren hat."

Alfies nochmaliger tiefer Seufzer brachte sie alle zu lachen.

Zur selben Zeit konnten Finn und Davy auf der Klippe Arcandrias zusehen, wie sich das Portal schloss. Eben noch hatten sie durch das Auge ihr Zuhause mit Lotte und Merle, Sirion und Salomee erkennen können. Doch nun war da nichts mehr. Davy tastete ungläubig mit den Händen in er Luft herum. Dann bückte er sich, um das lange Gras durch die Finger gleiten zu lassen.

„Entweder ich stehe unter Drogen, oder ich bin jetzt total verschattet in der Birne."

Ungläubig richtete er sich wieder auf und sah Finn und Aylana an.

„Dann habe ich dieselben Drogen genommen", meinte Finn verstört.

„Aylana, wie ist das nur möglich? Sind wir jetzt hier wirklich in Irland?"

„Genauer gesagt, auf den Aran-Inseln, Finn."

Aylana nickte bestätigend.

„Seid ihr bereit für meinen Drachen, oder habt ihr schon genug gesehen?"

„Eigentlich brauchst du uns keine weiteren Beweise zu liefern. Aber wenn wir schon hier sind. Was meinst du, Davy?"

„Was? Ähm, ja. Ganz deiner Meinung, Dad", stotterte Davy und rieb sich die Augen.

„Also, rufe deinen Drachen."

Sie machten zwar für Aylana nicht den Eindruck, als hätten sie wirklich verstanden, was sie gefragt hatte, trotzdem nahm sie Ildurs Flöte aus der Tasche und ließ sie ertönen.

„Gehen wir einige Schritte zurück und halten gut Ausschau. Denn Ildur liebt es, mich mit seinen Auftritten zu überraschen."

Sie zog die beiden mit sich, um genügend Abstand von der Steilküste zu gewinnen. Dann beobachtete sie aufmerksam den Horizont rund um sich herum. Erst, als alle das gewaltige Rauschen direkt über ihnen hörten, begriff Aylana, dass Ildur sie wieder reingelegt hatte. Diesmal kam er direkt von oben. Er hatte sich bis zum letzten Moment fallen lassen, um dann mit einigen riesigen Flügelschlägen mitten unter ihnen aufzutauchen.

Davy und Finn schrien laut auf und versuchten, nach beiden Seiten wegzulaufen. Doch bereits nach wenigen Schritten warf der Luftzug die beiden um. Stocksteif blieben sie am Boden liegen und hielten schützend die Hände vors Gesicht.

„ILDUR! Kannst du nicht wenigstens einmal normal auftauchen? Sieh doch nur, was du angerichtet hast." Aylana stand mit den Fäusten in die Hüften gestemmt vor ihrem Drachen. Im Verhältnis zu Ildur sah Aylana dabei richtig klein aus. Davy und Finn riskierten vorsichtig einen Blick und schlossen sofort wieder schaudernd die Augen.

„Mmmmein Gott … w … w … was für ein Monster", presste Davy zwischen den Zähnen hervor. „Darf ich mich bewegen, oder?"

„Oder was?" Aylana lachte und tätschelte Ildur den Hals.

„Na los, steht auf und begrüßt Ildur!"

Finn und Davy rappelten sich vorsichtig auf, ohne die Augen eine Sekunde von Ildur abzuwenden. Sie umrundeten den Drachen wie auf rohen Eiern gehend, bis sie hinter Aylana standen. Es sah komisch aus, wie die beiden hinter der zierlichen Elfe Schutz suchten.

„Er beißt nicht", versicherte Aylana und trat etwas beiseite. Ildur streckte seinen Kopf aus und beschnupperte Davy und Finn.

„Ihr könnt ruhig wieder anfangen zu atmen", meinte Aylana kopfschüttelnd.

„Es passiert euch nichts. Ildur ist bloß neugierig."

Angesichts der beiden wie versteinert dastehenden Menschen, schüttelte Ildur verwundert den Kopf und schnaubte durch seine Nüstern. Es war filmreif, zu sehen, wie der Luftzug ihre Frisuren verwehte. Wie versteinert kam von den beiden immer noch keine Reaktion.

„Nun stellt euch doch nicht so an! Ildur ist ja nur ein kleiner Drache. Und er ist eben noch sehr jung. Deshalb macht er solche Scherze. Ihr könnt ihn ruhig berühren."

„Klein?", krächzte Davy mit ausgetrocknetem Mund.

„Ein T-Rex wäre ein Spielzeug gegen ihn. Und darauf ist Merle mit dir geflogen?"

„Aber sicher. Wollt ihr auch mal?"

Beide schüttelten synchron die Köpfe und traten vorsichtshalber noch einen Schritt zurück.

„Dann eben nicht."

Aylana wirkte enttäuscht.

„Habt ihr genug gesehen? Seid ihr überzeugt?"

Jetzt nickten die beiden gleichzeitig. Aylana zuckte mit den Achseln und verabschiedete sich von Ildur, worauf dieser mit zwei Sprüngen über die Klippe war. Finn und Davy stürzten nach vorne und verfolgten sichtlich erleichtert, wie Ildur davonflog.

„Bring uns jetzt bitte zurück", bat ein sichtlich erschütterter Finn.

„Ich denke, mehr brauchst du uns im Moment nicht zu zeigen."

„Na gut, aber behauptet später nicht, ich hätte nicht gefragt."

Aylana drehte sich um und konzentrierte sich auf die Ecke beim Poolhaus.

Ihr Lachen verstummte, als Lotte als erste bemerkte, dass die Luft hinter ihnen wieder zu flimmern begann. Sie sprang auf und starrte aufgeregt in die Richtung.

„Seht doch, sie kommen zurück!", rief sie erleichtert und wedelte wild mit der Hand in der Luft herum. Und tatsächlich, das Auge wurde wieder mit Aylana, Finn und Davy im Hintergrund sichtbar. Diesmal drängten sich Finn und Davy förmlich an Aylana vorbei. Sie konnten es gar nicht erwarten, wieder festen Boden unter den Füßen zu haben. Lotte schloss die beiden sofort in die Arme, wie um sicher zu gehen, dass sie keine Gespenster vor sich hatte.

„Und, wie war es? Was habt ihr gesehen? War der Drache da? Wart ihr wirklich in Irland?"

Lotte bombardierte sie mit Fragen.

„Jaja, alles okay. Wir waren in Irland und ja, wir haben den Drachen gesehen."

Finn wirkte sehr nachdenklich und Davy hatte sich kommentarlos zu Lotte und Merle gesetzt. Aylana hatte das Portal sofort wieder verschlossen und sah sich erwartungsvoll um. „Und? War die Show beeindruckend genug?"

„Ich war mir bis jetzt nicht im Klaren, welche Welt wir da kennenlernen", sagte Finn kopfschüttelnd.

„Dass ihr Elfen seid, das war ja noch harmlos. Was wir heute gesehen haben, hingegen, Wahnsinn! Erst jetzt wird mir langsam bewusst, über welche Mittel ihr verfügt. Und was man damit alles anrichten könnte."

„Wir besitzen einen sehr hohen Ehrenkodex, Finn. Unsere oberste Priorität ist das Erhalten und Beschützen allen Lebens", erklärte Sirion feierlich.

„Leider denken nicht alle Arcandrin genauso, wie wir. Deshalb und zum Schutze unserer Erde, müssen wir uns wehren können. Wisst ihr, es existiert eine uralte Prophezeiung. Darin ist die Rede von einer jungen Drachenkriegerin, die das Zeichen der Amada Aygo an sich trägt, und die Völker der Erde wieder vereinen kann. Dieses Zeichen hat Aylana erhalten, an ihrem sechzehnten Geburtstag. Und das nehmen wir Arcandrin sehr ernst!"

Die de Bakkers sahen Aylana erstaunt an und ließen Sirions Worte auf sich wirken.

„Ich werde immer zu dir halten", brach schließlich Merle das Schweigen.

„Und in wenigen Wochen wird sich zeigen, was der Lebensbaum für mich bereithält."

Aylana lächelte sie dankbar an.

„Vielen Dank, Auria. Ich bin sicher, du wirst deine Bestimmung erhalten."

„Und dann meinen eigenen Drachen fliegen", erwiderte Auria mit Bestimmtheit.

„Das macht mir am meisten Angst", gab Finn zu.

„Ich hoffe doch sehr, du kriegst einen Schreibtischjob."

Salomee lachte.

„Nun, sehr viel Bürokratie gibt es bei uns nicht. Warten wir doch einfach ab. Es wird das Richtige für sie kommen."

Sirion erhob sich.

„So, ich denke, wir lassen euch jetzt allein. Ihr habt euch sicher noch viel zu erzählen. Wenn ihr aber Fragen habt, zögert nicht, uns anzurufen."

Damit war für den Moment alles gesagt. Sirion und seine Familie hatten mit sicherem Instinkt gespürt, dass die de Bakkers jetzt Einiges miteinander zu bereden hatten. Sie verabschiedeten sich voneinander, und Auria, die Aylana fest umarmte, fragte: „Morgen um zehn Uhr bei dir? Ich habe noch viel zu lernen."

„Selbstverständlich! Also bis morgen dann!"

Aylana lächelte ihr zu.

Während der Heimfahrt besprachen sie die Reaktionen der de Bakkers.

„Habt ihr Davys Gesicht gesehen?", fragte Aylana sorgenvoll.

„Seit er das Portal und Ildur gesehen hat, ist er ganz verändert."

„Naja, er hatte ja auch eine große Klappe vorher", sagte Alfie lachend.

„Das hat ihm jetzt erst mal die Sprache verschlagen."

„Nein, das ist es nicht. Ich hatte das Gefühl, als wäre ich plötzlich eine Fremde für ihn geworden. Er hat sich nicht mal richtig verabschiedet."

Salomee sagte tröstend: „Gib ihm jetzt erst mal Zeit. Das waren sehr viele Überraschungen auf einmal. Er wird sich sicher bald erholen davon."

Und auch Sirion meinte dazu: „Mach dir bewusst, was sie heute alles erfahren haben. Das kann einen Menschen schon schwer beschäftigen. Dana hat recht. Geben wir ihnen einige Tage, das alles zu verarbeiten."

Damit war das Thema vorerst vom Tisch. Tief im Inneren verspürte Aylana jedoch ein unangenehmes Gefühl.

Entscheidung auf Talabat

Am Sonntag kurz vor zehn Uhr trudelte Merle bereits ein und holte Aylana voller Tatendrang aus dem Bett.

„Weißt du was, ich habe mich entschieden! Ab sofort!", sagte Merle entschlossen.

„Hääh?"

Aylana gähnte ausgiebig.

„Na meinen Namen! Ich möchte von euch nur noch Auria genannt werden. Lotte und Finn können ruhig Merle sagen, aber unter uns Elfen gilt nur noch Auria." Sie lächelte befriedigt.

„Okay, Auria das finde ich gut so. Vor allem aber auch, dass du deiner Familie Zeit gibst, sich daran zu gewöhnen. Habt ihr gestern Abend noch darüber gesprochen?"

„Komischerweise nicht viel", gab Auria zu.

„Davy und Finn waren nicht mehr sehr gesprächig. Ich glaube, du hast sie schwer beeindruckt."

„Das befürchte ich auch. Davy hat sich gestern nicht mal richtig von mir verabschiedet. Ich hoffe ich habe die beiden nicht zu sehr erschreckt", meinte Aylana.

„Ach was! Davy ist es ganz recht geschehen. Bei der großen Klappe, die er zuvor hatte. Er fühlt sich jetzt wohl ein wenig gekränkt. Auch weil Ildur ihnen einen so großen Schreck eingejagt hat."

Auria lachte und sagte: „Er kann nicht begreifen, dass ich schon mit dir auf Ildur geflogen bin. Er wird sich schon wieder einkriegen, mach dir keine Sorgen. Aber jetzt will ich alles wissen über diesen Tag. Meinen Tag der Novitae Aygo."

Sie sah Aylana gespannt an. Diese seufzte und begann zu erzählen. Jede Einzelheit wollte Auria von ihr wissen. Darüber war bestimmt mehr als eine Stunde vergangen und Salomee betrat das Zimmer: „Kommt, ihr zwei. Wir wollen brunchen im Garten. Es steht schon alles auf dem Tisch."

Alfias und Sirion saßen bereits draußen. Sie setzten sich dazu und genossen das reichhaltige Frühstück.

„Auria möchte ab jetzt von uns nur noch so genannt werden", verkündete Aylana.

„Klingt irgendwie logisch in meinen Ohren", feixte Alfie lächelnd.

„Wir haben soeben beschlossen zu dir, Aylana, auch nur noch Aylana zu sagen."

„Mach nur nicht, Alfias, dass ich zu dir nur noch mas L …"

„Es genügt. Es genügt", versicherte Alfie hastig, nachdem er Auria hastig das Wort abgeschnitten hatte. Diese blickte vergnügt in die Runde und stellte dann Frage um Frage.

„Auria, du kommst mir vor, wie ein ausgetrockneter Schwamm! Es ist unglaublich, was du alles in dir aufsaugst", staunte Salomee.

„Du hast noch viel Zeit, alles über unsere Kultur zu lernen."

„Ach weißt du, Salomee, mir kommt es so vor, als hätte ich zu viele Jahre verloren und müsse jetzt alles nachholen. Ich möchte einfach alles wissen, über, ja, über mein Volk. Und natürlich auch alles über meine Eltern."

Dabei blickte sie Sirion fragend an.

„Selbstverständlich, Auria. Ich werde dir alles erzählen, was ich über deine Eltern weiß", versprach dieser.

„Andurin hat mit mir die Ausbildung absolviert und auch Solana habe ich einige Male getroffen."

„Das eine oder andere kann ich noch hinzufügen", sagte Salomee lächelnd.

„Ich habe vor allem Solana gekannt. Lass uns erst zu Ende essen und dann setzen wir uns gemütlich in die Sitzecke dort und wir erzählen dir von deinen Eltern."

Es wurde ein langer Nachmittag, denn Aurias Wissensdurst schien unersättlich. Doch war es nur allzu verständlich, dass sie alles über ihre Eltern erfahren wollte. Erst gegen Abend schien sie einigermaßen zufrieden zu sein und bedankte sich herzlich.

„Nun habe ich doch das Gefühl, meine Eltern etwas kennengelernt zu haben, vielen Dank. Jetzt freue ich mich darauf, Arian zu sehen. Er wird sicher auch froh sein, einiges über unsere Mutter und unseren Vater zu erfahren."

Sirion versprach ihr, mit Dorkon Kontakt aufzunehmen, um ein Treffen mit Arian zu organisieren. Mittlerweile war es bereits Abend geworden und Zeit für Auria, nach Hause zu gehen. Alfias wollte sie noch ein Stück begleiten.

„Ach, wie langweilig wird mir morgen wohl die Schule vorkommen, nach all den spannenden Ereignissen dieses Wochenendes", seufzte Auria, als sie sich verabschiedete.

„Mathematik und Französisch anstelle von Drachenfliegen und Arcandrin. Was für eine Horrorvorstellung!"

So war es auch. Auria hatte am Montag in der Schule einige Konzentrationsschwierigkeiten. Alfie nahm sie in der Pause beiseite und sagte zu ihr: „Dass du auf die Frage, was du am Wochenende gemacht hast, mit Drachenfliegen geantwortet hast, geht ja noch. Aber als deine Antwort auf die Frage, wo das gewesen sein soll, Irland war, das war ein wenig … nun, sagen wir, ungewöhnlich!"

„Ach, die haben doch alle gedacht, ich mache Spaß. Das ist mir halt so herausgerutscht. Kein Problem", entgegnete Auria.

„Dafür hast du beinahe zweimal Auria zu mir gesagt."

„Es aber noch rechtzeitig gemerkt", berichtigte Alfie.

„Übrigens, am nächsten Samstag müssen die angehenden Drachenkrieger die Übung wiederholen, die letztes Mal so abrupt geendet hat. Wir könnten Aylana und Sirion fragen, ob wir dabei sein dürfen. Dann könntest du dort Arian treffen."

„Oh ja! Das wäre toll! Und vielleicht noch einmal eine Runde drehen, mit Ildur?"

Auria war ganz begeistert von dieser Aussicht. Das wiederum begeisterte Alfie weniger. Aber er versprach Auria, mit Sirion zu reden.

„Wo bleibt sie denn nur? Das sieht ihr gar nicht ähnlich", ärgerte sich Alfie.

„Sie war doch so Feuer und Flamme, als sie hörte, dass wir mit euch mitgehen."

Sirion und Aylana warteten bereits im Wagen. Nur Alfias tigerte vor dem Auto auf und ab. Sie hatten vereinbart, dass Auria am Samstagmorgen Punkt neun bei ihnen sein würde. Jetzt war es bereits zwanzig Minuten später.

„Hast du versucht, sie anzurufen?", fragte Aylana.

„Vielleicht irrt sie sich nur in der Zeit."

„Natürlich, aber es geht nur der Anrufbeantworter ran. Ich habe ihr auch eine Nachricht auf dem Handy hinterlassen."

Alfias probierte es erneut und zuckte nach wenigen Augenblicken mit den Schultern.

„Ich kann ihr noch zehn Minuten geben, dann müssen wir los. Es wird höchste Zeit! Wir können die anderen nicht warten lassen."

Sirion sah auf die Uhr.

In diesem Moment kam Salomee sichtlich aufgewühlt aus dem Haus gestürmt. Sirion sah sofort, dass etwas nicht stimmte und stieg aus. Auch Aylana verließ den Wagen. Als sie Salomees Gesicht sah, wusste sie sofort, dass etwas geschehen war.

„Auria ist in der Gewalt der Shiazul!"

In ihrem Gesicht war tiefe Bestürzung zu sehen.

„WAS?!", schrie Alfias entsetzt.

„Was ist geschehen? Und weshalb Auria? Woher sollten die Shiazul von Aurias Herkunft wissen?"

„Kommt, gehen wir nach drinnen", sagte Sirion energisch und zog Alfias mit sich. «Wir wissen noch gar nichts. Vieleicht haben die Shiazul euch nur zusammen gesehen.»

Aylana war starr vor Schreck und es dauerte einige Sekunden, bis sie die Bedeutung von Salomees Worten erfasst hatte. Salomee fasste sie am Arm und schloss die Tür hinter sich.

„Ich erhielt soeben einen Anruf", erzählte Salomee hastig.

„Die Stimme erkannte ich nicht. Aber der Anrufer ließ mich kurz mit Auria sprechen. Nur für ein paar Sekunden, dann war wieder der Entführer dran."

„Und was erhoffen sich diese feigen, ehrlosen Kreaturen von Aurias Entführung?"

Alfias presste diese Worte grimmig heraus.

„Wir müssen sie sofort suchen. Die Entführer können noch nicht weit sein."

„Alfias, wenn sie ein Portal geöffnet haben, können sie bereits tausende Kilometer entfernt sein."

Sirion wandte sich an Salomee.

„Was hat er sonst noch gesagt?"

„Nur, dass wir niemanden informieren dürfen, vor allem keine Drachenkrieger oder Mitglieder des Zirkels. Auf Arcandria würden wir auf der Steilküste die entsprechenden Anweisungen finden. Dann war die Leitung tot."

„Also los, sofort nach Arcandria, ich öffne ein Portal."

Aylana wollte schon zur Tür eilen, mit Alfias im Schlepptau.

„Wartet! Es ist besser und sicherer für alle, wenn wir wie geplant nach Biel fahren und uns entsprechend ausrüsten. Wir helfen Auria nicht, wenn wir jetzt den Kopf verlieren!"

Sirions Stimme ließ keinen Widerspruch zu.

„Aber ich werde noch Siutei anrufen und ihn bitten, sich auf Arcandria bereit zu halten. Er soll versuchen, noch einige Drachenreiter zu erreichen."

„Ich komme selbstverständlich mit", sagte Salomee.

„Alfias und ich können sie vielleicht aufspüren. Auf keinen Fall werde ich hier allein herumsitzen!"

Ihre Stimme war bestimmt, sie war sich sicher, ihre Absicht durchzusetzen.

„Was ist mit den de Bakkers? Sollten wir sie nicht informieren?", fragte Alfias noch.

„Nein, noch nicht zu diesem Zeitpunkt. Erst müssen wir erfahren, was die Shiazul mit dieser Entführung bezwecken. Es bringt jetzt nichts, sie auch noch in Angst und Schrecken zu versetzen."

Sirion öffnete die Haustür: „Kommt jetzt. Wir wollen uns beeilen!"

Während der Fahrt wurde nur wenig gesprochen. Zu groß war der Schreck über Aurias Entführung. Was versprachen sich die Shiazul davon? Weshalb Auria? Hatten sie etwas über ihre Herkunft erfahren? Viele Fragen beschäftigten sie. Nur in Aylana dämmerte langsam eine Ahnung, um was es gehen könnte. Schließlich waren sie schon einmal deswegen von den Shiazul angegriffen worden.

„Nur eines noch. Wir werden auf der Steilküste nicht allein sein. Denkt daran, dass eigentlich heute die Übung wiederholt werden soll. Also werden Dorkon und seine Schüler auch anwesend sein. Und auch Arian, der ja auf Auria wartet."

Sirion überlegte: „Bis wir wissen, was das Ganze zu bedeuten hat, müssen wir die Angelegenheit für uns behalten. Nur Dorkon werde ich informieren müssen. Sicher ist für mich im Moment nur, dass die zu erwartende Forderung mit uns zu tun hat. Sonst hätten sie nicht uns kontaktiert."

„Dann werden wir vorerst behaupten, dass Auria krank sei", meinte Salomee.

„Und ich bin dabei, weil ich meiner Tochter gerne einmal zuschauen wollte."

„Naja, wir werden ja eigentlich nie krank, aber solange uns nichts Besseres einfällt …"

Alfie wirkte skeptisch.

„Wir sind da. Aylana, öffnest du bitte das Tor?"

Sirion parkte den Wagen in der Halle und Aylana verschloss das Tor sorgfältig wieder. Eilig zogen Aylana und Sirion ihre Rüstungen an und bewaffneten sich. Sie stellten sich nebeneinander in der Halle auf.

„Bereit?", fragte Aylana. Alle nickten.

„Dann los!"

Aylana war mittlerweile mit dem Öffnen der Portale schon so fortgeschritten, dass sie sogar Sirion und Salomee übertraf, was ihre Geschwindigkeit und Zielsicherheit betraf. Durch das Auge wurden einige Drachenkrieger und auch Dorkon sichtbar, die ihnen neugierig entgegensahen. Auch Arian und Salva standen dabei. Arians Miene war die Enttäuschung gut anzusehen, als er bemerkte, dass Auria nicht bei ihnen war.

„Attawa osu, Dorkon. Kann ich kurz mit dir sprechen?"

Sirion zog den verdutzten Mann rasch beiseite.

„Attawa osu, Arian und Salva."

Aylana trat zu den beiden und begrüßte sie herzlich.

„Attawa uso, Aylana. Wo ist denn Auria? Ich dachte sie wäre bei euch?"

Arians Stimme klang verwundert.

„Sie ist leider krank und hat mich gebeten, sie bei euch zu entschuldigen", sagte Salomee entschuldigend.

„Ich soll euch liebe Grüße ausrichten von ihr und, dass es ihr sehr leid täte."

„Ich komme auch von Talabat und meine Eltern waren beide Krieger des Lichtes", erwiderte Salva zum Erstaunen der kleinen Gruppe so leise, dass nur sie es hören konnten.

„Ich kann fühlen, dass es nicht so ist, wie du sagst, Salomee. Was ist der wahre Grund für ihr Fernbleiben?"

Alfias sagte: „Sie sagt die Wahrheit, Dana. Ich kann ihre Gedanken fühlen."

Aylana fasste Salva und Arian, der komplett überrascht war, am Arm und führte sie ein wenig abseits. Alfias und Salomee folgten ihnen sofort.

„Hört zu, Auria wurde von den Shiazul entführt. Wir wissen noch nicht weshalb, aber wir müssen äußerst vorsichtig sein. Vielleicht werden wir beobachtet. Wir dürfen niemanden informieren."

Aylana versuchte, sich ganz normal zu benehmen, als hätten die fünf nur ein ganz alltägliches Gespräch.

„Sirion informiert soeben Dorkon. Alles, was wir im Moment wissen ist, dass hier auf der Klippe Anweisungen für uns hinterlegt wurden."

„Könnte es das hier sein, von dem ihr redet?"

Salva zeigte ihnen eine Schriftrolle und einen Pfeil.

„Das steckte hier drüben in der Erde, ganz am Rand der Klippe."

„Das ist einer meiner Pfeile!", rief Aylana verwundert.

„Diese Pfeilen habe ich nur hier beim Angriff der Shiazul verwendet."

„Die Schriftrolle sieht aus, wie die Aufzeichnungen beim Lebensbaum", ergänzte Alfie fassungslos.

„Das heißt, jemand der Shiazul hat Zugang zum Gewölbe!"

„Wir müssen das sofort Sirion und Dorkon zeigen", sagte Aylana bestimmt.

„Nur Mitglieder des Rates haben Zugang zum Gewölbe, oder auf Geheiß Avas und Sola Arwa Aygos!"

Sirion und Dorkon schienen ihr Gespräch beendet zu haben. Sirion kam auf sie zu, und Dorkon lief zu seinen restlichen Drachenkriegeranwärtern.

„Dorkon wird die Übung verschieben. Es hat zu viele Aktivitäten mit Schiffen rund um die Aran-Inseln. Das heißt, du, Salva, und du, Arian, ihr könnt auch nach Hause gehen."

Sirion ging natürlich immer noch davon aus, dass die beiden nichts von der Entführung wussten.

Salomee erklärte ihm: „Sie wissen Bescheid, Salva konnte es fühlen."

„Und Salva hat das hier gefunden."

Aylana nahm den Pfeil und die Rolle aus ihrer Hand und reichte sie Sirion. Sirion erbleichte, denn er erkannte die Schriftrolle und den Pfeil sofort.

„Habt ihr das Pergament schon geöffnet?"

„Nein", sagte Aylana.

„Wir wollten es dir zuerst zeigen."

Sirion öffnete das Siegelband und sah, dass in der Rolle noch ein zweites Schriftstück verborgen war. Er nahm es heraus, und begann zu lesen. Dabei wurde seine Miene immer ernster und bedenklicher. Schließlich ließ er das Dokument sinken und blickte Aylana ernst an.

„Sie wollen, dass du allein nach Talabat fliegst. Mit Durandort und Xandar. Auria wird dort festgehalten. Alles andere wirst du vor Ort erfahren. Sie garantieren für dein Leben."

Er machte eine Pause und erklärte weiter: „Solltest du nicht allein kommen, werden du und Auria dafür büßen."

„Diese feige Bande weiß ganz genau, dass auf Talabat keine Portale möglich sind", zischte Alfias zwischen den Zähnen hervor.

„Und alle anderen Möglichkeiten können sie sofort erkennen."

Er schlug mit der Faust in die Hand.

„Da kommt Dorkon. Informieren wir ihn auch, bevor wir unser weiteres Vorgehen besprechen." Salomee wies in die Richtung, aus der Dorkon anmarschierte.

Sirion übergab Dorkon die Schriftrolle und das Schriftstück der Shiazul.

„Die Rolle ist aus dem Gewölbe entnommen worden und der Brief wurde hineingesteckt. Salva hat die Rolle mit diesem Pfeil hier markiert, am Rande der Klippe gefunden."

Dorkon las den Brief aufmerksam durch und schüttelte bedenklich den Kopf.

„Wir können keinen offenen Angriff wagen, ohne Aurias und Aylanas Leben zu gefährden. Und ein Überraschungsangriff ist nicht möglich, ohne Portale."

Er wandte sich Arian und Salva zu und sagte: „Ihr zwei geht am besten jetzt auch. Und du, Alfias kannst hier auch nichts tun. Geht zum Dún Eochla und wartet dort auf weitere Anweisungen. Bewahrt jedoch absolutes Stillschweigen über die ganze Angelegenheit."

Keiner der drei rührte sich vom Fleck. Als Dorkon sie verwundert anblickte, schüttelte Alfias nur den Kopf und entgegnete bestimmt: „Auria ist unsere Schwester und Freundin. Nichts und niemand wird mich davon abhalten, alles für sie zu tun."

„Ich weiß von dir, Dorkon, dass ich Aurias Bruder bin. Wir sind Drachenkrieger, wir werden kämpfen!" Arian legte die Hand an sein Schwert.

„Das gilt auch für mich! Wir werden Auria befreien! Wir folgen der Doktrin. Schütze alles Leben!" Auch Salva zeigte Entschlossenheit.

Aylana sah die drei dankbar an, sagte jedoch: „Ich weiß, dass ihr alle kämpfen würdet, um Auria zu befreien, vorerst jedoch sehe ich keine andere Möglichkeit als allein nach Talabat zu fliegen. Wir dürfen nichts riskieren."

Salomee protestierte: „Das ist doch kein Plan! Das ist ein Selbstmordkommando! Ich lasse dich auf keinen Fall …"

„Dana, mit Ildur, Durandort und Xandar bin ich besser ausgerüstet als jeder Shiazul. Es gibt einfach keine andere Möglichkeit!"

„Vielleicht doch."

Salva fragte Sirion und Dorkon: „Wie groß ist die Zone, in der keine Portale möglich sind?"

„Das nützt uns nichts." Dorkon schüttelte den Kopf.

„Wenn wir außerhalb der Zone Portale öffnen, wären wir im offenen Meer. Erstens sofort sichtbar und zweitens, auch wenn es uns gelingen würde, Drachen durch ein Portal zu bringen, können sie im Wasser nicht starten."

„Das meinte ich nicht!", sagte Salva eifrig.

„Es existiert etwa eintausendfünfhundert Meter vor der Küste und dem Leuchtturme eine kleine Insel. Weißt du nicht mehr, Arian, was uns in der Akademie erzählt wurde? Über die Menschenhändler, die versuchten, mit geraubten Kindern von Talabat zu fliehen?"

„Ja, genau. Jetzt weiß ich, was du meinst. Und du denkst, dieser Tunnel könnte noch existieren?"

Salomee sagte aufgeregt: „Ich weiß, wovon die beiden sprechen. Vor mehreren hundert Jahren wurden für Kinder von Talabat überall in der Welt Höchstpreise bezahlt, wegen ihrer Fähigkeiten. Diese Kinder wurden von Verbrechern durch einen Tunnel entführt und auf Schiffe gebracht."

„Wer weiß, ob dieser Tunnel noch existiert und ob er begehbar ist", zweifelte Dorkon.

„Es ist auf alle Fälle einen Versuch wert", stimmte Aylana zu.

„Also, liegt diese Insel außerhalb des Bannkreises?"

„Ja, wenn sie wirklich mehr als eintausend Meter vom Ufer entfernt ist", antwortete Sirion. „Aber wer kennt diese Insel gut genug, um ein Portal bilden zu können?"

„Ich kenne sie, aber ich kann kein Portal öffnen", sagte Salva mit enttäuschter Miene.

„Aber ich kann."

Salomee packte Salva am Arm.

„Du hast die Gaben der Krieger des Lichts. Du kannst mir deine Vorstellung übermitteln. Und ich kann sie sehen!"

„Und du bist sicher, das funktioniert?", zweifelte Dorkon.

„Nein, aber wenn wir es nicht versuchen, werden wir nie sicher sein! Also los, Salva, probieren wir es!"

„Moment. Vielleicht sollten wir noch unser Vorgehen absprechen, bevor wir loslegen."

Sirion hielt seine Frau zurück.

„Und wir brauchen noch ein Licht, das uns im Tunnel den Weg zeigt."

„Ich habe hier einen Lichtkristall, den ich von meinen Eltern erhalten habe."

Salva hielt ihr Amulett hoch.

„Er sollte mir immer den Weg weisen, in jeder Dunkelheit."

„Gut, das wird ausreichen, um den Weg zu erkennen. Gemäß des Schreibens der Shiazul hat Aylana noch etwa", sagte Sirion und sah zur Sonne, „eine Stunde Zeit, um auf Talabat zu erscheinen. Das heißt, wir müssen sofort los, um mindestens gleichzeitig mit ihr da zu sein. Wir wissen nicht, was für Hindernisse in diesem Tunnel auf uns warten. Du, Aylana, wirst also in vierzig Minuten mit Ildur losfliegen. Versuche die Shiazul möglichst lange hinzuhalten. Lasse dich auf gar keinen Fall auf einen Kampf mit ihnen ein! Deine Aufgabe ist nur, herauszufinden, wo Auria ist und was sie von dir wollen."

„Wenn ich mich richtig erinnere, mündet der Gang nicht weit vom Leuchtturm in einer Art Verlies", ergänzte Arian.

„Wir gehen also durch den Tunnel und können so überraschend eingreifen. Salomee wird auf der Insel bleiben ..."

„Was!", empörte sich Salomee.

„Wie kommst du darauf, dass ich euch und Aylana allein lasse?"

„Du wirst auf der Insel bleiben, weil du mit Salva Verbindung halten kannst und durch ein Portal sofort die Drachenkrieger holen kannst, sobald Aylana und Auria in Sicherheit sind!"

„Das ist die einzige Möglichkeit", stimmte auch Dorkon zu.

„Niemand sonst könnte gleichzeitig Verbindung halten und Hilfe holen."

Letztlich konnte sich Salomee diesen Argumenten nicht verschließen und die letzten Vorbereitungen wurden getroffen. Aylana rief Ildur, um sich vorzubereiten und um ihn aufzuzäumen. Der Rest der kleinen Truppe machte sich bereit, um durch das Portal zu gehen. Es folgten einige letzte Anweisungen Sirions für Aylana, eine Umarmung von Salomee und sie waren bereit.

Aylana wechselte einen Blick mit Alfias, Arian und Salva.

„Für Auria!"

Sie streckten die geballten Fäuste gegen den Himmel. Dann trat Salva neben Salomee und reichte ihr die Hand. Beide schlossen die Augen und öffneten ihren Geist. Gespannt verfolgten die anderen das Geschehen. Die Luft vor Salomee begann zu erzittern und das Bild, das sie aus Salvas Geist erhielt, nahm in Form des Portales Gestalt an.

„Los!"

Sirion war der erste, der durch das Portal schritt. Dorkon, Alfias und Arian folgten ihm. Salva löste ihre Verbindung mit Salomee und trat ebenfalls durch das Tor. Salomee zögerte noch eine Sekunde, warf einen Blick auf Aylana und verschwand als Letzte durch das Portal, das sich augenblicklich wieder schloss. Aylana starrte noch einen Moment auf die Stelle, an der soeben noch ihre Familie und Freunde gestanden hatten. Dann drehte sie sich mit einem Ruck um und ging zu Ildur. Einerseits war sie voller Ungeduld und konnte es fast nicht erwarten loszufliegen. Andererseits war es auch die Ungewissheit, die ihr Herz schneller schlagen ließ.

Sie standen auf einem Felsen, unweit der Küste der kleinen Insel. In einiger Entfernung waren die Überreste des Leuchtturmes von Talabat zu sehen.

„Es ist gelungen."

Salva war die erste, die diese Feststellung machte.

„Hier habe ich als Kind gespielt, wenn wir mit den Booten unterwegs gewesen sind. Weiter als bis zu dieser Insel durften wir nie rausfahren."

„Und wo ist jetzt dieser Tunnel?", fragte Sirion, während seine Augen forschend umherblickten.

„Auf der anderen Seite müsste nach den Schilderungen ein großer Stein, der wie ein Drachenkopf aussieht, den Eingang tarnen", sagte Arian.

„Hier!", rief Salva, die bereits auf die Suche gegangen war.
„Kommt und helft, der Stein ist sehr schwer."

Sirion und Dorkon liefen zu ihr und mit vereinten Kräften gelang es ihnen, den Eingang frei zu legen.

„Das sieht ja sehr eng aus", sagte Dorkon skeptisch.

„Und da sollen wir durchpassen?"

„Salva, du gehst …"

„Voraus, wolltest du wohl sagen", meinte Salomee, da Salva bereits im Tunnel verschwunden war, dicht gefolgt von Alfias und Arian.

„Wartet auf uns!", schrie Sirion in den Tunnel hinein.

„Wir müssen uns da zuerst durchzwängen."

Mit viel Mühe und einiger Verrenkungen gelang es schließlich auch Sirion und Dorkon, den Tunnel zu betreten. Einige Meter vor ihnen standen die anderen und warteten ungeduldig. Salvas Kristall reichte aus, um den Tunnel im Umkreis von einigen Metern genügend auszuleuchten.

Etwa nach zwanzig Minuten langsamen Vorwärtskommens durch viele enge Passagen meinte Sirion: „Eigentlich müssten wir jetzt bald das Ende des Tunnels erreichen. Lasst uns vorsichtig sein!"

„Es wird auch Zeit", keuchte Dorkon.

„Das ist ja nicht auszuhalten in diesem engen Loch! Ein paarmal dachte ich schon, ich stecke fest."

„Ich fürchte, wir haben ein Problem."

Salva war stehengeblieben.

„Was ist los, warum geht es nicht weiter?", fragte Dorkon ungeduldig. Da der Tunnel zu eng zum Überholen war, konnte er den Grund für die Verzögerung nicht sehen.

„Ein Teil der Decke ist eingestürzt, ich weiß nicht, ob wir da durchkommen."

„Auch das noch", knurrte Sirion.

„Wie schlimm ist die Zerstörung?"

„Moment, ich versuche mal so weit als möglich voranzukriechen", antwortete Salva.

Sie versuchte, das Geröll beiseitezuschieben, um besser sehen zu können, wie weit der Tunnel zerstört war. Dabei fielen weitere kleinere Gesteinsbrocken von der Decke.

„Salva, pass auf, dass nicht der Rest auch noch herunterkommt!"

Alfias versuchte zu erkennen, wie stark die Decke eingestürzt war.

„Ich glaube, hier wird es wieder besser."

Salvas Stimme tönte dumpf hinter dem Geröll hervor.

„Der Durchgang ist aber sehr eng."

Alfias quetschte sich hinter Salva durch die herabgefallenen Felsbrocken.

„Hier hinten wird der Tunnel breiter", rief er nach hinten.

„Ich glaube, wir sind gleich am Ziel."

Auch Arian hatte Mühe seinen Körper durch die Spalte zu zwängen, doch nach einigen Anstrengungen stand er neben Salva und Alfias. Hier war der Tunnel bereits merklich breiter, und es sah aus, als mündete er in einem Verlies. Hinter den dreien versuchte Dorkon, sich durch den Spalt zu zwängen. Er hatte wesentlich mehr Mühe, da er ein großer, kräftig gebauter Mann war. Nach einer Minute musste er den Versuch aufgeben und sich rückwärts wieder befreien.

„Wir müssen versuchen, noch mehr Gestein wegzuräumen. Für uns ist der Spalt zu klein, Sirion!"

„Gut, aber vorsichtig. Wir müssen aufpassen, dass wir den Tunnel nicht noch mehr beschädigen."

„Ich glaube, wenn ich diesen Stein hier …"

Ein lautes Prasseln ertönte.

„VORSICHT! Dorkon! Komm zurück!"

Gerade noch rechtzeitig riss Sirion Dorkon nach hinten, bevor ein weiterer Teil der Decke einbrach. Staubwolken umhüllten die beiden und machten das Atmen schwer. Als sich ihre Augen an die Dunkelheit gewöhnt hatten, sahen sie mit Schrecken, dass der Tunnel vor ihnen nun gänzlich versperrt war.

„Dano, was ist passiert? Seid ihr verletzt?"

Leise war Alfias Stimme zu hören.

„Nein!", schrie Sirion.

„Aber der Durchgang ist verschüttet. Wie sieht es bei euch aus?"

„Hier ist ein riesiger Brocken aus der Decke heruntergestürzt. Aber wir sind unverletzt."

Alfias bemühte sich, nicht allzu laut zu reden. Denn schließlich wussten sie, dass die Shiazul nicht weit sein konnten. Er ging so nahe wie möglich an die verschüttete Stelle heran.

Leise hörte er Sirions Stimme: „Wir versuchen, ob wir die Felsbrocken wegbekommen. Wartet auf uns!"

Alfias drehte sich zu Salva und Arian um.

„Es ist unmöglich, dass sie da noch durchkommen! Seht euch diese Felsen hier an. Es würde Tage dauern, diesen Tunnel wieder begehbar zu machen."

„Ja du hast recht! Was also tun wir?"

Dabei deutete Arian bereits in Richtung Ausgang.

„Verlieren wir keine Zeit mehr."

Auch Salvas Ansicht stand fest.

„Ganz meine Meinung. Ich werde es Sirion und Dorkon sagen. Sie müssen umkehren. Es ist sinnlos, den Durchbruch zu versuchen."

Alfias brachte sein Gesicht wieder möglichst nahe an die Trümmer.

„Es ist sinnlos, Dano, ihr müsst umkehren. Die herabgestürzten Felsen sind viel zu groß. Wir suchen Auria."

Dorkon, der sich vergebens bemühte an den Felsbrocken zu rütteln, sagte zu Sirion: „Er hat recht, dieser Felssturz ist mit unseren Mitteln nicht zu entfernen."

Sirion, der die Worte Alfias knapp verstanden hatte, schrie zurück: „Unternehmt nichts ohne uns. Wir finden einen anderen Weg. Wartet auf uns!"

„Ja, genau. Wir werden versuchen, Auria zu finden und Aylana zu helfen!", gab Alfias zurück.

„Ihr werdet genau das tun, was ich euch sage, verstanden! Ihr sollt auf uns warten. Warten!", donnerte Sirion zurück.

„Ja, sicher. Wir beeilen uns und werden sofort starten!"

Alfias gab Salva und Arian zu verstehen, vorsichtig in Richtung Ausgang weiterzugehen und folgte ihnen sofort leise hinterher. Auf der anderen Seite schrie Sirion sich fast die Kehle wund. Doch er bekam keine Antwort mehr von Alfias. Dorkon konnte sich trotz der ernsten Lage ein Grinsen nicht verkneifen.

„Auch wenn es hier stockdunkel ist, Dorkon, ich erkenne dein Gesicht genau. Und ja, wir hätten genauso gehandelt. Also spare dir deinen Kommentar. Lass uns überlegen, was zu tun ist."

„Wir müssen auf alle Fälle sofort zurück zu Salomee. Unsere einzige Chance liegt jetzt darin, doch noch irgendwie einen Weg zu finden, um unbemerkt auf die Insel zu gelangen."

Dorkons Stimme war anzuhören, wie sehr er Untätigkeit hasste.

„Also los, ertasten wir uns den Weg zurück, so schnell wie möglich."

Sirion drehte sich um und versuchte mit den Händen voran, den Weg möglichst schnell zu finden.

Aylana versuchte die Zeit abzuschätzen, die vergangen war, und entschied dann, loszufliegen. Sie überlegte zuerst, ob sie versuchen sollte, möglichst tief über dem Wasser zu fliegen, entschied sich dann aber dagegen. Die Shiazul sollten sehen, dass sie nicht versuchte, sich anzuschleichen. Sie würde mitten unter ihnen landen, ohne Furcht zu zeigen. Obwohl sie natürlich ein flaues Gefühl im Magen verspürte.

„Hast du gehört, Ildur? Wir werden mitten in diesem feigen Haufen landen, der nicht einmal davor zurückschrecken, ein Mädchen zu entführen."

Sie klopfte Ildur auf den Hals. Dieser spürte, dass Aylana sehr angespannt war und schnaubte wie zur Bestätigung durch seine Nüstern. Am Horizont tauchte bereits die Silhouette von Talabat auf und die Reste des Leuchtturmes wurden erkennbar. Ihre Annäherung musste auch schon registriert worden sein, denn sie sah mehrere Punkte, die sich von der Insel lösten und auf sie zu kamen. Aylana erkannte sofort die typischen blutroten Rüstungen der Shiazul und ihre Helme, die das Symbol der gekreuzten Streitäxte trugen. Beim Näherkommen konnte Aylana sechs Shiazul erkennen, die sich jetzt in zwei Gruppen aufteilten. Sie ließen ihre Drachen auf beide Seiten ausschwärmen, um dann mit einem weiten Bogen rechts und links von ihr wieder aufzuschließen. Es flogen jetzt je drei Shiazul links und rechts von ihr auf Talabat zu. Aylana konnte erkennen, dass mehrere der

Shiazul die Insel auf ihren Drachen zu umrunden schienen. Sie wollten also absolut sichergehen, dass sich niemand unbemerkt nähern konnte. In dieser Formation überflogen sie bald darauf den Leuchtturm und direkt dahinter sah Aylana einen großen, von Wald umzäunten Platz. Der links vor ihr fliegende Drachenreiter deutete auf diese Stelle und gab ihr so zu verstehen, dass sie dort zu landen hatte. Ein idealer Platz, dachte sich Aylana grimmig. Im Schutze der nahen Bäume hatten die Shiazul bestimmt Bogenschützen postiert. Sie selbst würde von allen Seiten her angreifbar sein. Trotzdem, ihr blieb keine andere Wahl. Sie ließ Ildur in weiten Kreisen niedergehen, um wenigstens zu versuchen, sich über die Stärke der Feinde informieren zu können. Doch entweder waren sie zu gut getarnt, oder sie verließen sich darauf, dass Aylana nichts gegen sie unternehmen würde, um Auria nicht zu gefährden. Sie landete in der Mitte der Lichtung, blieb aber im Sattel sitzen, um einen besseren Überblick zu gewinnen. Aufmerksam schweifte ihr Blick über den Waldrand.

Dorkon und Sirion kam es wie eine Ewigkeit vor, als sie endlich einen Schimmer von Tageslicht am Ende des Tunnels sahen. Beide waren zerkratzt und an den Stellen zerschrammt, die nicht von den Rüstungen geschützt waren.

„Sola Luz! Was ist denn mit euch passiert und wo sind Alfie, Salva und Arian?"

Salomee betrachtete die beiden bestürzt.

„Die Decke ist eingestürzt und wir wurden getrennt", berichtete Sirion.

„Aber alle blieben unverletzt."

„Nur sind die jungen Wilden jetzt auf der richtigen Seite des Einsturzes, und wir hier ... ach verflucht!"

Dorkon schüttelte die Fäuste.

„Wir müssen so schnell wie möglich einen Weg finden, um zu ihnen zu gelangen."

„Dann sind die Kinder jetzt ganz allein auf der Insel? Mit einer Horde Shiazul?"

Salomee fasste sich an ihr Herz.

„Sie werden doch wohl nicht versuchen, auf eigene Faust …"

Sie bemerkte Sirions grimmigen Blick.

„Sola Cristia, sie wollen versuchen, Auria allein zu befreien!"

Dorkon nickte und Sirion verwarf die Hände.

„Aylana ist bereits auf der Insel", berichtete Salomee tonlos.

„Ich habe Ildur erkannt, sie wurde von sechs Drachenreitern flankiert. Ich glaube, die Shiazul lassen die Insel rundum von ihren Leuten bewachen. Ich konnte mehrmals Drachen um die Insel fliegen sehen."

„Es ist sinnlos, noch länger hier zu warten. Mit unseren Rüstungen und Waffen können wir die Insel auch nicht schwimmend erreichen. Ohne Bewaffnung könnten wir ohnehin nichts ausrichten."

Sirion überlegte fieberhaft.

„Und wenn wir gesehen werden, von den Patrouillen, bringen wir alle in Gefahr", ergänzte Dorkon.

„Wir müssen eine Möglichkeit finden, um ungesehen auf die Insel zu gelangen und zwar sofort. Salomee, du hast doch gesagt, die Shiazul überwachen die Küste von Talabat. Wie ist wohl die Überwachung nach oben?"

„Mit euren Drachen könnt ihr das auf keinen Fall wagen", antwortete Salomee.

„Die sind viel zu groß und auch zu laut. Ihr würdet sofort entdeckt werden!"

Sirion begann, sich seiner Rüstung zu entledigen und schnallte sein Schwert ab.

„Es gibt nur eine Möglichkeit, wir müssen schwimmen! Wir nehmen nur unsere Bögen mit und alles andere ergibt sich auf Talabat."

„Das ist zwar Wahnsinn, denn im Nahkampf sind wir ohne Schwert und Rüstung im Nachteil. Und wenn wir im Wasser gesehen werden, sind wir Zielscheiben! Aber ich stimme dir zu", knurrte Dorkon und entledigte sich ebenfalls jeglichen Ballastes. Die Männer entkleideten sich bis auf die Beinkleider und übergaben Salomee die Rüstungen und Schwerter.

„Du kehrst sofort nach Arcandria zurück und nimmst unsere Sachen mit. Hier ist auch die Drachenflöte von Raga. Er kennt dich ja. Sobald du von Salva Nachricht erhältst, dass Auria in Sicherheit ist, kommst du mit den Drachenkriegern nach. Nimm sofort mit Siutei Verbindung auf, damit sie vorbereitet sind.“

Sirion umarmte sie noch kurz, und lächelte ihr beruhigend zu. „Es wird schon gut gehen!“

Die beiden warfen sich ihre Bögen über die Schultern und sprangen sofort ins Wasser. Salomee sah ihnen noch einen Moment nach und öffnete dann ein Portal nach Arcandria.

Alfias drehte sich zu Salva und Arian um und sah in zwei grinsende Gesichter.

„Wir haben auch nur ‚Sofort starten‘ verstanden“, sagte Salva, während Arian beistimmend nickte.

„Gehen wir weiter, ich glaube da vorne sind bereits gemauerte Wände sichtbar. Wir müssen sehr vorsichtig vorgehen.“

„Warte Alfias, es ist besser, wenn ich vorgehe mit dem Licht. Arian soll dicht hinter mir bleiben. Wir beide sind durch unsere Rüstungen besser geschützt.“

Arian stimmte Salva zu, zog sein Schwert aus der Scheide und ergänzte: „Und bewaffnet!“

Seinem Beispiel folgend zog auch Salva ihr Schwert und vorsichtig schlichen die drei weiter in die unterirdische Kaverne. Der Gang hatte sich mittlerweile so verbreitet, dass Salva und Arian nebeneinander gehen konnten. Alfias, der direkt dahinter folgte und die Beschaffenheit des Tunnels aufmerksam musterte, bemerkte als erster, dass die Decke nicht mehr aus dem Fels gehauen war. Vielmehr waren Holzbohlen zu sehen. Er machte Salva und Arian darauf aufmerksam.

„Wir müssen uns bereits unterhalb von Gebäuden befinden. Ich glaube wir nähern uns dem Verlies, von dem du gesprochen hast, Arian.“

„Es sollte, wenn ich mich richtig erinnere, ziemlich nahe beim Leuchtturm sein“, meinte Arian.

„Aber ich kann mir nicht vorstellen, dass dieser Tunnel so leicht zu finden war. Er müsste doch eigentlich einen verborgenen Zugang haben."

Nach einigen Metern endete der Tunnel plötzlich. Die Wand, die vor ihnen stand, unterschied sich in nichts von den Wänden an den Seiten des Tunnels.

„Jetzt haben wir ein Problem", meinte Salva lakonisch.

„Eines das wir schnellstens lösen sollten", ergänzte Arian.

„Ach, was bin ich froh, dass ich zwei mit so brillantem Verstand ausgerüstete Analytiker bei mir habe", sinnierte Alfias.

„Ohne euch wäre ich jetzt einfach weitergelaufen."

„Und was, bitte, sollen wir jetzt deiner Meinung nach tun?", fragte Salva spitz.

„Nun, da ich glaube davon ausgehen zu können, dass diese Mauer nicht jedes Mal eingerissen und wieder zugemauert wurde, vor und nach der Benutzung muss es eine Möglichkeit gegeben haben, um hier durch zukommen", dozierte Alfias belehrend.

„Na dann los!"

Arian zeigte auffordernd auf die Mauer.

„Bin schon dabei. Salva, kannst du bitte die Mauer möglichst gut ausleuchten?"

Alfias begann, die Mauer eingehend zu untersuchen. Forschend tasteten seine Finger die Mauer ab und nach einigen Augenblicken bat er Salva um ihr Schwert.

„Man kann deutlich fühlen und sehen, dass hier um diese Steine die Lücken nur mit lockerem Lehm und Sand gefüllt sind. Während die Spalten bei den anderen Steinen zugemauert sind."

Er kratzte mit dem Schwert die lockere Erde aus den Fugen und schon bald wurde deutlich, dass er recht hatte. Nach und nach wurden die Umrisse einer Türe sichtbar. Arian hatte mit seinem Schwert ebenfalls begonnen, Alfias zu helfen.

„Hier kann ich das Schwert schon durchstecken. Irgendwie muss sich dieser Teil der Wand hier bewegen lassen."

Sie versuchten mit aller Kraft gemeinsam die Türe aufzudrücken, doch sie gab keinen Millimeter nach.

„Lass uns versuchen mit den Schwertern herauszufinden, wo die Befestigungen der Türe verborgen sind. Irgendwo muss ja eine Angel als Drehpunkt dienen", schlug Alfias vor. Und er lag richtig, auf der oberen und unteren Seite konnten sie jeweils auf der linken Seite einen festen Widerstand spüren, der auf eine drehbare Befestigung hindeutete. Auf der rechten Seite war ein Hindernis ungefähr auf halber Höhe zu fühlen.

„Das muss ein Riegel sein", bemerkte Salva.

„Suchen wir auf derselben Höhe weiter rechts nach einem Hinweis!"

Sie leuchtete mit ihrem Kristall in dieser Richtung und fand nach kurzer Zeit einen Stein in der Mauer, der nur lose angebracht schien.

„Versucht mal, ob ihr diesen Stein mit den Schwertern lösen könnt."

Sie deutete auf die Stelle und Alfias und Arian machten sich daran, den Umriss des Steins freizulegen. Schließlich ließ sich der Stein aus der Wand entfernen und dahinter wurde der Riegel sichtbar. Diesen konnten sie nun mit vereinten Kräften nach rechts bewegen. Arian drückte daraufhin probeweise gegen die Tür und spürte, dass sich diese nun bewegen ließ.

„Ab jetzt müssen wir äußerst vorsichtig sein. Dahinter sind wohl die Verliese, von denen ich sprach. Wir wissen nicht, ob sich Shiazul in diesen Räumen aufhalten. Vielleicht ist Auria sogar hier unten gefangen."

Arians Stimme hatte einen heiseren Klang. Vielleicht würden sie in wenigen Augenblicken zum ersten Mal in einen echten Kampf geraten.

Auch Salva wirkte angespannt.

„Auf alle Fälle, sollten wir mit allem rechnen und uns kampfbereit machen. Alfie, kannst du mit einem Bogen umgehen?"

„Ich habe keine große Übung darin", entgegnete Alfias.

„Aber ich werde tun, was ich kann."

Er nahm den Bogen von Salva und auch ihren Köcher und rüstete sich damit aus.

„Bereit?"

Arian stellte sich an die Tür.

„Bereit", antworteten Salva und Alfias.

Entschlossen drückte Arian die Tür auf.

Aylana spürte die Bewegung mehr, als dass sie sie sah. Drei Shiazul kamen vom Leuchtturm auf sie zu. Ihre Gesichtszüge waren unter den Helmen nicht zu erkennen und alle drei waren mit Schwertern bewaffnet. Etwa zwanzig Schritte vor Aylana blieben sie stehen. Der mittlere der Shiazul trat noch einige Schritte vor.

„Wirf deine Waffen in unsere Richtung und steig ab!"

Seine Stimme klang seltsam hohl unter dem Helm hervor. Gleichzeitig hob er den Arm und rings um Aylana traten Bogenschützen aus ihren Verstecken am Waldrand. Aylana konnte zwölf Gegner zählen, die alle mit gespanntem Bogen auf sie zielten. Sie löste die Halterungen von Xandar und Durandort und warf die Waffen wie verlangt in Richtung des Sprechers.

„Und jetzt absteigen! Los!"

Ildur spürte mit sicherem Instinkt, dass sie in Gefahr waren und fauchte wütend in Richtung der Shiazul.

„Halte deinen Drachen im Zaum, wir wollen doch nicht, dass ihm etwas geschieht", höhnte der Anführer.

„Bara, Ildur. Hatta, hatta", sagte Aylana beschwörend zu Ildur. Daraufhin beugte er sich nieder und Aylana sprang hinunter.

„Wo ist Auria? Ich möchte sie sehen!"

Aylana trat einige Schritte vor.

„Bleib, wo du bist! Keinen Schritt weiter."

Der Shiazul gab einem seiner Begleiter eine Anweisung, worauf sich dieser vorsichtig der Stelle näherte, wo Aylanas Waffen am Boden lagen. Er raffte sie auf und machte sich schleunigst damit aus dem Staub. Ihre letzte Begegnung mit den Shiazul hatte sich wohl herumgesprochen, dachte Aylana bei sich. Wenn sie so darauf bedacht waren, sie von ihrer Bewaffnung fernzuhalten.

„Schick deinen Drachen zurück und komm her!"

Der Anführer machte eine befehlende Handbewegung.

„Bonngo, Ildur", sagte Aylana und gab dem Drachen das Zeichen wegzufliegen. Dann ging sie langsam zu den Shiazul. Ildur gehorchte widerwillig, war mit einigen gewaltigen Sprüngen in der Luft und bald darauf nicht mehr zu sehen.

„Geh vor uns her, in Richtung Leuchtturm, bis du vor dem Tor stehst."

Er hielt es offenbar nicht für notwendig, Aylana noch speziell darauf hinzuweisen, was geschehen würde, wenn sie seinen Anordnungen keine Folge leistete. Er wusste, dass von ihr nichts zu befürchten war, solange Auria in ihrer Gewalt war. Außerdem war sie ohne Bewaffnung und jeglicher Fluchtweg war abgeschnitten. Aylana ging den Weg entlang und sah sich unauffällig um, in der Hoffnung ein Zeichen von Sirion und den anderen zu entdecken. Sie konnte nicht ahnen, was in der Zwischenzeit vorgefallen war. Dabei waren Salva, Arian und Alfie gar nicht so weit von ihr entfernt, wie sie dachte. Beim Tor angekommen, blieb sie stehen und wartete. Die drei Bewacher kamen bis auf fünf Schritte an sie heran und verteilten sich im Halbkreis hinter ihr.

„Öffne das Tor und geh hinein. Du wirst erwartet!"

Aylana ergriff den schweren Eisenring, der am Tor befestigt war und öffnete. Sie blieb einen Augenblick stehen, um sich an das Dämmerlicht zu gewöhnen, das im Inneren des Turmes herrschte.

„Siehe da, unsere berühmte Amada Aygo! Komm doch herein und leiste mir Gesellschaft."

Die Stimme kam Aylana seltsam bekannt vor. Im Inneren des kreisförmigen Raumes standen einige Sessel im Halbkreis an der Wand gegenüber. Auf der rechten Seite begannen die Stufen der Treppe, die sich der Wand entlang wohl bis zur Spitze des Turmes erstreckte. Auf etwa vier Metern Höhe war die Decke zu erkennen, die den Raum nach oben begrenzte. Aylana schätzte, dass sich etwa zehn ähnliche Räume über ihr befanden. Links von ihr führte eine Treppe steil nach unten. Dort mussten wohl die Verliese liegen. Auf dem Sessel direkt gegenüber saß der Anführer.

„Warum so schweigsam? Ich tue dir nichts, wenigstens noch nicht!"

Aylana sah, dass der Sprecher ebenfalls eine blutrote Rüstung und den Helm der Shiazul trug.

„Wo ist Auria?"

Aylana trat einige Schritte auf ihn zu.

„Ah ja, wie unhöflich von mir. Tritt doch ein und nimm Platz", sagte er, ohne auf ihre Frage einzugehen und deutete auf den Sessel neben sich.

„Ich will jetzt Auria sehen!"

Aylana rührte sich nicht vom Fleck.

„Du hast hier keine Bedingungen zu stellen", grollte der Shiazul.

„Erst wirst du meine Wünsche erfüllen müssen. Also komm her und setz dich."

Aylana ging die wenigen Schritte und setze sich auf einen Sessel, wobei sie darauf achtete, einen zwischen sich und dem Anführer leer zu lassen. Die drei Wächter, die sie begleitet hatten, traten ebenfalls ein. Auf einen Wink des Anführers wurden ihm Aylanas Waffen übergeben. Danach verteilten sie sich entlang der Wände. Ihre Schwerter hatten sie kampfbereit in den Händen.

„Was für herrliche Waffen. Und wie schade, dass sie nicht auf der richtigen Seite verwendet werden."

„Ist die richtige Seite für dich eine, die harmlose Mädchen entführt?"

Aylana sah den Shiazul trotzig an.

„Manchmal muss man für das Erreichen seiner Ziele, etwas … nun sagen wir, besondere Überredungskunst anwenden", entgegnete er hämisch.

„Wie hätten wir uns sonst in Ruhe von Angesicht zu Angesicht unterhalten können?"

„Von Angesicht zu Angesicht? Du traust dich ja nicht einmal, dein Gesicht zu zeigen."

Der Shiazul sprang wütend auf und trat vor sie.

„Du kennst mein Gesicht!", schrie er drohend, „Wenigstens hast du es gekannt, bevor dein Freund mich so zugerichtet hat."

Bei diesen Worten riss er sich den Helm vom Kopf und … Aylana musste sich zusammenreißen, um nicht aufzuschreien. Eine blutrote Narbe zog sich über den ganzen Kopf des Mannes. Es sah aus, als wäre sein Schädel fast gespalten gewesen. Die Narbe verlief über Nase und Mund bis zu seinem Kinn. Er sah entsetzlich aus und dennoch erkannte Aylana ihn sofort wieder. Istwan.

„Aber Gondrin hat dafür bezahlt, was er mir angetan hat. Sie alle werden dafür bezahlen!" Istwan stieß die Worte so voller Hass aus, dass Aylana zurückzuckte.

„Ja", triumphierte Istwan.

„Jetzt fürchtest du mich! Und bald werden mich alle deine Freunde fürchten."

Er setzte sich wieder auf seinen Sessel und sah Aylana seltsam an.

„Du bist hier, weil ich dir einen Vorschlag zu machen habe." Plötzlich sprach er wieder ganz ruhig.

„Willst du Dana Nala, alle Pflanzen Tiere und Naturwesen schützen? Oder willst du weiterhin zulassen, dass der Mensch unsere Heimat zerstört?"

„Ich wurde auserwählt, als Amada Aygo. Ich habe geschworen, alles Leben zu schützen. Ich folge der Doktrin und …"

„Die Doktrin, die Doktrin!", wurde sie von Istwan heftig unterbrochen.

„Wohin hat uns deine Doktrin denn gebracht! Sieh dich um, auf unserer Erde. Was haben die Menschen aus diesem Paradies gemacht! Sieh dir unsere Umwelt an. Mutwillig werden Tag für Tag die Lebensgrundlagen aller Lebewesen zerstört. Und von wem? Nur der Mensch hat Schuld. Und diese Verbrecher willst du schützen?"

Was sollte sie auf diese Worte entgegnen? Sie wusste ja, dass Istwan eigentlich recht hatte. Und doch glaubte sie daran, dass ein friedliches Existieren allen Lebens in Zukunft wieder möglich werden könnte. Denn auch die Menschheit war auf Dana Nala geboren worden.

„Wir können doch nicht eine ganze Rasse verurteilen, für die Fehler Einzelner. Es gibt auch unter den Menschen viele, die im Einklang mit der Natur leben möchten. Wir können nicht Leben retten, indem wir Leben zerstören."

Aylana versuchte, ihrer Stimme einen festen Klang zu geben.

„Aylana, hast du einmal eine Baumfee gesehen, die durch den Wald tanzt? Oder eine Quellnymphe, am Wasser sitzend? Hast du schon einmal mit Trollkindern gespielt? Im Wald ein

Reh gestreichelt, oder Eichhörnchen mit Haselnüssen aus deiner Hand gefüttert?"

Aylana musste notgedrungen verneinen und Istwan ließ ihr keine Zeit um nachzudenken.

„Siehst du, noch vor tausend Jahren war dies alles eine Selbstverständlichkeit. Aber all dies wurde von den Menschen zunichte gemacht. Und dieses Volk verteidigst du? Ich schütze lieber, was noch übrig ist, von unseren Naturwesen. Denn diese sind die Leidtragenden! Und ich will Dana Nala davor bewahren, von diesen unbelehrbaren, selbstsüchtigen Menschen ganz zerstört zu werden."

Aylana entgegnete leise: „Du kannst doch nicht eine ganze Rasse auslöschen, wegen der Taten von …"

Istwan unterbrach sie erneut: „Hast du jemals von einem Naturwesen oder einem Arcandrin gehört, die Verbrechen an Dana Nala begangen haben? Los, antworte!"

Aylana zögerte mit ihrer Antwort.

„Nein, die Voraussetzungen in unserer Kultur sind auch an …"

Leidenschaftlich warf Istwan dazwischen: „Die Voraussetzungen für alle Rassen waren immer dieselben. Es ist der Mensch, der durch und durch schlecht ist. Vor viertausend Jahren glaubten die Arcandrin bereits einmal an die Menschen und lehrten sie die Geheimnisse der Natur. Und was ist passiert? Wir wurden verfolgt und getötet, nur damit Menschen ihre Machtgier befriedigen konnten. Und sogar unser Volk, Aylana, ist an der Gier der Menschen zerbrochen und hat sich gespalten. Bis vor kurzem dachte ich wie du. Doch mir wurden die Augen geöffnet. Die einzige Chance für Dana Nala und uns ist die Säuberung der Natur. Wir müssen uns wieder vereinigen und gemeinsam die Erde von der Menschheit befreien."

Istwan machte eine Pause und sah Aylana auffordernd an.

„Dir wurde eine glänzende Zukunft vorausgesagt. Du kannst die Waffen Xandrias führen. Kämpfe an unserer Seite und wir machen aus der Erde wieder das Paradies, das sie einmal war."

Lange blieb es still im Raum. Dann stand Aylana auf und trat vor Istwan.

„Istwan", sagte sie eindringlich.

„Komm zurück. Es ist noch nicht zu spät. Wir werden gemeinsam mit den Menschen einen Weg finden. Komm zurück und finde deinen Platz bei den Drachenkriegern. Ich werde dir helfen!"

Sie streckte Istwan bittend die Hand entgegen.

Istwan stand auf und entgegnete leise: „Es ist zu spät, Aylana. Sieh mich an. Ich bin ein Monster. Ich habe mein Antlitz bereits verloren. Ich werde nicht auch noch mein Gesicht verlieren. Ich werde meiner Überzeugung folgen und ich gehöre hierher. Es tut mir leid für dich."

„Istwan, niemand ist ein Monster aufgrund seines Äußeren. Folge deinem Herzen", sagte sie eindringlich.

Doch er wandte sich ab und befahl den Wachen in traurigem Ton: „Bringt sie in das Verlies und sperrt sie zu der anderen Verräterin. Ich werde später über ihr Schicksal entscheiden."

Er ging auf das Tor zu. Aylana überlegte fieberhaft. Ein schneller Sprung würde sie in Reichweite ihrer Waffen bringen. Wo blieben nur ihre Freunde? Wo blieben Sirion und Dorkon?

„Vorsicht, abtauchen!", rief Sirion gerade noch rechtzeitig, als wieder ein Drachenreiter in Sicht kam. Bereits einige Male konnten sie so einer Entdeckung entgehen. Sie konnten nur hoffen, dass im Wasser keine verräterischen Spuren zu entdecken waren. Normalerweise bräuchte ein Arcandrin für diese Entfernung nicht mehr als zehn Minuten, doch mit den Bögen und Köchern waren sie in ihren Bewegungen ziemlich beeinträchtigt. Hinzu kamen noch Unterbrechungen durch die Wachen. Sie hatten beschlossen, etwas links vom Leuchtturm an Land zu gehen. Dort wuchs der Wald fast bis an den Strand hinab und die Gefahr einer vorzeitigen Entdeckung war dort am geringsten.

Sirion wollte als erster in den Wald rennen, während Dorkon ihm Deckung geben würde. Danach konnte Dorkon nachfolgen, sobald ihm Sirion das Zeichen gab. Sobald die beiden Boden unter den Füßen spürten, hielten sie inne und nahmen die Bogen zu Hand. Vorsichtig und geduckt bewegten sie sich dem Ufer zu, wo Dorkon mit angelegtem Bogen den Waldrand musterte.

„Los, jetzt!"

Sirion spurtete los und verschwand zwischen den Bäumen. Er suchte den Wald in seiner näheren Umgebung nach Feinden ab. Dann winkte er Dorkon zu und wartete, bis dieser neben ihm stand.

„Ich denke, wir sollten uns dem Leuchtturm so weit als möglich und im Schutz der Bäume nähern. Ziemlich sicher sind Aylana und Auria dort zu finden. In diesem Gemäuer sind die einzigen noch einigermaßen intakten Räume. Der Tunnel mündet ja auch im Keller des Turms."

Sirion sah Dorkon fragend an und dieser nickte zustimmend. Die beiden bewegten sich nahezu lautlos durch den Wald, immer aufmerksam nach Shiazul spähend. Am Rande der Lichtung angekommen, auf der Aylana vorher mit Ildur gelandet war, konnten sie sehen, dass sich eine Gruppe ihrer Gegner vor dem Tor des Leuchtturmes postiert hatten. Alle waren mit Bogen und Schwert bewaffnet.

„Näher kommen wir nicht, ohne gesehen zu werden. Wir könnten sie zwar von hier aus mit unseren Pfeilen erreichen. Doch nicht alle auf einmal. Und wer weiß, was geschieht, wenn die Shiazul im Turm gewarnt werden."

Sirion überlegte fieberhaft.

„Auf alle Fälle können wir jetzt sicher sein, dass Aylana und Auria dort drin sind. Das zeigen uns die Wachen vor dem Tor deutlich."

Dorkon wies auf den Turm.

„In den oberen Räumen gibt es Fenster. Dort könnten auch noch Wachen postiert sein."

„Ja, und sobald wir aus der Deckung rauskommen, sind sie gewarnt. Ach, verdammt, wieso musste dieser Tunnel bloß einstürzen!" Sirion schüttelte ratlos den Kopf. Doch dann kam ihm eine Idee: „Wenn es uns gelingt, ein oder zwei der Wächter vor dem Tor in den Wald zu locken, können wir sie überwältigen und uns ihrer Schwerter und Rüstungen bemächtigen. Dann sollte es uns gelingen, unerkannt bis an den Turm vorzudringen. Das Weitere wird sich dann ergeben."

„Auf alle Fälle könnten uns so die Wächter, die sich vielleicht in den oberen Räumen aufhalten, nicht mehr mit ihren Pfeilen erreichen. Wie willst du sie vom Tor weglocken?"

Dorkon sah Sirion fragend an.

„Mit einem kühlen Bier? Die armen Hunde schwitzen bestimmt fürchterlich in ihren Rüstungen, in der prallen Sonne!"

„Die Idee ist nicht schlecht, aber da wir im Moment kein kühles Bier zur Hand haben, müssen wir anders vorgehen. Wir könnten ein Feuer entfachen. Wenn sie den Rauch sehen, werden sie sicherlich nachsehen, was da vor sich geht. Und schon haben wir unsere Rüstungen."

Sirion schnippte mit den Fingern.

„Gut, dann gehst du ein Stück in den Wald hinein und machst Feuer. Und ich warte hier und warne dich, wenn sie kommen. Ich bin sowieso noch zu nass, um Feuer zu machen."

Dorkon grinste.

Sirion spöttelte: „Du willst nur nicht zugeben, dass du nicht weißt, wie man ein Feuer ohne Hilfsmittel entfacht!"

Danach huschte er in den Wald zurück und suchte sich geeignetes trockenes Holz und Zunder. Dann wickelte er die Sehne seines Bogens um einen Pfeil, den er mit einem Stück Holz auf ein zweites presste, um das er den Zunder aufschichtete. Durch das Hin- und Herbewegen des Bogens wurde der Pfeil in rasend schnelle Drehung versetzt und schon bald stieg der erste Rauch auf. Bereits nach wenigen Minuten hatte Sirion ein Feuer gemacht, das er rasch mit dürren Ästen vergrößern konnte. Damit genügen Rauch aufstieg, legte er noch etwas Grünzeug nach, sobald die Flammen stark genug waren. Danach schlich er zurück zu Dorkon.

„Wieso hat das denn so lange gedauert?", fragte Dorkon kopfschüttelnd

„Ich habe noch kurz meine Sachen über dem Feuer getrocknet", antwortete Sirion schlagfertig. „Doch sieh, sie haben den Rauch bemerkt!"

Tatsächlich hatten sich die Shiazul umgedreht und blickten in Ihre Richtung. Dann lösten sich drei der Wächter und kamen auf sie zu.

„Und, was jetzt? Sie kommen zu dritt."

Dorkon fluchte.

„Ganz einfach, du übernimmst zwei. Ich habe Feuer gemacht", sagte Sirion und grinste.

„Das meinte ich nicht. Sie werden Verdacht schöpfen, wenn wir nur zu zweit zurückkommen!"

„Wir werden sagen, dass einer zurückgeblieben ist, um die Umgebung nach Spuren abzusuchen. Zur Sicherheit. Das Feuer habe sich wohl mit einer Scherbe entzündet. Oder so. Was auch immer", sagte Sirion und winkte ungeduldig ab.

„Jetzt müssen wir uns erst mal um die drei da kümmern."

Er wies auf die Shiazul, die schon ziemlich nahe waren. Sie huschten noch einige Schritte in den Schutz des Waldes zurück und postierten sich hinter den Bäumen. Sie ließen die Shiazul vorbei. Nach zwei blitzschnellen und lautlosen Sprüngen hatten sie die beiden hinteren Feinde an den Kehlen gepackt. Sie rissen die zwei seitlich ins Gebüsch und lösten ihre Griffe erst als sie sicher sein konnten, dass ihre Opfer besinnungslos waren. Der dritte war misstrauisch geworden und hatte sich umgedreht.

„Wo seid ihr? Was zur Hölle ist hier los?"

Er sprang zurück und wollte gerade laut rufen, als Dorkon wie aus dem Boden geschossen vor ihm stand. Er packte ihn mit eisernem Griff an der Kehle, bevor er auch nur einen Laut von sich geben konnte. Sie beeilten sich dabei, zwei der Shiazul ihrer Rüstungen und Helme zu entledigen, wobei sie sich ihre Gesichter merkten. Auch dem dritten nahmen sie den Helm ab, um zu sehen, ob er ihnen bekannt vorkam. Denn es war immer von Vorteil, seine Feinde zu erkennen.

„Zerschneiden wir ihre Bogensehnen und fesseln sie damit. Und mit ihren Kleidern können wir passende Knebel fertigen. So sind sie für uns ungefährlich und wir können sie später immer noch einsammeln."

Sirion setzte seinen Vorschlag sogleich in die Tat um. Die beiden würden nur in äußerster Not einen Feind töten.

„Sola Luz. Diese Shiazul sind vielleicht klein geraten", fluchte Dorkon beim Anlegen der Rüstungen.

„Und der Helm erst!"

„Nimm den Helm des anderen dort, ich glaube der könnte ein wenig größer sein."

Auch Sirion hatte Mühe, sich in die Rüstung zu zwängen. Nachdem sie endlich einigermaßen ausgerüstet und mit den Schwertern der Gefesselten versehen waren, lief Sirion rasch zum Feuer und trat es aus. Damit sollte ihr Auftritt ein wenig glaubhafter wirken, wenn sie anstelle der Wachen zum Turm zurückkehrten.

„Also los. Lass uns sehen, wie sich die Sache entwickelt."

Sirion klappte das Visier seines Helmes nach vorne und nickte Dorkon zu. Dann verließen die beiden den Schutz des Waldes und versuchten, möglichst unauffällig zu wirken.

Nachdem Arian die Türe aufgestoßen hatte, blieben sie reglos stehen und horchten in den Raum hinein. Nach einigen Sekunden winkte Arian und sie schlichen lautlos weiter. Salva leuchtete mit ihrem Kristall hinein und sie sahen, dass sie sich in einem Kellerraum befanden, der eindeutig als Verlies gebraucht worden war. An den Wänden waren dicke Eisenringe eingelassen und am Boden lagen noch vereinzelt Ketten. An der Wand gegenüber befand sich eine weitere Türe. Diesmal jedoch war es eine normale Holztüre, die mit einem gewaltigen Riegel auf der Innenseite verschlossen war. So hatten die Schmuggler wohl vorgesorgt, dass sie im Falle einer Entdeckung noch genügend Zeit zum Entkommen hatten. Für die Freunde war es ein Vorteil, denn sie konnten die Türe leicht von ihrer Seite aus öffnen.

„Salva, verschliesse deinen Kristall wieder im Beutel, ich glaube, dass ich einen Lichtschimmer sehen kann."

Arian hatte sich zur Türe geschlichen und versuchte, durch die Spalten etwas zu erkennen.

Salva ließ ihren Kristall wieder in ihren kleinen Beutel gleiten, den sie um den Hals trug. Und wirklich, nach einigen Sekunden gewöhnten sich ihre Augen an die Dunkelheit und sie nahmen den Lichtschimmer wahr, der durch die Ritzen drang. Alfias trat ebenfalls ganz an die Tür heran und hielt sein Ohr an eine Spalte. Er hielt dabei die Augen geschlossen und konzentrierte sich ausschließlich auf sein äußerst fein entwickeltes Gehör. Nach einigen Sekunden richtete er sich auf und lächelte Salva und Arian an.

„Auria ist nicht weit von hier. Wenn ich richtig gehört habe, konnte ich noch drei weitere Stimmen unterscheiden."

„Wir müssen also davon ausgehen, dass Auria von drei Shiazul bewacht wird", stellte Salva fest. „Das sollte problemlos machbar sein."

Sie ließ dabei unternehmungslustig ihr Schwert aus dem Handgelenk kreisen, während Arian beistimmend nickte.

„Ähm, du bist dir schon im Klaren darüber, dass sich da draußen drei wohl bis an die Zähne bewaffnete Shiazul befinden? Drachenreiter, womöglich. Ihr seid zwei bewaffnete Anwärter, sozusagen im ersten Lehrjahr, gemeinsam mit mir. Zwar ein Jahrhunderttalent, was meine Fähigkeiten anbelangt, aber meine Waffen sind die Waffen des Geistes", erklärte Alfie wenig bescheiden.

„Vielleicht sollten wir uns einen Plan zurechtlegen, bevor ihr auf die Idee kommt, brüllend loszurennen und blindlings um euch zu schlagen."

„So ähnlich hätte ich mir das gedacht", meinte Arian achselzuckend.

„Aber wenn du einen besseren Vorschlag hast, lass hören!"

„Zuerst einmal müssen wir uns einen Überblick verschaffen. Ich bin sicher, dass sich die Shiazul und Auria nicht im angrenzenden Raum aufhalten. Sonst wären ihre Stimmen deutlicher zu hören. Lasst uns hier den Riegel leise entfernen und sehen, was sich hinter dieser Tür verbirgt."

Alfias trat zur Tür und versuchte probeweise, den Riegel zu bewegen. Außer einem leisen Kratzen ließ sich der Balken fast lautlos bewegen.

„Spannt eure Bögen und haltet euch bereit, für alle Fälle. Aber nur bereithalten. Klar!"

Alfias bewegte die Türe millimeterweise. Etwas Licht fiel in den Raum und sie versuchten, sich im Schatten zu halten. Die Stimmen waren jetzt lauter zu vernehmen. Er zog die Tür nur so weit auf, wie nötig war, um sich durch den Spalt zu drücken. Im angrenzenden Raum schien Licht durch die Ritzen an der Decke, und sie konnten sich problemlos zurechtfinden. Auf ihrer rechten Seite schien eine Art Durchgang zu sein, aus dem Licht schimmerte und Stimmen zu hören waren. Alfias schlich voran und blieb plötzlich mitten im Raum stehen. Er schien nach oben zu lauschen.

„Ich kann die Stimme von Aylana hören", flüsterte er.

„Sie muss sich da oben befinden." Er deutete gegen die Decke.

„Ziemlich sicher sind wir jetzt genau unter dem Leuchtturm", flüsterte Arian zurück.

„Sehen wir uns den Durchgang an."

Der Durchgang erwies sich als kurzer Tunnel. Alfias schlich sich lautlos so weit vor, dass er den angrenzenden Raum in Augenschein nehmen konnte. Dieses Verlies war mit einem Gitter zweigeteilt. Rechts saßen drei Shiazul an einem Tisch und direkt dahinter sah Alfias eine massive Holztür, die wohl den Zugang zu einer Treppe verschloss. An dieser Tür war kein Riegel zu sehen, was hieß, dass sie sich nur von außen öffnen ließ. Auf der linken Seite, auf einer Bank an der Wand, saß Auria. Es schien ihr so weit gut zu gehen und Alfias konnte keine Verletzungen an ihr entdecken. Ihre Waffen hatten die Shiazul neben ihrem Tisch an die Wand gehängt. Sie unterhielten sich über belanglose Dinge, die für Alfias nicht von Interesse waren.

Er zog sich zurück zu seinen Freunden und zog sie mit sich nach hinten, bis sie sicher sein konnten, dass ihre leise geführte Unterhaltung nicht bis zu den Shiazul dringen konnte. Alfias schilderte die Lage und schloss mit den Worten: „Die Shiazul scheinen den geheimen Tunnel nicht zu kennen. Sonst wären sie bestimmt auch diesbezüglich wachsam. Wir können zwar Auria aus ihrem Gefängnis holen, aber wir können in keine Richtung entfliehen. Also schlage ich vor …"

„Dass wir Auria befreien und die Shiazul einsperren. Danach werde ich sofort Salomee verständigen. Fünfzehn Minuten spä-

ter können die Drachenkrieger hier sein und uns rauslassen!",
begeisterte sich Salva.

„Und danach feiern wir alle zusammen ein großes Fest und
der gläserne Schuh heiratet den Froschkönig und Rotkäppchen
und Rapunzel stehen Spalier."

Alfie war wieder einmal sehr charmant. Arian musste sich
trotz des Ernstes der Lage ein Lachen verkneifen.

„Ich schlage vor, wir gehen lieber vor, wie bei Dornröschen
und sorgen dafür, dass sich die Shiazul schlafen legen."

„Genialer Einfall! Also Troubadix, sing ihnen ein Schlaflied
und wir können sicher sein, dass sie alles daran setzen werden,
um so schnell wie möglich das Weite zu suchen."

„Sagt mal, spinnt ihr jetzt total, ihr beiden?", flüsterte Salva zornig.

„Könnten wir uns jetzt wieder ernsthaft mit der Situation
hier beschäftigen?"

„Jaja, schon gut. Ich bin bereits am Überlegen."

Alfias fasste zusammen: „Wir haben drei Shiazul, die ganz
sicher nicht mit einem Angriff von unserer Seite rechnen. Diesen Vorteil müssten wir doch nützen können."

„Wir müssten es schaffen, sie in den Tunnel zu locken. Dann
könnten wir die getarnte Türe hinter ihnen schließen und den
Riegel blockieren."

Salva machte diesen Vorschlag, ohne zu wissen, wie genau
sie das bewerkstelligen sollten. In diesem Moment kam Alfias
auf dieselbe Idee, wie Sirion im Wald.

„Lass uns ein Feuer im Tunnel machen. Der Rauch wird durch
den Luftzug bestimmt hierher wehen. Und die Shiazul müssen
reagieren. Ein Feuer hier unten würde auch sie bedrohen."

„Und wenn sie sich aufteilen? Es werden doch sicher nicht
alle drei ihren Posten verlassen."

Arian schien skeptisch.

„Dann sind es immerhin schon weniger und sie sind leichter
zu überwältigen. Sie dürfen einfach keine Gelegenheit finden,
um Alarm schlagen zu können."

Alfias wirkte überzeugend.

„Ich finde, wir sollten es versuchen", meinte Salva.

„Irgendetwas müssen wir ja tun. Einen offenen Kampf dürfen wir nicht riskieren. Der Lärm würde die anderen sofort warnen."

Also wurde der Vorschlag ausgeführt und Arian fachte im Gang, auf dieselbe Art und Weise wie zuvor Sirion, ein Feuer an. Das Holz dazu konnten sie von den zerbrochenen Stützbalken nehmen, die sofort Feuer fingen. Als sie sahen, dass der Rauch wie geplant in Richtung Verlies wehte, versteckten sie sich hinter der getarnten Tür und warteten gespannt. Bereits nach einer Minute konnten sie Schritte hören und wie sich zwei der Wächter unterhielten.

„Wo kommt dieser Rauch nur her? Das ist doch nicht möglich! Wir sind die einzigen hier unten und …"

Dann war ein erstaunter Ruf zu hören.

„Sieh doch, Kiran, da ist ein Durchgang. Das gibt es doch nicht!"

„Da ist eine getarnte Tür. Das müssen wir sofort melden!", sagte die zweite Stimme.

„Lass uns erst nachsehen, woher der Rauch kommt und was hinter der Tür ist. Wir müssen auf alle Fälle verhindern, dass sich hier unten alles mit Rauch füllt."

Die Shiazul betraten vorsichtig und misstrauisch den Raum, in dem sich die Freunde hinter der Tür verborgen hielten.

„Sieh doch, da hinten führt ein Tunnel direkt Richtung Meer. Von da kommt auch der Rauch her. Lass uns nachsehen."

„Vorsicht! Wo Rauch ist, ist auch Feuer und wo Feuer ist, ist auch jemand, der es entfacht hat."

„Wir müssen wissen, was da hinten vor sich geht", widersprach die erste Stimme.

„Gut, dann geh und sieh nach! Ich werde hier warten. Ich traue der Sache nicht!"

Alfias verzweifelte fast bei diesen Worten und sah seine Gefährten beschwörend an. Leise schüttelte er den Kopf, als Zeichen noch zuzuwarten. Sie konnten beobachten, wie einer der Wächter den Raum durchquerte und im Tunnel verschwand.

Der Zweite betrat jetzt ebenfalls vorsichtig die Höhle und fing an, die Geheimtür zu studieren. Gleich musste er sie entdecken. Der Shiazul ging um die Tür herum und starrte direkt in Arians Augen, der mit erhobenem Schwert vor ihm stand. Noch bevor dieser auch nur einen Laut von sich geben konnte, traf ihn Arians Schwert mit der Breitseite auf den ungeschützten Kopf. Er sackte zusammen wie vom Blitz getroffen. Leider gelang es Arian nicht, zu verhindern, dass der Körper des bewusstlosen Wächters auf dem Boden aufschlug. Das Scheppern seiner Rüstung zerriss die Stille im Verlies mit ohrenbetäubendem Lärm. Sie zuckten zusammen und waren einen Moment wie gelähmt.

„Kiran? Was ist los? Was war das für ein Geräusch? KIRAN!" Sie hörten, dass der Sprecher näherkam.

„Los, raus! Sofort! Und die Tür zuziehen."

Alfias sprang erregt um die Tür herum und begann an der schweren Konstruktion zu zerren. Arian half ihm dabei und Salva stand beim Riegel, um ihn sofort vorzulegen, sobald die Tür geschlossen war.

„Kiran, was zur Hölle ist hier los?"

Der Shiazul hatte den leblosen Körper seines Begleiters gesehen und bemerkt, dass sich die Tür langsam schloss. Er versuchte, sein Bein dazwischen zu pressen, um die Tür zu blockieren.

„Salva!", ächzte Alfias.

„Sein Bein."

Salva sprang hinzu und stach dem Gegner mit ihrem Schwert in den Fuß. Mit einem Schmerzensschrei sprang dieser zurück und Alfias und Arian gelang es, die Tür ganz zuzuziehen. Salva schob sofort den Riegel vor und blockierte diesen mit einem Stein, den sie vorher bereitgelegt hatte. Nun war die Stimme des Shiazul nur noch gedämpft zu vernehmen.

„Los, sofort zurück!", kommandierte Alfias.

„Wir müssen nachsehen, ob der Wächter etwas gehört hat."

Leise schlichen sie zurück und sahen zu ihrer Erleichterung, dass er immer noch an seinem Platz saß.

Alfias überlegte nicht lange: „Arian, wir gehen ein Stück zurück und laufen dann normal in Richtung Verlies. Salva, du bleibst hier stehen, hinter dem Durchgang. Er wird uns hören und nicht misstrauisch werden, wenn er die Schritte von zwei Männern hört."

„Naja, Männer?"

Salva sah sie skeptisch an.

„Versucht einfach, etwas fester aufzutreten als normal."

Arian warf ihr einen bösen Blick zu, doch Alfias ignorierte Salvas Bemerkung und erklärte weiter: „Ich glaube, dass ich die Stimme des einen Shiazul ziemlich gut imitieren kann. Ich werde versuchen, ihn hierher zu locken. Dann bist du, Salva, in seinem Rücken und kannst ihm deinen Knüppel auf die Gurke donnern."

„Du meinst, ihn mit meinem Schwert bewusstlos zu schlagen?", korrigierte Salva ernsthaft.

„Jaja, wie auch immer", entgegnete Alfias ungeduldig.

„Bereit?"

Salva und Arian nickten und Salva postierte sich mit erhobenem Schwert neben dem Durchgang, während Alfias und Arian ein paar Schritte zurückgingen.

„Sieh dir das an, Kiran!", sagte Alfias mit lauter Stimme, während sie auf den Durchgang zuliefen.

„Das ist einfach unglaublich! So etwas habe ich noch nie gesehen."

Der Shiazul am Tisch stand auf und fragte: „Was ist los? Was habt ihr gefunden?"

„Komm her und sieh es dir an. Du wirst Augen machen."

Der Shiazul ging arglos durch den Tunnel und sah sich plötzlich zwei Gestalten gegenüber, die er noch nie gesehen hatte. Mit einem Ruck blieb er stehen. Dieser kurze Moment genügte Salva, um ihm ihr Schwert mit der Breitseite gegen den Kopf zu hämmern. Der Shiazul verdrehte kurz die Augen und sank ebenfalls bewusstlos zu Boden. Alfias lief sofort an ihm vorbei und zum Gitter, hinter dem Auria saß. Diese war aufgeschreckt und sah Alfias ungläubig mit weit aufgerissenen Augen an.

„Mas Lapa! Wie? Ich traue meinen Augen nicht. Wie kommst du hierher und wie hast du mich gefunden?"

„Davon später, weißt du, wo der Schlüssel ist?"

„Ja, der hängt dort drüben an dem Haken. Ich bin …, bist du allein?"

„Nein, Arian und Salva sind auch hier", erklärte Alfias, während er den Schlüssel holte.

„Sie sind noch mit dem Shiazul da hinten beschäftigt."

„Habt ihr die alle überwältigen können? Wow, ich bin so froh, dich zu sehen!"

Kaum hatte Alfias das Schloss geöffnet, sprang Auria ihm um den Hals und umklammerte ihn.

„Ich hatte solche Angst! Aber jetzt wird alles gut. Nicht wahr?"

Alfias strich ihr beruhigend über die Haare.

„Ja, jetzt benachrichtigen wir Salomee und die Drachenkrieger werden uns befreien."

„Auria, Schwester. Geht es dir gut?" Arian war mit freudestrahlendem Gesicht dazugekommen und legte die Hand auf Aurias Schulter. Auria löste sich von Alfias und umarmte auch ihren Bruder.

„Ach Arian, endlich! Ich war ja schon auf dem Weg zu dir, als …"

„Ich weiß, ich weiß. Doch jetzt haben wir zuerst Dringenderes zu erledigen", unterbrach sie Arian.

„Salva muss unbedingt Salomee benachrichtigen, dass du vorerst in Sicherheit bist."

Salva war mittlerweile dazugekommen und umarmte Auria ebenfalls. „Ich habe dem einen Shiazul dahinten einen Knebel und Fesseln verpasst."

„Salva, schildere bitte Salomee die Situation. Sie soll sofort mit den Drachenkriegern starten", bat Alfias.

„Wo ist denn Aylana?", fragte Auria ängstlich.

„Ich glaubte, ihre Stimme hören zu können, als die Tür kurz geöffnet wurde. Die Shiazul haben irgendwelche Anordnungen erhalten."

„Deshalb wurdest du entführt. Die Shiazul haben Aylana so gezwungen, allein hier auf Talabat zu erscheinen."

Alfias nagte an der Lippe.

„Was?! Dann ist Aylana jetzt allein da oben, mit diesen Verbrechern? Wir müssen ihr sofort helfen!"

Auria wollte losstürzen. Doch Alfias hielt sie fest.

„Warte, wir können im Moment noch nichts tun. Erstens kann man diese Tür nur von außen öffnen und zweitens wären die Shiazul dann gewarnt. Aylana wird sicher nichts geschehen. Tot würde sie den Shiazul nichts nützen."

Doch auch er konnte nicht verhindern, dass sich die Sorgen um Aylana in seinem Gesicht widerspiegelten.

„Salomee ist im Bilde", sagte Salva, die sich einen Moment abgewandt und konzentriert hatte. „Sie ist bereits auf Arcandria, mit den Drachenkriegern. Sie fliegen sofort los. Sirion und Dorkon müssten auch bereits hier auf der Insel sein. Sie sind geschwommen."

„Geschwommen, wieso geschwommen? Und wie kannst du mit Salomee geredet haben? Und wer fliegt los?"

Auria war vollends verwirrt.

„Bitte haltet an der Tür Wache", bat Alfias Salva und Arian.

„Ich werde Auria das Nötigste erzählen. Im Moment können wir sowieso nichts tun."

Nachdem Auria so weit informiert war, dass sie sich über die Ereignisse ein Bild machen konnte, konnten sie nur noch abwarten.

„Hast du Salomee gesagt, dass wir hier unten sind?", fragte Arian nach einer Weile.

Salva schlug sich vor die Stirn.

„Jetzt haben wir doch tatsächlich nur Beauty-Rezepte ausgetauscht. Wo hatte ich nur meinen Kopf?"

„Ich wollte ja nur sicher gehen", knurrte er, während Alfias leise lachte.

„Wie könnt ihr in dieser Situation nur so dummes Zeug daherreden?", fragte Auria.

„Dazu muss man wohl ein Drachenkrieger sein."

„Nicht unbedingt", antwortete Arian.

„Dafür reicht es aus, wenn man Alfias heißt."

Salva und Arian prusteten in ihre Hände und Alfie schnitt eine Grimasse. Da begriff Auria, dass auch die Nerven der Freunde zum Zerreissen angespannt waren. Sie versuchten nur, sich etwas abzulenken.

Salomee hatte Siutei benachrichtigt, wie sie es mit Sirion besprochen hatte, nachdem sie durch das Portal nach Arcandria gegangen war. Dieser hielt sich, wie ausgemacht, auf Arcandria bereit.

„Siutei, was bin ich froh, dich zu sehen! Wir müssen uns sofort bereitmachen. Wenn Salva sich meldet, müssen wir sofort losfliegen."

„Langsam, Salomee. Erkläre mir erst einmal, was hier vor sich geht. Wo ist Sirion? Er hatte mich nur kurz informiert, dass ich hier auf Anweisungen warten soll. Und dass ich versuchen soll, so viele Drachenkrieger wie möglich hierher zu beordern. Also, was ist los?"

Salomee versuchte, Siutei so schnell wie möglich zu informieren, ohne Wesentliches auszulassen.

„Und du kannst Nachrichten von Salva empfangen?", vergewisserte sich Siutei.

„Gut, das verschafft uns einen Vorteil. Es hat wohl keinen Sinn dich zu bitten, hier zu warten."

„Meine ganze Familie ist auf Talabat in Gefahr! Du denkst doch nicht im Ernst, dass ich hier bleibe?"

„Dann versprich mir wenigstens, dass du dich im Hintergrund hältst. Sirion würde mich umbringen, wenn ich zulasse, dass dir etwas geschieht", seufzte er.

„Dann rufe jetzt Raga, damit wir vorbereitet sind, wenn Salva dich ruft. Ich werde kurz die anderen über den Stand der Dinge in Kenntnis setzen. Die Rüstungen und Waffen der beiden werde ich mitnehmen."

Erst jetzt bemerkte Salomee, dass sich auf der Steilküste etwa zehn Drachenkrieger mit ihren Drachen versammelt hatten. Sie nahm die Drachenflöte zur Hand und rief Raga. Während sie wartete, versuchte sie sich auf Salva zu konzentrieren, doch ihre Gedanken konnten Salvas Unterbewusstsein nicht von sich aus erreichen. Sie wusste, dass zuerst Salva ihre Gedanken aussenden musste, um eine Verbindung herzustellen. Sie wartete ungeduldig auf eine Nachricht und ein Lebenszeichen der jungen Elfe. Sie war so in Gedanken versunken, dass sie zusammenzuckte, als Raga hinter ihr landete und verwundert nach Sirion Ausschau hielt. Salomee vertraute darauf, dass Raga sie wiedererkennen würde. Schließlich war sie schon einige Male mit Sirion zusammen auf ihm geritten. Siutei, der Ragas Landung ebenfalls gesehen hatte, kam zu ihr.

„Gut. Es sind alle so weit im Bilde. Steig auf und ich werde dich festschnallen. Salomee … Salomee?"

Salomee stand stocksteif da und ihre Augen bekamen einen abwesenden Ausdruck. Sie nahm nichts mehr von ihrer Umgebung wahr. Siutei begriff, dass sie mit Salva in Verbindung stand, und sah sie schweigend an. Nach einer knappen Minute schien es, als würde Salomee aus einem Traum erwachen und es dauerte eine Sekunde, bis sie Siutei wieder bewusst wahrnahm.

„Wir müssen sofort los! Auria ist zwar befreit, jedoch mit Alfias, Arian und Salva unter dem Turm eingesperrt. Über ihnen hält sich Aylana auf, mit einigen Shiazul. Von Sirion und Dorkon hat sie noch nichts gehört. Los, Siutei, fliegen wir!", drängte sie.

„Bara, Raga, bara", rief Siutei und half Salomee in den Sattel. Raga ließ dies ruhig geschehen. Er hatte Salomee erkannt und würde ihr gehorchen. Siutei schloss mit fliegenden Fingern die Schnallen um Salomees Beine.

„Wie abgemacht, du hältst dich zurück, verstanden!", rief er bereits zu seinem Drachen laufend.

„Es geht los!", schrie er den anderen zu.

„Folgt mir! Bleibt möglichst nahe hinter mir. Und haltet euch so tief wie möglich. Sie haben Patrouillen, die die Insel umfliegen."

In fieberhafter Eile sprang er auf seinen Drachen und befestigte die Ausrüstung Sirions und Dorkons. Einige Sekunden später waren die Drachenritter in der Luft. Raga wartete Salomees Kommando gar nicht ab, an das sie sich sowieso nicht erinnert hätte und folgte den anderen. Salomee hielt sich krampfhaft fest und versuchte, nicht nach unten zu blicken. Sie wusste, in spätestens fünfzehn Minuten würde Talabat in Sicht sein!

Sirion und Dorkon liefen in normalem Tempo auf die Gruppe der Wächter zu und gaben sich ganz ungezwungen dabei. Die Wächter sahen ihnen neugierig entgegen und einer rief ungeduldig: „Und, was war? Weshalb seid ihr nur zu zweit?"

„Das Feuer hat sich wohl an einer Glasscherbe entzündet. Wir haben es gelöscht und zur Sicherheit entschieden, dass noch einer die Gegend absuchen soll."

Sirion und Dorkon mussten sich bemühen, ganz unauffällig weiterzugehen. Am liebsten wären die beiden losgestürmt, um sich auf die Shiazul zu werfen.

„An einer Scherbe entzündet?", fragte der Sprecher ungläubig.

„Dann habt ihr ja wohl die Scherbe gesehen?"

„Siehst du!", flüsterte Dorkon.

„Das kühle Bier wäre besser gewesen."

Sirion hob die Faust und sagte: „Ja natürlich, wir haben sie mitgebracht."

Während dieser Rede waren sie den Shiazul so nahegekommen, dass der Schwindel gleich auffliegen musste. Da kam ihnen der Zufall zu Hilfe. Das Tor zum Turm wurde aufgestoßen und die Wächter waren für eine Sekunde abgelenkt.

„Jetzt!", schrie Sirion, und die beiden warfen sich mit aller Kraft auf die überraschten Shiazul.

Während Aylana noch hin und her überlegte, hatte Istwan das Tor erreicht und stieß es heftig auf. In diesem Moment nahm Sirions lautes „Jetzt!" ihr die Entscheidung ab. Diese Stimme hätte sie aus tausenden herausgehört. Aller Augen waren auf das Tor gerichtet. Istwan fluchte und wollte eben zurückspringen, als das Tor mit solcher Wucht zugeschlagen wurde, dass er hinterrücks in den Raum zurückgeschleudert wurde. Mit einem wahren Pantersprung war Aylana über ihm und hatte ihm ihre Waffen entrissen, noch bevor er richtig begriff, wie ihm geschah. Sie riss Xandar aus der Scheide und stellte sich mit dem Rücken zur Wand. Istwan richtete sich taumelnd auf und befahl den drei Shiazul die Aylana bewachen sollten, mit vor Wut überschnappender Stimme: „Tötet sie, los! Tötet sie!"

Er zog ebenfalls sein Schwert und so sah sich Aylana plötzlich vier Gegnern gegenüber. Sie bewegte sich langsam mit dem Rücken zur Wand in Richtung der Treppe, die rechts von ihr war. So konnten die Shiazul sie nur noch von vorne und von einer Seite angreifen. Doch Istwan durchschaute ihr Absicht und rief: „Los, ihr zwei, nehmt sie in die Zange!"

Zwei Shiazul näherten sich daraufhin Aylana und griffen sie gleichzeitig an. Istwan ging frontal auf sie los. Doch die Shiazul schienen auch etwas verunsichert durch den Kampfeslärm vor dem Tor. Nur Istwan griff unerbittlich an. Aylana unterlief einen Schlag des linken Angreifers, während sie gleichzeitig mit Xandar einen Hieb von Istwan parierte. In diesem Moment sah der dritte seine Chance und stach mit seinem Schwert nach Aylanas Beinen. Sie konnte gerade noch rechtzeitig hochschnellen, um dem Schwerthieb zu entgehen. Noch im Sprung holte sie mit Xandar aus und traf den Shiazul, der sich für den Stich vorgebeugt hatte, an seiner Schulter. Sie konnte keine Rücksicht mehr auf ihre Gegner nehmen und so durchtrennte Xandar mühelos die Rüstung und drang in die Schulter des Shiazul ein. Mit einem Aufschrei ließ dieser sein Schwert fallen und sank zu Boden. Doch der vierte sprang sofort an dessen Stelle und wieder wurde sie von drei Seiten bedrängt.

Sirion und Dorkon hatten den Vorteil der Überraschung auf ihrer Seite. Die ersten vier Gegner wurden von ihren wuchtigen Schwerthieben so überrascht, dass sie bewusstlos zu Boden sanken. Sirion und Dorkon hatten ihnen die Schwerter mit der Breitseite seitlich an die Helme geschlagen. Auch sie versuchten, so wenig Blut wie möglich zu vergießen. Um den Shiazul unschädlich zu machen, der aus dem Tor getreten war, hatte Dorkon das Tor mit aller Gewalt mit einem Tritt zugeschlagen. Der Shiazul wurde zurückgeschleudert und mehr konnte Dorkon nicht mehr erkennen, da sich jetzt ihre Gegner gesammelt hatten und ihrerseits mit den Schwertern auf Sirion und Dorkon losgingen. Sie schlugen sich durch bis zum Turm, um sich dann mit dem Rücken zur Mauer besser gegen die Übermacht wehren zu können. So standen sie Seite an Seite und die Shiazul waren gezwungen, sich aufzuteilen. Denn mehr als vier konnten nicht gleichzeitig gegen die beiden kämpfen, ohne sich gegenseitig im Weg zu sein.

„Aylana!", schrie Sirion, während er einem Gegner mit einem schnellen Hieb das Schwert aus der Hand prellte.

„Bist du da drin?"

Aylana hörte Sirions Ruf und schrie zurück: „Ja, Dano, ich bin … Aahh!"

Da Aylana durch den Ruf einen kurzen Moment unachtsam geworden war, war es ihr nicht mehr gelungen, Istwans Hieb gegen ihr Bein abzuwehren. Der Schmerz durchzuckte sie, wie Feuer. Doch sie konnte sich aufaufrecht halten. Istwan schrie triumphierend auf und holte erneut zum Schlag auf, doch er hatte Aylana unterschätzt. Noch während Istwan ausholte, riss sie Xandar hoch und traf ihn an seinen ungedeckten Unterarm. Kraftlos entfiel Istwan sein Schwert und mit einem Wutschrei sprang er zurück. Doch danach bückte er sich nach seiner Waffe, um sie mit seiner linken Hand aufzunehmen.

Unten im Verlies hatten sich mittlerweile alle, angelockt vom Lärm, der nach unten drang, direkt hinter der Türe postiert. Bei Aylanas Schmerzensschrei war Auria zusammengezuckt und sagte mit bebender Stimme: „Das war Aylana. Sie muss verletzt sein. Wir müssen sofort zu ihr!"

Sie hämmerte wild gegen die Tür und schrie verzweifelt: „AYLANA!"

Arian und Alfias versuchten ebenfalls mit aller Gewalt, die Tür zu öffnen. Immer und immer wieder warfen sie sich dagegen.

„Nehmen wir die Schwerter der Shiazul", rief Alfie, als er die Sinnlosigkeit ihres Tuns erkannte. „Versuchen wir, sie in die Spalten zwischen die Bretter zu treiben. Vielleicht können wir ein Brett herausbrechen."

Arian holte zwei der Schwerter, die an der Wand hingen und sie benutzten eines als Schlägel um das andere in die Spalte zu treiben. Nachdem sie das erste Schwert weit genug in die Spalte getrieben hatten, war es einfach, noch zwei weitere hineinzustemmen. Dann ergriffen Alfias und Arian die Schwerter am Knauf und benutzten sie wie Brecheisen. Schließlich gab das Brett nach und mit einem lauten Knall brach es entzwei. Salva griff durch die so entstandene Öffnung und ihre Hand tastete nach dem Riegel. Endlich konnte sie die Tür aufreißen.

„Ihr zwei bleibt hinter uns, wir sind gerüstet und bewaffnet. Ihr nicht!"

Arians Stimme ließ keinen Widerspruch zu. Mit einem kurzen Blick verständigte er sich mit Salva und die beiden stürmten die Treppe hoch.

Sirion hatte Aylanas Schrei ebenfalls gehört und die Angst um seine Tochter verlieh ihm ungeahnte Kräfte. Mit einem mächtigen Schwerthieb aus der Drehung heraus konnte er seine Gegner von sich fernhalten.

„Wir müssen sofort in den Turm!", keuchte er.

„Aylana muss verletzt sein!"

Dorkon, der eben einen Shiazul mit einem Hieb gegen das Bein außer Gefecht gesetzt hatte, nickte grimmig. Sie setzten alles daran, um sich zum Tor durchzuschlagen.

„Dieser verfluchte Helm!", schrie Dorkon und riss sich die ungewohnte Kopfbedeckung herunter.

„Ahh, jetzt kann ich euch endlich richtig sehen!"

Er schleuderte einem seiner Gegner den Helm an den Kopf und nützte dessen Verwirrung, um ihm mit einem gezielten Hieb die Schwerthand zu lähmen.

„Siehst du, lag nur am Helm!"

Er sprang seinen nächsten Widersacher an und stach diesem sein Schwert in die Seite. Sirion folgte seinem Beispiel und riss sich den Helm ebenfalls vom Kopf, um ihn als Wurfgeschoss zu verwenden. Er packte sein Schwert mit beiden Händen und seine gewaltigen Hiebe bewirkten, dass die Shiazul den Weg zum Tor freigeben mussten. Sie rannten in den Turm hinein und Sirion sah Aylana an der Wand stehend, wie sie sich gegen zwei Shiazul wehrte. Einer schien gerade nach seinem Schwert zu greifen, das ihm Aylana aus der Hand geschlagen hatte.

Doch noch konnte Sirion sich nicht zu ihr durchschlagen. Zu groß war der Ansturm der Shiazul, die durch das Tor nachdrängten.

Salomee sah die Silhouette Talabats am Horizont auftauchen und bemerkte, dass die Drachenkrieger ihre Bogen zur Hand nahmen und erste Pfeile auflegten. Siutei teilte die Formation in drei Abteilungen auf. Die erste flog rechts um die Insel, die zweite links und die dritte hielt direkt auf den Leuchtturm zu. Siutei hatte Salomee bedeutet, bei ihm zu bleiben. Jetzt hielt er sich in ihrer Nähe und rief: „Wir werden direkt hinter dem Leuchtturm landen. Du kreist mit Raga hier in Sichtweite, bis wir dir Zeichen geben. Aber achte darauf außer Reichweite von Pfeilen zu bleiben."

Salomee nickte und hielt Raga mühsam davon ab, den anderen zu folgen, die fast im Sturzflug in Richtung des Leuchtturmes hinunterschossen, an dessen Tor sie einen Kampf erkennen konnten. Siutei lenkte seinen Drachen so, dass er das Tor an seiner linken Seite passieren konnte und schoss einen ersten Pfeil ab. Die anderen folgten seinem Beispiel. Doch genau in diesem Moment wurden die Drachenkrieger selbst unter Beschuss genommen, aus den Fenstern der oberen Räume des Leuchtturmes. Nur knapp entging Siutei den ersten Pfeilen, doch der nächste Drachenkrieger flog direkt in die nächste Salve hinein und wurde mehrfach getroffen. Sein Drache brach seitlich aus und versuchte noch verzweifelt, sich in der Luft zu halten. Es gelang ihm gerade noch so, einigermaßen den Boden zu erreichen. Dann brach der Drache zusammen. Die hinter ihm Fliegenden hatten die Gefahr rechtzeitig erkannt und umkreisten jetzt den Turm in sicherer Entfernung. Auch Siutei hatte seinen Drachen in eine sichere Entfernung zu Turm manövriert und kreiste jetzt über dem abgestürzten Drachen. Zu seiner Erleichterung sah er, dass sich sein Reiter anscheinend unversehrt hatte retten können. Der Drachenkrieger hatte seinen Bogen in der Hand und war hinter dem Drachen in Deckung gegangen. Von dort aus schoss er Pfeil um Pfeil in Richtung Tor.

Aylana presste die Zähne zusammen und versuchte den Schmerz in ihrem Bein zu ignorieren. Sie schwang Xandar mit aller Kraft gegen den Shiazul zu ihrer Linken. Dieser versuchte noch, den Schlag mit seinem Schwert zu parieren, doch es zersplitterte in seinen Händen und Aylanas Klinge traf ihn an der Schulter. Schwer verletzt sank er zu Boden. Die Wucht ihres Schlages ausnützend versetzte sich Aylana in eine unglaublich schnelle Drehung und ging gleichzeitig in die Knie. Ihr Schwert fand ihr nächstes Ziel. Der zweite Shiazul sank mit einer tiefen Wunde am Oberschenkel ebenfalls zu Boden. Aylana richtete sich auf und blickte Istwan in die Augen. Dieser hatte sein Schwert mit der Linken gepackt und wollte sich wieder auf sie stürzen. Aylana schüttelte leise den Kopf und ihre Augen baten Istwan, es nicht zu versuchen. Sie wollte nicht noch mehr Blut vergießen. In diesem Augenblick passierten mehrere Dinge gleichzeitig. Aus dem Keller ertönte ein Krachen und gleich darauf stürmten Arian und Salva mit erhobenen Schwertern in den Raum, zwei Shiazul fielen vor der Tür von Pfeilen getroffen zu Boden.

„Unsere Drachenkrieger sind da!", schrie Dorkon triumphierend und brachte sich schleunigst vor den nächsten Pfeilen in Sicherheit. Schließlich trugen er und Sirion noch immer die Rüstung der Shiazul. Für eine Sekunde war auch Aylana abgelenkt und sie schaffte es gerade noch, den ungestümen Hieb Istwans abzuwehren. Sie musste sich mit den Schultern an der Mauer abstützen. Diesen kurzen Augenblick nutzte Istwan, um mit einigen schnellen Sprüngen in das obere Stockwerk zu entfliehen.

Arian und Salva standen oben an der Treppe und versuchten, sich einen Überblick zu verschaffen. Die noch übrigen Feinde vor dem Tor wollten sich mit aller Kraft den Weg in den Turm freikämpfen, um den Pfeilen zu entgehen. Sie wussten, dass ihre einzige Chance darin bestand, die oberen Stockwerke zu erreichen, wo sich noch mehrere Shiazul verborgen hielten.

Zwei von ihnen schafften es, in er allgemeinen Verwirrung nach oben zu entkommen. Sirion und Dorkon waren mit den nachdrängenden Gegnern beschäftigt. Arian, der Aylanas Verletzung gesehen hatte, rief ihr zu: „Auria und Alfie sind hinter uns, gib ihnen Deckung."

Mit diesen Worten warfen er und Salva sich in den Kampf. Aylana sah Auria und Alfias an der Treppe stehen und eilte sofort zu den beiden, wo sie sich mit drohend erhobenem Schwert vor sie stellte. Auria verfolgte mit blitzenden Augen den Kampf und Alfias musste sie am Arm festhalten, damit sie sich nicht vordrängte

„Auria, Alfie! Alles in Ordnung mit euch?", rief Aylana über ihre Schulter, während sie gleichzeitig einen Shiazul abwehrte, der auf sie losstürmte. Sie konterte seinen Schlag mit Xandar und fegte ihm gleichzeitig mit einem schnellen Tritt die Beine weg. Er wurde zu Boden geschleudert und rührte sich nicht mehr. Im Erdgeschoss waren nun nur noch sechs kampffähige Gegner.

„Arian, Salva!", rief Sirion.

„Sorgt dafür, dass keiner mehr nach oben entkommt."

Gleichzeitig gelang es ihm, einen weiteren Shiazul mit einem Gegenschlag zu entwaffnen und mit einer Drehung rammte er ihm den Ellenbogen so in den Unterleib, dass auch dieser zusammenklappte und zu Boden stürzte. Arian und Salva postierten sich am Sockel der Treppe. Sie wurden jedoch von drei Gegnern gleichzeitig attackiert und durch die Wucht des Angriffes stolperte Arian über den Sockel und fiel rücklings zu Boden. Salva sah sich gleichzeitig zwei Feinden gegenüber, während der dritte sein Schwert mit beiden Fäusten packte, um es auf Arian niederzulassen.

„ARIAN!"

Auria, die den Kampf beobachtete, schrie angstvoll auf. Aylana wirbelte wie ein Blitz in die Kampfgruppe hinein und mit einer so schnellen Drehung, dass man ihre Bewegungen gar nicht mehr verfolgen konnte, hatte Xandar die Klinge, die auf Arian niederging, mit solcher Gewalt getroffen, dass sie in tausend Teile zersplitterte. Noch aus dieser Bewegung heraus traf ihr Knie den Shiazul in die Seite. Durch diesen Schlag wurde er an die Wand geschleudert, an der er besinnungslos zu Boden fiel.

Während dieses Kampfes, der sich am Boden vor und im Turm abspielte, umkreisten Siutei und die anderen Drachenkrieger weiterhin den Turm. Sie versuchten, die im Turm postierten Bogenschützen der Shiazul mit ihren Pfeilen durch die Maueröffnungen zu treffen. Doch Siutei sah ein, dass dieses Vorgehen nicht den gewünschten Erfolg bringen konnte. Deshalb beschlossen sie, vom Tor aus anzugreifen. Während ihres Anfluges konnten sie sich auf die wenigen Fenster konzentrieren, von denen aus sie für ihre Gegner sichtbar waren. Sie gaben sich gegenseitig Deckung und schossen einen wahren Pfeilhagel ab gegen diese Öffnungen. So gelang es ihnen, die Abwehr der Shiazul zu durchbrechen und so nahe wie möglich am Turm zu landen. Doch jetzt kam die gefährlichste Phase dieses Angriffes. Denn während des kurzen Augenblicks, in dem sie ihre Beinbefestigungen am Zaumzeug lösen mussten, konnten sie sich nicht verteidigen. Genau das wussten die Shiazul natürlich auch! Siutei löste mit fliegenden Fingern die Schlaufen und sprang von seinem Drachen. Ein Pfeil verfehlte ihn dabei nur knapp und traf dafür seinen Drachen. Dieser bäumte sich auf und schleuderte Siutei bei dieser Bewegung zu Boden. Das war sein großes Glück, denn genau in diesem Moment zischten mehrere Pfeile über ihn hinweg. Er raffte sich auf und schaffte es, ohne weiter behindert zu werden, zum Tor. Auch die anderen hatten es fast bis zum Tor geschafft, als einer der Drachenkrieger von einem Pfeil in die Brust getroffen wurde. Wie vom Blitz getroffen brach er zusammen. Auch der Drachenkrieger, der beim ersten Anflug bereits abgeschossen worden war und dann die Shiazul vor dem Tor mit seinen Pfeilen attackiert hatte, war Richtung Tor losgelaufen, als er Siuteis Absicht erkannt hatte. Ohne Rücksicht auf sein eigenes Leben war er beim Getroffenen stehen geblieben und schleifte ihn mit sich zum Tor. Siutei und der andere noch kampffähige Drachenkrieger hatten in der Zwischenzeit in den Kampf eingegriffen. Die restliche Shiazul im Erdgeschoss wehrten sich mit allen Mitteln, doch jetzt sahen sie sich einer Übermacht gegenüber und konnten von den Drachenkriegern überwältigt werden. Aylana war zu Alfias und Auria gelaufen und hatte sich wieder schützend vor sie gestellt. Arian und Salva waren noch dabei, mit den Drachenritten die Shiazul unschädlich zu machen.

„Zack! Und wumm! Jaaa! Hau drauf und paff! Gut so!"

Eigentlich war es, abgesehen von diesen Ausrufen, still geworden im Turm. Alle Köpfe drehten sich zu Auria, die aufgeregt an Alfies Arm herumriss, was bei ihm ein schmerzhaftes Stöhnen verursachte.

„Alles gut, alles in Ordnung! Mir geht es gut!"

Auria strich Alfie verlegen die Ärmel glatt. Den Drachenkriegern entlockte ihr Verhalten ein leichtes Grinsen.

„Istwan ist da oben, er ist ihr Anführer."

Aylana deutete auf die Treppe.

„Istwan? Bist du sicher?", entfuhr es Sirion.

„Ich dachte, er wäre tot!"

„Nein, Dano. Er wurde zwar schwer im Gesicht verletzt, aber er ist hier. Ich habe mit ihm gesprochen."

„Wir müssen schnellstens die oberen Räume säubern. Solange noch Bogenschützen der Shiazul da oben sind, sind wir in Gefahr und können den Turm nicht verlassen."

Siutei deutete auf die Verwundeten: „Wir müssen schnellstens Hilfe organisieren, für die Verwundeten. Ich habe noch sechs Drachenkrieger da draußen, die sich um die Patrouillen der Shiazul kümmern. Und deine Frau, Sirion. Sie kreist mit Raga über uns."

Alfias warf ein: „Dann müssen wir schnellstens dafür sorgen, dass sie gefahrlos landen kann. Wir können den Verwundeten helfen."

„Gut, gibt es hier einen sicheren Platz, um die Gefangene einzusperren? Wir brauchen jetzt alle Kräfte."

Dorkon deutete auf die Shiazul.

„Ja, wir können sie unten im Verlies einsperren. Dort war ich gefangen", antwortete Auria.

„Arian, Salva, ihr kommt mit mir. Bringen wir sie ins Verlies."

Dorkon befahl den Shiazul, in Richtung Treppe nach unten zu gehen.

„Halt! Arian und Salva, geht voraus und sorgt dafür, dass sie keine Dummheiten machen."

Die beiden taten wie geheißen und sorgten unten dafür, dass die Shiazul, die nacheinander von Dorkon nach unten geschickt wurden, in die Zelle gingen.

In der Zwischenzeit hatte sich Aylana ihren Bogen umgehängt und Auria sah erst jetzt, dass ihr Blut am Bein hinunterlief.

„Aylana, du bist ja doch verletzt! Wir müssen sofort nach deiner Wunde sehen", rief sie erschrocken. „Du hast sicher schon viel Blut verloren."

„Nein, nein, es ist nicht so schlimm!", versuchte Aylana, sie zu beruhigen.

„Wir haben keine Zeit, um das jetzt zu verarzten. Zuerst müssen wir uns um Istwan und die Shiazul kümmern."

„Nein!"

Sirion kam dazu.

„Alfie, sieh dir die Wunde an und verbinde sie, so gut es geht. So viel Zeit muss sein."

Notgedrungen musste sich Aylana fügen und Alfias verband ihre Wunde provisorisch mit einem Fetzen Kleidung.

„Wieso kommt ihr eigentlich auf die wahnsinnige Idee, euch in Rüstungen der Shiazul zu werfen?", fragte Siutei.

„Wir hätten fast auf euch geschossen, vor dem Tor! Zum Glück habt ihr die Helme abgenommen."

„Das ist eine lange Geschichte. Ich erzähle sie dir später. Hast du unsere Ausrüstung mitgebracht?", fragte Sirion.

„Ja, doch leider sind eure Sachen draußen bei meinem Drachen. Und da kommen wir im Moment nicht ran."

Dorkon, Arian und Salva kamen aus dem Verlies.

„So, die sind versorgt."

Dorkon nickte Siutei zu.

„Und jetzt? Wie kommen wir an die oberen Stockwerke?"

„Die stehen bestimmt mit gespannten Bögen bei jedem Treppenaufgang. Wir sind im Nachteil."

Siutei zog überlegend die Brauen zusammen.

„Ich denke, ich kann mit Durandort durch die Decke schießen", sagte Aylana abwägend.

„Ich kann versuchen abzuschätzen, wo sie stehen. Ich werde genau auf die Spalte zwischen den Brettern zielen."

„Und Arian und Salva", ergänzte Sirion, „stellen sich mit ihren Bögen am Beginn der Treppe auf. Sobald Aylana einen Treffer erzielt hat, was sie verwirren wird, stürmen wir hinauf. Ihr beiden" – er deutete auf Arian und Salva – „Folgt uns dann sofort mit den Bögen."

„Also los!", sagte Siutei mit einem besorgten Blick auf die Verwundeten.

„Wir sollten keine Zeit verlieren."

Aylana stellte sich in der Mitte des Raumes auf und befestigte ihren Beinköcher, der zum Glück für das unverletzte rechte Bein vorgesehen war. Sie nahm den ersten Pfeil auf die Sehne und wartete, bis alle auf der besprochenen Position bereit waren. Für eine Sekunde herrschte atemlose Stille. Dann nickte Sirion Aylana zu und der erste Pfeil schoss von der Sehne und durchdrang genau die Spalte zwischen den Brettern. Ein Schmerzensschrei drang von oben herab, doch Aylana ließ Pfeil auf Pfeil mit solcher Geschwindigkeit von der Sehne schnellen, dass dem Gegner gar keine Chance blieb, den Pfeilen, die überall aus dem Boden schossen, rechtzeitig auszuweichen.

„JETZT!", brüllte Sirion und stürmte, gefolgt vom Rest der Drachenkrieger, die Treppe hinauf. Aylana ließ noch einen letzten Pfeil folgen und wartete dann ab. Die Shiazul waren dermaßen überrascht, dass sie schnell überwältigt waren. Drei von ihnen waren bereits durch Aylanas Pfeile verwundet worden. Bereits nach wenigen Augenblicken wurden die Gefangenen von den Drachenkriegern eskortiert und nach unten ins Verlies gebracht, wo sie zu den anderen gesperrt wurden.

„Wo ist Istwan?", fragte Aylana erstaunt.

„Ich weiß, dass er nach oben geflüchtet ist."

„Da oben war er jedenfalls nicht", erwiderte Sirion.

„Aber wir werden sowieso noch den ganzen Turm nach Shiazul absuchen müssen, um sicher zu gehen, dass sich keine Bogenschützen mehr in den oberen Stockwerken aufhalten."

„Er müsste schon aus dem Fenster gesprungen sein", meinte Dorkon.

„Aber mit Rüstung und Bewaffnung wäre das ein riskanter Sprung aus dieser Höhe."

„Ich traue ihm alles zu!"

Aylana lief zum Tor und wollte es aufstoßen. Doch Sirion hielt sie zurück.

„Niemand verlässt den Turm, bevor wir sicher sind, dass wir nicht mehr von oben beschossen werden können", sagte er bestimmt. Widerstreben fügte sich Aylana.

„Wir werden jetzt das Ganze noch zweimal wiederholen müssen, bevor wir ganz sicher sein können. Je schneller desto besser", mahnte Siutei nochmals eindringlich.

„Auria, du und Alfias, ihr bleibt hier unten! Und du", sagte er und deutete auf einen der Drachenkrieger, die mit Siutei gekommen waren, „sorgst für ihre Sicherheit."

Die Aktion wurde noch zweimal wiederholt, bis klar war, dass keine Shiazul mehr im Turm sein konnten. Sie fanden keine Spur von Istwan. Nach und nach versammelten sich alle wieder im Erdgeschoss und berieten die Lage.

„Ich werde sofort einen Drachenkrieger losschicken, der Salomee holt, damit sie sich um die Verwundeten kümmern kann. Ich werde die beiden Trupps suchen, die ich auf die Verfolgung der Patrouillen geschickt habe."

Siutei wartete die Zustimmung gar nicht erst ab und erteilte die entsprechenden Befehle. Sirion begleitete Siutei zu seinem Drachen, um seine und Dorkons Sachen abzuholen. Zurück im Turm konnten er und Dorkon endlich wieder ihr gewohnten Rüstungen anlegen und ihre Schwerter umschnallen. Sie hatten Arian, Salva und Aylana nach oben beordert, um durch die Fenster die Umgebung zu beobachten. Auria war mitgegangen, um bei ihren Freunden zu sein. Alfias hatte bereits mit der Versorgung der Verwundeten begonnen, wobei er keinen Unterschied zwischen Freund und Feind machte. Er hoffte einfach, dass Salomee möglichst bald bei ihm war.

Kurz darauf rief Arian herab: „Raga und Salomee sind im Anflug. Sie setzten gerade zur Landung an."

Sirion und Dorkon liefen vor das Tor, um die Umgebung abzusichern. Mit scharfen Augen und gespannten Bögen beobachteten sie vor allem den Waldrand. Sie wussten nicht, ob sich noch

Shiazul im Schutz der Dunkelheit verbargen. Immerhin war Istwan die Flucht gelungen.

Kaum war Raga am Boden, half Sirion seiner Frau aus dem Sattel. Sie umarmten sich kurz. Sirion war darum besorgt, Salomee so rasch wie möglich im Turm in Sicherheit zu wissen.

„Sola Luz! All diese Verwundeten."

Sie umarmte auch Alfias.

„Zum Glück seid ihr unversehrt. Wo sind Aylana und Auria?"

„Sie sind oben und halten Wache. Es geht ihnen allen gut", beruhigte sie Alfias. Er zog es vor, noch nichts von Aylanas Verletzung zu erwähnen.

„Wir müssen uns sofort zuerst um die Verwundeten kümmern, Dana. Ich habe schon damit begonnen, aber ich benötige deine Hilfe."

Salomee machte sich sofort an die Arbeit und nach einigen Minuten waren alle vorerst versorgt.

„Ich brauche dringlich einige Kräuter und Tinkturen." Salomee wandte sich an Sirion.

„Wir sollten jemanden mit einem Drachen nach Arcandria schicken. Es geht leider von hier aus nicht anders."

„Warten wir noch einen kurzen Moment, bis Siutei zurück ist. Dann wissen wir, ob wir bedenkenlos fliegen können."

Salomee stieg daraufhin die Treppe hoch, wo sie Auria und Aylana in die Arme nahm und auch Arian und Salva erleichtert begrüßte.

„Aylana, du bist ja verletzt!", rief sie besorgt, als sie das Blut an ihrem Bein bemerkte.

„Das will ich mir sofort ansehen."

„Alfie hat mich bereits versorgt, Dana. Es ist nicht so schlimm. Warten wir erst einmal, bis Siutei zurück ist. Erst dann können wir uns hier sicher fühlen."

„Aber wenn er zurück ist, kommst du sofort zu mir", befahl Salomee streng.

„Keine Ausflüchte mehr. Verstanden?"

„Alles klar, Dana", seufzte Aylana.

„Es ist wirklich nicht so schlimm."

„Du hast aufgeschrien vor Schmerz!", warf Auria ein.

„Ich habe es deutlich gehört."

Diese Bemerkung brachte ihr einen vorwurfsvollen Blick von Aylana ein. Aylana wurde mit demselben Blick von Salomee bedacht.

„Ich entscheide, was schlimm ist und was nicht!"

Salomees Blick ließ keinen Widerspruch mehr zu.

„Da draußen ist jemand, dort am Waldrand!", rief plötzlich Salva aufgeregt und deutete aus dem Fenster. Aylana stürzte sofort neben sie und suchte den Waldrand ab.

„Das ist Istwan!", rief sie aus.

„Holt sofort Sirion!"

Diese Aufforderung galt Arian, der sofort die Treppe hinunterrannte und einen Moment später mit Sirion wiederkam. Sirion lief zu Aylana und folgte ihrem Blick.

„Siehst du, er humpelt leicht. Und sein rechter Arm ist verbunden. Es ist Istwan. Ich bin sicher!"

„Was hat er denn jetzt vor?"

Sirion sagte das mehr zu sich selbst und beobachtete angespannt, wie Istwan sich langsam näherte. Er schien unbewaffnet zu sein.

„AYLANA, das ist deine letzte Chance!", schrie Istwan.

„Schließe dich uns an und wir werden Dana Nala befreien. Legt alle die Waffen nieder und kommt heraus."

„Wieso kommt er auf die Idee, dass er noch irgendwelche Bedingungen zu stellen hat?", meinte Dorkon, der mittlerweile auch zu Aylana und Sirion ans Fenster getreten war.

„Ich weiß es auch nicht. Entweder sind im Wald da drüben noch haufenweise Shiazul verborgen, oder …, keine Ahnung."

Sirion zuckte mit den Schultern und sah wieder aus dem Fenster.

„Ich könnte ihn von hier aus problemlos mit einem Pfeil erreichen, diesen miesen Verräter", grollte Dorkon und hob seinen Bogen.

„Nein, Dorkon!"

Aylana legte die Hand auf seinen Arm.

„Ich werde mit ihm sprechen. Wir schießen nicht auf Unbewaffnete."

292

Widerwillig senkte Dorkon den Bogen und nickte Aylana dann zu.

„Du gehst auf keinen Fall da raus!", bestimmte Sirion.

„Wir wissen nicht, wer oder was sich im Wald noch verborgen hält. Sprich von hier aus mit ihm."

Aylana lehnte sich etwas aus dem Fenster und rief zu Istwan: „Du kennst meine Antwort, Istwan. Komm zu uns zurück und wir gehen den Weg gemeinsam. Noch ist es nicht zu spät!"

Doch Istwan schüttelte den Kopf und rief zurück: „Dann tut es mir sehr leid um dich und deine Freunde. Ihr habt es so gewollt"

Aylana wunderte sich über seine Stimme, die bei diesen Worten traurig klang. Dann nahm er einen Gegenstand aus seiner Tasche und führte ihn zum Mund.

„Seht, jetzt ruft er seinen Drachen, damit er flüchten kann!", rief Dorkon.

„Hoffentlich fällt er Siutei und seinen Drachenkriegern in die Hände."

Der langgestreckte Ton aus Istwans Drachenflöte erklang und Aylana beschlich ein seltsames Gefühl.

„Ich glaube nicht, dass er flüchten will. Ich habe ein schlechtes Gefühl bei der Sache."

Auch Alfias, der zu ihnen hinaufgekommen war, machte eine besorgte Miene.

„Ich gebe Aylana recht. Wir sollten sehr vorsichtig sein."

„Nun macht mal halblang", sagte Dorkon lachend.

„Wir sind in einem Turm mit dicken Mauern und können uns rundum verteidigen, aus dieser sicheren Position. Siutei ist noch mit sechs anderen Drachenkriegern da draußen. Was also sollte uns schon passieren können?"

„Wir sollten sicherheitshalber bei jedem Fenster einen Bogenschützen postieren und das Tor sichern", meinte Sirion.

„Damit wir auf keinen Fall überrascht werden können."

„Da seht!"

Dorkon deutete aus dem Fenster.

„Siutei und seine Leute kommen zurück. Was habe ich gesagt?"

Alle sahen aus den Fenstern, die in diese Richtung zeigten.

„Das sind nicht mehrere Drachen." Aylanas Stimme zitterte. „Das ist nur einer."

„Unsinn, auf diese Entfernung? Es sind mehrere. Sonst würde man sie nicht so gut sehen kö …" Dorkons Stimme brach ab.

„Das ist der Tauron, von dem wir dir erzählt haben."

Arian war blass geworden.

„Ich kann die roten Schuppen sehen. Sola Luz. Der muss gigantisch sein!"

„Unsere Drachenkrieger verfolgen ihn. Seht ihr die kleineren Punkte? Hoffentlich halten sie genügend Abstand."

Sirion sah aufmerksam aus dem Fenster.

„Ich glaube nicht, dass ihre Pfeile viel ausrichten können. Sie bringen sich nur selbst in Gefahr."

Er lief zur Treppe und rief hinunter: „Verriegelt das Tor und bringt jeden verfügbaren Pfeil mit nach oben."

Er wandte sich an Dorkon, bevor er sagte: „Wir verteilen uns auf zwei Stockwerke und besetzen jedes Fenster mit Bogenschützen. Wir müssen versuchen, im Falle eines Angriffs seine schwache Stelle zu finden."

Dorkon trat neben Sirion und flüsterte ihm ins Ohr: „Wir sollten versuchen, durch den Tunnel zu entkommen. Gegen einen Tauron können wir nichts ausrichten."

„Wir haben keine Zeit mehr, alle Verwundeten in Sicherheit zu bringen und du weißt selbst, dass der Tunnel nicht mehr passierbar ist. Es ist fraglich, ob wir die Blockade entfernen könnten."

Auch er hatte so leise wie möglich gesprochen. Doch Aylana, die den beiden am nächsten stand, hatte jedes Wort verstanden. Sie deutete auf Durandort und sagte bestimmt: „Wir werden uns zu wehren wissen! Jetzt lasst uns unsere Positionen einnehmen." Sie sah aus dem Fenster.

„Er nähert sich schnell."

Die Drachenkrieger verteilten sich auf die Fenster in zwei Stockwerken. Aylana nahm das Fenster, aus dem sie Istwan gerade noch erkennen konnte. Dieser hatte sich während des kurzen Gespräches bis zum Waldrand zurückgezogen.

„Raga! Dano, Raga ist noch da unten!", rief Aylana entsetzt zu Sirion. In der ganzen Aufregung hatten sie Sirions Drachen vergessen.

„Ich muss ihn wegschicken, sonst lässt er sich noch auf einen Kampf mit diesem Ungetüm ein. Er hätte keine Chance gegen einen Tauron." Sirion war bereits unterwegs und Aylana beobachtete Istwan aufmerksam, der scheinbar nichts gegen Sirions Absicht unternehmen wollte. Einen kurzen Augenblick später war Sirion auf dem Rückweg und Raga in der Luft.

„Das hätte böse für Raga enden können", keuchte Sirion, nachdem er zurück im Turm war.

„Wo ist der Tauron?"

Aylana deutete gegen Osten, wo der Tauron jetzt deutlich zu sehen war. Und auch die Angriffe der Drachenkrieger, die scheinbar Mühe hatten, ihre Drachen unter Kontrolle zu halten. Zu groß war ihre Furcht vor diesem riesenhaften Ungetüm. Der Tauron schnappte während des Fluges wütend nach den viel kleineren Drachen, von deren Reitern er mit Pfeilen angegriffen wurde. Er war immer deutlicher zu erkennen. Seine blutroten Schuppen schillerten unheimlich im Licht der Abendsonne und seine Augen leuchteten in wilder Wut. Bereits jetzt war sein Fauchen in der Luft zu hören. Es klang wie der Ausbruch eines Vulkans, der Lava ausstieß.

„DA! Seht doch! Jetzt hat er einen Drachen …"

Salva, die den Schrei ausgestoßen hatte verstummte und drehte sich bleich vom Fenster weg. Der Tauron hatte einen der Drachen, der ihm zu nahegekommen war, zwischen seine mächtigen Kiefer gepresst. Es sah aus, als hätte er ein Spielzeug gepackt. Er schüttelte den Drachen hin und her und schleuderte ihn dann in hohem Bogen ins Meer.

„Der Reiter konnte abspringen, ich habe es gesehen", sagte Dorkon mit zusammengebissenen Zähnen.

„Er ist ins Meer gestürzt und schwimmt bestimmt schon zum Ufer."

Aylana schwieg, ihre Augen hatten etwas anderes gesehen. Wieder hatte ein Arcandrin für sie sterben müssen. Sie blickte Sirion an und auch in seinen Augen war die Trauer zu sehen. Er schüttelte leise den Kopf und versuchte, ein aufmunterndes Lächeln auf seine Lippen zu zaubern. Ein machtvolles Rauschen ertönte vor den Fenstern, als der Tauron zur Landung ansetzte. Erst jetzt war seine gewaltige Größe wirklich erkennbar. Die Drachenkrieger, die über ihm kreisten, wirkten gegen ihn wie Sperlinge neben einem Adler. Die Wucht seines Auftreffens auf der Erde war deutlich zu spüren. Er gebärdete sich wie wild und grub mit seinen Krallen tiefe Furchen in die Erde. Die Pfeile, die ihn trafen, hatten ihn nur noch wütender gemacht. Istwan, der auf ihn zulief, versuchte vergeblich, den Tauron zu beruhigen. Er musste sich vorsehen, nicht von der peitschenden Schwanzspitze getroffen zu werden.

„Deswegen wurde die Aufzucht von Taurons verboten!", rief Sirion, um den Lärm zu übertönen. „Sie sind nicht zu zähmen. Weder von Freund noch Feind."

Sie konnten beobachten, wie Istwan mit der Drachenflöte versuchte, der Raserei des Taurons Einhalt zu gebieten. Doch nichts konnte die Bestie beruhigen. Istwan wurde wie eine Puppe von einer Kopfbewegung des Taurons weggeschleudert und blieb bewusstlos am Waldrand liegen. Jetzt wandte sich der Riesendrache dem Turm zu, überbrückte die Distanz mit einem gewaltigen Sprung und warf sich gegen die Mauern des Turmes. Es fühlte sich an wie ein starkes Erdbeben. Aylana und ihre Freunde verloren den Boden unter den Füßen und von den Wänden fielen Steine und Verputz. Die Bogenschützen versuchten, so schnell wie möglich wieder auf die Beine zu kommen und ihre Positionen einzunehmen, um den Tauron zu beschießen. Doch schon folgte der nächste Angriff. Der Tauron holte mit seinem Schwanz aus, dessen Ende mit riesigen Stacheln besetzt war und ließ diesen gegen die Mauer donnern. Knapp neben Salva durchbrach ein Stachel die Steinmauer und verfehlte sie nur knapp.

„Salomee, Auria, Alfias! Bringt euch in den höheren Stockwerken in Sicherheit!", schrie Sirion. Wohlwissend, dass es nur eine Frage der Zeit sein konnte, bis der Turm unter der Wucht der Attacken zusammenbrach. Und wieder bebte der Turm. Diesmal hatte der Tauron im Erdgeschoss zugeschlagen und das

Tor mitsamt den Befestigungen wurde aus der Mauer gerissen. Die Pfeile, die gegen ihn abgeschossen wurden, zeigten keinerlei Wirkung. Er schien den Turm nur noch entschlossener anzugreifen. Bei jedem Schlag mit seinem Schwanz erbebten die Mauern stärker und ganze Teile brachen auseinander.

„Wir müssen hier raus!", schrie Dorkon.

„Wenn der Turm in sich zusammenfällt, werden wir unter den Trümmern begraben! Noch ein paar weitere Attacken und wir sind geliefert."

Und wieder holte der Tauron aus und sein nächster Schlag ließ einen Teil der Mauer und des Bodens im Obergeschoss wegbrechen.

Ein schriller Angstschrei war zu hören. Auria, die genau an der Stelle gestanden hatte, verlor plötzlich den Boden unter den Füßen. Sie versuchte verzweifelt, sich noch irgendwo festzuhalten und erwischte einen Balken, der halb aus dem Turm gerissen worden war. Nun hing sie an der Außenseite des Turmes etwa vier Meter über dem Boden. Sirion, der zusammen mit Dorkon am Fenster stand und versuchte den Tauron mit Pfeilen fernzuhalten, sah plötzlich Aurias Beine vor dem Fenster hin- und herschwingen. Er lehnte sich aus der Öffnung und blickte nach oben. Auria versuchte verzweifelt, sich an dem Balken fest zu klammern. Und Alfias, der nicht weit von Auria entfernt gestanden hatte, hatte sich auf den Boden gelegt und versuchte so, an Auria heranzukommen. Doch der halb zerstörte Fußboden gab noch mehr nach. Er musste sich zurückziehen, um Auria nicht noch stärker zu gefährden.

Sirion warf seinen Bogen zu Boden und streckte eine Hand nach dem Mädchen aus, während er sich mit der anderen am Fensterrahmen festhielt. Er kam jedoch auf diese Weise nicht nahe genug an sie heran, um sie festzuhalten. Es fehlten immer noch einigen Zentimeter. Sirion zog sich wieder zurück und sagte zu Dorkon: „Halte mich fest, Dorkon. Ich versuche, mich so weit wie möglich aus dem Fenster zu lehnen."

Er kletterte hoch und legte sich mit den Oberschenkeln auf den Sims, während Dorkon seine Füße festhielt.

„Streck deine Hand aus!", rief Sirion Auria zu. Doch diese war wie gelähmt vor Angst. In diesem Moment erfolgte der nächste

Angriff des Taurons und der Balken löste sich vom Turm, Auria stürzte mit dem Balken und Geröll herab und schlug schwer auf dem Boden auf.

„Zieh mich zurück! Wir müssen sie sofort reinholen!", schrie Sirion.

„Der Tauron hat sie gesehen!"

„Zu spät!"

Dorkon nahm seinen Bogen wieder zur Hand.

„Er ist bereits bei ihr. Wir können nur noch versuchen, ihn mit Pfeilen von ihr fernzuhalten."

Das furchteinflößende Geschöpf hatte sich zu Auria gedreht und näherte sich ihr bedrohlich fauchend. Aylana, Sirion und Dorkon versuchten, den Tauron mit einem wahren Pfeilhagel von Auria abzulenken. Doch die Pfeile prallten teils von seinem Panzer ab, oder zeigten nicht die gewünschte Wirkung.

„Es bringt nichts. Ich springe jetzt da runter und versuche, ihn mit Xandar anzugreifen!", rief Aylana, als plötzlich ein angsterfüllter Schrei von Salomee ertönte.

„ALFIAS! ALFIE! Komm zurück!" Sie stürzte die Treppe hinunter und versuchte, ins Erdgeschoss zu gelangen.

„Haltet sie auf", schrie Aylana.

„Sie darf da nicht runter."

Arian und Salva, die der Treppe am nächsten standen, hinderten Salomee daran, nach unten zu gehen.

„Du kannst da nicht hinunter, Salomee. Das ist zu gefährlich."

Sirion schüttelte den Kopf.

„Ich habe doch gesagt, ihr sollt euch in Sicherheit bringen!"

„Was ist los?", rief Aylana.

„Wo ist Alfie?"

„Er … er … ist da draußen. Er ist plötzlich weggerannt und die Treppe hinunter."

Salomee wehrte sich verzweifelt gegen Salva und Arian. Mit düsterer Vorahnung stürzten Sirion und Aylana ans Fenster. Und wirklich … da unten stand Alfias und ging langsam auf den Tauron zuAylana blieb fast das Herz stehen.

„ALFIE, ALFIE! Komm sofort zurück! Bist du wahnsinnig!"

Doch Alfias blieb unerschütterlich stehen und streckte die Hand aus. Aylana konnte trotz des Gebrülls des Taurons hören, dass Alfias auf den Tauron einredete.

Salomee war zu ihr ans Fenster gesprungen und sah starr vor Schreck, wie der Riesendrache wütend ein weiteres Mal mit dem Schwanz ausholte. Salomee presste sich die Hand vor den Mund und wendete den Blick ab. Alfias hatte sich vor die am Boden liegende Auria gestellt. Seine Stimme war lauter geworden und klang betörend und zog sogar Aylana und die Drachenkrieger in ihren Bann. Der Tauron scharrte immer noch wütend mit seinen Krallen im Boden, seine Schwingen peitschten die Luft, doch er hatte immer noch nicht zugeschlagen.

Sein Fauchen wurde leiser, doch er funkelte Alfias immer noch drohend an, mit Augen, in denen wilde Glut loderte. Alfias wirkte gegen den Tauron komplett verloren. Eine Kralle des Taurons allein hatte eine Länge von etwa einem Meter.

Alfias ging jetzt langsam auf das gewaltige Tier zu und redete weiter auf ihn ein.

„Alf …!"

Aylana hielt Salomee den Mund zu und sage leise: „Seid alle still! Keine lauten Geräusche mehr jetzt. Lasst Alfie machen."

Auria lag reglos am Boden und beobachtete mit vor Schreck geweiteten Augen, wie Alfias weiter auf den Tauron zuging. Während er unablässig auf ihn einwirkte, bedeutete er Auria gleichzeitig in den Turm zu gehen. Er hoffte, dass sie sich aus eigener Kraft bewegen konnte und keine schnellen Bewegungen machen würde.

„Salva, geh ganz vorsichtig runter und bringe Auria in Sicherheit."

Aylana stand immer noch sprungbereit und mit Xandar in der Hand beim Fenster. Sirion und Dorkon hatten immer noch mit ihren Bögen auf den Tauron angelegt. Salva schlich leise die Treppe hinunter und eine Minute später stand eine zwar verängstigte, aber zum Glück fast unversehrte Auria neben ihnen. Außer einigen Schrammen, Kratzern und Prellungen hatte sie keine ernsten Verletzungen. Auch sie stürzte sofort ans Fenster und beobachtete mit bangem Herzen, wie Alfias den Tauron zu zähmen versuchte. Mittlerweile war jedoch von diesem nur noch ab und zu ein Fauchen zu hören, doch ansonsten stand er ruhig da. Er versuchte, einen der Pfeile, die in seinen Schuppen steckte mit den Zähnen zu erreichen. Diese mussten ihm trotz seiner dicken Haut Schmerzen bereiten. Alfias stand dem Drachen so nahe, dass er ihm die Hand auf den Hals legen konnte. Er sprach ohne Unterlass weiter auf ihn ein. Seine Stimme hatte den Tauron in seinen Bann gezogen und er wurde zusehends ruhiger.

„Aylana", sprach jetzt Alfias, ohne sich umzudrehen.

„Ich habe ihn jetzt unter Kontrolle, aber ich muss ihn noch meine Hand fühlen lassen. Die Pfeile bereiten ihm Schmerzen."

Er wandte sich wieder dem Tauron zu und sprach weiter beruhigend auf ihn ein. Noch bevor Sirion seine Tochter daran hindern konnte, hatte Aylana ihre Bewaffnung abgelegt und war aus dem Fenster gesprungen. Trotz der Höhe von etwa fünf Metern konnte sie den Sprung abfedern und sich über die Schultern abrollen. Doch ihr verletztes Bein brannte wie Feuer. Den Schmerzensschrei, der ihr auf er Zunge lag, unterdrückte sie mit zusammengebissenen Zähnen.

„Ich traue meinen Augen nicht!", flüsterte Dorkon kopfschüttelnd.

„Wie habt ihr nur eure Kinder erzogen? Die machen, was sie wollen."

Trotz des Ernstes der Situation, machten sich in seinem und Sirions Gesicht die ersten Anzeichen von Erleichterung breit. Der Tauron war bei Aylanas Erscheinen zwar zusammengezuckt und fauchte sie an, doch Alfias gelang es rasch, ihn wieder zu beruhigen. Aylana kam vorsichtig näher und streckte ihre Hand nach dem ersten Pfeil aus. Langsam zog sie den Pfeil aus dem Körper des Taurons. Dieser wich einen Schritt zurück und hätte dabei fast Alfias umgestossen. Dieser fing sich rasch wieder und legte erneut seine Hand auf den Hals des Taurons. Ohne Unterlass sprach er besänftigend auf ihn ein. Aylana konnte jetzt langsam Pfeil um Pfeil entfernen und es schien, als leuchtete aus den Augen des Drachen erste Dankbarkeit.

„Alfie, für die nächsten Pfeile muss ich auf seinen Rücken steigen. Kannst du ihm das erklären?"

Jetzt war es Sirion, der bei diesen Worten beinahe in Ohnmacht fiel. Er musste tief Atem holen und sich an der Wand abstützen.

„Ich sagte ja", sagte Dorkon grinsend, „eure Erziehung lässt zu wünschen übrig"

„Bara, Aylana, bara. Ganz ruhig, Aylana."

Alfias brachte den Tauron tatsächlich so weit, dass er sich niederbeugte.

„Du nennst diesen Drachen Aylana?!", fragte Aylana ungläubig.

„Naja", sagte Alfie grinsend, während er dem Tauron weiterhin beruhigend über den Hals strich, „Sie ist weiblich, sie ist wild, ungezähmt und zickig und es ist sehr gefährlich, sich in ihrer Nähe aufzuhalten. Was sollte da näher liegen?"

„ALFIAS! Das nimmst du sofort zurück!"

Aylana hatte ihre Hände in die Hüften gestemmt.

„Ich glaube, mein Verstand hat sich soeben verabschiedet", sagte Sirion oben am Fenster.

„Die beiden stehen neben dem größten und gefährlichsten Lebewesen, das es auf Dana Nala gibt … und sie streiten."

Er sah fassungslos zu Salomee.

„Was haben wir nur falsch gemacht, bei ihrer Erziehung?", meinte Salomee kopfschüttelnd.

Dorkon hob die Hände und grinste Sirion an: „Siehst du? Meine Rede."

Aylana hatte sich in der Zwischenzeit an Alfies Seite gestellt und ließ den Tauron ihre Hand fühlen. Der Drache wandte den Kopf und beschnupperte sie neugierig. In seinen Augen war keine Spur mehr von Zorn oder Angriffslust zu sehen. Aylana stellte einen Fuß auf seine Krallen und zog sich dann hoch auf seinen Rücken. Als Auria die Szenerie erfasst hatte, hielt sie sich krampfhaft an Salomee fest. Im Turm verfolgten alle atemlos, wie Aylana von Pfeil zu Pfeil turnte und schließlich alle entfernt hatte. Der Tauron machte ein Geräusch, das klang, wie ein Seufzer der Erleichterung. Vor Alfie wurde dabei mächtig Staub aufgewirbelt.

„So, Aylana, jetzt setz dich mal so auf Aylana, als ob du sie reiten wolltest", sagte Alfie genüßlich.

„Wenn sie dich akzeptiert, wird sie sich von dir auch lenken lassen."

„Und wenn nicht?"

„Nun, du bist es ja gewohnt, von Drachen durch die Luft geschleudert zu werden."

Alfie grinste sie an.

Zum vierten Mal hörte man von oben den Stoßseufzer und die Worte: „Was haben wir bloß falsch gemacht?"

Aylana setzte sich vorsichtig auf die richtige Position vor dem Flügelansatz und war jetzt etwa auf gleicher Höhe mit den Beobachtern an den Fenstern. Sie grinste kurz beruhigend in deren Richtung und konzentriere sich dann wieder auf den Tauron. Dieser drehte verwundert den Kopf und ließ ein erstauntes Zischen hören, das Aylana fast von ihrem Sitz blies.

„Sehr gut", lobte Alfias, „Sie wird dir jetzt gehorchen. Am besten führst du sie etwas weg von hier und lässt sie dann nach Hause fliegen. Es ist vorerst besser, wenn sie noch nicht mit unseren Drachen in Berührung kommt."

Er deutete nach oben, wo Siutei immer noch mit seinen Drachenkriegern kreiste.

„Gut. Ich versuche es."

Aylana beugte sich vor und legte ihre Hände auf den Hals des Taurons: „Dras, Aylana, dras. Bonngo! Links, Aylana, links. Los!"

Vor lauter Aufregung war ihr gar nicht bewusst gewesen, dass sie Alfias Namen für den Tauron übernommen hatte, was diesem wiederum ein breites Grinsen entlockte. Der Tauron drehte sich gehorsam nach links und bewegte sich in die von Aylana gewünschte Richtung.

Nach etwa hundert Metern sagte sie: „Ha. Bara. Stopp. Knien."

Der Tauron gehorchte, als hätte er nie etwas anderes gekannt. Er spürte, dass Alfias und Aylana es gut mit ihm meinten. Noch nie in seinem noch jungen Leben hatte der Tauron Zuneigung und Achtung verspürt. Er hatte Vertrauen zu ihnen gefasst und war dankbar, dass sie ihm geholfen hatten. Aylana stieg ab und strich ihm noch einmal über den Hals und seinen Kopf. Dann trat sie weit genug zurück und rief: „Bonngo, Aylana. Bonnggo!"

Ihre Hand bedeutete dem Tauron, dass er fliegen solle. Der Tauron krallte seine Klauen in den Boden und startete wie von einem Katapult geschleudert. Nach zwei Sprüngen entfaltete er bereits seine Schwingen und stieg dermaßen schnell in die Luft, dass Aylana schon vom Zusehen schwindlig wurde. Sie sah dem Tauron noch lange nach und wollte zu Alfie zurücklaufen. Da entdeckte sie einen Gegenstand im Gras. Es war Istwans Drachenflöte. Nachdenklich hob sie die Flöte auf und steckte sie ein. Wer konnte schon sagen, was die Zukunft bringen würde. Vielleicht würde sie diese Flöte nochmals brauchen. Vielleicht …

Dann lief sie zum Turm zurück und gesellte sich zu ihrem Bruder, gerade als Auria und Salomee herausgestürzt kamen und auf die beiden zusprangen. Auria packte Alfie an den Armen und schüttelte ihn durch. „Was hast du dir nur dabei gedacht. Bist du komplett verrückt?"

Nebenan lief dasselbe mit Salomee und Aylana ab. Sie schüttelten und redeten synchron. Dabei sah das so komisch aus, dass Dorkon, Arian und Salva sich nicht mehr halten konnten und laut auflachten. Alfias und Aylana zogen die Köpfe ein, was wiederum Sirion zu der Bemerkung veranlasste: „Jetzt wissen wir, was ihnen mehr Angst macht als der Tauron!"

Schließlich löste sich die gewaltige Anspannung aller Beteiligten in einem befreiten Lachen.

Ein wenig später landeten auch Siutei und seine Drachenkrieger. Sie ließen sich von Dorkon alles haarklein erzählen und warfen Alfias und Aylana respektvolle und dankbare Blicke zu.

„Wir hatten keine Chance gegen diesen Tauron. Die Pfeile bewirkten nur, dass er noch wütender wurde. Wir hatten gerade die Patrouillen der Shiazul in die Flucht geschlagen, als dieser Gigant auftauchte. So etwas habe ich noch nie gesehen!", berichtete Siutei.

„Du hast unglaublich mutig gehandelt, Alfias. Keiner unter den Drachenkriegern hätte das fertiggebracht, was du heute hier getan hast. Du hast uns alle gerettet! Von dieser Tat wird eine Schriftrolle im Gewölbe sprechen."

Siutei wandte sich an Salomee und Sirion.

„Ihr könnt stolz sein, auf eure Kinder. Sie tragen den Geist Xandrias in sich."

„Trotzdem werden wir mit den beiden noch über diese Angelegenheit sprechen müssen."

Sirion bemühte sich um eine ernste Miene.

„Sie haben meine Anweisungen komplett missachtet!"

„Tja", meinte Siutei.

„Die Erziehung ist eure Angelegenheit."

Diese Bemerkung löste allgemeine Heiterkeit aus, war es doch zum vierten Mal innert weniger Minuten, dass dieses Thema angesprochen wurde. Dorkon klärte den verdutzten Siutei auf und auch dieser stimmte in das Lachen mit ein. Danach schickte Siutei zwei seiner Leute nach Arcandria, um die von Salomee verlangten Mittel zu holen, die sie zur Pflege der Verwundeten brauchte. Sirion trat zu Aylana und zog sie etwas beiseite.

„Ich denke, ich weiß, was du dort vorhin im Gras aufgehoben hast. Ich habe dich gesehen. Pass gut darauf auf und denke daran, was du damit für eine riesige Verantwortung auf dich lädst. Aber ich wüsste nicht, wo sie besser aufgehoben wäre."

Er umarmte Aylana kurz und sie gingen zurück zu den anderen. Nicht lange danach waren alle versorgt und die Drachenkrieger, Sirions Familie und Auria, Arian und Salva berieten ihre nächsten Schritte.

Leider hatte es auf beiden Seiten Verluste gegeben und Sirion war anzumerken, wie sehr ihn dieser Bruderkrieg mitnahm. Trotz ihres Erfolges hier auf Talabat, verspürten alle eine tiefe Traurigkeit.

„Lasst uns alles vorbereiten, damit wir die Gefallenen auf den Weg senden können. Wir werden ihnen allen die Pforte öffnen."

Sirions Worte klangen unendlich traurig.

„Es waren alles Arcandrin. Wir wollen sie auch so behandeln."

Niemand unter den Anwesenden fühlte anders und die Drachenkrieger machten sich daran, die Vorbereitungen zu treffen.

Es war Abend geworden und Salomee sagte zu Aria: „Wie sollten dich schnellstens nach Hause bringen. Lotte und Finn werden sich Sorgen machen."

„Salomee, ich fühle mich mit verantwortlich für alles, was heute geschehen ist. Ich möchte gerne dabei sein, bei dieser Zeremonie."

Aurias Augen hatten sich mit Tränen gefüllt.

„Auria, du trägst nicht die geringste Schuld an den heutigen Ereignissen."

Salomee nahm sie in die Arme.

„Du wurdest nur entführt, um Aylana herzulocken. Wenn sie dich nicht erwischt hätten, wäre es vielleicht Alfias gewesen, oder ich."

Aylana nickte zu diesen Worten und ergänzte: „Wir werden gemeinsam alles daran setzen, dass sich in Zukunft solche Ereignisse nicht wiederholen. Sogar in Istwans Augen habe ich noch Hoffnung gesehen. Dieselbe Hoffnung, die wir haben. Ein friedliches Miteinander aller Lebewesen auf Dana Nala."

Sie nahm Auria in die Arme und drückte sie an sich.

„Aber wir müssen uns jetzt trotzdem darum kümmern, dass sich niemand Sorgen um dein langes Ausbleiben machen muss."

Sirion ergänzte: „Aylana, rufe Ildur und bringe Auria nach Arcandria. Von dort aus kannst du ein Portal zum Poolhaus öffnen, in Finns Garten. Wenn Lotte und Finn einverstanden sind, kommt ihr wieder her. Das dauert alles in allem nicht länger als eine Stunde."

„Aber was soll ich ihnen denn erzählen?", fragte Auria. „Sie werden tausend Fragen haben."

„Sag ihnen vorerst nur, dass du zu einer Zeremonie der Arcandrin eingeladen bist. Ich werde danach mit dir zurückkommen und mit Lotte und Finn sprechen. Wir wollen ihnen nichts verheimlichen!"

Damit waren alle einverstanden und Aylana rief Ildur. Fünf Minuten später waren die beiden bereits in der Luft.

„Hältst du Auria für bereit, bei so einer Zeremonie dabei zu sein?", fragte Salomee Sirion. „Meinst du nicht, wir überfordern sie mit all den Erkenntnissen, die in den letzten Tagen auf sie eingestürmt sind?"

Alfias antwortete an Sirions Stelle: „Unterschätzt sie nicht. Sie weiß seit Langem, dass sie nicht wie die Menschen ist. Sie fühlt sich mehr als Arcandrin und ist begierig darauf, alles über unsere … nun ja, ihre Vergangenheit zu lernen und zu erfahren."

„Nun, wir werden sie begleiten und sie wird ihren Weg gehen. Wie wir alle."

Sirion nickte ihnen zu und schickte sich an, den Drachenkriegern bei den Vorbereitungen zu helfen.

Kurz darauf waren Aylana und Auria zurück. Aylana wirkte etwas geknickt und auf Salomees Frage antwortete sie: „Ach weißt du, es ist wegen Davy. Er fühlt sich ausgegrenzt und ganz unrecht hat er ja nicht. Er hat nicht verstanden, warum er nicht mitkommen durfte. Ich glaube, er ist ziemlich enttäuscht."

„Ich bin sicher, das wird sich wieder einrenken. Wir werden ihm und seiner Familie alles erklären."

Sie lächelte Aylana zuversichtlich zu.

„Doch kommt jetzt! Ich glaube die Vorbereitungen sind abgeschlossen."

Die Dunkelheit war hereingebrochen und die Drachenkrieger hatten einen Kreis um die aufgebahrten Arcandrin gebildet. Die Lichtung war mit Fackeln erleuchtet. Und Trommeln begleiteten den Sprechgesang der Arcandrin. Salomee, ihre Familie und Auria traten dazu und sahen, wie Sirion vortrat und seine Hände den Kelch des Dankes formten. Augenblicklich trat Stille ein. Nur das Rauschen der Brandung an der Küste Talabats war noch zu vernehmen.

„Wir, die Arcandrin, bitten dich, Sola Nala, Dana Aygo, lass die Seelen dieser Krieger vom Shiash ad Zul in die Höhe tragen. Wir bitten dich, heilige Erde, Mutter des Lebens, lass die Seelen dieser Krieger vom Mondwind in die Höhe tragen."

Sirion hatte das uralte Ritual der Arcandrin mit den überlieferten Worten eröffnet. Er schwieg einen Moment und sagte dann mit bewegter Stimme zu allen Versammelten: „Wieder müssen wir Abschied von einigen unserer Brüder nehmen. Ja, es waren auch Arcandrin dabei, die gegen uns gekämpft haben. Ja, wir haben gegen sie gekämpft und ja, unser Volk ist durch einen furchtbaren Zwist entzweit."

Er rang um seine Fassung.

„Viel zu oft mussten wir diese Handlung bereits aus kriegerischem Anlass vornehmen."

Er deutete auf die Bahren.

„Viel zu oft wurden Arcandrin mitten aus dem Leben gerissen und viel zu oft trübten Gewalt und Hass unsere Herzen. Und doch sind wir ein Volk. Wir werden nicht müde werden, unserer Überzeugung zu folgen und alles Leben zu schützen. Wir werden nicht müde werden, Dana Nala und Sola Luz in Ehren zu halten. Und wir werden nicht müde werden, die Doktrin zu befolgen!" Er hob wieder die Hände zum Zeichen des Dankes.

„Lasst uns ihre Namen ehren und ihr Andenken bewahren."

„Arcandrins, Argo Fura ad Luz. Attawa uso. Tjiana."

Der Ruf, von Sirion angeführt, hallte durch die Nacht. Alle Anwesenden wiederholten diesen Ruf fünf Mal und der Mondwind erhob sich jedes Mal etwas stärker. Die Drachenkrieger erhoben ihre Klingen Oberhalb der Bahren entstand wieder das Flimmern in der Luft und das Auge bildete sich über den Kriegern. Auch Sirion hob jetzt seine Klinge: „Lasst uns diese Krieger auf die Reise senden. Attawa osu."

Das Auge öffnete sich und sandte die Seelen der Krieger auf den Weg. Dann trat Sirion zurück und nahm mit Dorkon und Siutei gemeinsam Fackeln und entzündeten die Bahren. Der Siash ad Zul nahm unter Millionen von Funken die Körper mit zu den Sternen. Aurias Augen waren tränenüberströmt und doch drückte sie dankbar Aylanas Hand.

„Ich werde nie vergessen, was ich heute hier erleben durfte. Und Sirions Worte, ich glaube, ich verstehe jetzt viel besser, was es heißt, eine Arcandrin zu sein. Auch ich werde ihr Andenken ehren."

Sirion, seine Familie und Auria standen mit Arian und Salva nahe beieinander und sahen zu, wie der Siash ad Zul die Flammen und das Funkenmeer gegen den Nachthimmel blies.

„Eigentlich ist das hier unsere Heimat, Arian", sagte Auria.

„Hier haben unsere Eltern gelebt und hier wurden wir geboren. Es wäre schön, wenn wir Talabat wieder neues Leben einhauchen könnten."

„Das ist eine super Idee!" Aylana war begeistert.

„Wir bauen den Leuchtturm wieder auf und machen daraus erneut ein Zuhause für Arcandrin und Menschen."

„Das wäre wirklich Wahnsinn", schwärmte auch Arian.

„Wir könnten zusammen hier wohnen und die Siedlung wieder aufbauen."

„Ich bin auch dabei", sagte Salva lächelnd.

„Es gibt sie noch, die Krieger des Lichtes."

Sirion musste ob der Begeisterung lächeln.

„Immer langsam, mit den jungen Drachen. So schnell geht das nun auch wieder nicht. Obwohl, ich muss sagen, die Idee hat viel für sich."

„Das finde ich auch", meinte Salomee.

„Aber denkt nicht, dass sich die Schule damit erledigt hätte."

„Och, Dana", seufzte Alfias.

„Wie kann man in so einem Moment nur an Schule denken?"

Dorkon und Siutei, die in der Nähe gestanden hatten, gesellten sich zu ihnen.

„Ich finde die Idee auch gut. Hier wurde einst das Samenkorn für ein Miteinander von Menschen und Arcandrin gelegt. Weshalb sollten wir das Werk Xandrias nicht wieder zum Leben erwecken?"

Dorkon blickte in den Nachthimmel und sagte: „Es würde das Andenken aller ehren, die hier ihr Leben lassen mussten."

Siutei sah Sirion und Dorkon lange an, bevor er meinte: „Es wird Zeit, dass Talabat erneut erwacht. Lasst uns gemeinsam vor den Rat treten. Ich bin sicher, Giolmar wird unseren Plan unterstützen."

„Es wird jetzt zwar ein größerer Aufwand werden, nachdem Aylana den halben Turm zum Einsturz gebracht hat, doch …"

„Es war der Tauron, Alfie!", wurde er giftig von Aylana unterbrochen.

„Das sagte ich … Autsch!"

Aylana hatte ihn gegen die Schulter geschlagen.

Und Dorkon und Siutei sagten im Chor: „Ja, die Erziehung."

Die Gruppe lachte und nichts tat ihnen allen besser, nach all den traurigen Ereignissen. Auria kuschelte sich zufrieden an Alfias.

„Was meinst du? Werden unsere Kinder auch einmal so süße Ohren haben wie du?"

Die Abendstern schaukelte leise auf den Wellen. Es war am Samstag, eine Woche nach den Ereignissen auf Talabat. Aylana und Davy hatten mit Auria und Alfias einen kleinen Ausflug unternommen. Jetzt war die Abendstern verankert, in der Nähe des Grundstücks von Lotte und Finn. Sie genossen das leise Plätschern der Wellen und das sanfte Schaukeln. Sirion und Salomee hatten Lotte und Finn über die Ereignisse informiert. Und Aylana hatte lange mit Davy gesprochen. Lotte war überhaupt nicht begeistert über die Vorgänge auf Talabat gewesen, hatte sich aber schließlich damit abgefunden. Sirion hatte ihnen versichert, dass auch Auria und Davy ab jetzt unter Beobachtung stünden. Damit hatte er die de Bakkers einigermaßen beruhigen können. Davy war verärgerter darüber, dass er nicht dabei sein hatte können. Und, dass er auch in Zukunft nicht an allen Aktivitäten der Arcandrin teilhaben konnte.

„Weißt du", sagte Aylana, „Vielleicht können wir ja einmal zusammen nach Talabat gehen? Es würde dir sicher gefallen dort."

„Du meinst zu Besuch?", fragte Davy, „Oder willst du einmal dort wohnen?"

„Es wird wieder ein Ort werden, wo Menschen und Elfen zusammenleben und voneinander lernen können", sagte Auria träumerisch.

„Ich hoffe der Rat bewilligt unser Anliegen möglichst rasch. Ich kann es kaum erwarten!"

„Naja", meinte Alfie.

„In einer Sache sind sich Menschen und Arcandrin ziemlich ähnlich. Beratungen und Debatten brauchen ihre Zeit."

„Ich weiß nicht, ob ich das wirklich jemals will. All meine Freunde leben hier. Und all meine Interessen, meine Hobbys. Das alles müsste ich aufgeben."

Davy blickte nachdenklich über das Wasser.

„Ihr alle habt Elfenblut in euch. Wäre ich nicht immer der Außenseiter?"

Aylana wusste, dass sie ihn nicht drängen durfte. Doch sie erwiderte hoffnungsvoll: „Es werden wieder viele Menschen auf Talabat leben. Du wärst sicher nicht der Einzige."

„Ja, Menschen mit besonderen Fähigkeiten vielleicht. Wie die Krieger des Lichtes. Diese waren doch auch auf Talabat zu Hause."

Davy legte den Arm um Aylana.

„Lass uns vorerst mal die Zeit genießen, die wir zusammen haben. Wir werden einen Weg finden."

Aylanas Gedanken kreisten um Talabat und Arcandria, um Istwan und den Tauron. Was würde die Zukunft bringen? Aurias Tag der Novitae Aygo stand kurz bevor. Und sie musste mit ihrer Ausbildung weitermachen. Sie musste noch so vieles. Doch in diesem Moment kuschelte sie sich an Davy und die vier genossen den Augenblick und ihr Zusammensein.

ENDE

Das Lied der Elfen

Ein Elfenbaum, ein Elfentraum,
erwecke den Zauber durch Zeit und Raum.
Sei achtsam, mit allem, was dich hier umgibt,
so wirst auch du von Sola Arwa geliebt.
Sei mutig und stark, doch nie mit Begehren,
so werden dir Elfen nie Hilfe verwehren.
Vertrauen wir wieder den Hütern des Lichts,
denn gegen ihr Wissen ist unseres nichts.
Arcandria, Ava, der heilige Baum,
sind mehr als nur Sagen aus einem Traum.
Von diesen Geschichten aus fernen Zeiten,
die entstanden aus Liebe, lasse dich leiten.
Denn Liebe ist unser wertvollstes Gut
und nur durch die Liebe entsteht wahrer Mut.
Nur so entstehen wahre Legenden,
nur so wird unsere Geschichte nie enden.

In Liebe empfangen, mit Liebe gegeben,
erwecke den Zauber des Herzens zum Leben.
Öffne all deine Sinne, lass Dana Nala hinein,
verspüre ihren Frieden, so sanft und so rein.
Bist du mit Gedanken und Werken im Reinen,
so wird Arcandria auch dir erscheinen.
Sei edel im Geiste, in Worten und Taten,
und du darfst von Arcandrins stets Hilfe erwarten,
Im Schutze der Drachen mit der Elfen Macht,
werden aus Träumen auch Wunder gemacht.
Lass uns dieses Wissen für immer bewahren,
so dürfen auch wir diese Wunder erfahren.

FÜR AUTOREN A HEART FOR AUTHORS À L'ÉCOUTE DES AUTEURS MIA KAPΔIA ΓIA ΣYΓΓP
FÖRFATTARE UN CORAZÓN POR LOS AUTORES YAZARLARIMIZA GÖNÜL VERELIM SZÍ
PER AUTORI ET HJERTE FOR FORFATTERE EEN HART VOOR SCHRIJVERS TEMOS OS AUTC
ONKERT SERCE DLA AUTORÓW EIN HERZ FÜR AUTOREN A HEART FOR AUTHORS À L'ÉCOU
AO BCEЙ ДУШОЙ K ABTOPAM ETT HJÄRTA FOR FÖRFATTARE Á LA ESCUCHA DE LOS AUTOP
MIA KAPΔIA ΓIA ΣYΓΓPAΦEIΣ UN CUORE PER AUTORI ET HJERTE FOR FORFATTERE EEN
ÖINKERT SERCE DLA AUTORÓW EIN HERZ FÜF
AO BCEЙ ДУШОЙ K ABTOPAM ETT HJÄRTA FÖF

Die Autorin

Helena Saphira Studer wurde 1961
in Flumenthal in der Schweiz geboren. Sie schloss eine Ausbildung zur
Elektromechanikerin und Lichttechni-
kerin ab.
„Aylana" ist das erste Buch der
Autorin, das als Fantasy-Roman im
novum-Verlag erschien.
Die Faszination für die Welt der Elfen
und Feen begleitet Studer seit ihrer frühen Kindheit. Während ihrer Tätigkeit in der Beleuchtungs-
branche begann die Autorin mit dem eigenhändi-
gen Modellbau von Elfenhäusern. Als begeisterte
Bogenschützin und Mitorganisatorin des Feen- und
Elfenfestes verbringt Helena Saphira Studer den
größten Teil ihrer Freizeit in der Natur.
Die Autorin hat zwei Kinder und lebt in der
Schweiz.

novum ⬛ VERLAG FÜR NEUAUTOREN

Der Verlag

*Wer aufhört
besser zu werden,
hat aufgehört
gut zu sein!*

Basierend auf diesem Motto ist es dem novum Verlag
ein Anliegen, neue Manuskripte aufzuspüren, zu ver-
öffentlichen und deren Autoren langfristig zu fördern.
Mittlerweile gilt der 1997 gegründete und mehrfach
prämierte Verlag als Spezialist für Neuautoren in
Deutschland, Österreich und der Schweiz.

**Für jedes neue Manuskript wird innerhalb we-
niger Wochen eine kostenfreie, unverbindliche
Lektorats-Prüfung erstellt.**

Weitere Informationen zum Verlag und
seinen Büchern finden Sie im Internet unter:

w w w . n o v u m v e r l a g . c o m